汉译世界文学名著丛书

战争与和平

第一卷

［俄］列夫·托尔斯泰 著

张捷 译

Лев Николаевич Толстой
ВОЙНА И МИР
Собрание сочинений в 22 томах (Том 4–7)
© Художественная литература, 1979–1985
根据国家文学出版社 1979—1985 年版译出

汉译世界文学名著丛书
出 版 说 明

1902年，我馆筹组编译所之初，即广邀名家，如梁启超、林纾等，翻译出版外国文学名著，风靡一时；其后策划多种文学翻译系列丛书，如"说部丛书""林译小说丛书""世界文学名著""英汉对照名家小说选"等，接踵刊行，影响甚巨。从此，文学翻译成为我馆不可或缺的出版方向，百余年来，未尝间断。2021年，正值"汉译世界学术名著丛书"出版40周年之际，我馆规划出版"汉译世界文学名著丛书"，赓续传统，立足当下，面向未来，为读者系统提供世界文学佳作。

本丛书的出版主旨，大凡有三：一是不论作品所出的民族、区域、国家、语言，不论体裁所属之诗歌、小说、戏剧、散文、传记，只要是历史上确有定评的经典，皆在本丛书收录之列，力求名作无遗，诸体皆备；二是不论译者的背景、资历、出身、年龄，只要其翻译质量合乎我馆要求，皆在本丛书收录之列，力求译笔精当，抉发文心；三是不论需要何种付出，我馆必以一贯之定力与努力，长期经营，积以时日，力求成就一套完整呈现世界文学经典全貌的汉译精品丛书。我们衷心期待各界朋友推荐佳作，携稿来归，批评指教，共襄盛举。

商务印书馆编辑部

2021年8月

译　序

托尔斯泰的《战争与和平》是世界文学史上的一部不朽的名著。它篇幅很大，洋洋洒洒一百二十万言；结构复杂，几条叙事线索齐头并进，相互交错；人物众多，大批历史人物和虚构人物同时登场；内容丰富，反映了十九世纪初叶俄国和西欧历史上的一系列重大事件，涉及当时社会生活的各个方面。下面将就这部小说的创作和出版过程、体裁和结构、主要内容和中心思想、人物形象和艺术特点等方面做一简要的说明。

一

《战争与和平》创作于一八六三年至一八六九年。在这之前，托尔斯泰曾打算写一部叫作《十二月党人》的小说。六十年代初写成了几章，其中描绘了一八五六年从流放地回来的十二月党人拉巴佐夫的形象，此人历经磨难，仍保持着青年时代的锐气。后来托尔斯泰的创作构思发生了变化。他在《战争与和平》前言的一个草稿里讲了构思变化的过程，他说："一八五六年我开始写一部具有一定倾向的小说，主人公应是一个带着家眷回到俄国内地的十二月党人。不知不觉地我从现代转到了一八二五年，转到了我的主人公迷惘和不幸的时代，放弃了已写好的开头。但是一八二五年我的主人公已是一个有了家室的成年人。为了理解他，我需要转而研究他的青年时代，而他的青年时代正好与一八一二年俄国的一个光荣时代相吻合。于是我又一次抛弃了开了头的东西，决定从一八一二年写起……"接着他又说："如果只写我们如何战胜波拿巴的法国而不写我们的失败和耻辱，我觉得有点不好意思下笔……于是就从一八五六年回溯到了一八〇五年，打算领着我的主人公（已不是一个，而是许多男女主人公）从这时起经历一八〇五年、一八一二年、一八二五年和一八五六年的历史事件。"①

托尔斯泰于一八六三年动笔，从保存下来的手稿来看，小说有过十五种开头。前四个开头从一八一一年写起，接下来的两个开头改为从一八〇八年写起，到第七个开头才把情节开始发生的时间挪到一八〇五年。而地点时而在童山，时而在彼得堡，时而在莫斯科，时而又转回彼得堡，只有第七个开头情节发生的地点在国外的奥尔米茨营地。最后终于把开头的时间地点定在一八〇五年七月彼得堡一个宫廷女官的客厅里。②经过艰苦的创作探索和反复的加工，托尔斯泰终于写出了小说的第一部，它以

---

① 《托尔斯泰全集（百岁纪念版）》，第十三卷，国家文学出版社，一九四九年，第五十四页至第五十五页。

② 这部分原稿曾收入《托尔斯泰全集（百岁纪念版）》第十三卷（第五十八页至第一九八页）。据扎依坚什努尔考证，这些异文并不确切，并且排列顺序也不对。经过重新整理后的各个开头在《文学遗产》第六十九卷第一册（一九六一年出版）里重新发表（第三二五页至第三九六页）。

《一八〇五年》为题发表在《俄罗斯通报》一八六五年第一、二期上。接着该杂志一八六六年第一期至第四期发表了第二部，这一部仍以《一八〇五年》为题，不过加上了《战争》这一副标题。这时这部小说的名称和整个构思尚未最后确定下来。

一八六六年五月托尔斯泰给费特写信说："我希望在一八六七年前结束我的小说，并以《万事大吉》为书名出单行本……"①在他这时为小说后面的部分所拟定的提纲里，情节的发展与后来的定本有明显的不同，基本上是一个否极泰来、有情人终成眷属的结局。这与作者要把小说定名为《万事大吉》的意图是吻合的。但是作者没有按时完成他的计划，这主要是因为他在写一八一二年卫国战争的过程中对这场战争的性质有了更加深刻的认识，对这个主题做了更深的开掘，原来的构思发生了变化。他重新审订了已写成的部分并做了修改，放弃了原来的结尾，引进了新的人物，加入了许多历史的和哲学的议论，描绘了人民战争的更加宏伟的图景，对主人公的命运做了新的安排，并且决定放弃《万事大吉》的书名，将小说定名为《战争与和平》。从流传下来的文字材料来看，作者本人首次用《战争与和平》作为书名是在一八六七年三月下旬，他在给拉夫罗夫的信中宣布同意以《战争与和平》为书名排印自己的书。②到一八六七年底出版了小说的前三卷，开始排印第四卷。一八六八年至一八六九年托尔斯泰写完了余下的部分，全书六卷于一八六九年出齐，这就是小说的

---

① 《托尔斯泰全集（百岁纪念版）》，第六十一卷，国家文学出版社，一九五三年，第一三九页。

② 同上，第一六三页。

第一版（一八六七至一八六九年）。一八六八年十月出版了前四卷第二版，这次出版前托尔斯泰亲自看了校样并做了修改。这四卷与一八六九年出版的后两卷合在一起，成为整部小说的第二版（一八六八至一八六九年）。

上面说过，托尔斯泰在创作《战争与和平》的过程中构思发生了明显变化，许多段落进行多次的改写，文字进行了反复的推敲和锤炼。保存下来的手稿多达五千多页，草稿和异文共有一千六百余页，收入《托尔斯泰全集（百岁纪念版）》时，用了整整三卷。从中可以看出，托尔斯泰在创作这部巨著上付出了多么艰辛的劳动。他不仅在稿子上不断涂抹修改，而且在看校样时也这样做。这种做法有时不为人们所理解。例如曾帮助托尔斯泰工作并负责监印《战争与和平》的巴尔捷涅夫在托尔斯泰要他把小说第一部的全部校样寄去以便进行修改时写信给托尔斯泰说："天知道您在干什么。这样我们永远修改不完和出版不了……您的大部分涂改是不必要的。"托尔斯泰给他回信说："我不能不像这样进行涂改，并且清楚地知道，这样涂改有很大好处。"[1] 反复修改成为托尔斯泰在创作中遵循的原则，他还说过，"应当永远抛开不进行修改地写作的想法"[2]。他又说，"主要的是，应当不急急忙忙地写作，不要对十次、二十次地修正和改写同一个东西感到腻烦"[3]。他

---

[1]《托尔斯泰全集（百岁纪念版）》，第六十一卷，国家文学出版社，一九五三年，第一七五、一七六页。

[2] 同上，第四十六卷，国家文学出版社，一九三四年，第一一四页。

[3] 同上，第六十四卷，国家文学出版社，一九五三年，第四十页。

的包括《战争与和平》在内的一部部杰作就是这样经过反复修改、精雕细刻而成的。

一八七三年在出版《托尔斯泰文集（八卷集）》时收入了《战争与和平》。这是这部小说的第三版。以后它的许多版本都是随着文集出版的。作者在把小说收入这个《文集》前，对它做了较大的改动。首先把小说中的全部法文改为俄文，并去掉了关于战争、历史和哲学的议论（其中关于一八一二年战争的议论以及《尾声》第一部的前四章和整个第二部编成题为《关于一八一二年战争的文章》的附录），这大概是因为考虑和接受了有人提出的小说中法文和议论过多的意见。当时他曾写信给帮他修改作品的斯特拉霍夫说："去掉法文我有时感到可惜，但是总的来说，我觉得不用法文要好些。我还觉得，把关于战争、历史和哲学的议论从小说中去掉，可使它变得不那么累赘，不过这些议论单独说来还是很有意思的。"① 对小说的结构也做了改变，把原有的六卷改为四卷，原有的第一卷不变，原有的第二、三卷合为第二卷，原有的第四卷和第五卷第一部合为第三卷，原有的第五卷其余部分和第六卷合为第四卷。从内容来看，这样分卷比较合理，而且各卷的篇幅也比较均匀。这种分卷方法为后来各种版本所沿用。此外，托尔斯泰对文字做了改动。这是作者亲自对小说所做的最后一次修改。一八八〇年出版的《托尔斯泰文集（第三版）》所收的《战争与和平》是照一八七三年的版本排印的。这是《战争与和平》的第四版。

---

① 《托尔斯泰全集（百岁纪念版）》，第六十二卷，国家文学出版社，一九五三年，第三十四页。

在这之后，托尔斯泰把作品出版的事务交由妻子索菲娅·安德烈耶夫娜·托尔斯泰娅负责。在她的主持下于一八八六年出版了《托尔斯泰文集》的第五版和第六版。在第五版中，《战争与和平》根据一八六八至一八六九年的第二版恢复了法文和各种议论，不过保留了一八七三年的第三版把全文分为四卷的划分和所做的文字修改。同时出版的第六版（廉价版）大概是为了便于普通读者阅读，没有恢复法文。根据托尔斯泰的家庭教师伊瓦金在他一八八五年八月十三日的笔记里的记载，托尔斯泰曾坐在一旁听他给伯爵夫人读《战争与和平》的校样。[①]可见，他是知道《战争与和平》要出新版本的事的。但是没有事实证明他参与了出版工作。众所周知，这时他的世界观已发生转变，文学观也有很大变化，他把自己过去的作品称为老爷的"消遣"，认为一切都要重新写，因此大概不会有兴趣来折腾自己的旧作，很难说这个版本的改动是他自己的主意。

在这之后，《战争与和平》又出了五版，其中第七版（一八八七年）、第八版（一八八九年）和第十版（一八九七年）没有恢复法文，第九版（一八九三年）和第十一版（一九〇三年）恢复了。就这样，在托尔斯泰生前，《战争与和平》曾有过四种不同的版本：一、一八六八至一八六九年的第二版，分六卷，有法文和议论；二、一八七三年的第三版，分四卷，去掉法文和议论；三、一八八六年的第五版，分四卷，恢复法文和议论；四、一八八六年的第六版，只恢复议论，没有恢复法文。

[①] 见《文学遗产》，第六十九卷，第二册，科学出版社，一九六一年，第七四二页。

十月革命后，根据列宁的倡议筹备出版《托尔斯泰全集》。第一卷在一九二八年作家百岁诞辰时出版，因此这个版本叫作"百岁纪念版"。全书共九十卷，到一九五八年才出齐。其中《战争与和平》收在第九卷至第十二卷，曾印刷过两次。第一次印刷（一九三〇至一九三三年）所依据的版本是一八八六年的第五版；第二次印刷（一九三七至一九四〇年）则以一八六八至一八六九年的版本为基础，采用了一八七三年版本的所有修改。因此这两次印刷的文本存在一定的差别。关于哪个版本应看作《战争与和平》最后定本的问题，二十世纪六十年代初苏联学术界有过争论。奥普利斯卡娅提出应把"百岁纪念版"中第二次印刷的版本看作定本。[1]古德济则认为定本应是一八七三年的版本，理由是：这是托尔斯泰对小说进行最后一次加工的结果。[2]他的看法遭到托尔斯泰生平和创作的最老的研究者古谢夫的批评，古谢夫认为应把一八八六年的版本看作定本，因为这个版本表达了作者最后的创作意志。[3]扎依坚什努尔的看法与上述学者的看法都有所不同。她根据托尔斯泰与合作者的来往信件和其他材料，认定一八七三年出第三版前对一八六八至一八六九年版本的修改并不完全是作者做的，有相当大的部分属于斯特拉霍夫所为，因此认可一八七三年版本的全部修改是不合适的。根据这一点，她认为不能把"百岁纪念版"中第二次印刷的版本作为定本。同时她也认为不能把"百岁纪念版"中依据一八八六年版本的第一次印刷的版本作为定

---

[1] 见《文学问题》，一九六〇年第二期，第九十九页。
[2] 见《新世界》，一九六三年第四期，第二四五页。
[3] 见《文学问题》，一九六四年第二期，第一九〇页。

本，因为作者并未参与一八八六年版本的出版。此外，她还指出"百岁纪念版"的两个版本都没有根据手稿进行校勘，以致许多抄写、印刷和辨读上的错误未能改正，据她统计这样的错讹多达一千八百五十五处。①

二十世纪六十年代上半期出版了《托尔斯泰文集》的二十卷集。其中《战争与和平》（第四卷至第七卷）主要以一八六八至一八六九年的版本为蓝本，采纳了一八七三年的版本的分卷方法和其中托尔斯泰本人所做的修改，并根据手稿和其他原始材料进行了校勘，改正了各种错误和编辑的不正确的辨读。七八十年代之交出版的《托尔斯泰文集（二十二卷集）》中《战争与和平》根据上述二十卷集印刷，不同的是，这个版本除附有作者撰写的《关于〈战争与和平〉一书的几句话》一文外，在每卷后有更为详尽的注释。现在这个版本被认为是比较完备的版本。

二

《战争与和平》，如上所述，共分四卷，外加一个《尾声》，从一八〇五年七月写到一八二〇年十二月，时间跨度为十五年，居于叙事中心的是一八一二年的卫国战争。第一卷可以说是全书的一个独特的引子。它从写和平生活开始，可是一开头就提到拿破

---

① 见扎依坚什努尔:《列·尼·托尔斯泰的〈战争与和平〉。这部巨著的创作》，书籍出版社，一九六六年，第三八三页。

仑，为情节的发展埋下了伏笔。这一卷介绍了全书的各个重要人物，其中的许多人将成为一八一二年各种事件的参加者。同时写了一八〇五年的几次战役和俄军的"失败和耻辱"，照前面说过的作者的构思，这显然是为写一八一二年的胜利做铺垫。

第二卷写一八〇六年到一八一二年前发生的事，这是向一八一二年战争的描写的一个过渡。在这一卷里战争的场面退居次要地位，叙事重点放到写和平生活上，通过对人们的日常生活、相互之间的关系、利害冲突、爱情纠葛、某些人的思想道德探索的描写，展示了十九世纪初俄国社会生活的真实画面。这一卷对和平生活景象的描绘可以说是此后战争描写的烘托和反衬，而其中主人公性格的进一步揭示则为描写他们在战争开始后各自的表现提供了更加充分的依据。

第三卷集中写一八一二年的战争，既写军事行动，又写战时的生活以及在战争环境里各种人物的表现和遭遇，而高潮是八月二十六日的波罗金诺会战。最后写到俄军放弃莫斯科和法国人占领该城的情况。

第四卷写法军在莫斯科停留数周后撤离的情况和俄军的军事行动，最后写到法军的溃灭，同时用一定篇幅专门写了游击战争。《尾声》交代了主要主人公战后的生活情况，最后以一八二〇年十二月几位主要主人公关于彼得堡的秘密组织的谈论和争论作结。

从这个简单介绍来看，作者改变了他从现代（从一八五六年）写起回溯到历史的构思，变成完全写历史。原来作者计划带领主人公经历一八〇五年到一八〇七年和一八一二年的战争以及一八二五年的十二月党人起义等重大历史事件，最后他只写到一八二〇年，对十二月党人的起义只做暗示而集中写一八一二年战争，这就使得整个叙事中心突出、结构紧凑。不过人们仍然可以从小说的描述中看到一个大的浪潮平息后另一个浪潮正在掀起的迹象，并且猜测到不同的主人公在新的浪潮中将会有的不同表现和不同命运。

《战争与和平》把十九世纪初叶俄国和西欧的一系列重要的历史事件纳入表现的范围，诸如俄、法、奥、普几国的政治外交关系，申格拉本战役，被称为"三皇大战"的奥斯特利茨战役，弗里德兰战役，俄法两国皇帝的蒂尔西特会晤和《蒂尔西特和约》的签订，斯佩兰斯基的改革，拿破仑的入侵俄国和一八一二年战争的爆发，斯摩棱斯克的失守，库图佐夫被任命为俄军总司令，波罗金诺会战，俄军放弃莫斯科，法军进城和莫斯科的大火，俄军的侧进和塔鲁季诺战役，法军撤离莫斯科和俄军的追击，游击战争，法军的溃灭和俄军的胜利等，都在小说中得到不同程度的反映。与此同时，小说中有一系列历史人物出场，其中包括俄国皇帝亚历山大一世和统帅库图佐夫、法国皇帝拿破仑和他的元帅们以及奥地利皇帝弗兰茨一世等。

这部小说对十九世纪初叶俄国社会生活做了全面的反映。作者揭露了宫廷和政界军界各派错综复杂的关系和争权夺利的斗争，描写了上流社会的各种社交活动和领地贵族的日常生活，同时也写了平民百姓的生活状况。小说中对大大小小的晚会、舞会和宴会，对赌博、决斗和打猎的场面都描绘得非常具体和生动，还写了某些民间习俗，例如过节、占卜等。另一方面，小说反映了当时的人情世态和社会心理，尤其是表现了国家危在旦夕时各个阶级思想的动向和情绪的变化。

小说在写贵族阶级的生活时,着重写了四大家族:鲍尔康斯基家族(老公爵及其子女安德烈和玛丽亚)、罗斯托夫家族(伯爵夫妇及其子女尼古拉、彼佳、薇拉和娜塔莎)、别祖霍夫家族(老伯爵和他的儿子皮埃尔)和库拉金家族(瓦西里公爵及其子女伊波利特、阿纳托利和埃莱娜)。对这几个家族之间的相互关系、年轻成员之间的爱情纠葛和婚配以及相互之间的冲突和恩恩怨怨的描写,构成了贵族生活的真实写照。

此外,小说中有大量关于战争、历史、哲学的议论。议论多是这部小说的一大特色。

根据以上介绍,《战争与和平》这部作品似乎突破了传统的长篇小说的成规,别具一格。当年托尔斯泰在发表第一部时曾请求《俄罗斯通报》的编辑不要把他的作品称为长篇小说。[①] 后来在《关于〈战争与和平〉一书的几句话》这篇文章中又说:"这不是长篇小说,更不是长诗,也更不是历史纪事。《战争与和平》是作者想要而且能够用表达它的形式所表达的东西。"确实,《战争与和平》在体裁上不落一般的长篇小说的窠臼,有所创新和突破。它具有历史小说、社会心理小说、家庭纪事小说和哲理小说的某些特点,全面地反映了俄国一个特定时期的社会面貌和人民生活,气势雄伟,具有史诗性的规模,因此有人提出把它看作史诗性的历史小说。这个看法为大多数俄罗斯学者所认同。

---

① 见《托尔斯泰全集(百岁纪念版)》,第六十一卷,国家文学出版社,一九五三年,第六十七页。

十九世纪五十年代和六十年代初，在托尔斯泰酝酿写作《战争与和平》的年代，俄国社会矛盾激化，封建农奴制度出现了危机。在这历史的转折时期，托尔斯泰也像他的许多同时代人一样，关心和思考着俄国的命运，力图认清历史发展的动力。在这前后，他通过办学和作为和平调解人进行的活动，与农民群众有了较多的接触，加深了对他们的了解，思想感情上发生了一些变化，开始承认人民群众在历史上的巨大作用。从他在六十年代初写的长篇小说《十二月党人》的前几章来看，虽然其主题仍是探索俄国贵族阶级的历史命运问题，但是主人公拉巴佐夫这样说道："我应当说，无论是现在还是过去，我最感兴趣的始终是人民。我的看法是：俄国的力量不在我们身上，而在人民身上。"[1]这段话无疑表达了作者本人的思想，说明他的世界观开始发生转变。

一八一二年卫国战争的胜利，充分显示了人民群众的伟大力量和他们在重大历史事件中所起的重要作用。托尔斯泰在小说的写作过程中最后决定不以十二月党人起义为中心而以一八一二年卫国战争为中心，可以说这是他由于重视人民群众的历史作用而做出的选择。

根据托尔斯泰夫人的记录，托尔斯泰曾于一八七七年三月三日说过这样一段话："要把作品写好，应当喜欢其中主要的、基本的思想。譬如说，在《安娜·卡列宁娜》中我喜欢家庭的思想，在《战争与和平》中我喜欢人民的思想，这是由于一八一二年战争的缘故。"[2]这段话清楚地说明了《战争与和平》的中心思想。

---

[1] 《托尔斯泰全集（百岁纪念版）》，第十七卷，国家文学出版社，一九三六年，第三十页。

[2] 《托尔斯泰夫人日记》，第一卷，文学出版社，一九七八年，第五〇二页。

这"人民的思想"首先表现在肯定一八一二年战争的人民战争的性质以及人民群众是取得胜利的决定性因素上。托尔斯泰在小说中对人民战争的特点做了生动的说明。他把俄法两国比作进行决斗的击剑者,当俄方感觉到受了伤、有生命危险时,便不顾剑术规则抄起大棒狠击敌手。他在用这个比喻时,首先肯定俄国在生死存亡关头有运用一切手段进行自卫的权利。他说,尽管法国人抱怨不遵守规则,尽管俄国上层觉得用大棒打人有些不好意思,"但是人民战争的大棒仍以一种可怕的和威严的力量举起来,根本不问一问谁的趣味和规则如何,带着几分傻气和纯朴,但是目标明确地、不看一看是什么就举起来,落下去,狠狠地揍法国人,直到把侵略者完全赶出去为止"。

托尔斯泰批驳了官方文献和某些历史学家对一八一二年战争所做的错误解释,肯定了它的正义性,赞扬了俄国人民的爱国热情和自我牺牲精神。小说中写道,自从法国军队进入俄国国土之时起,尤其是从斯摩棱斯克大火之日起,一场全民奋起抗击侵略者的声势浩大的卫国战争开始了。斯摩棱斯克商人费拉蓬托夫宁愿放火把自己的店铺烧掉,也不愿让它落到魔鬼手里,莫斯科近郊的农民为了同样的原因,不把干草卖给敌人,把它付之一炬。人们用坚壁清野的办法对付法国人。各地出现几百支大大小小的游击队,它们在得到政府正式认可前,已消灭了几千敌军。有一支由教会执事率领的队伍在一个月里就抓了几百个俘虏,还有一个村长的老婆瓦西里萨,她打死了几百个法国人。就这样,游击队员们一部分一部分地消灭着拿破仑的军队。

与一八〇五年在国外作战时相比,俄国军队发生了明显的变化，士气空前高涨，照托尔斯泰看来，这是取得战争胜利的主要因素。例如，在波罗金诺会战前夕，士兵和民兵们个个摩拳擦掌。一个士兵说："眼下不仅可以看见士兵，也可以看见许多农民……眼下就不分是谁了……要让全体老百姓一起扑上去，一句话——让莫斯科全都上。想要拼个你死我活。"营长季莫欣在谈到他的营的情况时说："现在谁还爱惜自己！我的营里的士兵，不知您信不信，开始不喝酒了，他们说，这不是喝酒的时候。"这些质朴的语言表达出了普通群众的高度自觉和爱国热忱。库图佐夫在听说民兵们"穿上白衬衣，准备明天决一死战"时，不禁赞叹道："啊，英勇卓绝、无可比拟的人民！"安德烈公爵在波罗金诺会战前夕把它与奥斯特利茨战役做比较时指出，那时是"莫名其妙地"去打仗，而如今打仗则是因为"法国人毁了我的家园，现在又要去毁坏莫斯科，每时每刻都在侮辱我"。这段话指出了前后两次战役的不同性质。

托尔斯泰认为："人类的运动是由无数人的任意行为产生的，是连续不断的。"他从这个观点出发，反对少数英雄人物决定历史进程的说法，认为社会发展的决定性力量是广大人民群众。虽然他的认识还有模糊不清之处，某些说法还带有一定的片面性，但是他的这一思想具有巨大的进步意义。在这个思想的指导下，小说中比较广泛地描绘了作为决定性力量的人民群众的活动，而在写英雄人物时，强调这些人物只有在他们代表人民群众的利益、接近群众、了解群众的意志和愿望时才能起应有的作用。小说中的库图佐夫就被写成人民意志的代表，作者强调说，库图佐夫的"那种洞彻所发生的各种现象的非凡力量，来源于他所怀有的十分纯洁和十分热烈的人民感情"。他笔下的莫斯科总督拉斯托普钦则相反，此人并不了解人民的需求，不理解正在发生的事的意义，一心要完成一些爱国主义的"壮举"，结果陷入了可笑的境地。小说中说他"像一个孩子一样，玩弄着放弃和焚毁莫斯科这一严肃和不可避免的事件，竭力想用他那小手时而推进、时而阻挡把他一起卷走的人民的洪流"。而在说到拿破仑时，作者认为这个自以为不可一世、妄图支配各国人民命运的人在历史上不起任何积极作用，嘲笑他"在他的整个活动期间如同一个孩子，抓住拴在马车里面的带子，自以为是在赶车"。

与此同时，对待人民群众的态度如何，是否接近普通老百姓，是否与他们的思想感情有相通之处，似乎成为检验各种人物，尤其是贵族阶级人物的一种独特的尺度，有时接近和了解人民群众并和他们达到精神上的一致，成为某些人物精神道德探索的目标。小说中的安德烈公爵由于克服了个人主义思想和厌世情绪，便决心不为自己一个人活着，要与大家生活在一起，当了团长后，关心自己团里的士兵，被他们亲切地称为"我们的公爵"。皮埃尔·别祖霍夫在波罗金诺战场上看到士兵们自始至终都很坚定和镇静，便自愧不如，表示要去掉自己身上的所有赘物，成为一个士兵，"全身心地投入这共同的生活"。娜塔莎·罗斯托娃的突出特点之一在于她在思想感情上是与普通群众相通的。这位伯爵小姐有接受俄罗斯民间艺术的惊人能力，她在学跳俄罗斯民间舞时动作非常准确，使在场的人惊叹不已。她同情受伤的士兵，违背母亲的意志，腾出马车运送他们。玛丽亚公爵小姐在关键时刻和广大人民群众一样，表现出强烈的爱国主义情感，这给她的形象增添了光彩。另一方面，小说根据这一尺度来揭露和批判朝廷权贵和上层贵族们，指出这些人的一个共同特点是远离人民群众，他们根本不关心国家和人民的命运，国难当头时仍过着平静奢侈的生活。"皇上还是照样上朝，舞会照样举行，法国剧院照样演出，宫廷关心的还是那些事，追求功名利禄和耍阴谋诡计依然如故。"尤其具有讽刺意味的是，就在波罗金诺会战的那一天，安娜·舍列尔家里照常举行晚会，一派歌舞升平的景象。

在《战争与和平》中，"人民的思想"还表现在作者重视塑造出身于下层的人物的形象上。小说中除了描绘士兵群众、民兵、农民、游击队员的集体形象外，还着力塑造了一些具体人物的鲜明形象，这在后面还要讲到。

应当指出，托尔斯泰在肯定人民群众的历史作用的同时，否定英雄人物的作用，强调人民群众活动的自发性，甚至表现出某种历史宿命论的倾向，这自然会对历史事件和历史人物的描写产生一定的影响。

《战争与和平》发表后，当年激进的批评家曾指责托尔斯泰没有很好表现当时的社会矛盾，甚至说他"为贵族地主辩护"。这种指责是缺乏根据的。小说对上流社会的显贵和某些贵族地主的讽刺是很辛辣的，揭露和批判是很严厉的。对农奴制的压迫以及农民的无权地位和痛苦生活的描写，在小说中时有可见，例如第二卷第二部描写了皮埃尔巡视基辅省庄园的情况。在狡猾的总管的精心安排下，他所到之处都看到农民们过着平安幸福的生活，实际上有的村庄十分之九的农民处于极端贫困之中，他们干着极其繁重的工作，减轻劳役负担只是一纸空文，各种苛捐杂税却增加了。小说中也用一定篇幅写了农民和工人的不满和反抗，例如鲍古恰罗沃农民的闹事和法国人进入莫斯科前工人的骚动，造成这些事件的原因是复杂的，但是长期以来由于阶级矛盾而形成的对立情绪起着很大作用。

还应该考虑到一点，《战争与和平》写的是一八一二年的卫国战争时期，当时民族矛盾上升到了第一位，抗击侵略者和挽救民族危亡成为全国人民的迫切任务和共同愿望，托尔斯泰把这一点作为他的小说表现的重点，是符合历史真实的。

三

上面说过，《战争与和平》里人物众多，根据统计，总共有五百多人，其中作者对其性格做了比较具体刻画的约有七十人。这些人物可分为历史人物和虚构人物两大类，历史人物有两百多。

托尔斯泰在《关于〈战争与和平〉一书的几句话》里谈到历史学家和艺术家有不同的对象和任务，他说："历史学家如果在写历史人物时试图写出他的完整性以及他与生活的各个方面的关系的全部复杂性，那是不对的；同样，艺术家如果总是表现人物的历史作用的话，那么他就完成不了自己的任务。库图佐夫并不总是骑着白马，手里拿着望远镜，指着敌人。拉斯托普钦并不总是举着火把去烧沃罗诺沃村的房子（他甚至从来没有这样做过）；玛丽亚·费多罗夫娜皇太后并不总是身披银鼠皮斗篷站着，一只手按在法典上……"他认为艺术家应竭尽全力理解和表现的，"不是著名活动家，而是一般的人"。因此，对艺术家托尔斯泰来说，似乎不存在历史人物与一般人、普通人的划分问题，如同赫拉普钦科所说的那样，他把历史人物放在与虚构人物"平等"的地位，一视同仁地表现他们。①在小说中，作者无论是在描写历史人物还是在描写虚构人物时，都把他们当作一般的人看待，既写他们在重大历史事件和社会政治斗争中的表现，也写他们的个人生活和思想行为。这种把历史人物"普通人化"，让他们与虚构人物"平等"相处和相互交往的安排，有助于通过对这两类人物性格的刻画和对他们活动的描写，把重大历史事件的描述与一般社会生活的描写结合成一个有机的整体。

在历史人物当中，首先要讲一下拿破仑。小说一开头就提到他，对他的描述和评论几乎贯穿全书。应该说，小说中对他的描写前后是有变化的。在小说开头关于他的争论中，皮埃尔和安德烈公爵曾为他辩护。他首次在奥斯特利茨战役前出场时，被写成一个受士兵热烈崇拜的英雄。有时作者的语气虽然带有明显的讽刺，但是仍肯定他有高人一头之处。例如在霍拉布伦，缪拉误认为巴格拉季翁的部队是库图佐夫的全军，向俄国人提出停火，拿破仑发现缪拉的判断是错误的，要求他撕毁停火协定，立即发起进攻。但是随着一八一二年战争的临近，尤其是在法军渡过涅曼河进入俄国国土后，作者对他的批判愈来愈严厉，讽刺愈来愈辛辣。他把拿破仑写成一个自命不凡、狂妄自大的暴君，说此人

---

① 见赫拉普钦科：《艺术家托尔斯泰》，刘逢祺、张捷译，上海译文出版社，一九八七年，第九十一、九十二页。

"感兴趣的只是他自己心里出现的想法……因为世上的一切都取决于他的愿望";说他的理智和良心早已变得模糊起来,"直到生命的结束,他永远不会理解真善美,也不会理解自己的行为的意义"。作者得出结论说:"他注定要身不由己地扮演屠杀各国人民的刽子手的可悲角色,可是他却要自己相信他的行为的目的是造福人民,他能支配千百万人的命运,利用权力广施恩惠!"作者除了在他的议论中猛烈抨击拿破仑外,还通过他在波罗金诺会战和此后其他战役中的表现的描写,否定他的军事指挥才能。此外还描绘了一幕幕生活场景对他进行讽刺和揭露。例如小说中所描写的拿破仑与被俘的拉夫鲁什卡谈话的场面、他在波罗金诺会战前早晨梳洗着装的场面、他看儿子画像的场面以及在俯首山上眺望莫斯科和等待大贵族代表团的场面等,把他的虚伪做作、假仁假义刻画得淋漓尽致。可以说,作者在塑造拿破仑的形象时,表现出了对这个人物的蔑视和厌恶。

小说中库图佐夫的形象是与拿破仑明显对立的。作者指出,库图佐夫从来没有像拿破仑那样说过四千年历史从这些金字塔上面看着你们这样的话,"没有说过他为祖国做出的牺牲,没有说过他想要做或已经做了的事,他根本不谈自己的事,不装模作样,任何时候都使人觉得是一个最普通的和最平常的人,说的是一些最普通最平常的事"。小说突出写他的平凡和质朴,写他对下属的关心,强调他从来不从个人出发,不以个人的好恶来评判人和事,因此安德烈公爵经过观察,觉得"他不会有任何自己的东西"。

另一方面,小说通过具体事例写他的军事才能和洞察事变进程的能力,写他在一八〇五年如何设法拯救俄国军队,如何在奥斯特利茨战役前就预见到俄奥联军必遭失败,如何断定波罗金诺会战是一大胜利和丧失莫斯科并不等于丧失俄国,如何预见到法国军队必遭覆灭。作者强调他之所以能做到这样,不仅是由于他的智慧和经验,而更重要的,是由于他与人民群众有血肉的联系以及对他们的意志和愿望有深刻的了解。

作者在写库图佐夫时,一方面说他主张一切任其自然,把"耐心和时间"作为信条,表现了他的某种消极无为的特点,但是另一方面又写他积极干预事变进程,写他的坚强的决心和勇敢无畏的精神。他在波罗金诺会战正酣时怒斥错误估计形势、惊慌失措的沃尔佐根,下达明天发起进攻的命令;他在菲利军事会议上力排众议,敢于承担责任,决定放弃莫斯科;他在拿破仑派洛里斯东前来求和时坚决予以回绝,斩钉截铁地说,"如果把我看作任何和谈的发起人,我将受到诅咒。我国人民的意志就是如此"。此外,他在法军败退期间,反对多数人的意见,甚至拂逆皇上的意志,主张"不进行徒劳无益的战斗,不发动新的战争,不越过俄国的边界"。总的来说,作者力图把库图佐夫描绘成一个"朴实、谦逊,因而真正伟大的人物"。

沙皇亚历山大一世出场的次数要比拿破仑和库图佐夫少些。小说先写了他参加奥斯特利茨战役以及后来与拿破仑在蒂尔西特会晤的情况,接着写他在卫国战争爆发后在维尔纳和德里萨营地的活动,然后又写他被"恭请"离开军队到莫斯科去"鼓舞民众斗志",最后写他在俄军追击法国人时又到了维尔纳的军队里。一八一二年的重大事件他几乎都没有参与。作者直截了当地说:"在人民战争期间,这个人物无所作为,因为不需要他。"小说中的亚历山大一世是一个虽具有吸引人的外表,但是没有主见、爱好虚荣和软弱无能的人,喜欢扮演自由主义者和祖国救星的角色。作者通过智力有限和思想守旧,然而非常热情的尼古拉·罗斯托夫和他那尚不谙世事的十五岁的弟弟彼佳的感受来写对皇上的热烈崇拜之情,这种写法的高明之处,在于它既表达了当时一般人的感情,又对这位最高统治者进行了巧妙的讽刺。

此外,小说还写了当时的一些文臣武将,作者用肯定和赞扬的笔调写巴格拉季翁、多赫图罗夫、科诺夫尼岑等人,而对多尔戈鲁科夫、阿拉克切耶夫、本尼格森、叶尔莫洛夫、拉斯托普钦等人则进行了揭露和讽刺。

有人对某些历史人物的艺术形象不完全符合他们的本来面目这一点提出批评。其实这在艺术作品里是常见现象。艺术形象的塑造是一个再创作的过程,必然会受作者的思想感情的影响。例如小说中拿破仑的历史作用的被否定和库图佐夫的某种消极无为的表现,就是这样造成的。但是艺术真实非即历史真实,艺术形象与历史人物本身是有所区别的。一个历史人物的艺术形象只要有实际生活的依据,生动逼真而富有感染力,具有认识意义和艺术价值,就应该肯定。

在虚构人物当中,属于贵族阶级者居多。根据俄罗斯学者的研究和考证,许多比较重要的人物都是有原型的。例如,老鲍尔康斯基公爵的原型是作者的外祖父尼古拉·谢尔盖耶维奇·沃尔康斯基公爵,玛丽亚公爵小姐的原型则是作者的母亲玛丽亚·尼古拉耶夫娜;老罗斯托夫伯爵的性格与作者的祖父伊里亚·安德烈耶维奇·托尔斯泰伯爵有相似之处,而老伯爵夫人的原型则是他的祖母。在尼古拉·罗斯托夫身上有作者的父亲的特点，而娜塔莎·罗斯托娃的形象则主要是根据作者的小姨子塔季雅娜·安德烈耶夫娜·贝尔斯塑造的。杰尼索夫的原型是著名诗人和游击队员达维多夫，阿赫罗西莫娃的原型则为奥夫罗西莫娃。此外，就连多洛霍夫、布里安娜小姐等人物也都各有其原型。在重要人物当中似乎只有安德烈公爵和皮埃尔没有比较明显的原型，据英国小说家和剧作家毛姆推测，托尔斯泰在这两个人物身上把自己写了进去，因为他意识到自己身上的种种矛盾，便利用自己这一个模特儿创造了两个相反的人物。[①] 这种推测似乎有一定的道理。

托尔斯泰在《关于〈战争与和平〉一书的几句话》里曾这样说："如果虚构的名字与真人的名字的相似之处使某些人产生这样的想法，认为我要描写某一个真实的人，那么我将感到非常遗憾；这尤其是因为那种描写现在或过去的真人真事的文学活动与我从事的文学活动毫无共同之处。"接着他又说："玛·德·阿赫罗西莫娃和杰尼索夫是仅有的两个人物，我不由自主且轻率地给他们取了接近于当时上流社会两个特别有代表性的、可爱的真实人物的名字。这是我的错误。这错误是这两个人物的特殊代表性造成的，但是在这方面我的错误只限于安排了这两个人物；读者大概会同意，这两个人物与现实毫无相似之处。所有其余的人物都是虚构的，我在写他们时甚至没有传说中或现实中的原型。"

这里托尔斯泰否认他在《战争与和平》里除历史人物外所写

[①] 见陈燊编选：《欧美作家论列夫·托尔斯泰》，中国社会科学出版社，一九八三年，第二六一页。

的人物都是真人，他这样说无疑是对的，这些都是虚构人物，是他塑造的艺术形象。可是他不知何故除了承认杰尼索夫和阿赫罗西莫娃这两个人物有原型外，否认其他人物有原型，这就不符合事实了。根据有关他的家族的传说和同时代人的回忆，他笔下的某些人物无论就生活经历和性格特点来说，与他的一些前辈和亲戚朋友有许多相似之处，他自己也曾说过某个人物是照某某人写的这样的话。例如，他在谈到娜塔莎的形象塑造时曾说过："我取了塔尼娅（即塔季雅娜·安德烈耶夫娜·贝尔斯。——引者），把她捣碎与索尼娅（即索菲娅·安德烈耶夫娜·托尔斯泰娅。——引者）搅和在一起，写出了娜塔莎。"[1] 不过就性格特点来说，娜塔莎更接近于前者。根据莫申的回忆，托尔斯泰在许多年后说过："我经常照着真人写。以前就连草稿上的人物的姓名也是真的，为的是把那个我照着写的人记得更加清楚……我认为如果直接照某一个人写，结果将会很不典型，会得出某种个别的、特殊的和毫无意思的东西。而需要从某个人那里取其主要的性格特点，而以观察到的另外一些人的性格特点加以补充。这样就会是典型的。为了创造一个特定的典型，需要观察许许多多同类的人。"[2] 这里托尔斯泰把某些人物形象的塑造过程说得比较全面，承认有原型，同时指出必须用另一些人的性格特点加以补充。同时应当指出，《战争与和平》里相当多的人物似乎没有明显的原

---

[1] 转引自扎依坚什努尔：《列·尼·托尔斯泰的〈战争与和平〉。这部巨著的创作》，书籍出版社，一九六六年，第一五四页。

[2] 《俄罗斯作家论文学劳动》，第三卷，作家出版社，一九五五年，第五〇七页。

型，例如瓦西里·库拉金公爵一家人就是如此，这些人物形象大概是作者博采他在上流社会观察到形形色色的人的特点加以提炼和综合而塑造出来的。由此可见，托尔斯泰塑造人物的方法是多种多样的。

托尔斯泰塑造的许多贵族的形象，一个个色彩鲜明、个性突出。其中的多数人属于上面提到过的鲍尔康斯基公爵、罗斯托夫伯爵、别祖霍夫伯爵、库拉金公爵这四大家族。老鲍尔康斯基公爵是叶卡捷琳娜时代的老臣，性情固执，甚至有些怪僻，独断专行，是一位严厉的老爷；但是他热爱故乡的土地，有一颗爱国之心。老罗斯托夫伯爵的性格则有所不同，他心肠很软，善良而又轻信，慷慨大方，是一个十足的老好人。他因管理不善和挥霍无度而使家业衰败，常常为此而进行自责。瓦西里·库拉金又是另一种人。这是一个佩戴着几枚星章的大官，为人虚伪，假仁假义，见风使舵，毫无原则，反复无常，是一个典型的政客。他贪婪自私，为获取名利不择手段，例如为获取老别祖霍夫伯爵的遗产参与窃取遗嘱的勾当，后又使用手腕迫使皮埃尔娶自己的女儿。老别祖霍夫伯爵是女皇叶卡捷琳娜二世的宠臣，小说里只写了他的死，对他的性格未做充分的揭示。

在年轻一代人当中，最值得注意的是安德烈·鲍尔康斯基公爵和皮埃尔·别祖霍夫伯爵。这两个人就外表、经历、性格、气质和对生活的看法来说，都有很大的不同。安德烈公爵身材不高，面貌英俊，表情严肃冷淡，有头脑，博学多识，有精神需求，对上流社会的生活感到厌倦，在这一点上似乎与普希金笔下的奥涅金有些相似。他有功名心，曾一心想建功立业，幻想遭到破灭后陷入过失望和厌世，后来重新振作起来，参加了斯佩兰斯基的改革。一八一二年投入了保卫祖国的战斗，在波罗金诺会战中受重伤，不久死去。皮埃尔是老别祖霍夫伯爵的私生子，在巴黎受的教育，他高大肥胖，经常带着一副漫不经心的神情。他为人正直、善良，喜欢进行思考，可是意志薄弱，缺乏办事能力。他不满足于过上流社会的生活，可是又经不起它的诱惑。他不断地探索着生活的真谛，如他自己所说的那样，曾在慈善事业中、在共济会中、在上流社会的消遣中、在酒杯中、在自我牺牲的英雄业绩和爱情中寻求安宁和内心的和谐，结果都是失望。卫国战争中，他亲临波罗金诺战场，与普通士兵有了接触，产生了做一个士兵的愿望。在被敌人占领的莫斯科为卫护一个亚美尼亚女人而被捕后，历经磨难，最后被游击队救出。在《尾声》里皮埃尔和娜塔莎结了婚，建立了幸福的家庭，但是当他看到社会政治情况很糟，觉得有义务尽自己的力量阻止局势这样发展下去，于是参加了早期十二月党人的活动。尽管安德烈公爵和皮埃尔的性格有很大的差别，但是两人有一个共同点，即他们都不愿遵循现行的生活准则，有精神和道德上的追求，都有接近和了解人民群众的愿望。根据小说《尾声》中所写，皮埃尔可能成为了十二月党人，安德烈公爵如果不死，也可能像他一样。这可由这样的一段话来证明。安德烈公爵的儿子尼科连卡问皮埃尔："要是爸爸在世，他会同意您的看法吗？"皮埃尔回答说："我想他会同意的。"而尼科连卡表示一定要做出让他的父亲也满意的事，这说明他将继承父志，也许五年后会成为一个年轻的十二月党人。根据鲁萨诺夫回忆，他曾问过托尔斯泰，尼科连卡是否会在十二月党人时代出现，托尔斯泰表示肯定。①

在安德烈公爵和皮埃尔希望脱离上流社会的环境和改变自己生活时，鲍里斯·德鲁别茨科依和贝格却一心一意地想挤到那个社会中去。鲍里斯出身于破落贵族家庭，他的生活目的就是安排好自己，争取好的前程。为了达到这个目的，他便去接近和迎合那些地位比他高而可能会对他有用的人。为了得到陪嫁，向他并不爱的朱丽求婚。著名批评家皮萨列夫把他称为"上流社会的莫尔恰林"②。利夫兰的无名小贵族的儿子贝格具有德国人的精明，服役时斤斤计较职位的高低和饷银的多少。他追求的目标是"一切完全和别人那里一样"，他说的"别人"指的就是当时的达官贵人。关于他家举行晚会的描写令人发噱，而他在莫斯科即将被放弃的兵荒马乱之际买便宜货并请求伯爵派人替他运送的做法使人厌恶。这里要顺便提一下瓦西里·库拉金公爵的两个宝贝儿子：冥顽不灵、几乎达到白痴程度的伊波利特和卑劣胆小、腐化堕落的阿纳托利，他们完全是社会的寄生虫。

尼古拉·罗斯托夫与上述两类人都不一样。一方面，他正直侠义，珍惜名誉，热情而爱冲动；另一方面他思想简单，目光短浅，不善于思考，"凡是没有被所有人认可的事，他怎么也不会同意"。像他这样的人最后只能成为旧的生活秩序和旧传统的维护者。在小说《尾声》里他在听皮埃尔讲秘密组织的活动时激动地

---

① 见康季耶夫：《托尔斯泰的史诗性长篇小说〈战争与和平〉》，教育出版社，一九六七年，第三四八页。

② 见《俄国作家批评家论托尔斯泰》，国家文学出版社，一九五二年，第二一二页。莫尔恰林是格里鲍耶陀夫的《智慧的痛苦》中的人物，是一个名利小人。

说:"如果你成立秘密团体反对政府,不管这政府怎么样,我知道我的天职是服从这个政府。如果现在阿拉克切耶夫要我率领一个骑兵连弹压你们——我一秒钟也不会犹豫,立即去执行命令。"他像他自己说的那样为了让儿女们不去要饭,整顿好了家业,博得了"好东家"的名声。可见,他走的是一般贵族的老路。在整个贵族阶级正在走向腐朽没落时,这种重振家业的描写也许只是作者的一种希望而已。

小说中居于年轻女主人公的一端的是娜塔莎和玛丽亚公爵小姐,在另一端的是埃莱娜·库拉金娜。娜塔莎和玛丽亚公爵小姐的性格也截然不同。娜塔莎天真烂漫,自然率直,感情外露,容易冲动。父亲说她是"急性子",阿赫罗西莫娃称她"哥萨克",而杰尼索夫又叫她"女魔法师"。在她的爱情生活中出现的波折,在一定程度上正是她的这种性格的表现。如上所说,她在思想感情上是与平民百姓相通的,有俄罗斯人的民族感情。在小说的《尾声》中娜塔莎变成一个只顾生儿育女和照顾丈夫的贤妻良母型的女人。有的论者认为作者这样写反映了他对妇女解放运动的怀疑态度,违背了女主人公性格发展的逻辑。其实娜塔莎的这种变化并不奇怪,这是符合她的性格并且有生活依据的。像她这样的人还有可能再次发生变化。可以做这样的设想,如果皮埃尔在十二月党人起义失败后被流放到西伯利亚,那么娜塔莎有可能像历史上的某些十二月党人的家属一样,抛弃原生家庭,跟随丈夫去西伯利亚。

玛丽亚公爵小姐与娜塔莎相反,性格内向,思想感情隐而不露,有时只能从她的那双闪闪发光的眼睛里窥见她内心的秘密。

她信仰上帝，对一般穷人有特殊的仁爱之情。她默默地忍受着家庭生活环境的折磨，表现出了很强的道德责任感以及体谅别人和自我牺牲的精神。她有丰富的内心生活，有得到爱情和享受生活乐趣的热切愿望，但是常常克制着自己。她在碰到罗斯托夫后，才逐步把自己丰富的精神世界在他面前展现出来，使得观察能力不强的罗斯托夫，也对她的特殊的、精神的美感到惊讶。

埃莱娜徒有漂亮的外貌，但是空虚、愚蠢、放荡。皮埃尔曾对她说："只要您到哪里，哪里就出现道德败坏和罪恶的行为。"这句话非常概括地说明了埃莱娜的为人。在娜塔莎和玛丽亚公爵小姐与埃莱娜之间还有像小公爵夫人、薇拉·罗斯托娃、朱丽·卡拉金娜这样一些人。她们既无高尚的志趣，也无深刻的思想，更无精神上的追求，习惯于上流社会的那种空虚无聊的生活。

上面提到过，小说中塑造了一批下层人物的形象。首先这里要指出的是，托尔斯泰塑造了两个下级军官的生动形象，一个是季莫欣，另一个是图申。他们两人都貌不惊人，外表似乎不招人喜欢，在上司面前羞怯腼腆，可是作战勇敢，在关键时刻表现出了大无畏的英雄气概。其次，小说中也塑造了一些农民的形象，例如罗斯托夫伯爵家的那个并不唯命是从且认为自己比老爷们强的驯犬师达尼洛、老鲍尔康斯基公爵的仆人吉洪、杰尼索夫的仆人拉夫鲁什卡、游击队员吉洪·谢尔巴特等，其中吉洪·谢尔巴特的形象给人留下了深刻的印象，可以说他是劳动人民的聪明机智和勇敢的化身。小说还写了一个名叫普拉东·卡拉塔耶夫的农民，他的特点是逆来顺受、宽恕一切，相信事物发展的进程都是预先安排好的。这个人物反映了俄国宗法制农民的某些特点，与吉洪·谢尔巴特形成鲜明的对照。从卡拉塔耶夫身上可以看到作者后来的那种勿以暴力抗恶的思想的萌芽。但是总的说来，小说中行动积极的农民形象占有多数。在《战争与和平》最初的构思中并没有卡拉塔耶夫这个人物，后来作者把他加进去并在他身上花了相当多的笔墨，让他给正处于紧张的精神探索中的皮埃尔以启示，想必是有深刻用意的。这个形象的塑造表明作者的世界观正在酝酿着新的变化，预示着他后来将站到宗法制农民的立场上。

在《战争与和平》的由几百个历史人物和虚构人物构成的形象体系中，占有重要地位的是历史人物拿破仑、库图佐夫和虚构人物安德烈公爵、皮埃尔·别祖霍夫、尼古拉·罗斯托夫、娜塔莎和玛丽亚公爵小姐。这些人物贯穿于整个叙事的始终，承担着作品的思想重荷，支撑着各条情节线索。他们相互之间以及他们与周围其他人物之间形成了错综复杂的关系，以他们为主角演出了一幕幕悲剧、喜剧和悲喜剧，他们和周围其他人物的活动编织成了一个个生动逼真的历史画面。他们是这部史诗性作品的主要主人公。

四

《战争与和平》是一部现实主义的杰作。它的一个突出的特点在于它的真实性。为了真实地描写重大历史事件和各个历史人物，传达出那个特定的时代的"气味和声音"，托尔斯泰在创作前做了大量的调查研究工作。他亲自动手和发动亲戚朋友收集材料，查阅档案，与有关事件的参加者和目击者交谈，进行实地考察。他曾在《关于〈战争与和平〉一书的几句话》一文里说过："在我的小说里，在历史人物说话和行动的地方，我都没有进行虚构，而利用了各种材料，我在写作时积累了一大批书籍，我认为没有必要在这里列举这些书的书名，但是我随时可以援引这些书里的话。"这段话绝非虚夸。在他的藏书中，有关的书刊就有七十四种，此外还有一些书刊他使用过而没有保存下来。在这些书刊中，有一类是史书，其中包括军事史家米哈依洛夫斯基-丹尼列夫斯基描述一八〇五年到一八一二年的历次战争和一八一四年远征法国的史书、波格丹诺维奇的《根据可靠史料奉旨撰写的一八一二年卫国战争史》、梯也尔的《执政府和帝国时代的历史》和《帝国的历史》以及达维多夫、叶尔莫洛夫、格林卡、希什科夫、日哈列夫、梅斯特尔、拉普、拉斯卡斯等人的笔记和回忆录等等。托尔斯泰对官方文献和钦定史书抱怀疑态度，认为其中有"不可避免的谎言"，因此非常看重事件的参加者和目击者的笔记和回忆录。

托尔斯泰根据所掌握的史料，把大量历史事件和历史事实写进了小说。他强调在对待历史事实上艺术家的做法应与历史学家有所区别。他曾在一八五三年的日记中说过："每一个历史事实都必须从人的角度进行解释，避免历史的陈词滥调。"[①]也就是说，他认为艺术家应从表现人的目的出发对历史事实进行审美的掌握，然后通过生动的艺术形象把这些事实表现出来。在他笔下的各种

---

① 《托尔斯泰全集（百岁纪念版）》，第四十六卷，国家文学出版社，一九三四年，第二一二页。

历史事件一方面有史料作为依据，叙事上具有编年史的精确性；另一方面他又在深切感受的基础上发挥想象，对史料进行艺术的加工和处理，因此描绘出来的画面既真实可信，又鲜明生动，同时揭示出了事件的某些本质方面。例如，小说在写奥斯特利茨战役和波罗金诺会战时，主要事实、战事发生的时间和地点、双方军队的数量、参战部队的番号、指挥官的姓名、作战部署和总司令的命令等等，均取自史书的记载和其他材料，完全符合实际情况。但是作者经过对史料的深入研究，形成了对事件和历史人物的独特看法和评价，并根据这种看法和评价运用艺术手段进行了描述。这就从历史的真实提高到了艺术的真实。我们可以从两次战役的艺术描写中体察到它们之间的某种本质上的区别。对其他重大事件（例如俄法两国皇帝的蒂尔西特会晤、斯佩兰斯基的改革、斯摩棱斯克的失守、莫斯科的大火、游击战争等）的描写也都参照了各种史料，或者有各种史料作为佐证，因而也都是符合历史真实的，同时这又是作者所创造的艺术真实的体现。

托尔斯泰不仅重视广阔的历史画面的真实性，而且重视细节的真实性。有时每一件具体的事，每一个不大的场景，甚至人物的某个行为或某一句话，都有史料记载的事实作为依据。例如，亚历山大一世在奥斯特利茨战役时责问库图佐夫为何不开始进攻和库图佐夫的回答以及这次战役后拿破仑与俘虏的谈话，是根据米哈依洛夫斯基-丹尼洛夫斯基书中的记载写的；莫斯科贵族在英国俱乐部设宴欢迎巴格拉季翁的场面有日哈列夫的笔记作为依据；上面提到过的拿破仑与拉夫鲁什卡的谈话是按照梯也尔书中的记载改写的；拿破仑在波罗金诺会战前的早晨梳洗着装和看儿子画像的场面分别取自拉斯卡斯的《圣赫勒拿回忆录》和博塞的回忆录。又如，托尔斯泰在写到亚历山大一世在莫斯科克里姆林宫进餐时，有一个他向群众扔饼干的细节。他这样写曾遭到维亚泽姆斯基的指责，被说成是对皇上的诽谤。托尔斯泰在给巴尔捷涅夫的信中为自己辩护，指出这个细节并不是他的虚构，而是取自格林卡献给皇上的书。① 大概托尔斯泰记忆有误，这个细节不取自格林卡的《一八一二年的笔记》一书，而取自梁赞采夫的《一八一二年法国人在莫斯科的情况的目击者的回忆》。不过在梁赞采夫的书中亚历山大一世向人群扔的是水果，托尔斯泰改为扔饼干。类似的根据实际材料进行细节描写的例子还可举出不少。

总之，托尔斯泰在写一八一二年战争时，坚持按照事物的本来面目来表现这段历史的原则，反对任意的编造，力求达到所写事实的准确性，同时根据自己的观点对历史事实进行艺术阐释和艺术表现，第一次通过艺术形象和艺术画面把这场战争描绘成保卫祖国的人民战争，这样写是完全符合历史真实的。这是托尔斯泰的一大发现，也是他的一个功绩。

托尔斯泰在《战争与和平》里，在描绘广阔的历史画面和日常生活场景的同时，十分重视人物的内心世界的揭示。翻开这部小说，随处可以看到大量的心理描写。作者在展示各种人物在日常生活中的心理活动的同时，着重写他们在特殊的环境里、在生活发生变故的情况下、在人生的某个关键时刻和紧要关头、在面

---

① 见《托尔斯泰全集（百岁纪念版）》，第六十一卷，国家文学出版社，一九五三年，第二一二页。

临重大抉择时内心的矛盾和斗争。他不孤立地进行心理描写，而把它与客观环境的变化和各种事态发展的描写紧密结合在一起。

托尔斯泰在他的早期作品中就显示出心理分析的才能。车尔尼雪夫斯基在评论他的《童年》《少年》和《战争小说集》时曾经指出他的心理分析的特点，说他"最感兴趣的是心理过程本身，它的形式，它的规律，用特定的术语来说，就是心灵的辩证法"①。也就是说，托尔斯泰特别注意揭示不同人物内心的矛盾和斗争的不同表现，善于描述从一种心理状态到另一种心理状态的过渡，说明心理变化的原因和规律。在《战争与和平》里托尔斯泰的心理分析技巧更加圆熟并且已最后定型。他运用这种方法，成功地画出了某些正面人物在道德精神探索过程中的思想感情变化的曲线。例如书中对安德烈公爵在奥斯特利茨战役前后的心理变化，对他随后出现的消极情绪和后来精神的复苏，对他在爱情出现波折后的痛苦心情以及在卫国战争爆发后的精神状态，最后对他在受伤后直到临死前的各种思绪，都做了细致的描述。其中关于他受伤后躺在奥斯特利茨战场上仰望无限高远的天空觉得万事皆空的心情的描写，还有关于他在从奥特拉德诺耶回程的路上看到长出新叶的老橡树而产生的喜悦和万象更新的春天感觉的描写，被公认为心理描写的出色篇章。小说对经历了各种艰难困苦、体验了死亡的恐惧的皮埃尔的思想和心理变化过程也写得非常详尽。

托尔斯泰的心理描写还具有非常细腻的特点。他用十多页的

---

① 见《俄国作家批评家论列夫·托尔斯泰》，国家文学出版社，一九五二年，第九十三页。

篇幅写尼古拉·罗斯托夫在与多洛霍夫玩牌的过程中和输了钱后的心理变化，把他内心的每一个细微活动都展示在读者面前。

托尔斯泰在揭示各种人物的心理活动时，很少采用从一旁进行介绍的方法，更多地让人物进行自我表白，也就是说，经常采用内心独白的形式。与此同时，他还调动其他艺术手段来展示人物的内心世界。例如他通过人物面部表情、言谈举止、生活细节的描写来暗示人物此时此刻的心理。有时主人公的脸色和眼神，他们的一颦一笑，一抬手一投足，常常是无言的心理描写。例如瓦西里公爵在和卡蒂什公爵小姐谈论如何销毁老别祖霍夫伯爵的遗嘱时，一脸不愉快，腮帮子神经质地抽动着，把身边的小桌子生气地推来推去，所有这些表现反映出了他这时的焦灼不安的心情。

上面说过，托尔斯泰常常把心理描写与对外部世界变化的描写紧密结合起来，这样他所揭示的心理活动发生、发展和变化的外部原因就显得比较清楚；同时他在进行心理描写时充分考虑人物的性格特点，所写的心理变化过程符合人物性格发展的内在逻辑，因此他的心理描写总的说来合情合理、真实可信。

在《战争与和平》中托尔斯泰的批判现实主义已初露锋芒。他从爱国主义的感情出发，对外国侵略者进行了愤怒的批判和谴责。上面已经说过，他对拿破仑的批判是很严厉的。在国内，托尔斯泰首先把批判的矛头对准上层贵族、沙皇的近臣们和某些高级将领。在创作《战争与和平》时，他还没有同整个贵族阶级决裂，对宗法制的领地贵族（例如小说中所写的鲍尔康斯基家族、罗斯托夫家族以及阿赫罗西莫娃等）还抱有希望，在写他们时用的是同情的笔触。他所批判的是以库拉金家族为代表的京城贵族，几乎把他们写成罪恶的渊薮。小说中除了揭露他们虚伪自私的本性和骄奢淫逸的生活外,在一八一二年前后的特定条件下还批判他们不关心国家和民族的前途与命运的种种表现,对他们之中的某些人假装出来的爱国热情进行了辛辣的讽刺。

托尔斯泰对沙皇的近臣们和上层官僚(尤其是其中的外籍人)在国难当头时明争暗斗和争权夺利的行为进行了谴责。小说特别写了德里萨营地亚历山大一世周围的各种人物之间的斗争,他们分为八九派,其中第八派的人数最多,占全体人员的百分之九十九,这一派人既不愿意议和,也不愿意打仗,只希望一点,即为自己获取最大的利益和欢乐。这些人在捞取卢布、勋章和官衔的过程中,只关注皇上好恶的风向标的方向,一发现风向标指向一个方面,就往这个方面吹风,把整个局面搅得极其混乱。作者轻蔑地称他们为"雄蜂"。

小说中的揭露和批判有时也触及正面人物。作者不把这些人物理想化,毫不客气地指出他们的缺点和弱点,或者让他们进行自我剖析和自我嘲笑。例如小说中用讥讽的语气写安德烈公爵追求个人功名,幻想自己的"土伦";在写皮埃尔的宽厚善良的同时,批评他的轻信、意志薄弱和缺少实际办事能力。作者对心爱的女主人公娜塔莎也不讲情面、不加"保护",写了她生活道路上的失误和爱情生活中的波折。但是这种揭露和责备是善意的,是与对上层贵族的批判不同的。总的说来,《战争与和平》中揭露和批判的主题尚未占主要地位,但是已显示出巨大的力量,可以看出,这种倾向有不断加强的趋势。托尔斯泰后来在世界观发生转折后对现行制度的全面否定和对恶的"撕下一切假面具"的彻底揭露，显然是这种倾向进一步发展的结果。

《战争与和平》的叙事很有特点。叙述者不仅叙述事件和介绍人物，而且表达自己的观点和信念，对所叙述的人和事做出评价，他一身兼有叙述者、阐释者和评判者的功能。他夹叙夹议，在叙事的同时进行褒扬贬斥和抒发自己的思想感情，既显示出高超的叙事技巧，同时又表现出思想家的深沉和政论家的激情。叙述的语调有时平静，有时激动，或充满同情和赞许，或带有愤怒和尖刻的讽刺，一切都以叙述者对所叙述的内容的评价为转移。

作者在小说中比较广泛地采用了所谓的"通过人物的感受的中介"的叙事方法。使用这种方法使得他有可能通过不同人的视角描写客观世界，说明不同人对客观世界的不同的主观认识，从而增强对客观世界的描写的多面性和准确性。在进行这样的描写时，作者往往"借重"他的主要主人公。例如，作者在克雷姆斯战役后安排安德烈公爵到奥地利宫廷送捷报，通过他的视角描写了当时奥地利宫廷的情况；在申格拉本战役前他与值班军官巡视阵地，通过他的视角描写了俄法两军对垒的情况；小说中斯佩兰斯基、阿拉克切耶夫、马格尼茨基等政界人士是通过他的感受描写的；德里萨营地各派的明争暗斗也是通过他的感受揭示的。由于安德烈公爵目光敏锐，常常能看到事物的本质，因此这些描写都比较深刻。

托尔斯泰在运用这种叙述方法时，除了叙事外，常用来完成别的艺术任务。上面提到过通过尼古拉·罗斯托夫和他的弟弟彼佳的感受来写对亚历山大一世的崇拜，实际上这种写法包含着对皇上的讽刺。在召开菲利军事会议的木屋里专门安排六岁的玛拉莎留在火炕上，通过这个天真烂漫的孩子的视角来写库图佐夫与本尼格森的争论，写她心里"赞成爷爷（库图佐夫）"，这一小小的细节在说明库图佐夫受到人民拥护上胜过长篇大论。小说作者安排皮埃尔这样一个不懂军事的人去波罗金诺战场并通过他的感受来写这次战役，这样使得战况的描写更直接，写出了一般军人不易觉察和不注意的某些方面。同时把通过他的感受的描写与通过两军统帅库图佐夫和拿破仑的视角的描写放在一起，使得这次会战的描写更加全面和更加具体。

总之，《战争与和平》结构宏伟，把十九世纪初十余年的错综复杂的事件、各方面的社会生活和众多人物的活动组织成一个完整的整体，浑然天成。叙事有条不紊，各条情节线索相互照应，一些事件的叙述与另一些事件的叙述的衔接和它们之间的过渡极为自然，无斧凿痕迹，有时甚至使人觉察不到多条线索的存在。所有这些方面表现出了作者高超的艺术技巧。

上面说过，在《战争与和平》里有许多议论。其中包含着对哲学问题的思考以及对历史发展规律的探寻、对历史事件和历史人物的评价、与历史学家和哲学家的争论等。当年批评家和读者曾对议论过多颇有微词。确实，议论所占比重是比较大的，它们有时似乎与叙事本身结合得不够紧密，显得与艺术描写不够协调，而且某些议论前后重复，使人读起来不免觉得比较累赘。这些直露的议论无助于加强小说的艺术感染力，有时甚至起相反的作用。同时，作者的世界观的矛盾以及他的一些片面的，甚至是错误的看法常常更多地表现在他的议论里，这是因为虽然小说的艺术描写也受到影响，但有时作者的清醒的现实主义力量能在一定程度上使他避免和克服在艺术表现上的偏颇。上面提到过，托尔斯泰在一八七三年出版小说第三版里做过去掉和简化这些议论的尝试。如果这个工作做得比较适当，在去掉多余的议论的同时能保持叙事的连贯性，那么就能使小说避免上述缺点，变得更加精粹。可惜我们未能看到这个版本，无法对他的改变做出判断和评价。

《战争与和平》自从问世以后，经历了风风雨雨。当年激进的批评家（例如米纳耶夫、别尔维、舍尔古诺夫等）曾对它提出过批评，保守的批评家（例如维亚泽姆斯基、诺罗夫等）也对它进行过指责。但是多数著名的作家和批评家对它进行了赞扬。屠格涅夫称《战争与和平》为"伟大作家的伟大作品"，说从中可以"更加直接和更加准确地了解到俄罗斯人民的性格和气质以及整个俄国生活，这胜过读几百部有关民族学和历史的著作"。① 高尔基在《俄国文学史》里称《战争与和平》为"十九世纪世界文学的最伟大的作品"②。托尔斯泰的这部史诗性小说受到许多外国著名作家的推崇。例如，法国作家罗曼·罗兰在《托尔斯泰传》里说："《战争与和平》是我们时代最浩瀚的史诗，是现代的《伊利亚特》。"他还说："《战争与和平》的光荣在于复活了一整个历史时代，再现了民族的迁徙和各国的战争。小说的真正的主人公是各国人民……"③

---

① 屠格涅夫：《文论·回忆录》，张捷译，河北教育出版社，一九九四年，第二二九页。

② 高尔基：《俄国文学史》，国家文学出版社，一九三九年，第二九二页。

③ 陈燊编选：《欧美作家论列夫·托尔斯泰》，中国社会科学出版社，一九八三年，第四十八、五十四页。

列宁高度重视托尔斯泰的文学活动,连续发表了七篇评论文章,对他的思想和创作进行了全面的分析和评价。根据高尔基的回忆,列宁喜欢托尔斯泰的《战争与和平》,"想读一读打猎的场面"。他曾说过,在托尔斯泰之前"文学里就没有一个真正的农民"。他称托尔斯泰为伟大人物,是欧洲无人能同他并列的艺术家。[①]

一八七八年,研究俄罗斯文学的英国学者威廉·罗尔斯顿打算写一篇关于《战争与和平》的大文章,写信给托尔斯泰,希望他提供一些传记材料。托尔斯泰没有提供材料,在回信里说:"我对自己是这样一个重要作家深表怀疑,不相信我的生平不仅会使俄国读者,而且会使欧洲读者感兴趣。"他还补充说:"我真的一点也不知道,一百年后是否还会有人读我的作品,或者过一百天这些作品就会被忘掉,因此我不想处于可笑的地位。"[②]

自从《战争与和平》问世以来,一百三十多年过去了。现在完全可以告慰它的作者,他的这部作品不仅没有被忘记,而且得到愈来愈多的人的喜爱。可以相信,它像世界文学中其他不朽的名著一样,将会永远流传下去。

张捷

[①] 见中国社会科学院文学所文艺理论研究室编:《列宁论文学与艺术》,人民文学出版社,一九八三年,第四一六、四一七页。

[②] 《托尔斯泰全集(百岁纪念版)》,第六十二卷,国家文学出版社,一九五三年,第四四八页。

目　录

第一卷

第一部 ··· 3
第二部 ··· 169
第三部 ··· 306

第二卷

第一部 ··· 453
第二部 ··· 534
第三部 ··· 642
第四部 ··· 752
第五部 ··· 827

第三卷

第一部 ··· 935
第二部 ·· 1054
第三部 ·· 1260

第四卷

第一部 ·· 1425

第二部 ……………………………………………… 1503
第三部 ……………………………………………… 1568

尾声

第一部 ……………………………………………… 1717
第二部 ……………………………………………… 1796

关于《战争与和平》一书的几句话 ……………………… 1851

第一卷

第一部

一

"怎么,我的公爵,热那亚和卢卡已是波拿巴家族的采邑①,也就是我们所说的领地。我可要事先告诉您,如果您不对我说我们已在打仗了,如果您胆敢为这个敌基督②(说实话,我相信他就是)的无耻行径和暴行辩护,那么我再也不认您这个人,您已不是我的朋友,您已不是您所说的我的忠实的奴仆了。③哦,您好,您好。看来我把您吓着了,请您坐下来谈吧。"

一八〇五年七月,宫廷女官和太后玛丽亚·费多罗夫娜的亲

---

① 拿破仑·波拿巴(一七六九至一八二一年),法国皇帝。一七九九年任第一执政,一八〇四年称帝。一八〇五年把热那亚并入法国,同年把卢卡赐给他的妹妹和妹夫,作为他们的采邑。

② 敌基督,《圣经》所称世上传布罪恶终将在救主复临之前被救主灭绝的基督大敌。

③ 这段话的原文为法文,中间夹杂着俄文词。以下凡是原文为法文者,一律用仿宋体排印,不再一一注明;凡是原文为其他外国文字者,也用仿宋体排印,并注明原文为何种文字。

信,赫赫有名的安娜·帕夫洛夫娜·舍列尔在迎接第一个来参加她家晚会的达官贵人瓦西里·库拉金公爵时,说了上面的这一段话。安娜·帕夫洛夫娜已咳嗽了好几天,她像她说的那样得的是**流感**(流感当时还是一个很少有人使用的新名词)。请柬是在上午由红衣听差分送出去的,在所有请柬上都写着同样的话:

  假如您,伯爵(或公爵),没有更好的安排,假如在一个可怜的病人家里度过一个夜晚不使您感到可怕,那么今晚七时至十时将非常高兴地在寒舍恭候光临。安妮特①·舍列尔

"我的上帝,好厉害的攻击!"进了门的公爵丝毫也没有因受到这样的迎接而觉得不好意思,就这样回答道。他身着近臣穿的绣花官服,脚穿长统袜和半高勒皮鞋,佩戴着几枚星章,扁平的脸上带着愉快的表情。

他说的是我们的祖先不仅用来说话而且用来思维的文雅的法语,说话的语气温和,自信而又宽厚,只有长期置身于上流社会和宫廷之中的要人才用这种语气。他走到安娜·帕夫洛夫娜跟前,朝她俯下他那洒了香水和油光发亮的秃头,吻了吻她的手,就在沙发上坦然自若地坐下了。

"首先,亲爱的朋友,请您告诉我,您的身体如何?快说,好让我放心。"他声音和语气也不改变地说,从他彬彬有礼和表示关心的话里透露出一种冷漠甚至嘲弄的意味。

---

 ① 安妮特是安娜的法文名字。

"当精神上感到难受时……身体怎么会好呢？难道现在有感情的人能安心吗？"安娜·帕夫洛夫娜说，"我想，您整个晚上都将待在我这儿吧？"

"可是英国公使的庆祝会怎么办呢？今天是星期三。我需要在那里露露面。"公爵说，"小女会来接我，送我去。"

"我原来以为今天的庆祝会取消了。我承认，我觉得所有这些庆祝会和放焰火都开始变得乏味极了。"

"要是人们知道您的这个想法，那么招待会就会取消。"公爵说道，他像上了弦的钟表一样，按照习惯说着连他自己也不想让别人相信的话。

"别折磨我了。您说说，关于诺沃西尔采夫的紧急报告做了什么决定。①您是什么都知道的。"

"怎么对您说呢？"公爵用冷淡的、闷闷不乐的语气说，"做了什么决定？他们决定，既然波拿巴已破釜沉舟，我们似乎也准备这样做了。"

瓦西里公爵说话总是慢吞吞的，好像一个演员背旧剧本的台词似的。安娜·帕夫洛夫娜·舍列尔则相反，尽管她已四十岁了，但是仍然充满活力，容易冲动。

热心人的名声使她获得了社会地位，有时，当她甚至不愿意这样的时候，为了不辜负认识她的人的期望，也只好继续做一个热心人。安娜·帕夫洛夫娜脸上总是挂着矜持的微笑，虽然这微

---

① 诺沃西尔采夫（一七六一至一八三六年），俄国大臣。一八〇五年六月曾受沙皇亚历山大一世派遣到巴黎谈判，行至柏林，得知热那亚并入法国的消息，便用紧急报告向亚历山大一世报告了此事，不久被召回。

笑与她姿色已衰的面容不相称,但是却说明她像宠坏了的孩子一样,经常意识到自己的这个可爱的缺点,不过她不想、不能而且也不认为有必要去克服它。

谈论政治事件谈到一半,安娜·帕夫洛夫娜激动起来。

"咳,不要对我讲奥地利!我也许什么也不懂,但是我知道奥地利从来不愿意打仗,而且现在也不愿意打。它正在背叛我们。只有俄罗斯一个国家应成为欧洲的救星。我们的这位善人知道自己的崇高使命,并且将忠实地完成它。这就是我相信的一点。我们仁慈和完美的皇上将要在世界上担负起最伟大的任务,他是那么的善良和高尚,相信上帝会保佑他,他一定会完成杀死革命这条多头毒蛇的使命,而现在革命就以那个杀人凶手和恶棍为代表①,变得更加可怕了。能够设法让那个正直的人②的血不至于白流的,只有我们了。请问,我们能指靠谁呢?……只知道经商的英国不理解而且也无法理解亚历山大皇帝③的整个高尚的心灵。它拒绝撤出马耳他。它想看一看,想知道我们的行动的用意。他们对诺沃西尔采夫说了些什么?什么也没有说。他们不理解,而且也无法理解我们皇上所做的自我牺牲,皇上一无所求,只希望天下太平。他们答应了什么?什么也没有答应。而且答应的东西也不

---

① 这种说法并不符合实际。拿破仑于一七九九年发动雾月政变后,建立了军事独裁制度,剥夺了法国革命的成果。

② 这正直的人指的是当甘公爵(一七七二至一八〇四年)。拿破仑根据警务机关的报告,认为这位公爵参加了反对他的阴谋,便把公爵从巴登公国绑架到万森,经过几小时的审讯,把他枪决了。亚历山大一世曾提出抗议。

③ 亚历山大一世(一七七七至一八二五年),俄国皇帝,一八〇一至一八二五年在位。

会兑现！普鲁士已经宣称，波拿巴不可战胜，整个欧洲对他无能为力……我对哈登贝格①和豪格维茨②所说的话，一句也不相信。普鲁士的这种臭名昭著的中立是一个圈套。我只相信上帝和我们亲爱的皇上的洪福。他一定能拯救欧洲！"她突然停住，因太激动而露出了嘲讽自己的微笑。

"我想，"公爵微笑着说，"要是不派我们亲爱的温岑格罗德③而派您去，您一定能一下子取得普鲁士国王的同意。您的口才太好了。您能给我一杯茶吗？"

"马上就来。对啦，"她又平静下来说，"今天有两位很有意思的人物要到我这里来，一位是莫特马尔子爵④，他通过罗昂家的关系同蒙莫朗西家是亲戚，是法国的名门世家之一。这是一个很好的侨民，真正的侨民。另一位是莫里奥神父⑤；您认识这个有卓越才智的人吗？他曾朝见过皇上。您知道吗？"

"啊！能见到他们，我将感到非常高兴。"公爵说。"请告诉我，"他好像是刚刚想起来似的，特别漫不经心地接着说，其实他

---

① 哈登贝格（一七五〇至一八二二年），普鲁士政治家。一八〇四至一八〇六年任外交部长。

② 豪格维茨（一七五二至一八三二年），普鲁士政治家。一七九二至一八〇六年间为普鲁士对外政策的主要负责人。

③ 温岑格罗德（一七六一至一八一八年），出生于黑森，后到俄军服役。曾被派往奥地利和普鲁士商讨对法采取共同行动的计划。

④ 莫特马尔子爵这个人物的原型梅斯特尔伯爵（一七五三至一八二一年）是法国政治活动家，一八〇三至一八一七年间任撒丁国王派驻俄国的全权代表。

⑤ 莫里奥神父这个人物的原型为意大利神父皮阿托利，此人于十九世纪初流亡俄国，曾对亚历山大一世的政治观点产生过一定影响。

今天来参加晚会的主要目的就是打听这件事,"太后想要派丰克男爵到维也纳使馆去当一等秘书,是真的吗?这位男爵似乎是一个毫无用处的可怜虫。"瓦西里公爵想要替儿子谋得这个职位,可是有人通过玛丽亚·费多罗夫娜太后竭力帮丰克男爵争这个差使。

安娜·帕夫洛夫娜几乎闭上了眼睛,表示无论是她还是别的人,都不能议论太后乐意或喜欢的事。

"丰克男爵先生是太后的姐妹推荐给太后的。"她只用忧伤的语气干巴巴地说了一句。安娜·帕夫洛夫娜一说起太后,她的脸上突然出现一种忠心耿耿和出自内心的崇敬的表情,这表情也与忧伤结合在一起,当她在谈话中提起自己的这位尊贵的庇护人时,每次都是这样。她说,太后陛下非常器重丰克男爵,这时她目光又流露出了忧伤。

公爵若无其事地沉默了。安娜·帕夫洛夫娜凭她作为宫廷女官所特有的机敏和灵活,想敲打公爵一下,因为他胆敢对推荐给太后的人说三道四,同时又想安慰他。

"让我们谈一谈您的一家人吧,"她说,"您知道吗,令爱进入社交界后,给大家带来了巨大欢乐。人们都认为她非常美丽。"

公爵鞠了一躬,表示尊敬和感谢。

"我常常想,"安娜·帕夫洛夫娜在沉默片刻后接着说,她挨近公爵,对他亲切地微笑着,似乎想要以此表示关于政治和上流社会的谈话结束了,现在要开始谈心了,"我常常想,生活中的幸福有时分配得很不公平。为什么命运赐给您两个好孩子(您的小儿子阿纳托利除外,我不喜欢他——她扬起眉毛,不容反驳地插了一句),赐给您两个这样可爱的孩子?而您,说实话,最不看重他们，因此您不配做他们的父亲。"

说到这里她热情洋溢地笑了笑。

"有什么办法呢？拉法特①会说，我没有父亲的骨相。"公爵说。

"别开玩笑了。我曾想和您严肃地谈一谈。您知道，我对您的小儿子很不满意。这话只在我们中间说（她脸上露出了忧伤的表情），有人在太后面前说到他，并且对您表示惋惜……"

公爵没有说话，但是她默默地、神情深沉地瞧着他，等待着回答。瓦西里公爵皱了皱眉头。

"我该怎么办呢？"他终于开口了，"您知道，我在教育子女方面做了一个父亲所能做的一切，可是结果两个都是蠢货。伊波利特至少还是一个安分守己的傻瓜，而阿纳托利却不守本分。这就是他们不同的地方。"他说道，脸上的笑容变得比平时更不自然。显得更激动了，同时从他嘴边出现的皱纹中露出某种出乎意外的粗鲁和令人讨厌的表情。

"像您这样的人干吗要生儿育女呢？假如您不是父亲，我就不会对您提出任何指责。"安娜·帕夫洛夫娜说，若有所思地抬起了眼睛。

"我是您的忠实的奴仆，我可以对您一个人说实话。我的孩子们是我这辈子戴在身上的镣铐。这是我背上的十字架。我对自己这样说。该怎么办呢？"他沉默了一会儿，用手势表示他听从残酷的命运的安排。

安娜·帕夫洛夫娜陷入了沉思。

---

① 拉法特（一七四一至一八二一年），牧师，瑞士作家，《相面术》一书的作者。

"您从来没有想过给您的浪子阿纳托利娶亲吗?"她开口说道,"人们都说,老姑娘都有喜欢做媒的癖性。我还不觉得自己有这个爱好,但是我心目中倒有一个姑娘,她跟父亲住在一起,生活很不愉快,这是我们的一个亲戚,她就是鲍尔康斯卡娅公爵小姐。"瓦西里公爵没有回答,但是他有上流社会人士所特具的那种思维敏捷和记性好的特点,便点点头表示已在考虑她说的话。

"您知道吗,这个阿纳托利一年要花掉我四万卢布。"他说,看来他无力控制充满忧愁的内心的思想活动。他不说话了。

"如果这样下去,那么五年后将会怎么样?这就是做父亲的好处。您的那位公爵小姐家里有钱吗?"

"她的父亲很有钱,但是很吝啬。他住在乡下。您知道这就是著名的鲍尔康斯基公爵,在先帝①在位时就退役,外号叫'普鲁士王'。他非常聪明,但是有些古怪,难以相处。那可怜的姑娘生活过得很不顺遂。她有一个哥哥,是库图佐夫②的副官,不久前娶了丽莎·梅南。今天晚上他要到我这里来。"

"听我说,亲爱的安妮特,"公爵突然抓住对方的手,不知为什么把它往下压,"请您张罗一下这件事,我永远是您的最忠实的奴仆(我的大老粗村长在给我写的报告里把忠顺的奴仆写成忠顺的**奴朴**)。她名门出身,又有钱。这一切都是我需要的。"

于是他用他特有的潇洒自如和亲昵的优美动作抓起宫廷女官的一只手吻了吻,吻完后,摇了摇女官的手,身子懒洋洋地靠在

---

① 先帝指保罗一世(一七五四至一八〇一年),亚历山大一世之父。
② 库图佐夫(一七四五至一八一三年),俄国著名统帅。一八〇五年和一八一二年曾两度担任俄军总司令。

圈椅上，眼睛望着别的地方。

"等一等，"安娜·帕夫洛夫娜斟酌着说，"我今天就对丽莎（年轻的鲍尔康斯基的妻子）说。也许这事能办成。瞧，我在您的家庭事务中开始干老姑娘的行当了。"

二

安娜·帕夫洛夫娜的客厅里，人逐渐多起来。来的是彼得堡最有名望的显贵，他们年龄和性格不同，但都属于他们大家生活的上流社会；来了瓦西里公爵的女儿美丽的埃莱娜，她是来接父亲的，父女俩将一起去参加英国公使的庆祝会。她佩戴着由自己的名字第一个字母组成的花字，身穿舞会服装。来的还有著名的、彼得堡最富有魅力的女人，年轻的、娇小玲珑的鲍尔康斯基公爵夫人，她于去年冬天结婚。现在由于怀有身孕已不在大的交际场所露面，但仍参加小型的晚会。瓦西里公爵的儿子伊波利特也来了，他带来了莫特马尔并做了介绍；来的还有莫里奥神父和其他许多人。

"你们还没有见过，或者是你们还不认识我的姑妈吧？"安娜·帕夫洛夫娜对来客们说，郑重其事地把他们带到一个扎着高高的花结、在客人开始到来时从容地从另一个房间里出来的小老太婆跟前，告诉她客人的名字，同时把目光从客人慢慢地移向我的姑妈身上，然后走开了。

所有客人都举行了向谁也不认识、不感兴趣和不需要的姑妈问候的仪式。安娜·帕夫洛夫娜带着忧伤和得意的神情注视着客人们问候的场面，默默地对他们表示赞许。我的姑妈对每个客人说的是同样的话，问客人们身体可好，谈到自己的身体和太后陛下的身体，说谢天谢地，陛下的身体今天好些了。所有走到她跟前去的人，出于礼貌，不露出匆忙的样子，不过他们都是带着一种完成了繁重任务后的轻松感离开这个老太婆的，后来整个晚上一次也没有再到她的跟前去。

年轻的鲍尔康斯卡娅公爵夫人是带着一个丝绒绣金手提包来的，里面放着针线活儿。她那长着有点发黑的绒毛的好看的上嘴唇稍稍短些，有点遮不住牙齿，然而它张开时显得很可爱，而当它有时向前伸出以及与下嘴唇合在一起时，就显得更加可爱。正如在很招人喜欢的女人身上常见的那样，她的缺点——上嘴唇稍短和嘴半张半闭——使人觉得似乎是她的独特的美。这个年轻漂亮、身体健康、充满活力的未来的母亲，在妊娠期显得如此轻松，大家看着她都感到很高兴。老年人和忧郁苦闷的年轻人觉得，他们同她一起待一会儿和说几句话后，自己也变得像她一样了。同她说过话并在说每句话时看到她愉快的微笑和她不断露出的洁白闪亮的牙齿的人，都认为自己今天特别可爱。每个人都是这样想的。

娇小的公爵夫人拿着装针线活儿的手提包，一摇一摆地迈着细碎的快步，绕过桌子，快活地整了整衣服，在银茶炊旁的沙发上坐下了，不管她做什么，对她和对她周围的所有人来说，仿佛都是一种娱乐。

"我带来了我的针线活儿。"她打开她的手提包，对所有的人说。

"请注意,安妮特,不要跟我开这么大的玩笑。"她对女主人说,"您信中说是一个小小的晚会。您瞧,我穿得多么滑稽可笑。"

于是她张开双臂,让大家看她的装束,她穿的是一身镶着花边的雅致的灰衣裳,胸口下面系着一条宽带子。

"请放心,丽莎,您仍然比所有的人都漂亮。"安娜·帕夫洛夫娜回答道。

"您知道我的丈夫要扔下我了,"她用同样的语气接着对一位将军说,"他这是去送死。您说,干吗要这可恶的战争?"她问瓦西里公爵,不等他回答,又转身跟瓦西里公爵的女儿漂亮的埃莱娜说起话来。

"这娇小的公爵夫人是多么可爱啊!"瓦西里公爵低声对安娜·帕夫洛夫娜说。

在娇小的公爵夫人到后不久,进来了一个高大肥胖的年轻人,他头发剪得很短,戴着眼镜,穿着时髦的浅色长裤和褐色燕尾服,露出高高的硬领。这肥胖的年轻人是叶卡捷琳娜女皇①时代的重臣别祖霍夫伯爵的私生子,此刻他的父亲在莫斯科生命垂危。他尚未在任何地方任职,一直在国外受教育,刚从那里回来,这是他第一次在社交界露面。安娜·帕夫洛夫娜只朝他点点头,这是她对待客厅里最低等的客人所用的礼节。不过尽管用的是最低的礼节,安娜·帕夫洛夫娜看见皮埃尔进来后,脸上仍然表现出不安和惊恐,就像看见不该在这地方出现的庞然大物一样。虽然皮埃

---

① 叶卡捷琳娜二世(一七二九至一七九六年),俄国女皇,一七六二至一七九六年在位。

尔确实要比房间里的其他男人魁梧些，但是安娜·帕夫洛夫娜的这种惊恐只是由他的聪明而又腼腆、敏锐而又自然的目光引起的，这目光使他显得与这个客厅里的所有人都不相同。

"皮埃尔先生，您前来看望一个可怜的病人，真是太好了！"安娜·帕夫洛夫娜在把他领到姑妈跟前时，惊恐地与姑妈使了个眼色，对皮埃尔说。皮埃尔含糊不清地嘟囔了一句，继续在用眼睛寻找着什么。他高兴和快活地笑了笑，像看见一个老熟人一样，向娇小的公爵夫人问好，走到了姑妈跟前。安娜·帕夫洛夫娜的惊恐并不是没有根据的，因为皮埃尔没有听完姑妈关于太后陛下的健康的话，就走开了。惊慌失措的安娜·帕夫洛夫娜急忙用话把他拦住。

"您是否认识莫里奥神父？他是一个很有趣的人……"她说。

"是的，我听说他有一个永久和平的计划，这很有意思，但是未必能够实现……"

"您这样认为吗？"安娜·帕夫洛夫娜本来是为了找句话说，应付一下，好重新去做女主人应做的事，才这样问道，不料皮埃尔做出了相反的不礼貌的举动。刚才他没有听完姑妈的话就走了；而现在他却说起话来，缠住需要走的安娜·帕夫洛夫娜不放。他低下头，叉开两条粗腿，开始向安娜·帕夫洛夫娜证明，为什么他认为神父的计划是空想。

"我们以后再谈。"安娜·帕夫洛夫娜笑着说。

她在摆脱这个还不懂世故的年轻人后，回头做女主人应做的事，继续留心地倾听着和观察着，发现哪里客人谈得不大起劲了，就去帮他们一下。通常一个小纺纱厂的老板，在让工人各就各位后，便在厂里踱来踱去，发现纱锭停转或发出不正常的声音、咯吱咯吱作响、声音太大时，便急忙走过去把它停住，或设法使其正常转动。现在安娜·帕夫洛夫娜就是这样，她在自己的客厅里来回走着，不时走到停止说话或说得太多的人堆跟前，插上一句话或调换一下客人的位置，使得谈话机器又速度均匀地和合乎礼节地运转起来。但是她在忙于做这些事时，仍然可以看出，她特别害怕皮埃尔有出格行为。当皮埃尔走过去听莫特马尔身旁的人说话，后来又到神父说话的地方去时，她不时关切地瞧瞧他。对国外受教育的皮埃尔来说，安娜·帕夫洛夫娜家的这个晚会是他在俄国看到的第一个晚会。他知道，这里聚集了彼得堡的知识界人士，因此他像进了玩具店的孩子一样，感到眼花缭乱。他一直担心放过他可能听到的高见。他瞧着聚集在这里的人脸上自信优雅的表情，一直盼望听到某种特别有道理的议论。最后他走到莫里奥跟前。他觉得那里的谈话很有意思，便站住了，像一般年轻人都喜欢做的那样，等待着发表自己的想法的机会。

三

安娜·帕夫洛夫娜家的晚会像机器一样开动了。四处的纱锭不停地发出均匀的喧闹声。坐在我的姑妈身旁的只有一位上了年纪的太太，她哭肿了眼睛，面容消瘦，她在这豪华的集会上显得是一个外人，除了她俩之外，所有的人分成三个组。在一个男人较多的组里，中心是神父；在另一个年轻人的组里，居于中心的是瓦西里公爵的女儿美丽的埃莱娜公爵小姐和那位漂亮娇小、脸色红润、就年龄来说显得太胖的鲍尔康斯卡娅公爵夫人。第三组的中心是莫特马尔和安娜·帕夫洛夫娜。

莫特马尔子爵是一个温文尔雅、招人喜欢的年轻人，显然他自认为是名流，但是由于受过良好教育，便谦逊地听命于他交往的人，甘心为他们所利用。安娜·帕夫洛夫娜显然想用他来款待自己的客人。正如餐厅的一个好的服务员领班会把一盘假如有人在肮脏的厨房里看见就不想吃的牛肉作为特别可口的美味端上来一样，在今天的晚会上，安娜·帕夫洛夫娜也先把子爵、然后把神父作为特别精致的菜肴来招待自己的客人。在莫特马尔的那个组里，人们马上就谈起当甘公爵被杀的事。子爵说，当甘公爵被杀是由于他的宽宏大量，而波拿巴之所以那么凶狠，是有特殊原因的。

"啊，是真的！子爵，请把这件事给我们讲一讲。"安娜·帕夫洛夫娜说道，她高兴地感到"子爵，请把这件事给我们讲一讲"这句话听起来有点像路易十五[①]的腔调。

子爵鞠了一躬表示遵命，谦恭地笑了笑。安娜·帕夫洛夫娜让客人在他身边围成一圈，叫大家听他讲。

"子爵本人就认识那位公爵。"安娜·帕夫洛夫娜低声对一个人说。"子爵是一个地道的讲故事的能手。"她对另一个人说。"一眼就可以看出他是一个上流社会的人。"她又对第三个人说。子爵像一盘配有生菜的热气腾腾的烤牛肉，以优雅的和对他最有利的

---

① 路易十五（一七一〇至一七七四年），法国国王，一七一五至一七七四年在位。

方式端出来献给了在场的人们。

子爵已准备开始讲他的故事了，他含蓄地笑了笑。

"到这里来，亲爱的埃莱娜。"安娜·帕夫洛夫娜对另一组的中心人物，坐得稍远的美丽的公爵小姐说。

埃莱娜公爵小姐微笑着；她站起身来，脸上带着一个艳丽的女人的不变的笑容，她就是带着这笑容跨进客厅的。她从给她让路的男人们中间走过，身上缀有常青藤和青苔花边的舞会服发出窸窣声，白净的肩膀、有光泽的头发和钻石闪闪发亮，她谁也不瞧，但是对所有人微笑着，好像要盛情地赋予大家欣赏她的身材、丰满的肩膀以及按照当时流行的做法大大袒露的胸脯和脊背的美的权利，同时她仿佛是在给舞会增添光彩，最后径直走到了安娜·帕夫洛夫娜跟前。埃莱娜实在太美了，她身上不仅看不出任何卖弄风情的影子，而是相反，她似乎为她自己的那种无可怀疑的、使人大为倾倒的美而感到不好意思。她似乎想减少自己的美的魅力，可是又做不到。

"多么漂亮的女人！"每一个见到她的人都这样说。当她在子爵面前坐下，也带着不变的微笑看着他时，子爵仿佛被不寻常的事所惊到一样，耸耸肩膀，垂下了眼睛。

"在这样的听众面前，我担心讲不好。"他微笑着低下头说。

公爵小姐把她的一只裸露的丰满的手搭在小桌子上，认为没有说话的必要。她带着微笑等待着。在子爵讲述的整个时间里，她都挺直身子坐着，不时看看自己的那只轻轻放在桌子上的丰满美丽的手，或者看看更加美丽的胸脯，整一整上面的钻石项链；她理了几次衣服的褶子，而当故事讲到动听处时，她回头看一看安娜·帕夫洛夫娜，立刻露出与宫廷女官一样的表情，然后又容光焕发地微笑着安静下来。娇小的公爵夫人也跟着埃莱娜离开茶桌过来了。

"等一下，我要拿上我的针线活儿。"她说道。"怎么啦？您在想什么？"她对伊波利特公爵说，"把我的手提包拿过来。"

公爵夫人微笑着，和大家说着话，突然换了个姿势，坐好后，快活地整理一下衣裳。

"现在我坐得舒服了。"她说了一句，便请求开始讲故事，自己做起针线活儿来。

伊波利特公爵把手提包拿过来给她，自己也跟着她过来，把圈椅挪到离她很近的地方，在她身旁坐下了。

这个非常可爱的伊波利特的惊人之处，是他很像他那美丽的妹妹，而更加惊人的是，他虽然很像妹妹，但惊人地愚蠢。他的面容与他的妹妹相同，但是妹妹的那种乐天的、洋洋自得的、充满青春活力的和始终不变的微笑，她的身材的不同寻常的古典美，使得她身上的一切熠熠生辉；而伊波利特则相反，同样的面容由于他生性愚钝而变得模糊不清，总是表现出一副自以为是和愤愤不平的神气，而身体却瘦削和羸弱。眼睛、鼻子和嘴——这一切似乎挤在一起，形成一个毫无表情的、枯燥无味的鬼脸，而双臂和双腿总是采取不自然的姿势。

"这不是一个讲鬼魂的故事吧？"他在公爵夫人身旁坐下后问道，急忙把带柄眼镜举到眼上，仿佛没有它就不能开口讲话似的。

"完全不是，亲爱的。"讲故事的人耸耸肩，惊奇地回答道。

"这是因为我讨厌关于鬼魂的故事。"伊波利特公爵说，从他的语气可以看出，他在说了这句话后才明白它的意思。

由于他说话自以为是，谁也弄不清他说的话非常聪明还是非常愚蠢。他身上穿着深绿色的燕尾服和他自己所说的颜色像受惊的山林水泽仙女的大腿一样的长裤，脚上穿着长统袜和半高勒皮鞋。

子爵很动听地讲了当时流传的一个传说，说当甘公爵秘密来到巴黎会见乔治小姐①，在那里碰到也受到女演员喜爱的波拿巴，拿破仑在那里碰到公爵后，他的昏厥病突然发作，处于公爵的支配之下，而公爵没有利用这个机会，后来波拿巴反而处死公爵来报答他的宽宏大量。

这故事很动听也很有意思，特别是讲到这两个情敌突然相互认出了对方的地方，女士们听了似乎都很激动。

"讲得好极了。"安娜·帕夫洛夫娜用疑问的目光回头看了看娇小的公爵夫人说。

"好极了。"娇小的公爵夫人也低声说了一句，顺手把针插进活计，似乎想以此说明，这故事太有趣和太迷人了，使得她无法继续干活儿了。

子爵很看重这无言的赞许，感激地笑了笑，开始继续往下讲；然而这时安娜·帕夫洛夫娜发现，她一直注意的那个可怕的年轻人正在非常热烈和非常大声地和神父说话，便赶到发生危险的地方去帮忙。果然，皮埃尔已经和神父谈起了政治均势问题，而神父看来对这个热情纯朴的年轻人产生了兴趣，便对他阐述起

---

① 乔治小姐即马格丽特-若斯菲娜·韦默（一七八七至一八六七年），法国著名演员，拿破仑的情妇。

自己心爱的思想来。两人交谈得过于热烈和无拘无束,这使得安娜·帕夫洛夫娜很不高兴。

"手段是欧洲的均势和民权。"神父说道,"只要一个像俄罗斯那样的以野蛮闻名的强大国家出来领导旨在建立欧洲的均势的联盟,这就能拯救世界!"

"您如何得到这种均势呢?"皮埃尔刚要开始说话,这时安娜·帕夫洛夫娜走了过来,用严厉的目光看了皮埃尔一眼,问那位意大利神父对这里的气候是否习惯。意大利人的脸突然变了,显出一种令人觉得难受的假装的愉快表情,看来他在同妇女谈话时习惯于这样做。

"我有幸应邀参加府上的晚会,对诸位先生,尤其是诸位女士卓越的智慧和教养深感钦佩,尚未想到气候如何的问题呢。"他说。

安娜·帕夫洛夫娜没有放开神父和皮埃尔,为了便于观察,便让他们参加大家的谈话。

这时客厅里又进来了一位客人。这位新来的客人就是娇小的公爵夫人的丈夫——年轻的安德烈·鲍尔康斯基公爵。鲍尔康斯基公爵身材不高,是一个英俊的青年,面部线条清晰,表情冷漠。他身上的一切,从疲倦苦闷的目光到缓慢匀整的步伐,都与他那娇小的、活跃的妻子形成最鲜明的对照。看来他不仅认识客厅里所有的人,而且已对他们感到腻烦,连看他们一眼和听他们说话都觉得无聊。在所有他厌烦的人当中,他最讨厌的似乎是他的漂亮的妻子。他做了一个损害他的俊秀容貌的怪脸,背过身去不理她。他吻了吻安娜·帕夫洛夫娜的手,眯缝着眼睛朝大家看了看。

"您要去打仗吗,公爵?"安娜·帕夫洛夫娜问道。

"库图佐夫将军愿意让我当他的副官……"鲍尔康斯基说，他像法国人一样，在说到库图佐夫时，把重音放在最后的音节上。

"那么您的妻子丽莎怎么办呢？"

"她将到乡下去住。"

"您怎么能让我们见不到您那可爱的妻子呢？"

"安德烈，"他的妻子用她跟别人说话时的那种娇滴滴的语气对他说，"子爵给我们讲了一个关于波拿巴和乔治小姐的故事，讲得好极了！"

安德烈公爵眯起了眼睛，转过头去。从安德烈公爵跨进客厅之时起，皮埃尔一直用快乐和友好的眼睛目不转睛地看着他，这时走到他的跟前，拉住他的一只手。安德烈公爵没有回头，皱起了眉头，对有人碰他的手表示不快，但是看到皮埃尔的笑容可掬的脸后，也突然善意地、愉快地笑了笑。

"瞧！……连您也到社交场所来了！"他对皮埃尔说。

"我知道您要来。"皮埃尔回答道，"我将到您那里吃晚饭。"他为了不妨碍子爵继续讲他的故事，压低声音加了一句："可以吗？"

"不，不行。"安德烈公爵笑着说，同时握一握皮埃尔的手向他表示，这事用不着问。他还想说些什么，但是瓦西里公爵和女儿站起身来，男人们也都站起来给他让路。

"请您原谅，亲爱的子爵。"瓦西里公爵对那位法国人说，亲热地拉住他的一只袖子向下往椅子上摁，叫他不要站起来，"英国公使的这个倒霉的庆祝会使我失去了这样的快乐并打断了您的故事。"他又对安娜·帕夫洛夫娜说："离开您的令人陶醉的晚会，我感到十分难过。"

他的女儿埃莱娜公爵小姐轻轻地撩起衣裙在椅子中间走,她美丽的脸上的笑容变得更加开朗。当她从皮埃尔身旁经过时,皮埃尔用几乎是恐惧的和充满热情的目光看着这个美人。

"真漂亮。"安德烈公爵说。

"真美。"皮埃尔也说。

瓦西里公爵从身边经过时抓住皮埃尔的一只手,对安娜·帕夫洛夫娜说:

"请您管教管教这头熊吧!"他说,"他已在我家住了一个月了,这是我第一次看见他参加社交活动。对一个年轻人来说,没有比跟聪明的女人交往更重要的事了。"

四

安娜·帕夫洛夫娜笑了笑,答应照顾皮埃尔,她知道皮埃尔的父亲和瓦西里公爵是亲戚。原先与我的姑妈坐在一起的那位上了年纪的太太急忙站起来,在前厅里追上了瓦西里公爵。她脸上原有的那种假装的兴致消失了。她的善良的、哭肿了的脸上只有不安和恐惧的表情。

"公爵,您说,关于鲍里斯的事怎么样了?"她在前厅里追着公爵说(她在说出鲍里斯的名字时把重音放在"鲍"上),"我不能再在彼得堡待下去了。告诉我,我能把什么样的消息带给我那可怜的孩子?"

尽管瓦西里公爵很不乐意听这位上年纪的太太的话,对她几乎不大礼貌，甚至表现出不耐烦的样子，但是她还是脸上堆起亲切感人的微笑，拉住他的一只手，不让他离开。

"您只要在皇上面前说一句话，他就可以直接调到近卫军里去了。"她恳求说。

"请您相信，公爵夫人，我一定尽力而为，"瓦西里公爵回答道，"但是我去求皇上有困难；我劝您通过戈利岑公爵去找鲁缅采夫①，这样做比较合适。"

这位上年纪的太太名叫德鲁别茨卡娅公爵夫人，她的家族是俄国的望族之一，但是她很穷，早已不参加上流社会的活动，失去了昔日的各种关系。现在她到这里来，是为了求人把自己的独生儿子调进近卫军。只是为了见到瓦西里公爵，她自报姓名来参加安娜·帕夫洛夫娜的晚会，也只是为了这个目的，她耐心地听了子爵讲的故事。瓦西里公爵的话使她非常吃惊；她的那张曾经很漂亮的脸露出了怨恨的表情，但是这只延续了一分钟。她又微微一笑，紧紧地抓住瓦西里公爵的一只手。

"听我说，公爵，"她说，"我从来没有求过您，往后也永远不会求您，从来也没有提起过家父对您的情谊。现在我求您看在上帝的分上替我的儿子办这件事，我将把您看作大恩人。"她急急忙忙地添了一句。"请您不要生气，您就答应我吧。求过戈利岑，他拒绝了。希望您还像从前那样善良。"她说，竭力想苦笑一下，可是她的眼睛却饱含着泪水。

――――――――

① 戈利岑和鲁缅采夫实有其人。戈利岑（一七七三至一八四四年），从一八〇三年起任正教院总检察官；鲁缅采夫（一七五四至一八二六年），外交家，当时任商业大臣。

"爸爸，我们要迟到了。"等在门口的埃莱娜公爵小姐转过她那长在具有古典美的肩膀上的漂亮的脑袋说。

在上流社会中，权势是一种资本，需要爱惜它，使它不至于消失。瓦西里公爵知道这一点，他考虑到，如果他为有求于他的所有人去求情，那么很快他就不能为自己的事去求人，因此他很少使用自己的权势。然而在德鲁别茨卡娅公爵夫人的事情上，在她再一次提出请求后，瓦西里公爵有一种类似受良心责备的感觉。她对他说的是实情：他走上仕途有赖于她的父亲的扶植。除此之外，他从她为人处世的态度上看出，她属于这样的一种女人，尤其是那些做母亲的，她们一旦拿定主意，不达目的决不罢休，不然她们每时每刻地缠住你，甚至前来吵闹。这最后的一个想法使他犹豫起来。

"亲爱的安娜·米哈依洛夫娜，"他用通常的亲昵和苦闷的语气说，"我几乎无法做到您想要我做的事；但是为了向您证明我如何敬爱您和怀念您已故的父亲，我要做这件无法做到的事：设法把您的儿子调到近卫军去，我向您保证。您满意了吧？"

"亲爱的，您是我的恩人！我想您一定会这样做的；我知道您是多么的善良。"

他想要走了。

"请您稍等，还有两句话。什么时候把他调到近卫军去……"她有点犹豫起来，"您同米哈依尔·伊拉里翁诺维奇·库图佐夫很要好，请把鲍里斯介绍给他当副官。那样我就放心了，那样……"

瓦西里公爵微微一笑。

"这一点我可不能答应。您知道，自从库图佐夫被任命为总司令后，人们都把他包围起来了。他本人对我说过，所有莫斯科的贵夫人好像商量好了一样，都要把自己的儿子送给他当副官。"

"不，您就答应吧，我亲爱的恩人，不然我不放您走。"

"爸爸，"那位美人又用同样的语气说，"我们要迟到了。"

"好吧，再见，再见了，您瞧……"

"那么您明天就奏明皇上？"

"一定，而向库图佐夫求情的事我不答应。"

"不，您就答应吧，答应吧，巴齐尔①。"安娜·米哈依洛夫娜在他背后说道，脸上露出卖弄风情的年轻女子的微笑，过去她想必常带着这样的笑容，而现在它与她的那张憔悴的脸很不相称。

看来她忘记了自己的年龄，按照习惯使用起自古以来妇女拥有的所有手段来。但是等瓦西里公爵一出门，她的脸又露出了原先的那种冷漠的、假装的表情。她回到了那些继续听子爵讲故事的人那里，又装出听故事的样子，等着离开的时机，因为她的事情已经办完了。

"您认为最近上演的在米兰加冕②的喜剧如何？"安娜·帕夫洛夫娜问道，"是一出新的喜剧：热那亚和卢卡的人民向波拿巴先生表达了自己的愿望。于是波拿巴先生坐在宝座上，实现了人民的愿望！这太妙了！不，这简直能使人发疯！好像全世界的人都失去了理智。"

---

① 巴齐尔是瓦西里的法文名字。

② 拿破仑于一八〇四年称帝当上法国皇帝后，又于一八〇五年三月成为意大利国王，并于同年五月在米兰加冕。

安德烈公爵直视着安娜·帕夫洛夫娜的脸,冷冷一笑。

"'上帝赐给我王冠,谁要碰它,谁就倒霉'。"他重复了波拿巴在戴上王冠时说的话,"听说,他在说这些话时,仪表很美。"他补充了一句,并且用意大利语把拿破仑的话又说了一遍。

"我希望,"安娜·帕夫洛夫娜接着说,"这件事将使得人们忍无可忍了。各国君主再也不能容忍这个给一切造成威胁的人了。"

"君主们吗?我不说俄罗斯,"子爵有礼貌地和不抱希望地说,"这些君主们可不是这样!他们为路易十六、为王后、为伊丽莎白①做了些什么?什么也没有做。请相信我的话,他们将为背叛波旁王朝的事业而受到惩罚。这些君主们!他们居然派使节去祝贺那个王位篡夺者。"

他轻蔑地叹了一口气,又变了变身体的姿势。长时间地用带柄眼镜看着子爵的伊波利特公爵听到这句话时,突然全身转向娇小的公爵夫人,向她要了一枚针,用针在桌子上画孔代家族②的纹章给她看。他一本正经地给她讲这个纹章,好像是公爵夫人求他这样做似的。

"镶圆天蓝色兽嘴齿形边的兽嘴形权杖——这就是孔代家族。"他说。

公爵夫人脸上挂着微笑听着。

"如果波拿巴在法国王位上再待上一年,"子爵接着已开始的

---

① 在法国大革命期间,波旁王朝的国王路易十六(一七五四至一七九三年)和他的妻子于一七九三年被处死;他的姐妹伊丽莎白则于翌年被处死。

② 孔代家族是法国最大的贵族世家之一,与波旁王族是亲戚。

话头说，从他的样子看，他没有听别人说话，在这件他最了解的事情上只注意保持自己的思路，"那么就可能弄到无法收拾的地步。阴谋、暴力、放逐、死刑，法国社会，我说的是上流社会，就将永远被消灭，到那时……"

他耸了耸肩，两手一摊。皮埃尔想要说什么，因为他对谈话很感兴趣，但是看管着他的安娜·帕夫洛夫娜打断了他的话。

"亚历山大皇帝宣布，"她带着谈到皇族时常有的忧伤说，"他要让法国人自己选择政体。我想，毫无疑问，整个民族一旦摆脱了篡位者的统治，就会归顺合法的国王。"安娜·帕夫洛夫娜说，她竭力想讨好这个流亡者和保王派。

"这很难说。"安德烈公爵说，"子爵先生完全正确地认为，事情已到了无法收拾的地步。我想很难回到老路上去。"

"我听人说，"皮埃尔红着脸又加入到谈话中来，"几乎所有贵族已经站到了波拿巴一边。"

"说这话的是波拿巴分子。"子爵说，没有朝皮埃尔转过头来，"现在很难弄清法国的社会舆论。"

"这是波拿巴说的。"安德烈公爵带着冷笑说。（可以看得出，他不喜欢子爵，虽然他的眼睛没有看着子爵，但他的话是针对子爵的。）

"'我向他们指出了光荣的道路，他们不愿意走，'"他在沉默了一会儿后说，又引用了拿破仑的话，"'我向他们敞开了我的候见室，他们却成群结队地拥进来……'我不知道，他在多大程度上有权这样说。"

"没有任何权利，"子爵说，"在杀害当甘公爵后，甚至最偏心的人也不再把他看作英雄。即使他对某些人来说曾经是英雄，"他转身对安娜·帕夫洛夫娜说，"那么当甘公爵被杀害后，天上就多了一个殉难者，而地上则少了一个英雄。"

安娜·帕夫洛夫娜和其余的人还没有来得及用微笑对子爵的这些话表示赞许，皮埃尔又插了进来，安娜·帕夫洛夫娜虽然预感到他将说出不成体统的话，但是已经拦不住了。

"处死当甘公爵，"皮埃尔说，"从国家考虑有其必要性；我正好认为拿破仑敢于一个人承担这样做的责任，是他精神的伟大之处。"

"我的上帝！"安娜·帕夫洛夫娜惊恐地低声说。

"怎么，皮埃尔先生，您认为无故杀人是精神的伟大？"娇小的公爵夫人说道，她一面微笑着，一面把针线活儿朝自己身边挪。

"啊！哦！"不同的声音一起说道。

"妙极了！"伊波利特公爵用英语说，用手掌拍起膝盖来。子爵只耸了耸肩。

皮埃尔从眼镜上方得意洋洋地看了听众一眼。

"我之所以这样说，"他不顾一切地接着说，"是因为波旁王族逃离革命，使人民处于无政府状态之中；只有拿破仑一人善于理解革命，并且能够战胜它，因此为了共同的利益，他不能对一个人手软，可惜他的生命。"

"您要不要到那一桌去？"安娜·帕夫洛夫娜问道。但是皮埃尔没有回答，继续往下说。

"不，"他说得愈来愈兴奋，"拿破仑很伟大，因为他站得比革命高，去掉了革命的弊病，保留了好的东西——公民的平等权利、言论和出版自由等等，只因为如此，才取得了政权。"

"不错，假如他取得政权后不用它来杀人，而是把它交还给合法的国王，"子爵说，"那么我就称他为一个伟大的人。"

"他不可能这样做。人民把权力交给他，只是为了让他设法让人民不受波旁王朝的统治，这是因为人民认为他是一个伟大的人。革命是伟大的事业。"皮埃尔先生接着说，他不顾一切地插进这一句带有挑战性的话，显示出他年轻气盛和要把一切尽快倾吐出来的愿望。

"革命和弑君都是伟大的事业？……既然如此……您究竟要不要到那一桌去？"安娜·帕夫洛夫娜又问了一句。

"社会契约①。"子爵带着温和的微笑说。

"我说的不是弑君。我说的是思想。"

"不错，是掠夺、杀人和弑君的思想。"又有人用讥讽的语气打断他。

"当然，那是一些极端的做法，但是全部意义不在于此，意义在于人权，在于摆脱偏见的束缚，在于公民一律平等；所有这些思想拿破仑都全部原封不动地保留下来了。"

"自由和平等，"子爵轻蔑地说，似乎已最后拿定主意要向这个青年证明他说的都是蠢话，"都是哗众取宠的大话，早就名声扫地。谁不喜欢自由和平等呢？我们的救世主早已宣扬过自由和平等。难道革命后人们变得更幸福了吗？恰恰相反。我们想要自由，而波拿巴消灭了它。"

安德烈公爵面带微笑，时而看看皮埃尔，时而看看子爵，时

---

① 这指的是法国十八世纪思想家卢梭（一七一二至一七七八年）在他的著作《论社会契约》（一七六二年）中阐述的思想。

而看看女主人。在皮埃尔发生越轨的行动时，安娜·帕夫洛夫娜尽管有社交活动的经验，一开头也吓坏了；但是她看到，虽然皮埃尔发表了亵渎神圣的言论，然而子爵并没有发怒，同时她确信要岔开这些话已不可能，于是她便同子爵联合起来，集中力量攻击皮埃尔。

"不过，亲爱的皮埃尔先生，"安娜·帕夫洛夫娜说，"您说的伟大人物可以不经审判无辜地处死公爵和随便什么人，对此您怎么解释呢？"

"我想问，"子爵说，"皮埃尔先生如何解释雾月十八日[①]？难道这不是欺骗吗？这是玩弄魔术，完全不像伟大人物的行为。"

"还有他杀死非洲俘虏的事[②]呢？"娇小的公爵夫人说，"这真可怕！"说完她耸了耸肩。

"不管怎么说，这是一个大老粗。"伊波利特公爵说。

皮埃尔先生不知道该回答谁才好，他扫视了大家一眼，微微一笑。他的微笑不像别人那种似笑非笑的样子。相反，当他露出笑容时，脸上严肃的，甚至有点忧郁的表情突然一下子消失了，出现了另一种稚气而和善的，甚至有点笨拙的表情，好像是在请求原谅一样。

第一次见到他的子爵这时才明白，这个雅各宾派[③]完全不像他

[①] 一七九九年十一月九日（共和八年雾月十八日）拿破仑发动政变，自任第一执政。

[②] 这大概指的是一七九九年三月法军攻陷雅法后拿破仑下令枪杀四千名投降的土耳其士兵的事。

[③] 雅各宾派原为法国大革命期间雅各宾俱乐部（成立于一七八九年）成员，曾于一七九三至一七九四年执政，实行革命专政，以激进闻名。后"雅各宾派"一词用来指激进分子。

的言语那么可怕。大家都不说话了。

"你们怎么能要他一下子对所有的人做出回答呢?"安德烈公爵说,"同时在谈到一位国务活动家的活动时,应当区分哪些是私人行为,哪些是统帅或皇帝的行为。我这样觉得。"

"对,对,自然是这样。"皮埃尔接过来说,他为有人帮忙而高兴。

"不能不承认,"安德烈公爵继续说,"阿尔科拉桥上的拿破仑是伟大的①,在雅法的医院里向鼠疫患者伸出手去的拿破仑是伟大的②,但是……但是也有很难为之辩护的其他行为。"

看来安德烈公爵这样说是想缓和一下皮埃尔的那些说得过于直率的话,他站起身来准备要走,给妻子做了个暗示。

伊波利特公爵突然站了起来,用手势叫大家不要动,并请大家坐下,说道:

"啊!今天有人给我讲了一个很有趣的笑话;应该说出来与你们共享。对不起,子爵,我将用俄语讲;不然它就没有味道了。"

于是伊波利特公爵开始用俄语讲,他的口音好像在俄国只待过大约一年的法国人讲俄语一样。大家都停住了,因为伊波利特公爵有声有色地恳求他们注意听他的故事。

"莫斯科有一位贵夫人,一位太太。她很吝啬。她需要找两个跟在车后的仆役。个子要高高的。这符合她的趣味。她已有一个贴身女仆,个子更高。她说……"

---

① 一七九六年十一月,在意大利北部争夺阿尔科拉桥的战斗中,作为总司令的拿破仑曾举着军旗冲在最前面。

② 拿破仑曾和贝蒂埃、贝西埃一起视察雅法的医院,与鼠疫患者握手。

这时伊波利特公爵沉思起来，显然是在苦思冥想往下怎么说。

"她说……是的，她说：'丫头（贴身女仆），快穿上号衣，跟着我，在车后头，去拜客。'"

讲到这里时，听众还没有笑，伊波利特公爵自己却扑哧一声笑了起来，这产生了不利于他的效果。然而许多人，其中包括那位上年纪的太太和安娜·帕夫洛夫娜，还是笑了笑。

"她坐上车走了。突然刮起了大风。丫头的帽子刮掉了，长头发散了开来……"

这时他再也忍不住了，便开始上气不接下气地笑起来，一面笑一面说：

"于是整个上流社会都知道了……"

笑话讲到这里就完了。尽管谁也不知道他为什么要讲这个笑话和为什么一定要用俄语讲，但是安娜·帕夫洛夫娜和别的人都称赞伊波利特公爵的好意，是他如此愉快地结束了皮埃尔先生令人不快的和没有礼貌的越轨行为。在听完笑话后，人们开始分散进行闲谈，谈的是下一次和上一次的舞会以及戏剧演出，还有谁将在何时何地见面等等。

五

客人们对安娜·帕夫洛夫娜举行了一个令人陶醉的晚会表示感谢后，开始散了。

皮埃尔动作笨拙。他很胖，个子比一般人要高，肩膀宽阔，浅红色的手很大。像人们常说的那样,他不知道如何进客厅,更不知道如何出客厅,也就是说,不会在出客厅前说一些特别令人愉快的话。此外,他还常常心不在焉。站起身时,他没有拿自己的帽子,却抓起了一顶缀有将官羽饰的三角帽,在手里拿着,扯着上面的帽缨,直到那位将军请他归还为止。但是他心不在焉以及不知道如何进客厅和如何在客厅里说话的缺点,却由温厚、纯朴和谦恭的表情弥补了。安娜·帕夫洛夫娜向他转过身来,以基督徒的温和表示原谅他的越轨行动,朝他点了点头。

"希望能再见到您,并且希望您能改变自己的看法,亲爱的皮埃尔先生。"她说。

当她说这些话时,皮埃尔什么也没有回答,只鞠了一躬,并再次向大家露出了微笑,这微笑什么也不说明,只说明这样一点:"看法归看法,你们可以看到,我是一个多么善良和多么好的年轻人。"所有的人连同安娜·帕夫洛夫娜都不由自主地感觉到了这一点。

安德烈公爵到了前厅,把肩膀伸向给他披斗篷的仆人,淡漠地听着他的妻子同也到了前厅的伊波利特公爵闲扯。伊波利特公爵站在漂亮的、怀孕的公爵夫人旁边,举着带柄的眼镜,直瞪瞪地看着她。

"请回吧,安妮特,您会感冒的。"娇小的公爵夫人在同安娜·帕夫洛夫娜告别时说。"就这样决定了。"她又低声添了一句。

安娜·帕夫洛夫娜已同娇小的公爵夫人谈过有意给阿纳托利和她的小姑子做媒的事。

"我就指望您了,亲爱的朋友,"安娜·帕夫洛夫娜也低声说,"您写信问她并告诉我她的父亲怎样看待这件事。再见。"说完她离开了前厅。

伊波利特公爵走到娇小的公爵夫人跟前,把脸凑近她,开始压低声音对她说一件事。

两个仆人,一个是公爵夫人的,一个是他的,在等他们把话说完。两人拿着披肩和长礼服站着,听着他们不懂的法国话,他们脸部的表情却表示,似乎他们懂得说的是什么,但是不愿意露出这一点。公爵夫人像平常一样,说话时面带微笑,听的时候则笑出声来。

"我很高兴,没有去参加英国公使的庆祝会,"伊波利特公爵说,"无聊……晚会好极了。好极了,不是吗?"

"听说,那里将举行一个很好的舞会。"公爵夫人翘起长着绒毛的小嘴唇回答道,"社交界所有的漂亮女人都将参加。"

"不是所有的,因为您不去;不是所有的。"伊波利特公爵高兴地笑着说,他从仆人手里抓过披肩,甚至把仆人推开,亲自动手把它披在公爵夫人身上。不知是由于动作笨拙还是有意地(谁也无法弄清是怎么回事),披肩已经披好了,他还很久没有放开手,仿佛在拥抱着这个年轻的女人。

公爵夫人姿势优美地躲开他,但是仍然微笑着,她转过身来,看了丈夫一眼。安德烈公爵的眼睛闭着,他好像很疲倦,想要睡觉。

"您准备好了吗?"他问妻子,两眼有意不看她。

伊波利特公爵匆匆忙忙地穿上他的长礼服,这件新式的礼服长过脚跟,他穿着它磕磕绊绊地跟在公爵夫人后面跑到台阶上,这时仆人正扶着她上马车。

"公爵夫人,再见。"他喊道,舌头也像两只脚那样不那么灵活了。

公爵夫人撩起衣裙,在黑暗的马车里坐下了;她的丈夫整了整军刀;伊波利特公爵借口帮忙,给大家添乱。

"对不起,先生。"安德烈公爵用俄语冷淡而讨厌地对妨碍他上车的伊波利特公爵说。

"我等着你,皮埃尔。"说话的仍然是安德烈公爵的声音,不过语气亲切而柔和。

前导马驭手催马向前,马车的车轮隆隆地响了起来。伊波利特公爵时断时续地笑着,站在台阶上等着子爵,他答应把子爵送回家去。

"我说,我的亲爱的,您的那位娇小的公爵夫人非常可爱。非常可爱,"子爵在与伊波利特一起在马车里坐好后说,"非常可爱。"他吻了吻自己的手指尖。"完完全全是一个法国女人。"

伊波利特扑哧一声笑了起来。

"您知道,您那副天真无邪的样子,其实很可怕,"子爵接着说,"我同情那可怜的丈夫,那个小军官,他装出一副在位君主的样子。"

伊波利特又扑哧一声笑了,并且笑着说:

"您曾经说过,俄罗斯女人不如法国女人。应当善于笼络她们。"

皮埃尔先到了,他像自家人一样进了安德烈公爵的书房,立刻照老习惯在沙发上躺下,随手从书架上拿了一本书(这是恺撒的札记[①]),用胳膊肘支撑着身体,开始从中间读起来。

[①] 指古罗马统帅和政治家恺撒(公元前一〇〇至前四四年)的《高卢战记》。

"您在舍列尔女士家干了些什么?她现在就要完全病倒了。"安德烈公爵走进书房时一面说,一面搓着白净的手。

皮埃尔整个身体转了过来,弄得沙发咯吱咯吱响,他把兴奋的脸转向安德烈公爵,笑了笑,挥了挥手。

"不,这位神父很有意思,只不过对问题的理解不对头……照我看来,永久的和平是可能的,但是我不知道这该怎么说……不过不是通过政治均势。"

安德烈公爵显然对这种抽象的谈话不感兴趣。

"亲爱的,不能把你所想的事到处去说。怎么,你最后做了什么决定没有?是去当近卫骑兵还是去当外交官?"安德烈公爵在沉默片刻后问道。

皮埃尔从沙发上坐了起来,盘起腿。

"您瞧,我还不知道干什么呢。这两种工作我都不喜欢。"

"但是总应当做一个决定吧?你的父亲正在等着呢。"

皮埃尔十岁时就和一个担任家庭教师的神父一起到了国外,在那里一直待到二十岁。他回到莫斯科时,父亲辞退了神父,对儿子说:"现在你到彼得堡去吧,熟悉一下环境,选择一件事情做做。你干什么我都同意。这是让你带给瓦西里公爵的一封信,这是钱。把所有情况写信告诉我,我将在各个方面帮助你。"皮埃尔选择差使已选择了三个月,什么结果也没有。安德烈公爵对他说的就是这件事。皮埃尔擦了擦前额。

"他想必是一个共济会员①。"皮埃尔说,他指的是在晚会上见

---

① 共济会是宗教哲学团体,十八世纪产生于英国,后来发展到欧洲其他国家。俄国共济会出现于十八世纪三十年代。

到的那位神父。

"所有这些都是荒诞无稽的想法,"安德烈公爵又阻止他说,"最好还是谈一谈正经事。你去过近卫骑兵队吗?……"

"不,还没有去,不过我产生了一个想法,想对您说。现在正在进行反拿破仑的战争。如果这是为自由而战,那么我能理解,我就会第一个报名去服军役;但是帮助英国和奥地利去反对世界上最伟大的人……这不好。"

安德烈公爵听了皮埃尔这样幼稚的话,只耸了耸肩膀。他做出对这种蠢话无法回答的样子;但是对这个天真的问题确实很难做出与安德烈公爵不同的表示。

"如果所有的人只是根据自己的信念而去打仗,那么就不会有战争了。"他说。

"那就太好了。"皮埃尔说。

安德烈公爵冷笑了一声。

"也许这真的太好了,但是这一点永远不会实现……"

"那么您为了什么去打仗呢?"皮埃尔问。

"为了什么?我不知道。需要这样做。此外,我去……"他停住了,"我去是因为我在这里的这种生活不合我的心意!"

六

在隔壁的房间内,响起了妇女的衣服的窸窣声。安德烈公爵好像醒过来一样,身子猛地一抖,脸上露出了那种在安娜·帕夫洛夫娜客厅里曾经有过的表情。皮埃尔把双腿从沙发上放下来。公爵夫人进来了。她已换上了仍然是雅致的和颜色鲜艳的家常便服。安德烈公爵站起身来，彬彬有礼地把圈椅挪到她跟前。

"我常常想，为什么，"她急忙坐到圈椅上，像平常一样用法语说，"究竟为什么安妮特不嫁人？你们大家，先生们，都很愚蠢，竟然没有人娶她。恕我直说，你们根本不了解女人。您真喜欢争论，皮埃尔先生！"

"我和您的丈夫也一直在争论；我不明白他为什么要去打仗。"皮埃尔毫不拘束地对公爵夫人说，没有年轻男子和年轻女人说话时常有的那种局促不安的表现。

公爵夫人浑身抖动了一下。看来皮埃尔的话触及了她的痛处。

"唉，我也这样说！"她说，"我不明白，完完全全不明白，为什么男人们不打仗就不行？为什么我们女人什么也不想，什么也不需要？就请您来评评理。我一直对他说：在这里他是叔叔的副官，这个位置再好不过了。大家都知道他，都器重他。前些日子我在阿普拉克辛家听到一位太太问道：'这是有名的安德烈公爵吗？'我说的完全是实话！"说着她笑了起来。"他到处都受欢迎。他能很容易地成为侍从武官。您知道，仁慈的皇上曾同他谈过话。我和安妮特说，这件事很容易办成。您以为如何？"

皮埃尔朝安德烈公爵看了一眼，发现他的朋友不喜欢谈这件事，便什么也没有回答。

"您什么时候走？"他问。

"唉！不要对我讲他走的事，不要对我讲。我不愿意听。"公爵夫人用一种任性顽皮的腔调说，她在客厅里同伊波利特说话时用的就是这种腔调,而在家里,在皮埃尔似乎是家庭成员的情况下,这样说话显然不合适。"今天,当我想到要断绝所有这些可贵的联系时……还有,你知道吗,安德烈?"她意味深长地朝丈夫眨眨眼。"我害怕,我害怕!"她低声说,整个脊背颤动着。

安德烈公爵朝她看了一眼,从他的神情来看,似乎他在发觉房间里除了他和皮埃尔外还有第三个人而感到有些惊讶;然而他还是冷淡而有礼貌地问妻子:

"你怕什么呀,丽莎?我不明白。"他说。

"瞧,所有男人都是自私的;所有的,所有的男人都自私自利!自己为了满足古怪的愿望,天知道为了什么扔下我,把我一个人送到乡下幽禁起来。"

"别忘了,你同父亲和妹妹在一起。"安德烈公爵低声说。

"不管怎么样我还是孤身一人,没有**我的**朋友们……还想要我不害怕呢。"

公爵夫人已经在埋怨了,她翘起了小嘴唇,脸上出现的已不是快乐的表情,而是一种凶狠的、像松鼠一样的表情。她停住不说了,似乎认为当着皮埃尔的面说自己怀孕有失体面,可是问题的实质正在于此。

"我还是没有明白,你害怕什么。"安德烈公爵凝视着妻子慢吞吞地说。

公爵夫人涨红了脸,无可奈何地挥了挥手。

"不,安德烈,我说,你完全变了,完全变了……"

"大夫叫你早点睡觉。"安德烈公爵说,"你还是去睡吧。"

公爵夫人什么也没有说,突然她的长着绒毛的小嘴唇颤抖起来；安德烈公爵站起身来，耸了耸肩，从房间的一头走到那一头。

皮埃尔透过眼镜，惊讶和天真地时而看看他，时而看看公爵夫人，动了一下，似乎也想站起来，但是又改变了主意。

"对我来说，皮埃尔先生在这里也不碍事。"娇小的公爵夫人突然说道，她那漂亮的脸一下子拉长成为一副哭丧相，"我早就想对你说，安德烈，你为什么对我变得这样？我做了什么对不起你的事了？你要到部队去，你不可怜我。为了什么？"

"丽莎！"安德烈公爵只这样喊了一声；而在这喊声里既有请求，也有威胁，而主要的，是相信她自己会为自己的话后悔的。但是她急急忙忙地往下说：

"你对待我像对待病人或孩子一样。我什么都看见了。难道半年前你是这样的吗？"

"丽莎，我请求你不要说了。"安德烈公爵的语气更严厉了。

皮埃尔在他们说话时愈来愈激动，他站起身来，走到公爵夫人面前。他好像见不得眼泪，自己眼看就要哭出声来。

"公爵夫人，请您放宽心。这是您的感觉，因为，请您相信我的话，我自己有过体验……由于……因为……不，请原谅，外人在这里是多余的……不，请您放宽心……再见……"

安德烈公爵拉住他的手。

"不，等一下，皮埃尔。公爵夫人的心很好，她不会让我失去与你一起消磨一个晚上的快乐的。"

"不，他只想着自己。"公爵夫人说，气愤的眼泪忍不住夺眶而出。

"丽莎。"安德烈公爵提高声调冷冰冰地说，这表明他再也无法忍受了。

突然公爵夫人漂亮的脸上气愤的、像松鼠似的表情为一种有魅力的和令人同情的恐惧表情所代替；她皱眉蹙额，用自己美丽的小眼睛看了丈夫一眼，脸上露出了畏怯的和认错的表情，这种表情通常在一只迅速而无力地摇动着耷拉下来的尾巴的狗脸上可以看到。

"我的上帝，我的上帝！"公爵夫人说，她用一只手撩起衣裙，走到丈夫跟前，吻了吻他的前额。

"再见，丽莎。"安德烈公爵说，他站起身来，像对待外人一样，有礼貌地吻她的手。

朋友俩沉默着。谁都没有开口说话。皮埃尔不时地看看安德烈公爵，安德烈公爵则用他的小手擦擦前额。

"咱们去吃晚饭吧。"他叹口气说，站起身来朝门口走去。

他们走进一个重新装修过的优雅而豪华的餐厅。这里的一切，从餐巾到银器、瓷器和玻璃器皿，都带有年轻夫妇家里的用具特有的光泽。在吃饭中间，安德烈公爵把胳膊肘支在桌子上，显出心里有话早就想说、现在突然决定要说出来的样子，带着皮埃尔从未见过的神经质的激动的表情，开口说道：

"你永远，永远也不要结婚，我的朋友；请听我的忠告：在你还不敢说你已做到了你所能做的一切之前，在你还没有停止爱你选中的女人，没有把她看清楚之前，不要结婚；否则你就会铸成大错，无法挽回。到年老和毫不中用时再结婚吧……不然你身上一切好的和高尚的东西就会丧失掉。一切都将浪费在琐碎的小事上。真的，真的，真的！你不要这样惊奇地看着我。如果你在结婚后希望自己将来有所作为的话，那么每走一步你都会感觉到，对你来说，一切都完了，一切都对你关上了门，只有客厅的门敞着，你在那里将像宫廷的奴仆和白痴一样站在那里……就是这样！"

他用力挥了一下手。

皮埃尔摘下眼镜，他的脸因此变了样，显得更为和善，他惊奇地望着朋友。

"我的妻子是一个很好的女人。"安德烈公爵接着说道，"这是世上少有的女人之一，做她的丈夫可以不必为自己的名誉担心；但是，我的天，要是我现在能重新成为单身汉，我愿意付出一切！这是我对你一个人第一次这样说，因为我喜欢你。"

安德烈公爵说这话时，更不像那个懒洋洋地坐在安娜·帕夫洛夫娜客厅的圈椅里、眯着眼睛含糊不清地说着法国话的鲍尔康斯基了。他的冷冰冰的脸上每块肌肉都在神经质地颤动着；他那双不久前似乎生命之火已经熄灭的眼睛，现在闪现出一道道明亮的光芒。可以看出，他平时愈是显得毫无生气，在这几乎是病态的激动的时刻就愈是精神焕发。

"你不明白我为什么讲这些话。"他继续说道，"因为这是生活中的一大段经历。你说起波拿巴和他的发迹史。"他说，虽然皮埃尔没有说过波拿巴的事。"你谈到波拿巴；但是当波拿巴埋头苦干、一步步走向目标时，他是自由的，除了目标之外，他什么也没有——他达到了目标。但是如果把自己与女人拴在一起——像一个戴脚镣的囚犯一样，你就会失去任何自由。你的一切希望和精力只会使你感到苦恼，使你遭受悔恨的折磨。客厅、流言蜚语、舞会、虚荣心、微不足道的小事——所有这些成了我无法走出的怪圈。我现在就要上战场,去参加从未有过的伟大的战争,而我什么也不懂,什么也不会。我受人爱慕,说话尖刻,"安德烈公爵接着往下说,"在安娜·帕夫洛夫娜的客厅里,大家都很注意地听我讲话。那是一帮愚蠢的人,而我的妻子和这些女人离开他们就无法过日子……要是你能知道所有这些高贵的女人和一般女人是什么货色就好了!我的父亲说得对。自私自利,爱好虚荣,愚昧无知,微不足道——女人们露出本来面目时就是这样。你在社交场合看她们一眼,似乎觉得有点什么东西,其实什么都没有,什么都没有,什么都没有!是的,不要结婚,亲爱的,千万不要结婚。"安德烈公爵最后说。

"我觉得可笑,"皮埃尔说,"**您认为自己,您认为自己**没有才干,认为您的一生被生活毁了。其实您前程远大,前途无量。而且您……"

他没有说您将怎么样,但是他的语气就已表明他非常看重自己的朋友,对他的前途抱有很大的希望。

"他怎么能这样说!"皮埃尔想道。他认为安德烈公爵是具有所有美德的典范;他这样认为是由于安德烈公爵身上高度地集中了皮埃尔所缺少的品质,这些品质可用"毅力"这一概念最贴切地表达出来。皮埃尔一向对安德烈公爵善于同各种不同的人应酬而感到惊讶,钦佩他的非凡的记忆力和博学多识(他什么都读,什么都知道,什么都了解),而最钦佩的是他工作和学习的能力。如果说皮埃尔对安德烈缺乏幻想和哲理思考(皮埃尔特别喜欢这样做)的能力感到吃惊的话,那么他认为这不是缺点,而是长处。

在朋友之间最好的和最纯朴的关系中,奉承和称赞是必要的,正如车轮需要抹油才能运转一样。

"我是一个已经完蛋的人。"安德烈公爵说道。"我的事有什么可说的？让我们来谈谈你吧。"他沉默了一会儿后说道，因自己出现宽慰的想法而高兴地微微一笑。

他的笑容霎时间在皮埃尔的脸上反映出来。

"关于我的事有什么好讲的？"皮埃尔说，他咧开嘴，露出无忧无虑的快活的微笑。"我算是什么人？我是一个私生子！"他的脸突然涨得通红。可以看出，他是做了很大努力后才说出这句话的。"既无身份，又无财产……有什么办法呢，其实……"但是他没有说出**其实怎么样**，"我目前很自由，感到很舒服。我只是怎么也不知道我该开始做什么。我曾想和您好好商量一下。"

安德烈公爵用和善的目光看着他。但是在他的友好和亲切的目光里仍然露出一种优越感。

"我觉得你非常可贵，尤其是因为你是我们整个上流社会中唯一的活人。你感到很舒服。你想做什么就做什么吧；这反正都是一样的。你到任何地方去都会受欢迎，但是记住一点：你别再去库拉金家，别再过这样的生活。所有这些酗酒和寻欢作乐的事，这一切……对你都不合适。"

"有什么办法呢，我的亲爱的，"皮埃尔耸耸肩膀说，"女人哪，我的亲爱的，这些女人！"

"我弄不明白。"安德烈回答道，"正派女人，这是另一回事；但是库拉金家的女人，女人和酒，我不明白！"

皮埃尔住在瓦西里·库拉金公爵家，和他的儿子阿纳托利一起过着放荡的生活，家里的人为了使阿纳托利改邪归正，打算让他娶安德烈公爵的妹妹。

"您知道吗，"皮埃尔说，他脑子里仿佛突然出现了一个很好的想法，"说真的，我早就这样想了。过这种生活什么事也决定不了，什么事也不能好好考虑。脑袋痛得很，又没有钱。今天他邀请过我，我没有去。"

"你敢向我保证不去吗？"

"保证不去！"

皮埃尔从他的朋友家出来时，已是夜里一点多钟了。彼得堡六月的夜是明亮的夜。皮埃尔雇了一辆马车，打算回家。但是他离家愈近，愈觉得这个更像黄昏和早晨的夜里无法入睡。沿着空荡荡的街道望去，可以看得很远。途中皮埃尔回想起，今天晚上在阿纳托利那里照例有人聚赌，赌完后通常要狂饮一场，最后以皮埃尔喜爱的娱乐结束。

"到阿纳托利那里去倒也不错。"他想。但是立刻想起他对安德烈公爵许下的不到阿纳托利那里去的诺言。

然而他立刻又像所谓意志薄弱的人常有的那样，热切希望再一次体验一下他非常熟悉的放荡生活，于是他便决定前去。这时马上又产生一个想法，认为许下的诺言毫无意义，因为在向安德烈公爵许诺之前，也向阿纳托利公爵下过保证去他那里；最后他想，所有这些诺言都是一些空洞的东西，没有确定的内容，尤其是只要设想一下明天也许他就会死去，或者发生意外事件，到那时也就没有履行诺言和不履行诺言的问题了。皮埃尔常常进行诸如此类的推论，结果打消了所有的决定和意图。他便去找阿纳托利了。

他到了近卫骑兵营房旁阿纳托利居住的一座大房子前,上了灯火未熄的台阶和楼梯,进了一扇敞开着的门。前厅里没有人;这里乱放着空酒瓶、斗篷和套鞋,散发出一股酒气,听得见远处的说话声和叫喊声。

赌博和晚餐已经结束了,但是客人还没有散。皮埃尔脱掉斗篷,进了第一个房间,那里残羹剩饭还没有收拾,一个仆人以为没有人看见他,正在偷偷地喝杯里剩下的酒。从第三个房间里传来熟悉的喧闹声、笑声和叫喊声以及狗熊的吼声。七八个年轻人神情紧张地聚集在敞开的窗户旁。三个人在玩一头小熊,一个人拉着链子,用狗熊来吓唬另一个人。

"我押史蒂文斯一百卢布!"一个人喊道。

"不能用手扶东西!"另一个人喊道。

"我押多洛霍夫!"第三个人喊道,"库拉金,你来当证人。"

"喂,别玩小熊了,这里在打赌呢。"

"要一口气喝下去,不然就算输了。"第四个人喊道。

"雅科夫!拿一瓶酒来,雅科夫!"主人喊道,这是一个身材颀长的美男子,他站在人群中间,身上穿一件薄衬衣,敞着胸。"等一等,先生们。瞧,彼得鲁沙①来了,亲爱的朋友。"他对皮埃尔说。

这时一个身材不高、长着一双明亮的蓝眼睛的人从窗口喊道:"到这里来——你来主持打赌!"他的声音在所有这些喝醉酒的人的声音中显得最为清醒。这就是多洛霍夫,他是谢苗诺夫近卫团②

---

① 彼得鲁沙是皮埃尔的俄语名字彼得的爱称。

② 谢苗诺夫近卫团是俄国历史最久的团队之一,它是彼得一世于一六八七年在"少年游戏兵团"的基础上建立的。

的军官，著名的赌徒和爱好决斗的寻衅闹事者，同阿纳托利住在一起。皮埃尔微笑着，快活地看看自己的周围。

"我什么也不明白。怎么回事？"他问。

"等一等，他没有喝醉。把那瓶酒给我。"阿纳托利说，顺手从桌子上拿起一个杯子，走到皮埃尔跟前。

"先喝了再说！"

皮埃尔开始一杯接一杯地喝，皱起眉头看看又聚集在窗户旁的喝醉酒的客人们，注意听他们在说什么。阿纳托利一面给他倒酒，一面对他说，多洛霍夫跟在场的英国海军军官史蒂文斯打赌，说他能坐在三楼的窗台上，两条腿垂到窗外，喝下一瓶罗姆酒①。

"你把这一瓶全喝完，"阿纳托利把最后一杯递给皮埃尔，说道，"不然不放你走！"

"不，我不想喝了。"皮埃尔说，推开阿纳托利，走到窗户跟前。

多洛霍夫握住英国人的手，清楚而明确地说出打赌的条件，他主要是说给阿纳托利和皮埃尔听的。

多洛霍夫中等身材，长着一头鬈发和一双明亮的蓝眼睛。他大约有二十五岁。他像所有步兵军官一样，没有留胡子，因此他的嘴就整个地露了出来，这是他脸上最惹人注意的部分。这张嘴的嘴形很好看。在中间，上唇像一个尖角一样有力地垂到结实的下唇上，在两边嘴角常常形成类似笑窝的东西，一边一个；所有这一切，特别是连同坚定的、放肆无礼的、聪明的目光，给人以深刻的印象，使得人们不能不注意这张脸。多洛霍夫并不富有，

---

① 罗姆酒是一种用甘蔗制的烈性酒。

也没有各种门路。尽管阿纳托利大手大脚，一年要花掉几万卢布，但是跟他住在一起的多洛霍夫却能使得阿纳托利本人和认识他俩的人都十分尊重他，尊重的程度超过了尊重阿纳托利。多洛霍夫进行各种形式的赌博，几乎总是赢家。不管他喝多少，他从来不失去清醒的头脑。无论是阿纳托利还是多洛霍夫，在当时彼得堡的浪子和酒徒当中都是大名鼎鼎的人物。

一瓶罗姆酒拿来了；窗框使人无法坐在靠外墙有些倾斜的窗台上，于是两个仆人便动手拆它，他们在周围的老爷们七嘴八舌的指挥下和叫喊声中变得手忙脚乱，不知所措。

阿纳托利带着得意洋洋的神气走到了窗前。他想要毁坏点什么。他推开那两个仆人，使劲拉窗框，但是窗框一动也不动。可是却把玻璃打碎了。

"喂，你来，大力士。"他对皮埃尔说。

皮埃尔抓住横档，使劲一拽，咔嚓一声，柞木的窗框有的地方断裂了，有的地方被拽出来了。

"全部拆掉，不然会以为我扶住东西呢。"多洛霍夫说。

"这个英国人吹牛……是吧？……好了吗？"阿纳托利问。

"好了。"皮埃尔说，眼睛看着拿了一瓶罗姆酒走到窗前来的多洛霍夫，从窗口可以看到天空的亮光和天空中正在融成一片的早霞和晚霞。

多洛霍夫手里拿着一瓶罗姆酒，跳到窗台上。

"听着！"他站在窗台上朝房间里的人喊了一声。大家都不说话了。

"我打赌（他为了让那个英国人听得懂，讲的是法语，不过讲得不那么好)。打五十金卢布①的赌,要不要加到一百卢布?"

"不,五十卢布。"英国人说。

"好吧,就赌五十金卢布,我坐在窗台上,就坐在这个地方(他俯下身,指了指窗外墙上有些倾斜的突出部分),不扶住任何东西,瓶不离嘴地一口气把这瓶罗姆酒全喝完……这样行吗?……"

"很好。"英国人说。

阿纳托利朝英国人转过身来,抓住他的燕尾服的一个纽扣,俯视着他(英国人个子很小),开始用英语对他重复打赌的条件。

"等一等!"多洛霍夫喊了起来,用瓶子敲敲窗户,以引起大家的注意,"等一等,库拉金;你们听我说。如果有人也敢这样做,那么我给他一百金卢布。明白了吗?"

英国人只点了点头,似乎没有明确表示他是否打算按这个新的条件打赌。虽然这英国人已点头表示都听懂了,但是阿纳托利没有放开他,还是把多洛霍夫的话翻译成英语给他听。一个今天晚上赌输了的年轻瘦削的禁卫骠骑兵军官爬到窗台上,探出身去朝下看了一眼。

"啊——哟!"他望着窗下人行道上的石板说。

"别胡来!"多洛霍夫喊道,把他从窗台上拽下来,那军官被马刺绊住,笨手笨脚地跳进屋里。

为了拿起来方便,多洛霍夫把酒瓶放在窗台上,小心翼翼地、慢慢地爬上窗户。他垂下双腿,用两手撑住窗沿,打量了一下,坐稳了,身子朝左右挪了挪,拿起了酒瓶。虽然天已经大亮

---

① 金卢布是从一七五五年开始铸造的金币,值十个银卢布。

了，阿纳托利仍然拿来了两支蜡烛放到窗台上。穿着白衬衫的多洛霍夫的脊背和他长着鬈发的脑袋从两边被照亮。所有的人都聚集在窗户旁。英国人站在前面，皮埃尔只是微笑着，什么也没有说。在场的一个比别人年纪大的人，露出恐惧和气愤的脸色，突然向前挤，想要抓住多洛霍夫的衬衫。

"诸位先生，这是胡闹，他会摔死的。"这个比较有理智的人说。

阿纳托利拦住他。

"别碰他，你会把他吓着的，他就会摔死。怎么样？……那怎么办呢？……啊？……"

多洛霍夫转过身来，让自己坐稳点，又用两手撑住窗沿。

"如果有人再挤到我跟前来，"他从抿紧的薄嘴唇里挤出这句话来，平常他很少这样说话，"我马上就把他扔到下面去。就这么办！……"

他说完"就这么办"，又转过身去，放下了双手，拿起酒瓶把它凑到嘴边，朝后仰起头，为了保持身体平衡举起了空着的手。一个动手收拾碎玻璃的仆人，弯着腰停住不动了，目不转睛地看着窗户和多洛霍夫的脊背。阿纳托利笔直地站着，睁大了眼睛。英国人噘起嘴，从一旁看着。那个试图阻止打赌的人跑到房间的角落里，脸朝墙躺倒在沙发上。皮埃尔捂住脸，微弱的笑容仍遗留在他脸上，虽然现在脸上出现的是恐惧和害怕的表情。大家都没有说话。皮埃尔把手从眼睛上拿开。多洛霍夫还是那样坐着，只是头更往后仰，这样后脑勺上的鬈发碰到了衬衫的领子，那只握住酒瓶的手抖动着，使着劲儿，举得愈来愈高。酒瓶看来逐渐空了,同时它也不断往上举,高过了头顶。"时间怎么这样长?"皮埃尔想道。他觉得已经过了半个多钟头。突然多洛霍夫的背做了一个向后仰的动作,他的手神经质地颤抖起来;这一颤抖足以使得他在斜面上的整个身体坐不住了。他整个人往下滑,他的手和脑袋由于使劲抖得更加厉害了。一只手举起来想要抓住窗台,但是又放下了。皮埃尔又闭上了眼睛,并对自己说,永远也不睁开了。突然他感觉到周围的一切活动起来。他睁眼一看:多洛霍夫站在窗台上,他脸色苍白,然而很高兴。

"空了!"

他把酒瓶扔给英国人,英国人一伸手灵活地把它接住。多洛霍夫从窗台上跳了下来。他散发出一股强烈的罗姆酒气。

"好极了!好样的!这才叫打赌!真了不得!"人们从四面八方喊叫着。

英国人掏出钱包,数出了钱。多洛霍夫皱着眉头,没有说话。皮埃尔跳到窗台上。

"先生们,谁愿意和我打赌?我也要这样做!"他突然喊了一声,"不打赌也行,就这样。叫人给拿瓶酒来。我一定做到……叫人拿酒来。"

"行!让他试试!"多洛霍夫笑着说。

"你怎么,发疯了吗?谁会让你干?你站在楼梯上都头晕。"人们从四面八方说。

"我一定喝下去,给我一瓶罗姆酒!"皮埃尔喊叫起来,醉醺醺的他用力拍了一下桌子,就往窗口爬。

人们抓住了他的手;但是他力气很大,把一个靠近他的人推得远远的。

"不,这样无论如何拦不住他,"阿纳托利说,"等一等,让我来哄他。皮埃尔,听我说,我和你打赌,但是要挪到明天,现在我们大家要到某某家里去。"

"那就走吧,"皮埃尔喊道,"走!……把小熊也带去……"

于是他抓住小熊,抱住它,把它举起来,和它一起在房间转起圈来。

七

瓦西里公爵履行了他在安娜·帕夫洛夫娜家的晚会上向德鲁别茨卡娅公爵夫人许下的诺言,当时公爵夫人求他为她的独生儿子鲍里斯谋个差使。公爵把此事奏明了皇上,鲍里斯被破例调到谢苗诺夫团当一名准尉。但是尽管安娜·米哈依洛夫娜到处奔走和使尽了手腕,她的儿子却未能当上副官或到库图佐夫身边服役。在安娜·帕夫洛夫娜家的晚会举行后不久,安娜·米哈依洛夫娜回到了莫斯科,直接去有钱的亲戚罗斯托夫家,她在莫斯科时就在他们家落脚,她的那个刚提升为准尉并立即调到近卫军的宝贝儿子鲍里斯从小就在他们家受教育,在他们家生活过好多年。近卫军部队已于八月十日从彼得堡开拔了,留在莫斯科置办军服的儿子应该在去拉济维洛夫①的途中追上部队。

罗斯托夫家正在过两个娜塔莉娅——母亲和小女儿同名——

---

① 拉济维洛夫是俄国西南边陲的一个小镇,俄军由此进入加里西亚。

的命名日。从早晨开始,波瓦尔大街上罗斯托娃伯爵夫人的那座全莫斯科闻名的大宅子门前,载着前来祝贺的人们的马车来来往往,络绎不绝。伯爵夫人带着漂亮的大女儿在客厅里陪着一批又一批不断前来的客人。

伯爵夫人的脸型是典型的东方女人的瘦削脸型,她四十五岁上下,由于生了十二个孩子显得有点未老先衰了。身体虚弱使得她行动和说话迟缓,这却给她增添了一种端庄的风度,令人肃然起敬。安娜·米哈依洛夫娜·德鲁别茨卡娅公爵夫人像自家人一样坐在这里,帮助接待客人,陪他们说话。年轻人待在后面的房间里,他们都认为无需参加接待客人的事。伯爵一个人迎送客人,邀请大家留下来进餐。

"非常非常感谢您,亲爱的(他对地位比他高的和比他低的人都毫无区别地一律称为亲爱的),代表我自己和两个亲爱的过命名日的人感谢您。别忘了留下吃饭。不然我会生气的,亲爱的。我代表全家诚恳地请求您,亲爱的。"他对所有的人毫无例外地说着这些话,不加任何改变,他那胖胖的、快乐的和刮得光光的脸上带着同样的表情,和所有客人同样地紧紧握手,不断重复着点头哈腰的动作。送走一位客人后,伯爵便回到还待在客厅里的男客或女宾身边来;他挪了挪圈椅坐了下来,带着一副喜欢享福和会过生活的人的神气,不拘礼节地分开双腿,把两只手放在膝盖上,意味深长地晃动着身子,和客人一起猜测天气变化,谈谈养生之道,有时说俄语,有时则说很蹩脚但自信讲得很好的法语,然后又带着疲惫的、恪尽主人义务的样子去送客,同时整理着秃头上稀疏的白发,再一次请客人留下吃饭。有时,他从前厅回来,经过花房和仆役室到大理石大厅，那里正在摆八十人用餐的餐具，他一面看着正在搬银器和瓷器、摆桌子、铺提花桌布的仆人，一面把贵族出身的总管德米特里·瓦西里耶维奇叫过来，对他说：

"注意，米坚卡①，要把一切安排得好好的。对，对。"他说，满意地扫视了一下摆开的大餐桌，"主要的是餐桌要布置得好。这才对……"说完便得意地叹口气，回客厅去了。

"玛丽亚·利沃夫娜·卡拉金娜带女儿到！"伯爵夫人的身材高大的随从到客厅门口用低沉的声音报告道。伯爵夫人想了想，从嵌有丈夫肖像的金鼻烟壶里嗅了嗅鼻烟。

"这些客人真把我折磨得够呛。"她说，"好吧，这是我接待的最后一个人。这个女人很讲究礼节。请进。"她用的是忧伤的声调，好像在说："好吧，就请您把我折磨死吧。"

一位身材高大、体形丰满、样子高傲的太太带着圆脸的、满面笑容的女儿进了客厅，走动时衣裙窸窣作响。

"亲爱的伯爵夫人，已经很久了……这可怜的孩子生病来着……在拉祖莫夫斯基家的舞会上……我是那么的高兴……"只听得女人们你一言我一语的说话声，还可听到衣裙的窸窣声和挪椅子的声音。谈话开始了，这样的谈话一般恰好延续到出现第一次停顿，这时客人就站起来，伴随着衣裙窸窣作响的声音说："我非常非常高兴；妈妈的身体……还有阿普拉克辛娜伯爵夫人。"说到这里又再一次把衣裙弄得窸窣作响，到了前厅，穿上皮大衣或披上斗篷，坐车走了。这次谈话涉及当时城里的一条重要新闻：著名的富翁和叶卡

---

① 米坚卡是德米特里的昵称。

捷琳娜时代的美男子老别祖霍夫伯爵生病的事和他的私生子皮埃尔在安娜·帕夫洛夫娜·舍列尔的晚会上的失礼行为。

"我非常同情可怜的伯爵，"女客人说，"他的身体已是那样的不好，而现在又要为儿子而伤心。这会把他气死的！"

"怎么回事？"伯爵夫人问，好像不知道女客人说的是什么，其实关于别祖霍夫伯爵伤心的原因她已听人讲过不下十五六次了。

"瞧，这就是现在的教育！"女客人接着说，"还在国外的时候，这个年轻人就任性胡闹，如今到了彼得堡，听说干了骇人听闻的事，警察把他从那里赶出来了。"

"这事当真？"伯爵夫人问。

"他乱交朋友。"安娜·米哈依洛夫娜插进来说，"瓦西里公爵的儿子和他，还有一个叫多洛霍夫的，听说这三人干了天知道的什么事儿。两个人受到了惩罚。多洛霍夫被降为士兵，别祖霍夫的儿子被送回莫斯科。至于阿纳托利·库拉金，他父亲设法把他的事遮掩过去了。但是仍然被赶出了彼得堡。"

"他们到底干了什么？"伯爵夫人问。

"这些人完全是强盗，特别是多洛霍夫。"女客人说，"他是一位受人尊敬的太太玛丽亚·伊万诺夫娜·多洛霍娃的儿子，这又怎么样呢？您想一想，他们三个人不知从哪里弄来了一头狗熊，把它放到马车上，带到了女戏子那里。警察赶来制止他们。他们抓住了分局长，把他背靠背地捆在狗熊身上，并把狗熊放进莫依卡河中，狗熊在水里游，分局长就在它背上。"

"那分局长的样子，我的亲爱的，一定很好看！"伯爵喊道，笑得几乎要死了。

"啊，多么可怕！这里有什么好笑的，伯爵？"

但是女士们也都情不自禁地笑着。

"好容易才把这个倒霉的人救了上来。"女客人继续往下说，"这是基里尔·弗拉基米罗维奇·别祖霍夫伯爵的儿子想出这个好主意来寻开心的！"她加了一句，"而人们都说，他受过良好的教育，而且很聪明。这就是在国外受教育的结果。虽然他很有钱，我希望这里谁也不接待他。曾有人想要把他介绍给我。我坚决拒绝了，因为我家里有女儿。"

"为什么您说这个年轻人很有钱？"伯爵夫人问，弯下身子避开姑娘们，而姑娘们立刻装出没有听的样子。"要知道那老头只有私生子。好像……皮埃尔也是私生子。"

女客人挥了挥手。

"我想，他有二十个私生子。"

这时安娜·米哈依洛夫娜公爵夫人插嘴了，她想要显示自己有很多关系和了解上流社会的所有事情。

"问题在于，"她也压低声音意味深长地说，"基里尔·弗拉基米罗维奇·别祖霍夫伯爵的名声是大家都知道的……他有多少孩子，连他自己也记不清，但是这个皮埃尔是他最喜欢的。"

"去年这老头还是很漂亮的！"伯爵夫人说，"我没有见过更好看的男人。"

"现在变得很厉害。"安娜·米哈依洛夫娜说。"我曾想这样说，"她接着说下去，"瓦西里公爵由于妻子的关系，是全部财产的直接继承人，但是老头非常喜欢皮埃尔，一直过问他的教育，并且给皇上奏过一本……因此如果他死了（他的病情很重，随时都可能死去,而且洛兰大夫已从彼得堡来了),谁也不知道这巨大的财产会落到谁手里,不知道得到它的是皮埃尔还是瓦西里公爵。总共有四万名农奴和几百万家财。我对这些知道得很清楚,因为瓦西里公爵本人对我说过。而且基里尔·弗拉基米罗维奇是我的堂表舅舅。他还是鲍里亚①的教父呢。"她添了一句,听她的语气,她好像并不看重这件事似的。

"瓦西里公爵昨天已来到了莫斯科。有人对我说,他是来视察的。"女客人说。

"是的,但是与此同时,"公爵夫人说,"这是借口,其实是在得知基里尔·弗拉基米罗维奇伯爵病重后特地来看他的。"

"然而,亲爱的,这是一件很有意思的事,"伯爵,他发现年纪大的女客人没有听他说话,便转身对小姐们说,"我想分局长的样子一定很好看。"

于是他想象分局长如何挥动双手,想到这里又哈哈大笑起来,笑声响亮而低沉,他的整个胖胖的身体也随着笑声晃动起来,平常吃得好,特别是喝得好的人才会发出这样的笑声。"好吧,就请诸位留下来吃饭。"他说。

八

接着出现了一阵沉默。伯爵夫人望着那位女客人,愉快地笑

---

① 鲍里亚与下文的鲍连卡均为鲍里斯的爱称。

着，不过她并不掩饰自己此时的心情，如果女客人站起身来告辞，她不会感到丝毫的不快。女客人的女儿已经在整理自己衣服，用疑问的目光看着母亲，这时从隔壁的房间里突然传来了几个男人和女人朝门口走的脚步声以及绊倒椅子的响声，一个十三岁的女孩跑了进来，细纱的短裙里面不知裹着什么，到了房间中央才停住。显而易见，她跑得太快了，无意之中冲出去很远。这时门口出现了一个穿着粉红色领子衣服的大学生、一个近卫军军官、一个十五岁的女孩和一个穿着童装的脸色红润的胖男孩。

伯爵跳了起来，摇摇晃晃地走过去，伸出双臂，做出搂住跑进来的女孩的姿势。

"啊，这就是她！"伯爵笑着喊道，"过命名日的人来了！今天我亲爱的过命名日！"

"亲爱的，什么事都得有个时间。"伯爵夫人假装严厉地说。"你总是惯着她，埃利①。"她又对丈夫说了一句。

"您好，亲爱的，祝贺您。"女客人说。"多么好的孩子！"她又转过去对做母亲的说。

女孩长着一双黑眼睛和一张大嘴，看起来并不漂亮，但是很活泼，她因为跑得太快，连衣裙的上身部分滑了下来，露出了小肩膀，乌黑的鬈发向后倒，细小的手臂裸露着，下身穿着一条镶花边的裤子，脚上穿的则是一双敞口的小皮鞋，她正好到了这样的美好的年龄，说她是黄毛丫头但已不是孩子，可是还不是少女。她从父亲怀抱里挣脱出来后，跑到母亲身边，丝毫不理会母亲的严厉责备，把

---

① 埃利是伊里亚的法文名字。

涨得通红的脸藏到母亲的花边头巾里,笑了起来。她不知在笑什么,上气不接下气地讲着从裙子底下掏出来的布娃娃的事。

"看见了吧?……布娃娃……咪咪……看见了。"

说到这里娜塔莎①说不下去了(她觉得一切都很可笑)。她倒在母亲身上,笑得那么大声和响亮,所有的人,甚至包括那位讲究礼节的女客人,也不由自主地笑了起来。

"好啦,去,去,把你的丑八怪带走!"做母亲的假装生气地推开女儿。"这是我的小女儿。"她对女客人说。

娜塔莎把脸从母亲的花边头巾里抬起来了一会儿,含着笑出来的眼泪从下往上看着她,接着又把脸藏了起来。

女客人无意中碰上这个天伦之乐的场面,认为自己也有参加到里面去的必要。

"告诉我,亲爱的,"她对娜塔莎说,"这个咪咪是您的什么人?大概是女儿吧?"

娜塔莎不喜欢女客人同她说话时用的那种哄孩子的口气。她什么也没有回答,严肃地朝女客人看了一眼。

与此同时,所有的年轻人——安娜·米哈依洛夫娜公爵夫人的儿子、当上了军官的鲍里斯,伯爵的大儿子、大学生尼古拉,伯爵十五岁的表侄女索尼娅,还有伯爵的小儿子彼得鲁沙②——都在客厅里坐下了,他们的每个动作都充满活力和欢乐,不过他们力图把它控制在合乎礼节的范围内。可以看出,在他们从后面的

---

① 娜塔莎是娜塔莉娅的爱称。
② 彼得鲁沙和下文的彼佳均为彼得的爱称。

房间里快步跑出来前,那里的谈话要比这里谈论城市的流言蜚语、天气和阿普拉克辛伯爵的谈话有趣得多。他们不时地相互看看,好容易才忍住不笑出声来。

两个年轻人,大学生和军官,从小就是朋友,两人同岁而且都很漂亮,但是长得很不相像。鲍里斯是一个浅发的高个子青年,相貌清秀文静,五官端正。尼古拉则身材不高,长着一头鬈发,脸上的表情开朗。他的上唇已长出细细的黑色髭须,整个脸带着一种急切和兴奋的表情。尼古拉一进客厅,脸就红了。可以看出,他想找话说,但没有找到要说的话;鲍里斯则相反,立刻找到了话题,平静而风趣地说,他认识布娃娃咪咪时,这布娃娃还是一个小姑娘,鼻子还没有弄破,五年来她老了,她的整个脑壳都裂开了。说完这些话,他朝娜塔莎看了一眼。娜塔莎扭过头去没有理他,看了看眯缝着眼睛、不出声地笑得浑身发抖的弟弟,再也忍不住了,便跳了起来,撒开两条动作敏捷的小腿,冲出了房间。鲍里斯没有笑。

"妈妈,您大概也想走了吧?需要马车吗?"他带着微笑对母亲说。

"是的,去,去吩咐他们备车。"她笑着说。

鲍里斯悄悄地走到门口,去追娜塔莎;胖男孩怒冲冲地跟着他们跑出去,仿佛为他的游戏被打断而气恼似的。

九

在年轻人当中,除了伯爵夫人的大女儿(她比妹妹大四岁,举止已像大人了）和来做客的小姐们外，客厅里只剩下了尼古拉和伯爵的表侄女索尼娅。索尼娅是一个身材苗条、娇小玲珑的黑发姑娘，睫毛很长，目光柔和，一条乌黑的长辫子在头上盘了两圈，脸上，尤其是裸露在外的瘦削而健美的手臂和脖子上，皮肤稍稍有点发黄。她动作轻盈，四肢纤柔而灵活，言谈举止带有几分狡黠和矜持，这使她像一只漂亮的但尚未长大的猫崽，不过到时候是一定会成为美丽可爱的小猫的。显然她认为用微笑来参与大家的谈话是有礼貌的表现；不过她的眼睛从浓密的长睫毛底下不由自主地望着即将到部队去的表兄，流露出了一个少女热烈崇拜的感情，这使得她的微笑丝毫也骗不了任何人，并且可以看出，这只小猫蹲下来只是为了更有力地跳起来，和她的表兄一起，像鲍里斯和娜塔莎一样跑出客厅去玩。

"是的，亲爱的，"老伯爵指着儿子尼古拉对女客人说，"现在他的朋友鲍里斯当上了军官，他出于友谊不愿落后于他；扔下了大学和我这个老头子，也要去服军役，亲爱的。而在档案馆里已给他弄到了一个位置。有这样讲友谊的吗？"伯爵问道。

"说得对，不过听说已经宣战了[①]。"女客人说。

"人们早就这么说了，"伯爵说，"又是说呀说，最后也就不说了。亲爱的，这就是所谓友谊！"他又重复了一句。"他去当骠骑兵。"

女客人不知说什么才好，摇了摇头。

"完全不是出于友谊。"尼古拉回答道，他涨红了脸，好像要

[①] 当时尚未正式宣战。在莫斯科，亚历山大一世关于战争开始和征兵的诏书到一八〇五年九月一日才发布。

为自己受到可耻的诬告而辩解似的,"完全不是出于友谊,只不过是我感觉到自己适合当军人罢了。"

他看了看表妹和来做客的小姐:她们俩带着赞许的微笑望着他。

"今天保罗格勒骠骑兵团上校舒伯特要到我家吃饭。他在这里休假,将把尼古拉带走。有什么办法呢?"伯爵耸耸肩膀说,他用诙谐的口吻来谈论这件看来使他感到非常苦恼的事。

"我已经对您说过了,爸爸,"尼古拉说,"如果您不愿意放我走,我就留下。但是我知道,除了服军役外,我干什么都不合适;我不是当外交家和做官的材料,不会掩饰自己的感情。"他说,不时用一种英俊青年男子喜欢卖弄的神情看看索尼娅和来做客的小姐。

小猫的眼睛盯住他,她似乎时刻准备玩耍,显示一下她的猫的天性。

"好了,好了!"老伯爵说。"还那么急躁。都是波拿巴把大家弄得昏头昏脑;都忘不了他怎么从一个中尉变成了皇帝。好吧,但愿上帝保佑。"他又加了一句,没有发现女客人脸上讥讽的微笑。

大人们都谈论起拿破仑来。卡拉金娜的女儿朱丽对尼古拉说:

"真遗憾,您星期四没有到阿尔哈罗夫家去。您不在我感到怪无聊的。"她说,亲切地对他笑笑。

尼古拉听到恭维非常得意,带着青春的媚笑坐得离朱丽更近些,和笑容满面的朱丽单独交谈起来,完全没有注意到他的这无意的笑容像一把利刃一样,刺伤了满脸通红假装微笑的索尼娅的嫉妒的心。在谈话中间尼古拉回过头来朝她看了看。索尼娅恶狠狠地瞪了他一眼,强忍住眼睛里的泪水和保持着挂在双唇上的假装的微笑,站起身来走了出去。尼古拉的兴致顿时消失了。他等到谈话一出现停顿,就哭丧着脸出去找索尼娅。

"这些年轻人的心事一眼就可以看出来!"安娜·米哈依洛夫娜指着出去的尼古拉说道。"表兄妹的关系是很危险的。"她加了一句。

"是的。"伯爵夫人说,这时随着年轻人的到来而射入客厅的阳光消失了,她这样说似乎是在回答谁也没有向她提出的问题,而这问题一直挂在她的心上,"为了现在能为他们而高兴,这一辈子受了多少苦,操了多少心啊!可是说实在的,如今还是担惊受怕多于欢乐。总是担心,总是担心个没完!无论是对女孩还是对男孩来说,这正是充满危险的年龄。"

"一切都取决于教育。"女客人说。

"是的,您说得对。"伯爵夫人接着说,"谢天谢地,直到今天我还是自己的孩子的朋友,得到他们的完全信任。"伯爵夫人这样说重犯了许多父母犯过的错误,这些父母总以为自己的子女对他们什么也不隐瞒。"我知道我一直是我的女儿们的第一个知心人,知道尼科连卡①虽然性格急躁,但是即使胡闹起来(男孩毕竟是男孩),也不会像彼得堡的少爷们那样做。"

"是的,孩子们都很好,都是很好的孩子。"伯爵附和道。他在碰到难以解决的问题时,总是说"都很好",以为这样就把问题解决了。"说也奇怪!居然想当骠骑兵!您还想怎样呢,亲爱的!"

"您的小女儿多么可爱!"女客人说,"急性子!"

"是的,急性子,"伯爵说,"像我!多好的嗓子:虽然是我的

---

① 尼科连卡和下文的尼科卢什卡均为尼古拉的爱称。

女儿，我也要照实说，她将成为歌唱家，萨洛莫尼①第二。我们聘请了一个意大利人教她。"

"这不是太早了吗？听人家说，在这样的年纪练唱对嗓子有害。"

"不，这不算早！"伯爵说，"我们的母亲们不是十二三岁就出嫁了吗？"

"她现在就已爱上了鲍里斯！怎么样？"伯爵夫人微微一笑，望着鲍里斯的母亲说，大概她是想回答一直放不下的问题，便继续说道，"您瞧，如果我把她管得太严了，禁止她做这做那……天知道他们暗地里会干些什么（伯爵夫人想说的是他们会接吻），而现在我知道她说的每一句话。晚上她自己跑来把一切讲给我听。也许我在娇惯她，但是，说实话，这样似乎更好些。我对大女儿就管得很严。"

"是的，我受的完全是另一种教育。"大女儿、美丽的伯爵小姐薇拉微笑着说。

但是像常见的那样，微笑并没有使薇拉的脸显得更加美丽；相反，她脸上的表情变得很不自然，这张脸也就变得有些令人生厌了。薇拉长得很漂亮，生性不笨，学习成绩很好，受过很好的教育，她的嗓音很好听，她说的话都是在理的和得体的；但是奇怪的是，所有的人，包括女客人和伯爵夫人在内，都回头看了她一眼，似乎对她为什么要说这些话感到奇怪，并且听了觉得有些尴尬。

"人们在管教大儿子大女儿上总是别出心裁，想做出一些不寻

---

① 萨洛莫尼是德国女歌剧演员，曾于一八〇五年冬在莫斯科演出。

常的事来。"女客人说。

"没有什么可隐瞒的，亲爱的！伯爵夫人对薇拉就是这样。"伯爵说。"这又有什么关系！毕竟是一个很好的姑娘。"他添了一句，赞许地朝薇拉眨眨眼睛。

客人们站起身告辞了，答应来吃饭。

"这算是什么派头！老坐在这里，赖着不走！"送走客人后，伯爵夫人说。

十

娜塔莎出了客厅后就跑了起来，但是她只跑到花房。她在这个房间里停住了，倾听着客厅的谈话和等着鲍里斯出来。她等得有些不耐烦了，于是跺了跺小脚，见他不来就想要哭，这时传来了一个年轻人的不高不低、不紧不慢的规规矩矩的脚步声。娜塔莎马上跑到养花用的木桶中间躲起来。

鲍里斯在花房中央站住了，环顾了一下周围，抖掉了军服袖子上的尘屑，走到镜子前面，端详着自己漂亮的脸。娜塔莎停止出声，从她躲藏的地方朝外张望，看他要做什么。他在镜子前站了一会儿，笑了笑，便朝门口走去。娜塔莎想要叫住他，但是后来改变了主意。

"让他找吧。"她对自己说。鲍里斯刚一出去，只见索尼娅从另一扇门里出来了，她满脸通红，含着眼泪，嘴里愤恨地低声嘟囔着什么。娜塔莎本想朝她跑过去，然而忍住了，留在躲藏的地方,好像戴着隐身帽观察着世界上发生的事情。她感受到了一种新的特殊的乐趣。索尼娅小声说着什么,回头望着客厅的门。从门里出来了尼古拉。

"索尼娅!你怎么啦?怎么能这样?"尼古拉跑到她身边。

"没有什么,没有什么,别管我!"索尼娅痛哭起来。

"不,我知道为什么。"

"您知道,那很好,您去找她吧。"

"索——尼娅!听我说一句!能这样胡思乱想折磨我和折磨你自己吗?"尼古拉抓住她的一只手说。

索尼娅没有把手从他那里抽回来,停住不哭了。

娜塔莎屏住气,一动也不动,两眼闪闪发光,从她躲藏的地方朝外看着。"往下会怎么样呢?"她想。

"索尼娅!整个世界我都不需要!对我来说你就是一切。"尼古拉说,"我要向你证明这一点。"

"我不喜欢你这样说。"

"好吧,我不说了,请原谅,索尼娅!"他把她拉过来吻了吻。

"啊,多好啊!"娜塔莎想。索尼娅和尼古拉出了花房,她也跟着他们出去,并把鲍里斯叫到了自己身边。

"鲍里斯,到这里来。"她带着意味深长的和狡黠的神情说,"我需要跟您说一件事。过来,过来。"她说,把他带到花房里木桶之间她刚才躲过的地方。鲍里斯面带笑容,跟着她在后面走。

"这**一件事**是什么?"他问。

她感到难为情起来,朝自己周围看了看,发现扔在木桶上的布娃娃后,把它抱起来。

"您吻一下布娃娃。"她说。

鲍里斯用专注而亲切的目光看着她的兴奋的脸,什么也没有回答。

"您不愿意?那么到这里来。"她说,自己往花丛深处走,扔掉了布娃娃。"靠近点,靠近点!"她小声说。她用两手抓住军官的袖口,在她涨红了的脸上可以看到既得意又恐惧的神情。

"您愿意吻我吗?"她用勉强能听得见的声音小声说,皱着眉头望着他,微笑着,激动得差一点要哭出来。

鲍里斯脸红了。

"您真可笑!"他说,朝她俯下身去,脸更红了,但是没有采取行动,只是等着。

她突然跳到一个木桶上,这样就比他高了,接着用双臂抱住他,用纤细的光手臂勾住他脖子以上的地方,头一仰把头发往后一甩,正好吻在他的嘴唇上。

她从花盆中间钻过去,到了另一边,低下头站住了。

"娜塔莎,"鲍里斯说,"您知道,我爱您,但是……"

"您爱上了我?"娜塔莎打断他的话说。

"是的,爱上了您,但是我们不要做现在做的事……再过四年……到那时我就向您求婚。"

娜塔莎想了想。

"十三,十四,十五,十六……"她扳着纤细的指头数着说,"好!那就说定了?"

欢乐和满足的微笑使得她那兴奋的脸变得更加容光焕发。

"说定了!"鲍里斯说。

"永远不变？"娜塔莎说，"一直到死也不变心？"

她挽起他的胳膊，脸上带着幸福的表情，和他一起慢步朝休息室走去。

十一

伯爵夫人招待客人累坏了，没有吩咐再接待任何人，命令门房，要是再有人来道贺，就请他们务必留下吃饭就行了。她想同自己童年的朋友安娜·米哈依洛夫娜公爵夫人单独聊一聊，因为自从后者从彼得堡回来后，还没有好好地看看她。安娜·米哈依洛夫娜哭肿了的脸强作欢颜，她把自己的椅子挪到伯爵夫人的圈椅旁边。

"对你我将有什么说什么，"安娜·米哈依洛夫娜说，"我们这样的老朋友剩下不多了！因此我非常珍视你的友谊。"

安娜·米哈依洛夫娜朝薇拉看了一眼，住口了。伯爵夫人握了握她的朋友的手。

"薇拉，"伯爵夫人对她显然不大喜欢的大女儿说，"你怎么一点也不懂事？难道你没有感觉到你在这里是多余的？去找姐妹们去，或者……"

漂亮的薇拉轻蔑地笑了笑，看来不觉得受了丝毫的委屈。

"您要是早对我说，妈妈，我马上就会走的。"她说完就回自己的房间去。但是她在经过休息室时，发现里面两扇窗户旁对称地坐着两对情侣。她停住脚步，又轻蔑地笑了笑。索尼娅紧挨着尼古拉坐着，而尼古拉则在给她抄写自己第一次写的诗。娜塔莎和鲍里斯坐在另一扇窗户旁，看见薇拉进来便不说话了。索尼娅和娜塔莎脸上带着不好意思的和幸福的表情朝薇拉看了一眼。

看着这两个堕入情网的姑娘一般都会觉得快乐和受感动，但是她们的样子显然没有使薇拉感到愉快。

"我不知跟您说过多少次，"她说，"不要拿我的东西，您有自己的房间。"她把墨水瓶从尼古拉那里拿过来。

"等一下，等一下。"他说，这时正在拿笔蘸墨水。

"你们干事都不看时候，"薇拉说，"刚才一窝蜂跑到客厅里来，弄得大家都为你们感到难为情。"

虽然她说的话是完全对的，或者是正因为如此，谁也没有回答，四个人只是你看看我，我看看你。薇拉手里拿着墨水瓶待在房间迟迟不走。

"在你们这样的年纪，在娜塔莎和鲍里斯之间，在你俩之间，能有什么秘密可言呢——全都是胡闹。"

"这干你什么事，薇拉？"娜塔莎低声地辩护说。

显然，在这一天，她对所有人要比任何时候都和善和亲热。

"全是胡闹，"薇拉说，"我为你们感到羞耻。这算什么秘密？……"

"每个人都有自己的秘密。我们不干预你同贝格的事。"娜塔莎说，她发火了。

"我想，你们没有什么好干预的，"薇拉说，"因为我永远不可能有任何行为不端的表现。我要对妈妈说，你是如何对待鲍里斯的。"

"娜塔莉娅·伊里尼什娜①对我很好。"鲍里斯说。"我没有什么可抱怨的。"他又说。

"别说了，鲍里斯，您是一个**外交家**（外交家一词在孩子中间特别流行，不过他们赋予它以特殊的含义）；这甚至使人感到无聊。"娜塔莎用一种受委屈的、颤抖的声音说，"她干吗找我的碴儿？"

"这一点你永远也不会明白，"接着她对薇拉说，"因为你从来都没有爱过谁；你没有心肝，你只是让利斯夫人（这个外号是尼古拉给薇拉起的，被认为是侮辱人的）②。你最大的快乐是惹得别人不愉快。你去对贝格卖弄风情吧，爱怎么卖弄就怎么卖弄。"她话说得很快。

"不过我大概不会当着客人的面跑去追一个年轻的男人……"

"好了，你达到目的了，"尼古拉插嘴说，"对大家说了许多不中听的话，弄得大家都不高兴。我们上儿童室去吧。"

四个人像一群受惊的鸟，站起身来，出了房间。

"是你们对我说了许多不中听的话，而我对谁也没有说什么。"薇拉说。

"让利斯夫人！让利斯夫人！"门外传来了说笑声。

漂亮的薇拉惹得大家生气和不愉快，而她却笑了笑，看来人家对她说的话并没有触动她，她走到镜子前面，整了整披肩和理了理头发：她望着自己漂亮的脸，看起来变得更加冷漠和心安理得了。

---

① 娜塔莉娅·伊里尼什娜是娜塔莎的名字和父称，这样称呼表示尊敬。

② 让利斯夫人（一七四六至一八三〇年），法国女作家，她的劝谕性小说在俄罗斯贵族家庭里很流行。大概由于她惯于说教，尼古拉就把她的名字作为薇拉的外号。

客厅里的谈话仍在继续。

"啊！亲爱的，"伯爵夫人说，"在我的生活中并不一切都很美好。难道我没有看见，这样的生活排场我们这点财产是维持不了多久的。一切都是由于俱乐部和他的厚道。我们住在乡下，难道是在安安分分地过日子吗？什么演戏啦，打猎啦，还有天知道的什么。我的事有什么好说的！还不如让你谈一谈，你是怎么把这一切办妥的，想起你，安娜，我常常感到惊讶，你这么大岁数，一个人坐着车到莫斯科来，去彼得堡，去找所有的大臣和达官贵人，你所有的人都能对付，我真感到惊讶！你说，这是怎么办妥的？这样的事我一点也不会。"

"唉，亲爱的！"安娜·米哈依洛夫娜公爵夫人回答道，"但愿你一辈子也不要知道一个寡妇无依无靠，又有一个疼爱的儿子，过日子有多么艰难。什么事都能学会，"她带着某种自豪继续说，"我的那场官司使我受到了锻炼。如果我需要见某个要人，我就写信：'某某公爵夫人希望见某人。'接着亲自坐车去拜访，一次不成，哪怕去两次，三次，四次，直到得到自己所要得到的东西为止。关于人家对我有什么看法，我都无所谓。"

"那么鲍连卡的事你是求谁办的？"伯爵夫人问道，"要知道他已是近卫军军官，而尼科卢什卡只是个士官生。没有人为他奔走。你求的是谁？"

"瓦西里公爵。他非常热心。立即同意想各种办法，奏明了皇上。"安娜·米哈依洛夫娜公爵夫人异常高兴地说，完全忘记了她为了达到自己的目的所受的屈辱。

"瓦西里公爵见老了吧？"伯爵夫人问，"自从在鲁缅采夫家演戏①以来,我一直没有见过他。我想他都把我忘了。他曾向我献过殷勤。"伯爵夫人带着微笑想起了往事。

"还是那个样子,"安娜·米哈依洛夫娜回答说,"他很亲热,满口好话。没有因荣华富贵而发生变化。'我为自己能给您做事太少而感到遗憾,亲爱的公爵夫人,'他对我说,'您就吩咐吧。'无论如何他是个很好的人,是个好亲戚。但是你知道,娜塔利②,我爱我的儿子。为了他的幸福,我不知道还有什么事我不会去做。而我的境况非常糟糕,"安娜·米哈依洛夫娜压低声音忧郁地说,"简直糟透了,现在我处于极其困难的状况之中。那场倒霉的官司弄得我倾家荡产,可是却毫无进展。你恐怕想象不到,有时我身无分文,我不知道拿什么来给鲍里斯置办军装。"她掏出手绢,痛哭起来,"我需要五百卢布,而我只有一张二十五卢布的钞票。我就处于这样的状况……现在我只寄希望于基里尔·弗拉基米罗维奇·别祖霍夫伯爵。如果他不愿意帮助自己的教子——要知道他是鲍里亚的教父——不给他留点生活费,那么我就白奔走了一场,因为我没钱给他治装。"

伯爵夫人也落泪了,默默地考虑着什么。

"我常常想,也许这是不应该的,"公爵夫人说,"可是我还常常想:瞧人家基里尔·弗拉基米罗维奇·别祖霍夫伯爵独自一个人生活……这么多的财产……他活着是为了什么呢?生活对他来说成了累赘,而鲍里亚才刚刚开始生活。"

---

① 当时在贵族当中曾流行自搭戏班演戏的做法。
② 娜塔利是娜塔莉娅的法文名字。

"他大概会给鲍里斯留点什么。"伯爵夫人说。

"天知道,亲爱的朋友!这些大富翁和大官僚一个个都很自私。不过我现在仍然要带着鲍里斯去看他,直截了当地把来意说明白。人们爱怎么看我就怎么看好了,我都无所谓,因为这是关系到儿子的前途命运的大事。"说着公爵夫人站起身来,"现在两点钟,你们四点吃饭。我去一趟还来得及。"

安娜·米哈依洛夫娜像彼得堡能干的太太那样善于利用时间,她派人把儿子叫来,和他一起出了客厅,来到了前厅。

"再见,亲爱的,"她对送到门口的伯爵夫人说,"祝我成功!"她背着儿子又说了一句。

"您上基里尔·弗拉基米罗维奇伯爵家去吗,亲爱的?"从餐厅里出来的伯爵说,他也正好往前厅里走,"如果他好一些了,那么就请皮埃尔到我这里来吃饭。他曾到我家来过,与孩子们跳过舞。一定请他来,亲爱的。好吧,让我们瞧一瞧今天塔拉斯如何显示他的手艺吧。塔拉斯说,奥尔洛夫伯爵[①]家也未曾有过像我们今天要请客人吃的这样精美的午餐。"

十 二

"我的亲爱的鲍里斯,"当他们母子乘坐的罗斯托夫伯爵夫人

[①] 指的是奥尔洛夫-切斯缅斯基伯爵(一七三七至一八〇七年),叶卡捷琳娜二世时代的重臣。后居住在莫斯科,以生活奢侈和好客著称。

的马车驶过铺着干草的街道,进入基里尔·弗拉基米罗维奇·别祖霍夫伯爵的宽阔的院子时,安娜·米哈依洛夫娜对儿子说,"我的亲爱的鲍里斯,"母亲从旧斗篷式外衣下伸出一只手,畏葸而亲切地放在儿子的手上,"你要亲热些,有礼貌些。基里尔·弗拉基米罗维奇不管怎么样是你的教父,你未来的前途全靠他了。记住这一点,亲爱的,客气些,我知道你会这样做的……"

"假如我知道这样做除了受辱以外会有什么别的结果的话……"儿子冷漠地回答道,"但是我答应您,为了您这样做。"

门房虽然知道门口停的是谁家的马车,他还是把母子俩打量了一番(他们没有吩咐前去通报,径直进了两边龛里放着雕像的玻璃门廊),意味深长地看了旧斗篷式外衣一眼,问他们要见谁,是见公爵小姐们还是见伯爵本人;听说他们要见伯爵后,便说伯爵大人今天病情加重,不接见任何人。

"我们走吧!"儿子用法语说。

"我的好孩子!"母亲恳求说,又碰了碰儿子的手,仿佛这个动作能使儿子平静下来或给他鼓劲似的。

鲍里斯不说话了,他不脱军大衣,用疑问的目光望着母亲。

"我的好人,"安娜·米哈依洛夫娜柔声细气地对门房说,"我知道基里尔·弗拉基米罗维奇伯爵病重……我就是为此而来的……我是他的亲戚……我的好人,我不会打扰的……我只想见瓦西里·谢尔盖耶维奇公爵:据说他在这里。请去通报。"

门房阴郁地拉了一下通到楼上的铃绳,扭过头去了。

"德鲁别茨卡娅公爵夫人要见瓦西里·谢尔盖耶维奇公爵。"他看见一个穿长统袜、半高勒皮鞋和燕尾服的男仆从上面跑下来,在楼梯上向下张望，便吆喝道。

母亲把她染过色的绸衣上的褶子弄平，瞧了瞧嵌在墙壁上的威尼斯大镜子，迈动穿着破皮鞋的双脚，踏着楼梯上的地毯往上走。

"亲爱的，你答应我了。"她又对儿子说，用手碰碰他，给他鼓劲。

儿子垂下眼睛，平静地跟着她走。

他们进了大厅，大厅的一扇门通向瓦西里公爵住的房间。

正当母子俩走到大厅中央，想要向一个看见他们进来就很快站起来的老年男仆打听时，一扇门的青铜把手转动了一下，出来了瓦西里公爵，他身穿一件家常的天鹅绒面的短皮大衣，佩着一枚星章，正在送一位漂亮的黑发男子。此人就是彼得堡大名鼎鼎的洛兰大夫。

"确实是这样吗？"公爵说。

"公爵，'人是不会没有错误的'①，不过……"大夫回答道，他说的拉丁文带有法国口音。

"好的，好的……"

看见安娜·米哈依洛夫娜和她的儿子后，瓦西里公爵便躬身送走了大夫，默默地但带着疑问的神情走到了他们面前。儿子发现，母亲的眼神里突然露出沉痛的表情，便微微一笑。

"公爵，我们又在多么令人悲伤的情况下见面了……您说，我们的那位亲爱的病人怎么样了？"她说，好像没有看见注视着她的冷漠的、轻侮的目光。

---

① 原文为拉丁文。

瓦西里公爵疑问地，甚至困惑不解地朝她看了一眼，然后看了看鲍里斯。鲍里斯有礼貌地鞠了一躬。瓦西里公爵没有回礼，朝安娜·米哈依洛夫娜转过身来，听了她的问话后只摇了摇头和动了动嘴唇，这些动作表示病人已无多大希望。

"真是这样？"安娜·米哈依洛夫娜大声说道，"唉，这真可怕！想起来就觉得害怕……这是我的儿子。"她指着鲍里斯加了一句，"他想亲自向您表示感谢。"

鲍里斯又鞠了一躬。

"请您相信，公爵，我做母亲的心里永远不会忘记您为我们所做的一切。"

"我能为您做一点让您觉得愉快的事感到非常高兴，亲爱的安娜·米哈依洛夫娜。"瓦西里公爵说，整了整高硬领子，他在这里，在莫斯科，在受他庇护的安娜·米哈依洛夫娜面前，手势和声调要比在彼得堡、在安妮特·舍列尔的晚会上傲慢得多了。

"好好服役，做一个名副其实的军人。"他又严厉地对鲍里斯说了一句。"我很高兴……您是在这里休假的吧？"他用冷淡的语气一字一句地说。

"公爵大人，我正在等候命令到新指定的地点去。"鲍里斯回答道，他既不因公爵语气生硬而气恼，也不表示愿意交谈，他镇定自若，态度恭敬，使得公爵不禁非常注意地瞧了他一眼。

"您和母亲住在一起吗？"

"我住在罗斯托娃伯爵夫人家，"鲍里斯回答道，紧接着补了一句，"公爵大人。"

"就是娶娜塔利·申升娜为妻的那个伊里亚·罗斯托夫家。"

安娜·米哈依洛夫娜解释道。

"我认识,我认识,"瓦西里公爵用他单调乏味的语气说,"我永远也弄不明白,娜塔利是怎么决定嫁给这头肮脏的熊的!完全是一个愚蠢而滑稽可笑的人。而且听说还是个赌徒。"

"但是他是一个善良的人,公爵。"安娜·米哈依洛夫娜带着动人的微笑说道,仿佛她也知道罗斯托夫伯爵应该得到这个评语,但是请求怜悯这个可怜的老头。

"大夫们怎么说?"公爵夫人沉默了一会儿后问道,在她哭肿了的脸上又露出巨大的悲痛。

"希望不大。"公爵说。

"而我多么想再一次谢谢**叔叔**对我和鲍里亚的恩情。这是他的教子。"她加了一句,用的是这样的语气,仿佛瓦西里公爵听到这个消息后一定会非常高兴。

瓦西里公爵沉思起来,皱了皱眉头。安娜·米哈依洛夫娜明白了,他担心她成为争夺别祖霍夫伯爵遗产的对手,便急忙安慰他:

"如果不是我对**叔叔**抱有真正的爱和一片忠心的话,"她说道,在说出"叔叔"二字时语气特别自信而漫不经心,"我了解他的性格,他高尚,直爽,但是只有几位公爵小姐在他身边……她们还年轻……"她俯过身去,低声补充道,"他履行最后的义务①没有,公爵?这最后的时刻是多么宝贵啊!情况再坏不过了;既然他已病危,就需要准备后事。我们妇女们,公爵,"她温柔地笑了笑,"任何时候都知道这样的事该怎么说。需要见到他。不管这对我来

---

① 指终傅,为基督教的圣事之一,即病人临终时要敷擦圣油。

说是多么的难受，我还是要见他，好在这样的事我已习惯了。"

公爵看来明白了她的意思，同时也像在安妮特·舍列尔的晚会上一样明白了，要摆脱安娜·米哈依洛夫娜是很困难的。

"最好能让这样的见面不使他感到难受，亲爱的安娜·米哈依洛夫娜，"他说，"让我们等到晚上再说，大夫们说可能会出现危象。"

"但是在这样的时刻不能等了，公爵。请想一想，这是关系到拯救他的灵魂的事……唉！这真可怕，基督教徒的义务……"

内室的一扇门打开了，出来了一位公爵小姐，这是伯爵的表侄女，她面容忧郁而冷淡，腰身很长，与双腿惊人地不成比例。

瓦西里公爵朝她转过身去。

"他怎么样了？"

"还是那样。您还想要怎么样呢，这么吵吵嚷嚷……"公爵小姐说，她打量着安娜·米哈依洛夫娜，好像不认识一样。

"啊，亲爱的，我没有认出是您。"安娜·米哈依洛夫娜带着幸福的微笑说，迈着轻快的小步走到伯爵的表侄女面前。"我是来帮助您照料叔叔的。我想象得出，您已经累得够呛了。"她同情地翻着白眼，补充说。

公爵小姐什么也没有回答，甚至没有笑一笑，一转身就出去了。安娜·米哈依洛夫娜摘下手套，稳稳当当地在圈椅里坐下，并请瓦西里公爵坐在她旁边。

"鲍里斯！"她对儿子说，笑了笑，"我要到伯爵那里，到叔叔那里去，你去找皮埃尔，亲爱的，不要忘了转达罗斯托夫一家对他的邀请。他们请他去吃饭。我想，他是不会去的吧？"她问公爵。

"相反,"公爵说,看来他变得有点心情不佳了,"如果您能让我摆脱这个年轻人,那么我太高兴了……整天坐在这里。伯爵一次也没有问起过他。"

他耸了耸肩膀。男仆带着鲍里斯往下走,又带着他从另一楼梯往上走,去见彼得·基里洛维奇①。

十 三

皮埃尔到底还是没有在彼得堡给自己选一个职业,并且确实因为闹事被遣送到了莫斯科。人们在罗斯托夫家讲述的那件事是真的。皮埃尔参与了把分局长与狗熊捆在一起的恶作剧。他是几天前到的,像平常一样,住在父亲家里。虽然他估计他的事在莫斯科已经传开,他父亲周围的那些总是对他不怀好意的女人们会利用这件事惹他父亲生气,但是他在到达的当天还是去了他父亲住的那半边屋里。他进了公爵小姐们经常待的客厅后,向坐着刺绣和读书的小姐们打了个招呼,其中一人正在大声读一本书。读书的是年长的那一个,她是一个素性好洁、腰身很长、容貌端庄的姑娘,刚才出来看到安娜·米哈依洛夫娜的就是她;刺绣的则是两个年纪较小的,她们都面色红润,长得很好看,两人相互之间的区别只在于其中一人的嘴唇上方有一颗痣,这颗痣为她增色

---

① 彼得·基里洛维奇是皮埃尔的名字和父称。

不少。她们看见皮埃尔，就像看见死人或鼠疫患者似的。年长的公爵小姐停止读书，用惊恐的眼睛看了他一眼；年纪小的当中没有痣的那一位露出完全相同的表情；年纪最小的，也就是长痣的那位，生性快活和爱笑，她朝绣架俯下身，以便藏起即将出现的场面可能引起的笑容，因为她预见到这场面一定滑稽可笑。她把线往下引，弯下腰，做出辨认花样的样子，好容易才忍住笑声。

"您好，表姐，"皮埃尔说，"您不认得我了吗？"

"我太认得您了，太认得了。"

"伯爵身体怎么样？我能见他吗？"皮埃尔像平常一样笨嘴拙舌地问，但是没有感到不好意思。

"伯爵肉体上和精神上都很痛苦，而您却想方设法要给他带来精神上的更大的痛苦。"

"我能见他吗？"皮埃尔重复了一句。

"哼！……如果您想气死他，完全气死他，那么您可以见他。奥莉加，你去看一看，给表叔熬的汤好了没有，快到时间了。"她补充了一句，以此向皮埃尔表明她们很忙，她们正忙于照顾他的父亲，而他显然只忙于惹父亲伤心。

奥莉加出去了。皮埃尔站了一会儿，看看表姐妹们，鞠了一躬说：

"那么我就回屋去了。什么时候可以见，请你们告诉我。"

他出来了，从背后传来了那个长痣的表妹清脆的但声音不高的笑声。

第二天瓦西里公爵来了，并在伯爵家里住下。他把皮埃尔叫到跟前，对他说：

"亲爱的,如果您在这里像在彼得堡一样行为再不检点的话,那么结果就会很不妙;我说的是实话。伯爵的病很重,很重:你完全不必去见他。"

从那时起,便没有人来打扰皮埃尔,他一个人整天待在楼上自己的房间里。

在鲍里斯走进他的房间时,他正在房间里来回走着,不时在墙角站住,朝墙壁做出威吓的手势,好像在用长剑刺一个看不见的敌人似的,并且从眼镜上方用严厉的目光望着前面,然后又开始走动起来,嘴里说着含糊不清的话,时而耸耸肩膀和摊开双手。

"英国完了,"他皱皱眉头,用手指指着一个看不见的人说,"皮特①先生因背叛民族和践踏民权应判处……"这时他想象自己是拿破仑本人并已同他一起冒着危险横渡加来海峡②,占领了伦敦,他还没来得及说出该判处的刑罚,突然看见一个年轻英俊、身材匀称的军官正要走进他的房间。军官停住了脚步。当年皮埃尔出国时,鲍里斯还是一个才十四岁的孩子,因此已完全不记得了;但是虽然如此,他仍按照他的习惯,慌忙亲热地握住鲍里斯的手,友好地笑了笑。

"您记得我吗?"鲍里斯面带愉快的微笑平静地问道。"我陪母亲来看望伯爵,他老人家好像身体不好。"

"是的,好像不大好。总有人来打扰他。"皮埃尔回答道,竭力想回想起这个年轻人是谁。

---

① 威廉·皮特(一七五九至一八〇六年),英国首相,是反法联盟的主要组织者之一。

② 加来海峡又称多佛尔海峡,是英法之间的狭窄水道。

鲍里斯感觉到皮埃尔已认不出他了,但是不认为有必要做自我介绍,他一点也没有感到不好意思,就那样直视着皮埃尔的眼睛。

"罗斯托夫伯爵邀请您今天到他家里吃饭。"他在相当长的、使皮埃尔感到有点尴尬的沉默后说道。

"啊!罗斯托夫伯爵!"皮埃尔高兴地说,"那么您是他的儿子伊里亚。您瞧,我乍一见到您没有认出来。您记得吗,我们曾和雅科太太一起去过麻雀山[①]……这是很久以前的事了。"

"您记错了,"鲍里斯脸上露出有点放肆和带有嘲弄意味的微笑,不慌不忙地说,"我是鲍里斯,安娜·米哈依洛夫娜·德鲁别茨卡娅公爵夫人的儿子。罗斯托夫家的父亲叫伊里亚,儿子叫尼古拉。我不认识什么雅科太太。"

皮埃尔挥起手和摇起头来,仿佛有蚊子或蜜蜂在叮他似的。

"唉,怎么搞的!我把一切都弄混了。在莫斯科有那么多亲戚!您是鲍里斯……对了。现在我们弄清楚了。现在您说说,您对从布洛涅出征[②]的事有什么看法?只要拿破仑一渡过海峡,英国人的处境就不妙了,是吧?我想出征是很可能的。但愿维尔纳夫[③]不疏忽大意!"

鲍里斯对从布洛涅出征的事一无所知,他不读报,维尔纳夫的名字也是第一次听说。

"我们在这里,在莫斯科,忙于请客吃饭和传播流言蜚语,而

---

① 麻雀山在当时莫斯科的近郊,苏维埃时代改名为列宁山。

② 一八〇五年初拿破仑曾在布洛涅等港口集结大批兵力准备渡海出征英国。

③ 维尔纳夫(一七六三至一八〇六年),法国海军上将。在一八〇五年的特拉法尔加战役中指挥法国舰队,战败被俘,不久自杀。

不关心政治,"他用平静的、带有嘲弄意味的语气说,"我对此一无所知,而且也不考虑。在莫斯科,人们最感兴趣的是流言蜚语。"他继续说,"现在大家谈的都是您和令尊的事。"

皮埃尔和善地笑了笑,仿佛为对方担心,生怕他说出他自己感到后悔的话来。但是鲍里斯直视着皮埃尔的眼睛,说话明确、清楚和不带感情。

"在莫斯科,人们除了传播流言蜚语外再没有什么可干了。"他接着说,"关心的是伯爵将把财产留给谁,也许他会活得比我们大家都要长,我衷心希望能这样……"

"对,这一切都令人难以忍受,"皮埃尔接过来说,"确实难以忍受。"他一直担心这个军官会无意之中参与他自己也觉得难堪的谈话。

"您想必觉得,"鲍里斯说,他稍稍有点脸红了,但是没有改变声调和姿势,"您想必觉得,所有的人只关心从富翁那里得到点什么。"

"就是这样。"皮埃尔想。

"为了避免误会,我正好要对您说,如果您把我和我母亲当成这样的人,那么您就错了。我们很穷,但是我,至少代表我自己,要说一下:正因为您的父亲很有钱,我不认为自己是他的亲戚,无论是我还是我的母亲,永远不会乞求任何东西,也不接受他的施舍。"

皮埃尔很久未能弄明白这话的意思,但是明白后立即从沙发上一跃而起,以他特有的慌忙和笨拙托住鲍里斯的一只手,脸涨得比鲍里斯红得多,带着一种又羞又恼的复杂感情开口说道:

"这真奇怪！我难道……谁能这样想……我很了解……"

但是鲍里斯又打断了他的话。

"我很高兴，把话都说了。也许您会感到不愉快，请您原谅，"他说，不等皮埃尔安慰，反而安慰起皮埃尔来，"但是我希望我没有冒犯您。我有说话直截了当的习惯……我该怎样回话？您到罗斯托夫家来吃饭吗？"

鲍里斯看来从自己身上卸下了重担，摆脱了尴尬的处境而把别人放在这个地位上，又变得非常愉快了。

"不，您听我说，"皮埃尔平静下来说，"您是一个很不寻常的人。您现在说的话很好，确实很好。当然您并不了解我。我们这么久没有见面了……分手时还是孩子……您可以做各种推测，以为我……我理解您，非常理解。要是我，就不会这样做，我缺乏这份勇气，然而这样做很好。认识您，我感到很高兴。奇怪的是，"他停了一下微笑着补充说，"您把我看成什么人了！"他笑了起来。"那有什么关系呢？我们会更好地相互了解的。请吧。"他握了握鲍里斯的手，"您是否知道，我父亲那里我连一次也没有去过。他没有叫我去……我觉得他这个人很可怜……但是这又有什么办法呢？"

"您认为拿破仑能设法让军队渡过海峡去吗？"鲍里斯微笑着问。

皮埃尔知道鲍里斯想改换话题，于是照着他的意思，开始阐述从布洛涅出征的利弊来。

仆人前来请鲍里斯到他的母亲那里去。公爵夫人正准备要走。皮埃尔为了能和鲍里斯更加接近，答应来吃饭，他紧紧握住鲍里斯的手，透过眼镜亲切地凝视着他……鲍里斯走后，皮埃尔还在房间里走了很久，但是已不用长剑去刺看不见的敌人了，他在回想这个可爱的、聪明而坚强的年轻人时，嘴角挂着微笑。

如同在一个人的青春期，尤其是在孤独时常有的那样，他对这个年轻人怀有一种无缘无故的柔情，并对自己许下心愿，一定要和他交朋友。

瓦西里公爵来送公爵夫人。只见公爵夫人用手绢捂住眼角，她满面泪痕。

"这真可怕！可怕！"她说，"但是不管我要付出多大代价，我一定要履行自己的义务。我要来守夜。不能就这样把他撂在那里。每一分钟都很宝贵。我不明白公爵小姐干吗磨磨蹭蹭。也许上帝会帮我找到替他准备后事的办法……再见，公爵，愿上帝帮助您……"

"再见，亲爱的。"瓦西里公爵回答道，说着转过身去。

"唉，他病得非常厉害，"母子俩重新坐上马车时，母亲对儿子说，"他几乎谁也不认识了。"

"我不知道，妈妈，他对皮埃尔的态度究竟如何？"儿子问。

"一切将由遗嘱来说明，我的好孩子；我们的命运也将由它来决定……"

"可是您为什么认为他会留点什么给我们？"

"唉，我的好孩子！他是那样的富有，而我们是那样的贫穷！"

"这还不是充分的理由，妈妈。"

"唉，上帝啊！上帝啊！他的病多么重啊！"母亲大声叹息道。

十 四

在安娜·米哈依洛夫娜带着儿子到基里尔·弗拉基米罗维奇·别祖霍夫伯爵家去后,罗斯托娃伯爵夫人用手绢捂着眼睛,单独一个人坐了很久。最后她拉了拉铃。

"您怎么啦,亲爱的,"她生气地对让她等了几分钟的女仆说,"不想干了,还是怎么的?我可以给您另找一个地方。"

伯爵夫人为自己女友的痛苦和使她失去自尊的穷困而感到难过,因此心情很不好,在这种时候,就常常称女仆"亲爱的"和"您"。

"对不起,太太。"女仆说。

"请伯爵到我这里来。"

伯爵摇晃着身子来到妻子面前,像平常一样,脸上总是带着一种愧疚的神情。

"啊,伯爵夫人!浇上马德拉调味汁的松鸡好极了,亲爱的!我尝了尝;我花一千卢布把塔拉斯买来,这钱没白花。值得!"

他在妻子身旁坐下,把胳膊肘随随便便地支在两膝上,乱挠着灰白的头发。

"有什么吩咐,伯爵夫人?"

"是这么回事,亲爱的——什么东西把你这里弄脏了?"她指着背心问。"这一定是浇汁。"她微笑着加了一句,"是这么回事,伯爵:我需要钱用。"

说着她脸上出现了愁容。

"啊，夫人！……"伯爵忙乱起来，掏出皮夹子。

"我需要很多钱，伯爵，我需要五百卢布。"她一面说，一面掏出细麻纱手绢，给丈夫擦背心。

"我这就想办法，这就想办法。喂，那里有人吗？"他喊了一声，一般只有相信他所要的人一听见召唤就会飞速跑来时，才会这样喊叫，"把米坚卡给我叫来！"

米坚卡就是那个贵族的儿子，曾在伯爵家受教育，现在是他的总管，这时轻手轻脚地进了房间。

"是这么回事，亲爱的，"伯爵对进来的毕恭毕敬的年轻人说，"你给我拿……"他踌躇起来，"对了，拿七百卢布来，对。注意，不要像上次那样拿又破又脏的票子来，要拿好的，给伯爵夫人。"

"是的，米坚卡，要拿干净的票子来。"伯爵夫人忧愁地叹息着说。

"伯爵夫人，什么时候送来？"米坚卡问。"您知道……不过请放心，"他发现伯爵已开始急促地喘粗气，这通常是要发火的征兆，便加了一句，"我差一点忘了……要不要立刻就送来？"

"对，对，这才是，立刻送来。就交给伯爵夫人。"

"我这个米坚卡真是一个能干的人，"年轻人出去后，伯爵微笑着说了一句，"没有办不到的事。我最讨厌说办不到。什么都可以办到。"

"唉，金钱啊金钱，伯爵，它给世界上的人带来了多少痛苦！"伯爵夫人说，"而我很需要这些钱。"

"您，伯爵夫人，用钱大方是出了名的。"伯爵说，他吻了吻妻子的手，又到书房去了。

当安娜·米哈依洛夫娜从别祖霍夫家回来时，伯爵夫人的小桌子上已放着钱，全是新票子，用手绢盖着，这时安娜·米哈依洛夫娜发现伯爵夫人有点忐忑不安。

"情况怎么样，我的朋友？"伯爵夫人问。

"唉，他的情况可怕极了！简直认不出他来了，他病得很厉害，很厉害；我待了一会儿，没有说上一两句话……"

"安妮特，看在上帝分上，千万不要推来推去了。"伯爵夫人突然说，她从手绢底下拿出钱，同时脸红了，这红晕在她那已不年轻的、瘦削而庄重的脸上出现，会使人感到有些奇怪。

安娜·米哈依洛夫娜霎时明白了是怎么回事，立刻俯下身去，以便在需要时非常利落地抱住伯爵夫人。

"这是我给鲍里斯缝制军服用的……"

这时安娜·米哈依洛夫娜已搂着她哭了。伯爵夫人也在哭。她们哭，是因为她们是好朋友，是因为她们都很善良，因为她们这两个青年时代的朋友居然要为像金钱那样可鄙的东西操心；她们哭，还因为她们的青春已一去不复返了……但是两个人的眼泪是很愉快的。

十 五

罗斯托夫伯爵夫人和女儿已陪着许多客人一起坐在客厅里。伯爵把男客人带到书房去，请他们欣赏他作为爱好者收藏的土耳其烟斗。他不时出来问：她来了没有？大家都在等玛丽亚·德米特里耶夫娜·阿赫罗西莫娃，在社交界人们都叫她恐龙，她之所以出名，不是由于财富，不是由于荣耀的地位，而是由于心地豪爽，待人坦诚，直言无忌。提起玛丽亚·德米特里耶夫娜，就连皇族的人都知道她，整个莫斯科和彼得堡也都认识她，这两个城市的人在对她感到惊讶的同时，暗地里讥笑她粗鲁，传播有关她的趣闻；尽管如此，大家都毫无例外地尊敬她和害怕她。

在烟雾腾腾的书房里，人们正在谈论战争和征兵的事，因为皇上在诏书中已宣了战。诏书谁也没有见过，但是大家都知道它已颁布了。伯爵坐在土耳其式沙发上，坐在两个抽烟和谈话的人中间。伯爵自己既没有抽烟，也没有说话，他时而把头低向这边，时而又把头低向那边，带着明显的快感看着抽烟的人，倾听着身边的两个人的谈话，这两人的争论是由他挑起的。

在说话的人当中一个是文官，他的那张布满皱纹的瘦脸刮得光光的，带着易怒的表情，虽然他衣着像最时髦的年轻人一样，但是已经接近老年了；他像在家里一样，坐的时候把腿放在沙发上，嘴角深深地衔着一个琥珀烟嘴，断断续续地吸着烟，眯缝起眼睛。这是老鳏夫申升，伯爵夫人的堂兄弟，在莫斯科的客厅里都叫他刻薄鬼。他对交谈者摆出一副居高临下的姿态。另一个是近卫军军官，他精力充沛，脸色红润，梳洗打扮和穿戴无可挑剔，把琥珀烟嘴衔在嘴的中间，用浅红色的嘴唇轻轻吸着烟，这就是贝格中尉，谢苗诺夫团的军官，是鲍里斯到团里去的同伴，娜塔莎曾拿他取笑大伯爵小姐薇拉，说他是薇拉的未婚夫。伯爵坐在他们中间，注意地听着。除了玩波士顿牌外，对他来说愉快的事莫过于听别人说话了,尤其是在他挑起两个饶舌的人争论时,更是如此。

"怎么,老弟,令人尊敬的阿尔方斯·卡尔雷奇①,"申升嘲笑说,他把最普通的俄罗斯民间用语同文雅的法国语句结合起来(这就是他的言语的特点),"您想从政府那里得到收益,又从连队捞到好处吗?"

"不,彼得·尼古拉耶维奇②,我只是想证明,当骑兵得到的好处远不如当步兵。现在,彼得·尼古拉耶维奇,请您想一下我的情况吧。"

贝格说话总是非常准确,态度平静而有礼貌。他的话总是只涉及他自己一个人;在别人谈论与他没有直接关系的事情时,他总是平静地保持沉默。他可以这样沉默几个钟头,不感到任何局促不安,也不使别人感到不自然。但是只要谈话一牵涉到他个人,他便长篇大论地讲起来,显然心里感到很高兴。

"请您想一下我的情况,彼得·尼古拉耶维奇:如果我在骑兵部队,即使我是一个中尉,四个月的收入不会超过二百卢布;而现在我收入二百三十卢布。"他带着高兴的和愉快的微笑说,同时瞧瞧申升和伯爵,仿佛他清楚地看到,他的成功永远是所有其余的人想要追求的主要目标。

"除此之外,彼得·尼古拉耶维奇,我转到近卫军后,我处于引人注目的地位,"贝格接着说,"而且近卫军步兵里常有空缺可

---

① 阿尔方斯·卡尔雷奇是贝格的名字和父称。
② 彼得·尼古拉耶维奇是申升的名字和父称。

补。再就是，请您想一想，这二百三十卢布我是如何安排的。我存点钱，还给父亲寄一点。"他继续说，嘴里吐着烟圈。

"确实不错……德国人能从斧头里打出粮食来①，如同俗话说的那样。"申升把烟嘴挪到嘴的另一边说，并朝伯爵眨眨眼睛。

伯爵哈哈大笑起来。别的客人看见申升在说话，便走过来听。贝格对嘲笑和冷漠都没有理会，仍继续讲他调到近卫军后军衔已比中等武备学校的同学们高了一级，讲到在作战时连长可能被打死，他作为连里军衔最高的军官，很容易当上连长；讲到团里大家都喜欢他，他的爸爸对他也很满意，等等。贝格在讲所有这些时，显然很得意，看来他没有想到，别人也会有他们感兴趣的事。但是他讲的一切非常动人，令人悦服，这个自私的年轻人显得十分天真，这就使听众消除了戒备心理，听他说下去。

"我说，老弟，您无论是当步兵，还是当骑兵，到处都会受到重用的；我可以向您做这样的预言。"申升说，他拍拍贝格的肩膀，把脚从沙发上拿下来。

贝格高兴地笑了笑。伯爵站起身出了书房，和跟在他后面的客人一起朝客厅走去。

在宴会开始前已来到的客人都在等候邀请去用冷盘，他们没有进行长篇大论的谈话，同时又认为必须活动活动和说点什么，表示他们完全不急于入席。主人们不时地看看大门，有时相互交换眼色。客人力图根据这些目光猜测出他们还在等谁和等什么：是等迟到的重要亲友呢，还是等尚未做好的菜肴。

---

① 意为挖空心思地捞取钱财。

皮埃尔在宴会快要开始时才到，他笨手笨脚地坐在客厅中央第一把碰到的圈椅里，挡住了大家的路。伯爵夫人想要让他说话，但是他天真地透过眼镜看看自己周围，好像是在找什么人，对伯爵夫人的所有问话回答得极其简短。他使大家感到拘束，而只有他一个人才没有发觉这一点。大部分客人都已知道他玩狗熊的故事，好奇地望着这个又高又胖看起来很温和的人，不明白这个行动迟钝的老实人怎么会对分局长干出这样的事来。

"您是不久前回来的吧？"伯爵夫人问他。

"是的，夫人。"他一面回答，一面朝四周看看。

"您还没有见到我的丈夫吧？"

"没有，夫人。"他非常不合时宜地笑了笑。

"您好像不久前到过巴黎，是吗？我想一定很有意思。"

"很有意思。"

伯爵夫人和安娜·米哈依洛夫娜相互使了个眼色。安娜·米哈依洛夫娜立刻明白，这是要她去招待这个年轻人，于是便在他身旁坐下，谈起他的父亲来；但是他也像对伯爵夫人那样，只对她做三言两语的回答。客人们相互之间都在交谈着。

"拉祖莫夫斯基一家……这真可爱……阿普拉克辛娜伯爵夫人……"从四面八方传来说话的声音。伯爵夫人站起身，朝大厅走去。

"是玛丽亚·德米特里耶夫娜吗？"从大厅里传来她的说话声。

"正是她。"可以听到一个女人粗声粗气的回答，话音刚落，玛丽亚·德米特里耶夫娜就进了房间。

所有的小姐们，甚至夫人们，除了年纪最大的以外，都站了起来。玛丽亚·德米特里耶夫娜在门口站住了，这位五十岁的太太身材高大,身体肥胖,长着一头灰白的鬈发,她高高地抬起头,居高临下地朝客人环视了一下,不慌不忙地理了理衣服的宽大袖子,好像要把它卷起来似的。玛丽亚·德米特里耶夫娜任何时候都讲俄语。

"向过命名日的母亲和孩子们道喜。"她扯开低沉有力的大嗓门说,把所有其他声音都压了下去。"你怎么,老造孽的,"她对吻她的手的伯爵说,"你在莫斯科想必闷得慌吧?整天无所事事,是吗?这有什么办法呢,老头子,这些小鸟儿眼看就要长大了……"她指着姑娘们,"不管你愿意不愿意,该想办法找女婿了。"

"你怎么样,我的哥萨克(玛丽亚·德米特里耶夫娜称娜塔莎为哥萨克)?"她用手亲切地抚摸着毫不畏惧、高高兴兴地走过来的娜塔莎说,"我知道这丫头是个狐狸精,可我喜欢她。"

她从一只很大的手提包里取出一副梨形红宝石耳环,给了因过命名日而容光焕发、满脸通红的娜塔莎,然后立刻扭过头去招呼皮埃尔。

"嗳,嗳!亲爱的!到这里来。"她假装细声细气地说,"过来,亲爱的……"

说着她威严地把袖子更往上卷了卷。

皮埃尔过来了,他天真地透过眼镜望着她。

"过来,过来,亲爱的!在你的父亲受宠时,只有我一个人对他说实话,上帝也叫我对你这样做。"

她停住不说了。大家都沉默着,等待着下文,觉得这只是个开场白。

"真行,没什么可说的!好小子!……父亲躺在病床上,他却在寻开心,把分局长捆在熊背上。不怕害臊,老弟,真不怕害臊!你最好还是去打仗。"

她转过身去,朝伯爵伸出一只手,伯爵好容易才忍住,没有笑出声来。

"怎么,我想该入席了吧?"玛丽亚·德米特里耶夫娜说。

伯爵和玛丽亚·德米特里耶夫娜走在前面;然后是伯爵夫人,她由一位骠骑兵上校陪着,这是一位贵客,尼古拉将要和他一起去追赶部队。再靠后是安娜·米哈依洛夫娜和申升。贝格伸出手挽住薇拉。满面笑容的朱丽·卡拉金娜与尼古拉一起朝餐桌走去。在他们后面还有一对对其他的宾客,他们在整个大厅里排成长长的一队,在最后面的则是单个走的孩子们和男女家庭教师。仆人忙碌起来,响起了挪椅子的声音,敞廊里奏起了音乐,客人们都落座了。接着伯爵家庭乐队的音乐声被刀叉声、客人的谈话声和仆人轻轻的脚步声所代替了。在桌子一端的主位上坐着伯爵夫人。右边是玛丽亚·德米特里耶夫娜,左边是安娜·米哈依洛夫娜和其他女客。在另一端坐着伯爵,左边是骠骑兵上校,右边是申升和其他男性宾客。在长桌子的一边坐着年纪较大的年轻人:薇拉挨着贝格,皮埃尔则与鲍里斯在一起;坐在另一边的是孩子们和男女家庭教师。伯爵隔着水晶酒瓶和装水果的高脚盘不时看看伯爵夫人和她头上那顶高高的、带有蓝色缎带的帽子,殷勤地给身旁的客人斟酒,同时也没有忘记给自己斟。伯爵夫人始终把主妇的职责记在心里,她也隔着凤梨朝丈夫投去意味深长的目光,她觉得丈夫红红的秃头和脸与他的灰白头发之间的反差变得更加明显了。在妇女们坐的那一端,进行着不紧不慢的低声谈话;而在男人们的一端说话的声音愈来愈高,尤其是那位骠骑兵上校,他吃喝得很多,脸愈来愈红,伯爵已把他树为其他客人的榜样了。贝格带着亲切的微笑对薇拉说,爱情不是尘世的感情,而是天上的感情。鲍里斯给自己的新朋友皮埃尔介绍在座的客人的姓名,并不时同坐在对面的娜塔莎互使眼色。皮埃尔很少说话,只是看看一张张新的面孔,吃得很多。他从两种汤中选了甲鱼汤,又要了大馅儿饼,从这之后一直到上松鸡,他一道菜也没有放过,而当仆人拿着用餐巾裹着的酒瓶,从邻座的背后神不知鬼不觉地冒出来,一面问他要干马德拉酒还是匈牙利酒或莱茵酒,一面给他斟酒时,他也没有放过任何一种酒。他从每份餐具前摆着的四只刻有伯爵名字的水晶杯中随手拿起一只接酒,津津有味地喝着,带着愈来愈愉快的神情看着客人们。坐在他对面的娜塔莎望着鲍里斯,就像一般十三岁的女孩望着第一次吻过的和爱上了的男孩一样。她的这种目光有时也投向皮埃尔,皮埃尔在这可笑和活泼好动的女孩的目光注视下很想笑,但不知笑什么。

尼古拉坐在朱丽·卡拉金娜旁边,离索尼娅很远,他又带着那种不由自主的微笑和朱丽说着话。索尼娅为了装门面也微笑着,但是看得出,她心里嫉妒得要命:她的脸一阵红一阵白,全神贯注地倾听着尼古拉和朱丽之间的谈话。女家庭教师不安地环顾四周,这样子仿佛是想表明,如果有谁胆敢欺侮孩子们,她就准备还击。德国男教师力图记住各种菜肴、甜点心和酒水的名称,以便在给德国的家里人写信时进行详细的描述,使他感到非常生气的是,拿着用餐巾裹着酒瓶斟酒的仆人把他漏掉了。德国人皱起眉头,竭力装出他不想喝这种酒的样子,力图说明他生气是因为谁也不想知道，他需要这种酒不是为了解渴，不是因为贪杯，而是出于一种实实在在的求知欲。

十　六

在餐桌上男人们坐的一头，谈话愈来愈热烈了。上校说，宣战的诏书已在彼得堡颁布了，而他见过的一个副本今天已由信使送给总司令。

"真见鬼，我们为的是什么要同波拿巴打仗？"申升说，"他已经打掉了奥地利的傲气。我担心，现在恐怕要轮到我们了。"

上校是一个身体结实、个子很高、容易激动的德国人，显然是一个爱国的老军人。他听了申升的话很生气。

"为的是，阁下，"他带着德国口音说，"皇上知道为的是什么。他在诏书里说，他不能对俄罗斯面临的危险视若无睹，事关帝国的安全、帝国的尊严和**同盟**的神圣。"他说，不知为什么特别强调"同盟"二字，好像问题的实质就在于此。

接着他凭他特有的善于记住公务上的事的可靠记忆力，复述了诏书的引言："皇上的愿望和唯一的、必须达到的目的是：在稳固的基础上建立欧洲的和平，因此决定派部分军队到国外，为实现这个意图做新的努力。"

"就是为了这个，阁下。"他用教诲的口气总结说，喝下一杯酒，同时朝伯爵看看，想得到他的赞许。

"您知道这样一句谚语吗：'叶廖马，叶廖马，别出门，最好待在家里做纺锤。'"申升皱起眉头，微笑着说，"这话用在您身上太合适了。就是苏沃洛夫，也曾被打得落花流水①，而现在我们的苏沃洛夫们又在哪里呢？我问您。"他说，不断地从俄语跳到法语。

"我们应当战斗到流尽最后一滴血，"上校拍着桌子说，"应当为皇上而死，这样一切就都好了。而议论要尽可——能（他特别把'可能'一词拉长），尽可——能少发一些，"他说完后，又转向伯爵，"这是老骠骑兵的看法，我说完了。那么，年轻人和年轻的骠骑兵，您是怎么看的？"他问尼古拉，尼古拉听见在谈论战争，便撇下朱丽，睁大眼睛看着上校和竖起耳朵听他说话。

"我完全同意您的意见，"尼古拉回答道，他突然变得满脸通红，带着坚决的和不顾一切的神气转动盘子和挪开酒杯，仿佛此刻他遭到了巨大的危险似的，"我坚决认为，俄罗斯人应该要么战死沙场，要么凯旋而归。"他说，这话说出口后，他自己和别的人都感觉到，在现在这种场合似乎显得太热烈和太夸张，因此有些不大适当。

"您说得好极了。"坐在他身旁的朱丽赞叹道。在尼古拉说话时，索尼娅浑身颤抖起来，脸一直红到耳根，又从耳根一直红到脖子和肩膀。皮埃尔注意地听着上校的话，赞许地点点头。

"这很好。"他说。

"年轻人，你是真正的骠骑兵。"上校大声说，又拍了一下桌子。

"你们在那里嚷嚷什么？"突然从桌子那一端传来了玛丽

---

① 苏沃洛夫（一七二九至一八〇〇年），俄国著名统帅。一七九九年曾指挥俄奥联军在意大利北部作战，接连获胜。后在奉命越过阿尔卑斯山驰援瑞士境内的俄军时，一度陷入绝境，后胜利突围。申升所说"曾被打得落花流水"，大概指此而言。

亚·德米特里耶夫娜低沉的声音。"你干吗拍桌子,"她对骠骑兵上校说,"你对谁发火?你大概以为你面前的都是法国人?"

"我是在说实话。"上校笑着说。

"一直在谈论战争。"伯爵从桌子的这一端喊道,"您可知道,玛丽亚·德米特里耶夫娜,我的儿子要去打仗,他就要走了。"

"我有四个儿子在部队里,可我不发愁。一切都有天意,躺在炕上也会死,上战场上帝却会保佑你。"玛丽亚·德米特里耶夫娜低沉的声音又从桌子的另一端传过来,她说话似乎毫不费劲。

"是这样的。"

随后谈话又重新集中起来——女士们在餐桌的一端谈,男人们则在另一端。

"瞧,你就不敢问,"弟弟彼佳对娜塔莎说,"你就不敢问!"

"我敢。"娜塔莎回答道。

她的脸突然变得火红,快乐地显示出了不顾一切的决心。她欠起身来,用目光向坐在对面的皮埃尔示意,要他注意听,然后对母亲说:

"妈妈!"她那孩子的胸音传遍了整个餐桌。

"你要什么?"伯爵夫人惊恐地问道,但是从女儿的脸上看出这只是淘气,便严厉地朝她挥挥手,晃晃脑袋做出吓唬和不允许的姿势。

谈话暂时停止了。

"妈妈,今天的甜食是什么?"娜塔莎没有改变声调,更为坚决地喊道。

伯爵夫人想皱眉头,但是皱不起来。玛丽亚·德米特里耶夫娜伸出一根粗手指吓唬了一下。

"哥萨克！"她用威吓的语气说。

大多数客人望着年长的人，不知道应如何对待这个淘气行为。

"瞧我收拾你！"伯爵夫人说。

"妈妈，甜食将是什么？"娜塔莎大胆任性地和高兴地喊道，她事先知道大家会喜欢她的淘气行为。

索尼娅和胖胖的彼佳笑得不敢抬头。

"瞧，我问了。"娜塔莎对弟弟和皮埃尔说，她又朝皮埃尔看了一眼。

"冰激凌，但是不给你吃。"玛丽亚·德米特里耶夫娜说。

娜塔莎看到没有什么可害怕的，因此也不怕玛丽亚·德米特里耶夫娜。

"玛丽亚·德米特里耶夫娜！什么样的冰激凌？我不喜欢奶油的！"

"胡萝卜的。"

"不对，什么样的？玛丽亚·德米特里耶夫娜，什么样的？"她几乎大声喊道，"我想知道！"

玛丽亚·德米特里耶夫娜和伯爵夫人笑了起来，所有的人也跟着她们笑了。大家笑的不是玛丽亚·德米特里耶夫娜的回答，而是这个小姑娘的不可思议的大胆和机灵，她居然能够且敢于这样和玛丽亚·德米特里耶夫娜说话。

娜塔莎等到人家告诉她是凤梨冰激凌后，这才罢休。在上冰激凌前上了香槟酒。奏起了音乐，伯爵吻了吻伯爵夫人，客人们站起来向伯爵夫人表示祝贺，隔着桌子同伯爵和孩子们碰杯，又相互碰杯。仆人们又跑动起来，响起了挪椅子的声音，客人们按照原来的顺序回到客厅和伯爵的书房，不过他们的脸比刚才更红些。

十七

打波士顿牌的牌桌摆好了，打牌的人也搭配好了，于是伯爵的客人们便分散到两个客厅、休息室和图书室里。

伯爵把手里的牌展开成为扇形，他有饭后小睡的习惯，这时勉强支撑着，看到什么都笑。年轻人在伯爵夫人的鼓动下，聚集在古钢琴和竖琴旁。朱丽应大家的请求，第一个在竖琴上弹了一支带变奏的小曲，随后和其他姑娘一起开始请求有音乐天赋的娜塔莎和尼古拉唱点什么。娜塔莎看见人们把她当大人看待，显然非常得意，但是同时又有点胆怯。

"我们唱什么？"她问。

"唱唱《泉水》吧。"尼古拉回答。

"好吧，快点。鲍里斯，您过来，"娜塔莎说，"索尼娅到哪里去了？"

她环视了一下，发现她的朋友不在房间里，便去找她。

娜塔莎跑进索尼娅的房间，没有在那里找到她，便又跑到儿童室，索尼娅也不在那里。娜塔莎明白了，索尼娅一定在走廊里的大木箱那里。走廊里的大木箱旁是罗斯托夫家少女们排遣忧愁的地方。果然，索尼娅身穿粉红的薄纱连衣裙，脸朝下在大木箱上躺着，把衣服都压皱了，木箱上铺着保姆用的肮脏的条纹布面羽毛褥子，她用双手捂住脸,抖动着裸露的小肩膀,抽抽搭搭地哭着。娜塔莎在她过命名日的一整天里一直都很兴奋,这时她的脸突然变了:她的眼睛发呆,宽厚的脖子颤动了一下,嘴角耷拉了下来。

"索尼娅!你怎么啦?……出了什么事了?呜——呜——呜!……"

于是娜塔莎咧开大嘴,样子变得很难看,像小孩一样号啕大哭起来,不知道为什么哭,只因为索尼娅在哭,她也就哭起来。索尼娅想抬起头来,想回答她,但是做不到,却把脸埋得更深了。娜塔莎在蓝色羽毛褥子边上坐下,搂着索尼娅不停地哭着。索尼娅使劲撑起身子,坐了起来,开始擦眼泪,讲述是怎么回事。

"尼科连卡过一个星期就要走了,他的……通知书……来了……他自己对我说的……我还是不该哭(她把手里拿的一张纸给娜塔莎看,上面是尼古拉写的诗)……我还是不该哭,但是你不会了解……任何人也不会了解……他有一颗多么好的心。"

"你很愉快……我不羡慕……我喜欢你,也喜欢鲍里斯,"索尼娅稍稍振作一些后说,"他很可爱……对你们来说没有障碍。而尼古拉是我的表兄……需要……都主教本人许可①……否则不行。再说,如果妈妈(索尼娅既把伯爵夫人当作母亲,也这样称呼她)……她说,我在毁坏尼古拉的前程,我没有良心,我不正派,真的……说实话(她画了个十字)……我也非常喜欢她,喜欢你们大家,只有薇拉一个人……为什么要这样?我做了什么对不起她的事?我非常感激你们,很高兴牺牲一切,可是我什么也

---

① 俄国东正教教会规定,近亲结婚需经都主教许可。

没有……"

索尼娅说不下去了，又用手捂住脸，把头埋进羽毛褥子里。娜塔莎开始平静下来，但是从她的脸上可以看出，她明白了索尼娅的痛苦非同小可。

"索尼娅！"她突然说道，好像猜到了表姐伤心的真正原因，"薇拉饭后大概和你说什么了，是吧？"

"是的，这些诗是尼古拉亲笔写的，我还抄了另外的诗；她在我的桌子上发现了这些诗，对我说，她要拿给妈妈看，还说，我不正派，妈妈永远不会让他娶我，他将同朱丽结婚。你也看到，他同她整天在一起……娜塔莎！这是为什么呀？……"

于是她又更加伤心地哭起来。娜塔莎把她扶起来，搂住她，含着眼泪笑着，开始安慰她。

"索尼娅，你别相信她的话，亲爱的，别相信。记得吗，我们和尼科连卡三个人晚饭后在休息室是怎么说的？我们已把未来的事全说完了。我已不记得怎么说的，但是你总记得当时说过，一切都很好，一切都是可以做到的。申升舅舅有个兄弟娶的就是表妹，而我们又是更远的表亲。鲍里斯也说过，这是完全可以的。你知道，我什么都对他说了，而他是那么的聪明，那么的诚恳，"娜塔莎说，"索尼娅，你别哭，亲爱的，我的好索尼娅。"她笑着吻她，"薇拉很坏，随她去！一切都会很好的，她不会告诉妈妈的；尼科连卡自己会说的，他脑子里根本就没有想过朱丽。"

她吻着索尼娅的头。索尼娅起来了，这小猫活跃起来，一对小眼睛闪闪发亮，它似乎马上就要挥动尾巴，柔软的爪子使劲一蹬往上跳，重新按照它的天性玩起线团来。

"你是这样想的？真的？是实话？"她问，很快地整理了一下衣服和头发。

"真的！是实话！"娜塔莎一面回答，一面替索尼娅整理辫子下面露出来的一绺粗硬的头发。

她俩都笑了起来。

"走，我们去唱《泉水》吧。"

"走。"

"你知道吗，坐在我对面的那个胖胖的皮埃尔非常可笑！"娜塔莎突然停住脚步说，"我很快活！"

于是娜塔莎在走廊里跑起来。

索尼娅抖掉身上的羽毛，把诗稿藏到怀里靠近脖子和鼓出的胸骨的地方，涨红了脸，迈开轻松欢快的步子，跟着娜塔莎沿着走廊朝休息室跑去。年轻人已应客人的请求唱了四重唱《泉水》，这首歌大家都很喜欢；然后尼古拉唱了一首新学的歌，歌词是这样的：

> 在愉快的夜晚，在月光下，
> 幸福地浮想联翩，
> **想到世上还有一个人，**
> **正在把你思念！**
> 她挥动美丽的手指
> 拨弄着金色竖琴的琴弦，
> 用热情和谐的声音
> 召唤你到她的身边！

再过一天两天，天堂就要出现……
唉，可叹，你的朋友活不到那一天！

他还没有唱完最后一句，大厅里的年轻人已准备要跳舞了，敞廊里响起了乐师们的脚步声和咳嗽声。

皮埃尔坐在客厅里，因为他是从国外回来的，申升便同他谈起了他感到枯燥乏味的政治问题，别的人也参加了进来。音乐奏响后，娜塔莎进了客厅，径直走到皮埃尔跟前，红着脸，眉开眼笑地说：

"妈妈叫我请您跳舞。"

"我担心跳起来舞步乱了，"皮埃尔说，"但是既然您愿意当我的老师……"

于是他向这个身子纤弱的小姑娘伸出了粗大的手，把手垂得低低的。

当一对对跳舞的人重站位置和乐师调音的时候，皮埃尔同他的小舞伴坐了下来。娜塔莎感到很幸福，因为她已同从**国外来的大人**跳了舞了。她坐在大家都看得见的地方，像大人一样同皮埃尔说着话。她手里有一把扇子，这是一位小姐托她暂时拿着的。她摆出一副十足的社交界妇女的姿态（天知道她是在什么地方和什么时候学会的），一面摇着扇子，隔着扇子微笑着，一面同自己的舞伴攀谈着。

"像什么样子？像什么样子？你们看，你们看。"老伯爵夫人穿过大厅，指着娜塔莎说。

娜塔莎的脸红了,笑了起来。

"您怎么啦,妈妈?您这又何必呢?这里有什么可大惊小怪的?"

苏格兰舞曲演奏到第三节的一半时,客厅里传来挪椅子的声音,在那里玩牌的伯爵和玛丽亚·德米特里耶夫娜以及大部分贵客和老年人,在久坐之后伸伸懒腰,把皮夹子和钱包放进衣兜,来到大厅。走在前头的是伯爵和玛丽亚·德米特里耶夫娜,两人脸上都露出快乐的表情。伯爵摆出诙谐而有礼貌的样子,用跳芭蕾舞的姿势,朝玛丽亚·德米特里耶夫娜伸出圆滚滚的手臂。他一挺直身子,脸上顿时出现特殊的、豪放而调皮的笑容,等他们跳完苏格兰舞的最后一段,他便朝乐师们拍拍手掌,向敞廊里的第一提琴手喊道:

"谢苗!你会拉丹尼尔·库珀舞曲①吗?"

这是伯爵喜爱的一种舞,他早在青年时代就跳过。(丹尼尔·库珀其实是**英格兰舞**的一段。)

"你们看爸爸。"娜塔莎朝整个大厅喊起来(完全忘记了她是在同大人跳舞),她的长着鬈发的小脑袋朝双膝下垂,她的响亮的笑声传遍了整个大厅。

确实,凡是在大厅的人都带着快乐的微笑看着这个快乐的老头,他同身材比他高的威风凛凛的舞伴玛丽亚·德米特里耶夫娜并排站着,把手臂弯成圆形,合着节拍不时抖动着,接着舒展开双肩,向外伸出双腿,轻轻跺跺地,圆脸笑得愈来愈欢,就这样

---

① 这大概是以一个名叫丹尼尔·库珀的英国作曲家的名字命名的曲子。

让观众做好准备继续往下看。等到快乐而带鼓动性的、与欢乐的特列帕克舞曲①相像的丹尼尔·库珀舞的乐曲声一响起，大厅的几扇门立刻挤满了来看主人跳舞的仆人们，一眼望去，只见一边是男仆们的笑脸，另一边则是满面笑容的女仆们。

"我们家的老爷真行！像一只雄鹰！"站在一扇门的门口的保姆大声说道。

伯爵跳舞跳得很好，他自己也知道这一点，但是他的舞伴根本不会跳，也不想好好跳。她挺直巨大的身躯站着，垂下强壮的手臂（她把手提包给了伯爵夫人）；只有她的那张表情严肃的漂亮的脸在跳动。伯爵的整个圆圆的身体表现出来的东西，在玛丽亚·德米特里耶夫娜身上只表现在她笑得愈来愈欢的脸和向上翘起的鼻子上。但是如果说跳得愈来愈起劲的伯爵以他出人意料的灵活的旋转和柔软的双腿轻松的跳跃使观看的人倾倒的话，那么玛丽亚·德米特里耶夫娜只在转圈和跺脚时动动肩膀或弯弯手臂，似乎不费多大力气就给人留下同样的印象，这是因为任何人都看重她在身体肥胖和一向态度严肃的情况下做出的努力。舞跳得愈来愈欢了。其余的对子说什么也引不起注意，他们甚至不做这样的努力。大家都受伯爵和玛丽亚·德米特里耶夫娜的吸引。娜塔莎不断地扯在场的人的袖子和衣服，要他们看她的爸爸跳舞，其实他们本来就在目不转睛地看着了。伯爵在跳舞的间隙喘着粗气，朝乐师们挥手和喊叫，要他们演奏得更快些。伯爵围着玛丽亚·德米特里耶夫娜，时而踮起脚，时而脚跟着地，转得愈来愈

---

① 特列帕克舞曲是俄罗斯的一种顿足跳的民间舞的舞曲。

快，愈来愈快，愈来愈快，愈来愈猛，愈来愈猛，愈来愈猛，最后把舞伴带到她的坐位，自己朝后抬起一条柔软的腿，面带微笑低下冒汗的头，在雷鸣般的掌声和笑声（娜塔莎笑得特别开心）中，挥动右手做了一个画圆的动作，就这样跳完了最后一个舞步。两个人停住了，都喘着粗气，用麻纱手绢擦擦汗。

"我们当年就是这样跳的，亲爱的。"伯爵说。

"丹尼尔·库珀舞就得这样跳！"玛丽亚·德米特里耶夫娜费力地喘着长气，卷着袖子说。

十八

正当罗斯托夫家的大厅里人们在疲倦的乐师奏出的走了调的音乐伴奏下跳着第六段**英格兰舞**、厨师们正在准备晚餐时，别祖霍夫伯爵得了第六次中风。大夫们宣布已没有痊愈的希望；病人已进行了默忏①和领了圣餐②；做了行终傅礼的准备，家里一片忙乱，人们都在不安地等待着，在这样的时刻这种现象是很常见的。而在大门外聚集着一群棺材商人，他们躲着驶过来的马车，等待机会揽一笔殡葬伯爵的大买卖。不断派副官来询问伯爵病情的莫

---

① 默忏是一种宗教仪式，神父在临死的人身边历数他的主要罪孽，并宽恕这些罪孽。

② 领圣餐是基督教的主要仪式之一。据《圣经·新约》的记载，耶稣同使徒们进最后的晚餐时，对饼和酒进行祝祷，分给他们领食，并称其为自己的身体和血，是为众人免罪而舍弃和流出的，命后世门徒这样做以纪念他。圣餐又称圣体血。

斯科总司令①，今天晚上亲自来同叶卡捷琳娜时代的元老别祖霍夫伯爵做最后的告别。

富丽堂皇的接待室坐满了人。当那位同病人单独待了大约半小时的总司令从那里出来时，大家都恭敬地站起来，他微微点头还礼，想尽可能快地在那些注视着他的大夫们、神职人员和亲戚们的身边走过去。这些天变得清瘦苍白了的瓦西里公爵出来送总司令，他几次低声地对总司令反复说着什么事。

送走总司令后，瓦西里公爵一个人在大厅里的一把椅子上坐下，高高地跷起二郎腿，一个胳膊肘支在膝盖上，用手捂住眼睛。这样坐了一会儿后，他站起身，用惊恐的眼睛环顾四周，一反常态急匆匆地穿过长长的走廊到后院去找大公爵小姐。

在一个灯光微弱的房间里，有人在低声交谈，声音忽高忽低，每当有人从那扇通向垂死病人的房间的门出来或有人进去时，他们就不说话了，用充满疑问和期待的目光望着这扇门。

"一个人的大限到了，"一个老神职人员对一位坐到他身旁天真地听着他讲话的女士说，"大限到了，是无法迈过去的。"

"我想，给他行终傅礼是否晚了？"女士问道，好像她个人对此毫无主见似的，她在称呼老头时，给他加上了他在教会的头衔。

"夫人，这项圣礼可是大礼。"老神职人员回答道，他用手摸摸秃顶，那里有几绺往后梳的灰白头发。

"这是谁？总司令本人来过了？"有人在房间的另一端问，

---

① 指别克列绍夫（一七四五至一八〇八年），一八〇四至一八〇六年间任莫斯科总督。

"还显得那么年轻!……"

"六十多岁了!怎么,听说伯爵已经不认得人了?是否想给他行终傅礼?"

"我认识一个人,他行了七次终傅礼。"

二公爵小姐哭肿了眼睛从病人的房间里出来,在洛兰大夫的身旁坐下,而大夫则把胳膊肘支在桌子上,姿态优美地坐在叶卡捷琳娜的画像下面。

"好极了,"大夫在回答关于天气的问题时说,"好极了,公爵小姐,再说,莫斯科很像乡下。"

"是吗?"公爵小姐叹着气说,"这么说他可以喝水?"

洛兰犹豫起来。

"他吃药了吗?"

"吃了。"

大夫看了看怀表。

"您拿一杯开水来,放一小撮酒石(他用纤细的手指示范说明一小撮是多少)……"

"没有过这样的病例,"德国大夫对副官说,**"中了三次风还能活下来。"**

"本来他是一个精力多么充沛的男子啊!"副官说。"这些财产将归谁呢?"他低声加了一句。

"想要得到财产的人是会有的。"德国人微笑着回答道。

大家又回头看那扇门:门咯吱响了一声,二公爵小姐照洛兰吩咐调好了饮料,给病人端进去。德国大夫走到了洛兰面前。

"大概还能拖到明天早晨吧?"德国人用蹩脚的法语说。

洛兰把嘴一撇,伸出一根手指在鼻子前严肃地晃了晃,表示否定。

"今天夜里,不会更晚。"他低声说,觉得自己能清楚地了解和说明病情而露出有分寸的得意的微笑,说完就走开了。

这时瓦西里公爵推开了大公爵小姐房间的门。

房间里半明半暗,只在圣像前点着两盏长明灯,神香和鲜花散发出好闻的气味。整个房间摆满了各种小衣柜、小柜橱、小桌子等小家具。在屏风后面可以看到一张铺着羽毛褥子的高高的床,上面盖着白色的罩单。一只小狗吠叫起来。

"啊,原来是您,表叔!"

她站起身来,理了理头发,她的头发任何时候,甚至在现在,都是异常光滑的,仿佛它和整个脑袋由同一块材料做成,不过加了一道油漆而已。

"怎么,发生什么事了吗?"她问,"我已经吓坏了。"

"没有什么,还是那样;卡蒂什①,我只是来和你谈一件事。"公爵疲惫地在她刚才坐的圈椅里坐下说。"然而你把圈椅坐热了,"他说,"坐过来,咱们谈谈。"

"我想,是否出了什么事了?"公爵小姐说,她脸上带着一贯的严肃呆板的表情在公爵对面坐下,准备听他说。

"我想睡,表叔,可是睡不着。"

"怎么啦,亲爱的?"瓦西里公爵说,他握住公爵小姐的一只

---

① 大公爵小姐的名字和父称是卡捷琳娜·谢苗诺夫娜,卡蒂什是她的法文小名。

手,习惯地把它往下摁。

显而易见,"怎么啦"这句话问的是他们两人的许多心照不宣的事。

公爵小姐的腰很长,与她的腿很不相称,而且干瘦僵直,她睁大鼓出的灰眼睛,直瞪瞪地和冷淡地望着公爵。然后摇摇头,叹了一口气,朝圣像看了一眼。她的姿势可以解释为悲伤和忠诚的表示,也可解释为她累了,希望很快得到休息。瓦西里公爵把这种姿势看作是疲倦的表现。

"你大概以为我要轻松些吧,"他说,"我累得像一匹驿马;尽管如此,我还得同你谈一谈,卡蒂什,非常严肃地谈一谈。"

瓦西里公爵沉默了,他的腮帮子时而这边时而那边神经质地抽动着,给他的脸增添了一种令人不快的表情,这种表情在他待在客厅里时从来没有在他脸上出现过。他的眼神也不像平常那样:他有时放肆无礼地和讥讽地看着,有时则惊恐地环顾四周。

公爵小姐用她瘦小的手把小狗抱在膝上,用注意的目光看着瓦西里公爵;但是可以看出,哪怕需要她闭口不言直到明天早晨,也不会提一个问题来打破沉默。

"您瞧,卡捷琳娜·谢苗诺夫娜,亲爱的公爵小姐和表侄女,"瓦西里公爵接着说,看来他开口继续说话不是没有经过内心的斗争的,"在现在这样的时刻,什么事都得考虑到。需要考虑未来,考虑你们……我像爱自己的孩子一样爱你们大家,这一点你是知道的……"

公爵小姐仍然深沉地和一动不动地看着他。

"最后应该也考虑我的一家,"瓦西里公爵生气地推开小桌子,眼睛不看着她继续往下说,"你知道,卡蒂什,你们马蒙托夫家的三姐妹再加上我的妻子,只有咱们是伯爵的直接继承人。我知道,我知道,讲这些事和想这些事你是非常痛苦的。我也不见得好受些;但是,亲爱的,我已五十多岁了,对什么事都得有个准备。你知道吗,我已派人去叫皮埃尔了,伯爵直接指着皮埃尔的像,一定要他来见他。"

瓦西里公爵用疑问的目光看着公爵小姐,他未能弄明白,她是在考虑他对她所说的话呢,还是只不过是简单地看着他罢了……

"为了一件事我在不停地祷告上帝,表叔,"公爵小姐回答道,"希望上帝宽恕他,让他美好的灵魂平静地离开这个……"

"对,是这样,"瓦西里公爵不耐烦地接着说,他摸摸秃顶,生气地把推开的小桌子拉回身边来,"但是最终……最终问题在于,你自己也知道,去年冬天伯爵立了遗嘱,他在遗嘱中把全部财产给了皮埃尔,没有留给作为直接继承人的我们。"

"他立的遗嘱可不少,"公爵小姐平静地说,"但是他不能把财产留给皮埃尔!皮埃尔是私生子。"

"亲爱的,"瓦西里公爵突然说,他紧靠在小桌子上,兴奋起来,开始加快语速,"要是伯爵的那封信是写给皇上的,要是他请求允许他认皮埃尔为合法的儿子呢?你知道,伯爵是有功之臣,他的要求会得到满足的……"

公爵小姐微微一笑,通常只有那种自以为知道得比对方多的人才这样笑。

"我还要对你说,"瓦西里公爵抓住她的一只手继续说,"信已经写好了,虽然尚未送出,但是皇上已经知道了。问题只在于这封信销毁了没有。如果没有销毁，那么很快**一切都完了**，"瓦西里公爵叹了口气，以此表明他所说"**一切都完了**"是什么意思，"伯爵的文件将被打开，遗嘱和信将呈交皇上，他的要求一定会得到满足。皮埃尔将作为合法的儿子得到一切。"

"那么我们的那一份呢？"公爵小姐问，她露出讥讽的微笑，好像一切都可能发生，唯独这件事不可能发生似的。

"但是，亲爱的卡蒂什，这是明明白白的事。到那时他一个人是全部财产的合法继承人，你们就连这一份也得不到。亲爱的，有没有立遗嘱和写信，遗嘱和信销毁了没有，你是应该知道的。如果由于某种原因这些文件被人遗忘了，你也应该知道它们在哪里，你应设法找到它们，因为……"

"竟然会有这样的事！"公爵小姐打断他的话，恶意地微笑着，没有改变眼睛的表情，"我是一个女人；照您看来，我们都很愚蠢；但是我知道私生子是无权继承的……私生子。"她用法语加了一句，认为把"私生子"一词翻译成法语，就完全可以向公爵说明他的话是缺乏根据的。

"你怎么还不明白，卡蒂什！你很聪明，可是你怎么不明白：如果伯爵写信给皇上，请求皇上承认他的儿子是合法的，那么皮埃尔就不是现在的皮埃尔了，而是别祖霍夫伯爵了，到那时他将根据遗嘱得到一切。如果遗嘱和信还没有销毁，那么你除了得到道德高尚的美名和由此产生的一切并借以自慰外，别的什么也得不到。这是确实无疑的。"

"我知道遗嘱已经立了；而且也知道它是无效的，您好像把我看成一个十足的傻瓜，表叔。"公爵小姐说，她的表情同那些认为自己说了俏皮和挖苦的话的女人一模一样。

"我的亲爱的卡捷琳娜·谢苗诺夫娜公爵小姐!"瓦西里公爵不耐烦地说道,"我到你这里来不是为了和你彼此挖苦,而是为了和一个亲戚,一个诚恳善良的真正的亲戚谈一谈你的利益。我第十次对你说,如果在伯爵的文件里有给皇上的信和对皮埃尔有利的遗嘱,那么你,亲爱的,还有你的妹妹就不是继承人了。如果你不相信我,那么请你相信内行人的话:我刚才同德米特里·奥努夫里依奇(他是家庭法律顾问)谈过此事,他也这样说。"

看来公爵小姐的思想突然发生了某些变化;她的薄薄的嘴唇发白(眼睛还是那样),一开口说话声音就像打雷一般,显然她自己也没有想到会这样。

"这样倒好,"她说,"我没有想过要什么,现在也不想要。"

她把小狗从膝盖上推下,理了理衣服上的褶子。

"这就是对那些为他牺牲了一切的人的感谢和报答。"她说,"好极了!太好了!公爵,我什么也不需要。"

"是这样,然而你不是一个人,你还有妹妹。"瓦西里公爵说道。

但是公爵小姐没有听他说话。

"是的,我早就知道了这一点,但是忘记了,在这个家里除了卑鄙、欺骗、嫉妒、阴谋、知恩不报、最卑鄙的忘恩负义外,我不能再期望还有别的什么……"

"你到底知道不知道遗嘱放在哪里?"瓦西里公爵问,他的腮帮子比刚才抽动得更厉害了。

"是的,我很愚蠢,我相信过人,爱他们,牺牲自己。而得到好处的都是那些卑鄙下流的小人。我知道这是谁的阴谋。"

公爵小姐想要站起来，但是公爵拉住她的手不让起来。从公爵小姐的样子看，她好像一下子对整个人类都感到失望了；她愤愤地看着对方。

"还有时间，亲爱的。你记住，卡蒂什，这一切都是他在生气时，在病中未经慎重考虑做的，过后也就忘了。我们有责任，亲爱的，纠正他的错误，不让他做这件不公道的事，以减轻他最后时刻的痛苦，不让他带着这样的想法死去，不让他觉得自己造成了那些人的不幸……"

"那些为他牺牲了一切的人，"公爵小姐接过话头说，又想站起来，但是公爵不放开她，"他从来都不看重这一点。不，表叔，"她叹息着加了一句，"我会记住，在这个世界上不能等待报答，在这个世界上既没有正义，也没有公道。在这个世界上就得狡猾，凶狠。"

"好啦，别激动；我知道你心肠好。"

"不，我心肠狠。"

"我知道你心肠好，"公爵重复说，"并且看重你的友谊，我希望你对我也有这样的看法。别激动，咱们好好谈一谈，现在还有时间——也许是一昼夜，也许只有一个钟头；你把你所知道的有关遗嘱的情况全部告诉我，主要的是告诉我它在什么地方，你是应该知道的。我们现在就拿去给伯爵看。他大概已把它忘记了，想把它销毁。你知道，我的一个愿望是神圣地执行他的意志；我就是为这件事到这里来的。我待在这里的目的是帮助他和帮助你们。"

"现在我什么都明白了。我知道这是谁的阴谋。我知道。"公爵小姐说。

"问题不在这里，亲爱的。"

"这都是您保护的人,您的那位可爱的德鲁别茨卡娅公爵夫人,安娜·米哈依洛夫娜,这个卑鄙下流的女人,给我当女仆我都不要。"

"我们不要耽误时间了。"

"唉,别说了!去年冬天她钻到这里来,在伯爵面前告我们的状,尤其是说了索菲的许多坏话,话说得很卑鄙很下流——我简直无法重复,伯爵气病了,整整两个星期不愿意见我们。我知道,在这个时候他立了这个讨厌的和可恶的遗嘱;但是当时我以为这个文件毫无意义。"

"问题就在这里,以前你为什么对我只字不提呢?"

"放在镶嵌着装饰图案的公文包里,伯爵把这只公文包压在枕头底下。现在我知道了。"公爵小姐说,没有回答他的问话。"是的,如果我有罪孽,有很大的罪孽的话,那么这就是恨这个坏女人。"公爵小姐几乎在大声喊叫,她的样子完全变了,"她干吗要钻到这里来呢?我要对她把所有的话全说出来。这个时候会到来的!"

十 九

在接待室和公爵小姐的房间里正在进行这样的谈话的时候,载着皮埃尔(他是派人找回来的)和安娜·米哈依洛夫娜(她认为有必要和他一同来)的马车驶进了别祖霍夫伯爵的院子。当马车驶到窗下铺着的软软的干草上时,安娜·米哈依洛夫娜想对皮埃尔说几句安慰的话,不过深信他已在角落里睡着了,便把他叫醒。皮埃尔醒来后，跟着安娜·米哈依洛夫娜下了马车，这时才想到他将要同濒危的父亲见面的事。他发现，他们没有到正门外，而是到了后门。当他走下踏板时，有两个穿着商人服装的人急忙从门口跑开，躲进墙边阴影里。皮埃尔停住脚步，看到房子两边的阴影里还有几个这样的人。无论是安娜·米哈依洛夫娜还是仆人和车夫，一定也看到了这些人，但是没有去注意他们。这么说来，需要这样做，皮埃尔暗自这样断定，便跟着安娜·米哈依洛夫娜走了。安娜·米哈依洛夫娜一面匆匆忙忙地顺着灯光微弱的狭窄石梯向上走，一面招呼着落在她后面的皮埃尔；皮埃尔虽然不明白他为什么非要去见伯爵不可，更不明白他为什么要走后面的楼梯，但是看到安娜·米哈依洛夫娜的那种自信和匆忙劲儿，心里便断定这样做是完全必要的。在楼梯的半中腰，他们差一点被几个穿着皮靴、提着水桶朝他们迎面跑下来的人绊倒。这些人往墙边靠，让皮埃尔和安娜·米哈依洛夫娜过去，在看到他们时，没有表现出丝毫的惊讶。

"这里通几位公爵小姐的住处吗？"安娜·米哈依洛夫娜问他们之中的一个人。

"对，"仆人大胆地高声回答道，好像现在可以放肆一些了，"左边的门，太太。"

"也许伯爵并没有叫我，"皮埃尔在到了楼梯平台时说，"我还是到自己房间去。"

安娜·米哈依洛夫娜停住脚步，等皮埃尔赶上来。

"啊，我的朋友！"她摆出上午同儿子说话时的姿势，碰碰皮埃尔的手，"相信我的话，我并不比您好受，但是您要像一个男子汉的样子。"

"我真的一定要去吗?"皮埃尔问,他透过眼镜亲切地望着安娜·米哈依洛夫娜。

"啊,我的朋友,您要忘掉人们可能有的那些对不起您的地方,想一想,这是您的父亲……他也许快要死了。"她叹了一口气,"我一见您就像爱儿子那样爱您。请相信我,皮埃尔,我不会忘记您的利益的。"

皮埃尔什么也不明白;他又一次更加深切地感觉到,一切都应当如此,便顺从地跟在这时已在推门的安娜·米哈依洛夫娜后面。

这扇门通向后门的过厅。伺候公爵小姐们的一个老年男仆坐在过厅的角落里,他正在织袜子。皮埃尔从来没有到这一边来过,甚至没有想到过还有这些房间。安娜·米哈依洛夫娜向一个用托盘托着水瓶从后面赶过他们的女仆(称她为亲爱的和好姑娘)问公爵小姐们身体可好,随后带着皮埃尔沿着石廊往前走。走廊上左边第一扇门通向公爵小姐们住的房间。托着水瓶的女仆在忙乱中(在这时刻在这座房子里一切都变得很忙乱)没有关上门,于是皮埃尔和安娜·米哈依洛夫娜经过时,不由自主地朝房间里面瞧了一眼,看见那里大公爵小姐和瓦西里公爵两人彼此挨得很近地坐着,正在说话。瓦西里公爵看见两人从门口经过,做了一个不耐烦的动作,身体朝后一靠;公爵小姐跳了起来,气冲冲地使出全身力量砰的一声把门关上。

公爵小姐的这个动作与她平常心平气和的样子很不相像,瓦西里公爵脸上露出的惊恐表情也同他平时傲慢的态度很不相称,皮埃尔看到后停住脚步,用疑问的目光透过眼镜看了领他走的安娜·米哈依洛夫娜一眼。安娜·米哈依洛夫娜没有表现出惊讶的样子,她只是微微一笑,叹了口气,仿佛想以此表明这一切都是她意料之中的事。

"您要像一个男子汉的样子,我的朋友,我将照管您的利益。"她对他疑问的目光做了这样的回答,说完加快步伐顺着走廊继续往前走。

皮埃尔不明白是怎么回事,更不明白"照管您的利益"是什么意思,但是他知道,这一切就应该这样。他们顺着走廊到了一个挨着伯爵的接待室的半明半暗的大厅。这是皮埃尔从正门的台阶上见过的那些阴冷豪华的房间之一。但是在这个房间的中央放着一个空澡盆,地毯上溅了水。一个仆人和一个提着香炉的教堂下级人员蹑手蹑脚地朝他们迎面走来,没有注意他们。他们进了皮埃尔熟悉的一个接待室,这个房间的两扇意大利式窗户朝着冬季花园,里面有叶卡捷琳娜女皇的大型塑像和全身画像。接待室里还是那些人,他们几乎都坐在原来的位置上,正在交头接耳地说话。突然大家都不作声了,回过头来看了看进来的哭肿了脸、脸色苍白的安娜·米哈依洛夫娜和低着头、顺从地跟在她后面的肥胖高大的皮埃尔。

安娜·米哈依洛夫娜脸上的表情表明,她意识到决定性的时刻到了;她摆出一副彼得堡能干女人的派头,比上午更加大胆地进了房间,叫皮埃尔紧跟着她。她感觉到,因为她是带着濒危的病人要见的人来的,她一定会受到接见。她迅速地朝房间里所有的人扫了一眼,看见了伯爵的忏悔神父,这时她并不像是弯下腰,可是身体突然变矮了,迈着小碎步朝神父走去,同时恭敬接受这一位神职人员，然后又接受那一位神职人员的祝福。

"谢天谢地，您终于及时来了，"她对一个神职人员说，"我们这些亲属都非常担心。这个年轻人是伯爵的儿子。"她压低声音加了一句，"可怕的时刻！"

她说完这些话，走到大夫面前。

"亲爱的大夫，"她对他说，"这个年轻人是伯爵的儿子……还有希望吗？"

大夫默默地用很快的动作抬起眼睛，耸耸肩膀。安娜·米哈依洛夫娜也用同样的动作耸肩和抬眼，几乎闭上了眼睛，她叹一口气，离开大夫，转身到了皮埃尔跟前。她用特别尊重的、亲切而带忧伤的语气和皮埃尔说话。

"您要相信上帝的仁慈！"她对他说，给他指了指一张小沙发，要他坐下等她，自己悄悄地朝那扇大家注视着的门走去，只听得这扇门轻轻响了一声，她就消失在门里了。

皮埃尔决定在一切方面都听从她的指导，便朝她指的小沙发走过去。安娜·米哈依洛夫娜进了那扇门后，他就立刻发现，房间里所有人的目光都集中到他身上，这目光超过了好奇和同情。他还发现，所有的人都在窃窃私语，不断用眼睛瞟着他，似乎带着惊恐甚至奉承讨好的神情。他受到以前从来未曾受到过的尊重：一位正在同神职人员谈话的不认识的女士站起身来，请他坐下；副官拾起了皮埃尔丢的一只手套递给他；大夫们在他经过时，为了表示尊敬，都停止说话，闪到一旁，给他让路。皮埃尔开头想坐到另一个地方去，以免挤着那位女士，同时想自己去捡那只手套和绕过那些根本不挡他的路的大夫们；但是他突然觉得这样做不大合适，觉得他今天夜晚成了一个负责完成一项可怕的和大家期待着的仪式的人，因此应该接受大家的效劳。他默默地从副官手里接过手套，在那位女士让出的座位上坐下，把一双大手放到两个对称的膝盖上，摆出类似埃及塑像的天真姿势，心里暗自决定，这一切就应当这样，今天晚上为了不张皇失措和不干蠢事，他不应该按照自己的想法行动，而应该完全服从指导他的人的意志。

不到两分钟，瓦西里公爵身穿长衫，佩着三枚星章，昂起头，高视阔步进了房间。他似乎比上午消瘦了些；当他环视整个房间和看到皮埃尔时，他的眼睛显得比平常要大。他走到皮埃尔面前，握住皮埃尔的手（以前他从来没有这样做过），把它往下拉，仿佛想试一试它结实不结实似的。

"勇敢些，勇敢些，我的朋友。他吩咐把您叫来。这很好……"说着就想走开。

但是皮埃尔认为有必要问一下，便说：

"身体怎么样……"他犹豫起来，不知道称呼病危的人伯爵是否合适；而称他父亲又觉得不好意思。

"半个钟头前中风又发作了一次。中风又发作了。勇敢些，我的朋友……"

皮埃尔的思想很混乱，他在听到"中风"二字时，把它想象成受到某种物体的打击①。他困惑莫解地朝瓦西里公爵看了一眼，后来才明白这指的是一种病。瓦西里公爵一边走一边对洛兰说了几句话，踮起脚尖进了门。他不大会踮起脚尖走路，因此整个身

---

① "中风"的俄语原文为"удар"，它的基本意义为"打击"。

子笨拙地蹦跳着。跟着他进去的有大公爵小姐，还有神职人员和教堂的下级人员，伺候的人（仆人）也到了里面。从门里传来了挪动东西的声音，最后安娜·米哈依洛夫娜跑了出来，她的脸还是那样苍白，但是带着坚决履行职责的表情，她碰碰皮埃尔的手，说道：

"上帝无限仁慈。终傅礼马上就要开始了。咱们走吧。"

皮埃尔进了门，踏着软绵绵的地毯，他发现副官和那位不认识的女士还有一些仆人都跟着他过来了，好像现在已不必询问是否允许进这个房间了。

二　十

皮埃尔非常熟悉这个用圆柱和拱门分隔开、四面墙上挂着波斯壁毯的大房间。在圆柱后面的那个部分，一边放着一张挂着绸帐的高高的红木床，另一边则是一个大神龛，这里好像做晚祷时的教堂一样，被一片红光照得通亮。神龛里的圣像金属衣饰也被照亮，在它的下方放着一张长长的伏尔泰安乐椅①，上面放着新换的、还没有压皱的雪白的靠枕，这里躺着别祖霍夫伯爵，他那魁梧的身体是皮埃尔非常熟悉的，现在一条浅绿色被子盖到他腰部，宽阔的前额上仍然有一绺像狮鬃似的白发，俊美的橘红色的脸上依旧布满特有的显示高贵气质的深深的皱纹。他躺在神像的正下

---

① 伏尔泰安乐椅是一种高背深座的椅子。

方，两只粗大的手从被子底下伸出，放在上面。在手掌朝下的右手里，在拇指和食指中间夹着一支蜡烛，一个老仆人从安乐椅的一边弯下腰扶着这支蜡烛。安乐椅旁站着几个神职人员，他们身穿闪闪发亮的法衣，披散着长发，手里拿着点着的蜡烛，在缓慢而庄重地祷告。在他们背后不远的地方站着两位年纪较小的公爵小姐，各自手里拿着手绢捂住眼睛，她们的姐姐卡蒂什站在前面，带着愤恨和坚决的神情，一直目不转睛地盯住圣像，仿佛是在对大家说，如果她回头看一下的话，那么就不能对自己的行为负责了。安娜·米哈依洛夫娜脸上带着无可奈何的悲伤和宽恕一切的表情，和那位不认识的女士一起站在门旁。瓦西里公爵站在门的另一边，靠近安乐椅的地方，在一把雕花的丝绒椅子后面，他把这把椅子转过来，让椅背朝自己，把拿着蜡烛的左手支在椅背上，用右手画十字，每当把手指举到前额时，眼睛就往上抬。他的脸露出平静虔诚和完全听上帝安排的表情。"如果您不理解这些感情，那么对您来说就会更糟。"他的神情似乎在这样说。

他后面站着副官、大夫们和男仆们；好像是在教堂里一样，男女是分开站的。大家都沉默着，画着十字，只能听见读祷文、缓慢低沉地唱诗的声音以及在间隙时换脚和喘气的声音。安娜·米哈依洛夫娜带着意味深长的、知道自己在做什么的神情，穿过整个房间到皮埃尔那里，给了他一支蜡烛。皮埃尔点着了蜡烛，由于只顾观察周围的人，居然用拿蜡烛的那只手画起十字来。

面色红润、长着一颗痣、特别爱笑的小公爵小姐索菲望着他。她笑了笑，用手绢遮住脸，很久没有把它拿开；但是她看了皮埃尔一眼后，又笑起来。显然她觉得自己看见他不能不笑，可是忍不住要看他，为了免受这样的诱惑，便悄悄地到了圆柱后面。在祷告的中途，神职人员突然不作声了；他们低声地彼此说了些什么；扶着伯爵的手的老仆直起腰，朝女士们转过身来。安娜·米哈依洛夫娜走向前去，朝病人俯下身，从背后向洛兰招手，叫他过去。这位法国大夫靠着圆柱站着，他手里没有拿点着的蜡烛，然而摆出一副恭敬的姿态，想要说明他作为一个外国人，虽然信仰不同，但是懂得正在举行的仪式的全部重要性，甚至表示赞许；他迈开一个年轻力壮的人的轻捷步伐走到病人身旁，用他又细又白的手指从浅绿色的被子上抓起病人的一只空着的手，转过身来，开始号脉，并且沉思起来。这时给病人喝了点什么，他身边的人走动起来，然后又回到各自的位置上，祷告重新开始了。在这次暂停的时候，皮埃尔发现，瓦西里公爵离开椅背出来，他的那副神气似乎表示，他知道自己在做什么，别人如果不理解他，那么对他们来说就会更糟，他没有到病人身边去，而是从他那里经过，同大公爵小姐会合后，两人一起朝卧室的深处，朝那张挂着绸帐的高高的床走去。他们从床那里出了后门，消失不见了，但是在祷告结束前又先后回到了原来的地方。皮埃尔对这个情况像对其他所有情况一样，没有多加注意，因为他在自己的脑子里已不可更改地断定，今天晚上在他面前发生的一切都是必然需要发生的。

唱诗停止了，传来了神职人员恭敬地祝贺病人受了圣礼的声音。病人仍旧毫无生气地、一动不动地躺着。他周围的一切都动了起来，可以听到脚步声和很低的说话声，其中安娜·米哈依洛夫娜的声音比谁都刺耳。

皮埃尔听到她这样说：

"一定要把他挪到床上去,在这里无论如何是不行的……"

病人被大夫们、公爵小姐们和仆人们团团围住,皮埃尔已看不到长着灰白头发的橘红色的脑袋,尽管他也看见别人的脸,但是在进行祷告的整个时间里,父亲的脸一刻也没有从他眼前消失过。皮埃尔根据安乐椅周围的人小心的动作猜测到,他们是在把病人抬起来,给他挪地方。

"托住我的胳膊,不然会滑下去的,"他听见一个仆人惊恐地低声说,"从下面……再来一个人。"又有几个声音说道,人们喘粗气和移动脚步的声音变得更加急促了,仿佛他们在抬着一个抬不动的重物。

在抬病人的人当中包括安娜·米哈依洛夫娜,他们到了皮埃尔跟前时,皮埃尔在一瞬间从他们的脊背和后脑勺后面看到了病人袒露的高高隆起的胖胸脯、被人从腋下架起的厚实的肩膀以及长着拳曲银发的狮子般的头。他的前额和颧骨都很宽,嘴长得好看而富有肉感,目光威严而冷漠,整个头并没有因临近死亡而变了样。它还像三个月前皮埃尔奉伯爵之命动身去彼得堡时所看到的那样。但是现在他的头因抬他的人脚步不齐而无力地摇晃着,他那冷漠的、对一切都不感兴趣的目光不知道应落在哪里。

大家在那张高高的床旁边忙乱了几分钟;抬病人的人散开了。安娜·米哈依洛夫娜碰了碰皮埃尔的手臂,对他说道:"我们一起去。"皮埃尔和她一起到了床前,看到病人被安置在床上,姿势很庄重,这大概与刚才举行过圣礼有关。他把头高高地靠在枕头上。一双手手心朝下,对称地放在绿绸被上。当皮埃尔走到跟前时,伯爵直瞪瞪地看着他,但是这目光的意思已无法理解。可能这目光什么也不表示，只因为既然长着眼睛，就应该朝什么地方看；也可能它表示的意思很多，很多。皮埃尔停住脚步，不知道该做什么，便回头用询问的目光看了他的指导者安娜·米哈依洛夫娜一眼。安娜·米哈依洛夫娜急忙给他递了个眼色，眼睛指指病人的手，用嘴唇向这只手送去一个飞吻。皮埃尔竭力伸长脖子，以免碰到被子，照她的建议把嘴唇贴到那只骨骼宽大的肉乎乎的手上。伯爵的手和脸上的任何一块肌肉都没有动一下。皮埃尔又用询问的目光看了安娜·米哈依洛夫娜一眼，问她接下去该做什么。安娜·米哈依洛夫娜用眼睛指了指床边的一把圈椅。皮埃尔顺从地往圈椅里坐，继续用目光询问他做得对不对。安娜·米哈依洛夫娜赞许地点了点头。皮埃尔又摆出埃及塑像的那种端正匀称而天真的姿势，显然他为自己笨拙肥大的身体占了这么大的空间而感到遗憾，并且使出全部精神力量，想使自己显得尽可能小一些。他望着伯爵。伯爵则望着皮埃尔站着时他的脸所在的那个地方。安娜·米哈依洛夫娜的表情说明，她意识到父子最后诀别的时刻非常令人感动和重要。这延续了两分钟，而皮埃尔觉得仿佛过了一个小时。突然伯爵脸上大块肌肉和皱纹颤动起来，而且颤动得愈来愈厉害，好看的嘴歪斜了（这时只有皮埃尔知道，他父亲已多么接近死亡），从歪斜的嘴里发出不清楚的、嘶哑的声音。安娜·米哈依洛夫娜使劲地看着病人的眼睛，竭力想猜出他需要什么，时而指指皮埃尔，时而指指饮料，时而用询问的口气低声说瓦西里公爵的名字，时而指指被子。病人的眼睛和脸露出不耐烦的表情。他使了一下劲，朝一刻不离地站在床头的仆人看了一眼。

"他老人家想翻一个身。"仆人低声说道，接着站起身来，以便把伯爵沉重的身体翻过去,使他脸冲着墙。

皮埃尔站起来帮助仆人。

当人们给伯爵翻身时,他的一只手无力地垂到后面,他使了一下劲,想把手举过去,但是没有用。也许伯爵注意到了皮埃尔如何用惊恐的目光看着这只无力的手,或者此刻在他临死前的头脑里闪过了另外的想法,他看了看这只不听话的手,看了看皮埃尔脸上惊恐的表情,然后又看了看这只手,他脸上露出了与他的仪容非常不相称的微弱的苦笑,好像在嘲笑自己的软弱无力。皮埃尔看到这个笑容,突然感到胸中颤动了一下,鼻子发酸,泪水模糊了他的视线。病人被翻转过去,脸冲着墙。他叹了一口气。

"他睡着了。"安娜·米哈依洛夫娜看到来换班的公爵小姐,说道,"我们走吧。"

皮埃尔出来了。

二十一

在接待室里,除了瓦西里公爵和大公爵小姐外,已没有别的人了,他们两人坐在叶卡捷琳娜女皇的肖像下正在热烈地讨论着什么。他们一看见皮埃尔和安娜·米哈依洛夫娜,就停住不说了。皮埃尔觉得公爵小姐好像藏起了什么,并且低声说道:

"我见不得这个女人。"

"卡蒂什已吩咐把茶点送到小客厅里了。"瓦西里公爵对安娜·米哈依洛夫娜说,"去吧,可怜的安娜·米哈依洛夫娜,您得吃喝点什么，不然您就支撑不住了。"

他没有对皮埃尔说什么，只带着感情地捏了捏他的上臂。于是皮埃尔和安娜·米哈依洛夫娜便到小客厅去了。

"在一夜没有合眼后，没有任何东西能比一杯上等的俄国茶更能提神了。"洛兰站在小客厅里的一张摆着茶具和冷餐的桌子前，一面用一只不带把的中国细瓷茶杯喝着茶，一面带着克制的兴奋心情说道。所有在别祖霍夫伯爵家过夜的人都聚集在桌子旁边，以便吃点东西补充体力。皮埃尔清楚记得这个挂着几面镜子和摆着几张小桌子的圆形小客厅。伯爵家举行舞会时，不会跳舞的皮埃尔喜欢坐在这个挂着镜子的小客厅里，观看身穿舞服、裸露的肩膀上装饰着钻石和珍珠的太太小姐们在经过这个房间时，如何在明亮的镜子面前照照自己，而几面镜子里则几次重复出现她们的倩影。现在这个房间里只点着两支蜡烛，显得比较昏暗，时间已是半夜，在一张小桌子上杂乱地放着茶具和各种冷盘，形形色色的人面带愁容坐在那里低声交谈，他们的每个动作和每句话表明，谁也没有忘记现在卧室里正在发生的和将要发生的事。皮埃尔虽然很想吃点东西，但是他没有吃。他用疑问的目光回头朝安娜·米哈依洛夫娜看了一眼，看见她踮着脚出了门，又到只剩下瓦西里公爵和大公爵小姐的接待室去了。皮埃尔认为这也是很必要的，他迟疑一下后，也跟着她去了。他看见安娜·米哈依洛夫娜站在公爵小姐身旁，两人同时低声说着话，情绪都很激动。

"对不起，公爵夫人，请您告诉我，什么是需要的和什么是不需要的。"公爵小姐说，显然她和不久前砰的一声关上自己房间的门时一样，处于非常激动的状态。

"但是，亲爱的公爵小姐，"安娜·米哈依洛夫娜温和而恳切地说，挡住到卧室去的路，不让公爵小姐过去，"在可怜的叔叔需要休息的时候，这样做不是会使他感到太难受吗？在这样的时刻还谈什么尘世的事，因为他的灵魂已准备……"

瓦西里公爵不拘礼节地坐在圈椅里，高高地跷起二郎腿。他的腮帮子剧烈地抽动着，下陷时，看起来好像下面胖一些；但是他装出对两个女人的谈话不大感兴趣的样子。

"得了，我的亲爱的安娜·米哈依洛夫娜，就让卡蒂什看着办吧。您知道伯爵很喜欢她。"

"我也不知道这文件里写着什么。"公爵小姐指着她拿在手里的镶嵌着装饰图案的公文包对瓦西里公爵说，"我只知道真正的遗嘱在他的写字台里，这是一份遗忘的文件……"

她想要绕过安娜·米哈依洛夫娜，但后者跳过去又拦住了她的路。

"我知道，亲爱的、善良的公爵小姐。"安娜·米哈依洛夫娜说，她用一只手紧紧抓住公文包，可以看出，她是不会很快放开的，"亲爱的公爵小姐，我请求您，我恳求您，可怜可怜他吧。我恳求您……"

公爵小姐没有说话。只听见使劲抢夺公文包的声音。可以看出，如果她开口说话，就可能说出绝非奉承安娜·米哈依洛夫娜的话来。安娜·米哈依洛夫娜抓得很紧，但是尽管如此，她的甜甜的嗓音仍然缓慢而又柔和。

"皮埃尔，过来，我的朋友。我想，他在亲属商讨事情时不是一个多余的人，公爵，您说对吗？"

"您干吗不说话，表叔？"公爵小姐突然喊了一声，她的声音很大，客厅里的人都听到了并且吓了一跳。"您干吗不说话，难道没有看见一个鬼才知道的什么人掺和了进来，在濒危的人的房门口大吵大闹？女阴谋家！"她凶狠地低声说，使出浑身力气拽公文包，而安娜·米哈依洛夫娜跟着公文包朝前跨了几步，换了一只手。

"哎呀！"瓦西里公爵用责备的语气惊讶地说，他站了起来，"这太可笑了。得了，放开手。我在对您说话呢。"

公爵小姐放开了。

"您也放开！"

安娜·米哈依洛夫娜没有听从他。

"放开，听见没有？这事全交给我。我去问他。我……你们别再争了。"

"但是，公爵，"安娜·米哈依洛夫娜说，"在举行了这样大的圣礼后，就让他安静一会儿吧。现在，皮埃尔，您说说您的意见。"她对皮埃尔说，这时皮埃尔已到了他们跟前，正惊奇地看着公爵小姐的那张凶狠的、已不顾任何体面的脸和瓦西里公爵的不断抽动着的腮帮子。

"记住，您将要对全部后果承担责任，"瓦西里公爵严厉地说，"您不知道您干的是什么。"

"可恶的女人！"公爵小姐喊了一声，突然朝安娜·米哈依洛夫娜扑过去夺公文包。

瓦西里公爵低下头，把两手一摊。

这时，皮埃尔久久地看着的那扇平常轻开轻关的可怕的门很快砰的一声打开了，在墙上撞了一下，二公爵小姐从门里跑出来，举起双手拍了一下。

"你们在干什么！"她不顾一切地说，"他快要死了，你们却把我一个人撇在那里。"

大公爵小姐丢下了公文包。安娜·米哈依洛夫娜很快弯下腰，捡起了这个争夺的东西，朝卧室跑去。大公爵小姐和瓦西里公爵清醒过来后，也跟着过去。几分钟后，大公爵小姐第一个从那里出来，脸色苍白，表情冷漠，咬着下嘴唇。她一见皮埃尔，脸上表现出了不可遏止的愤恨。

"好吧，现在您高兴吧，"她说，"这就是您所等待的。"

于是她放声大哭起来，用手绢捂住脸跑出了房间。

瓦西里公爵跟着公爵小姐出来了。他摇摇晃晃地走到皮埃尔坐过的沙发那里，倒在沙发上，用手捂住眼睛。皮埃尔发现，他脸色苍白，他的下巴颏跳动着和哆嗦着，像发疟疾一样。

"唉，我的朋友！"他托住皮埃尔的一个胳膊肘说，他的声音带着皮埃尔过去从来没有看到过的真诚和软弱，"我们造了多少孽，我们骗了多少人，这一切都是为了什么？我已五十多岁了，我的朋友……要知道，我……一切到头来都将以死亡结束，一切。死亡是可怕的。"他哭了起来。

安娜·米哈依洛夫娜最后一个出来。她慢慢悠悠地缓步走到皮埃尔跟前。

"皮埃尔！……"她喊道。

皮埃尔用疑问的目光看着她。她吻了吻皮埃尔的前额，泪水流到了他的脸上。她沉默了一会儿。

"他不在了……"

皮埃尔透过眼镜看着她。

"走吧,我陪您去。您使劲哭吧。没有任何东西能像眼泪那样减轻人的悲痛。"

她把他带到昏暗的客厅里,皮埃尔为那里谁也看不清他的脸而感到高兴。安娜·米哈依洛夫娜离开他走了,而当她回来时,皮埃尔头枕着胳膊,睡得正香。

第二天早晨安娜·米哈依洛夫娜对皮埃尔说:

"是的,我的朋友,这对我们大家来说都是重大的损失,更不用说对您了。但是上帝将会帮助您,您年轻,我希望您现在已是一大笔财产的拥有者。遗嘱尚未拆封。我很了解您,相信这不会冲昏您的头脑;但是这又会使您承担某些责任;要像一个男子汉的样子。"

皮埃尔没有说话。

"以后,亲爱的,我也许会告诉您,要是当时我不在那里,天知道会发生什么事。您知道,叔叔前天答应我说,他是不会忘记鲍里斯的,但是没有来得及具体说。我希望,我的朋友,您将会实现您父亲的遗愿。"

皮埃尔什么也没有听明白,他腼腆地红着脸,默默地看着安娜·米哈依洛夫娜公爵夫人。安娜·米哈依洛夫娜在同皮埃尔谈话后,便坐车回罗斯托夫家睡觉去了。第二天早晨醒来后,她向罗斯托夫一家人和所有熟人讲了别祖霍夫伯爵逝世的详细情况。她说,伯爵死得很安详,她自己也能这样就好了;伯爵的最后时刻不仅令人感动,而且富有教益;父子诀别的场面非常感动人,她一想起来就要掉眼泪；她不知道在这可怕的时刻父子俩谁表现得更好些：是伯爵还是皮埃尔？伯爵在弥留之际想起了所有的事和所有的人，对儿子说了非常令人感动的话，而皮埃尔的样子使人看了都觉得可怜，他悲恸欲绝，尽管如此，仍竭力掩饰自己的痛苦，以免使病危的父亲见了伤心。"这是令人难过的，但这又是富有教育意义的；当你看到像老伯爵和他的好儿子这样的人时，灵魂会变得高尚起来。"她说。她也用不赞同的语气讲了大公爵小姐和瓦西里公爵的行为，不过是在私下悄悄地说的。

二十二

在童山尼古拉·安德烈耶维奇·鲍尔康斯基公爵的庄园里，每天都在等待着年轻的安德烈公爵和公爵夫人的到来；但是这种等待并没有破坏老公爵家里有条不紊的生活秩序。步兵上将尼古拉·安德烈耶维奇公爵在社交界有个外号叫普鲁士王，他自从保罗皇帝在位时被流放到乡下以来，一直和女儿玛丽亚公爵小姐以及她的女伴布里安娜小姐蛰居童山。改朝换代后，虽然他已被准许到两个京城去，可是仍然继续住在乡下，从不外出，说如果有人需要他，那么可以从莫斯科走一百五十俄里①到童山来找他，说他不需要什么人，也不需要什么东西。他说，人的罪恶的根源只有两个，即游手好闲和迷信，美德也只有两个，即工作和智慧。

---

① 一俄里合一点零六公里。

他亲自教育女儿，而为了使她养成这两大美德，便给她上代数课和几何课，把她的整个生活安排成不断的学习。他自己通常也很忙，有时写回忆录，有时解高等数学题，有时在车床上旋鼻烟壶，有时则在花园里干活儿和监督他庄园里一直没有停止过的建筑工程。由于干好工作的主要条件是要有秩序，所以在他的生活方式中遵守秩序达到了一丝不苟的程度。他总是在同样的、不可改变的条件下出来吃饭，不仅在同一钟点，而且分秒不差。公爵对他周围的人，从女儿到仆人，都很厉害，要求总是非常严格，因此虽然他为人并不那么残酷无情，但是却能引起人们的敬畏，这是最残酷无情的人都不易做到的。尽管他已退职，现在在国家事务方面不起任何作用，然而他的庄园所在的省的每一位省长都认为应当来拜见他，像建筑师、花匠或玛丽亚公爵小姐一样，在宽敞的等候室里等候公爵在规定的时间出来。当书房又高又宽的门一打开，出现一个身材不高的老人时，等候室里的每个人都会有一种敬重甚至畏惧的感觉，这个老人通常戴着敷粉的假发，他长着一双干瘪的小手和两道下垂的灰色眉毛，有时，当他沉下脸来时，眉毛就遮住了他的那双聪明而充满青春活力的炯炯有神的眼睛。

在年轻的公爵夫妇将要到来的那天早晨，玛丽亚公爵小姐在规定时间到等候室里来请早安，她惊恐地画着十字，心里默念着祷词。她每天到这里来，每天都祷告上帝，希望同父亲的会见能够顺顺当当，不横生枝节。

坐在等候室里的一个头发上扑了粉的老仆人轻轻地站起来，低声说："请进。"

门里传来了车床发出的均匀的声音。公爵小姐畏怯地拉了一下那扇很容易平稳地打开的门,在门口站住了。公爵正在车床上干活,他回头看了一眼,继续做他的事。

大书房里摆满了显然是在经常不断地使用的东西。一张大桌子上放着各种书籍和图表,高高的玻璃书柜的柜门上插着钥匙,另一张用来站着书写的大桌子上放着一本笔记本和装着一台旋床,还有摆开的工具和散落在周围的碎屑——这一切都说明,这里经常进行着各种各样的和有条不紊的工作。从公爵的那只穿着鞑靼式的绣着银线的靴子的脚的动作来看,从他的一只青筋暴露的、干瘦的手的使劲的样子来看,公爵这位精神矍铄的老人还有顽强的和非常耐久的体力。在旋了几圈后,他把脚从车床的踏板上拿下来,把刀具擦净,把它扔到挂在车床上的皮口袋里,走到桌子旁,叫女儿过来。他从来不为自己的孩子祝福,只把自己的胡子拉碴的、今天还没有刮过的腮帮子伸给她,用严厉的,同时又是关切而温存的目光打量了她一下,说:

"身体怎么样?……好吧,那就坐下吧!"

他拿出他亲手写的几何笔记本,用脚把圈椅挪过来。

"明天的作业!"他一面说,一面很快寻找那一页,用硬指甲划了从这一节到另一节的记号。

公爵小姐稍微弯下身子看桌上的笔记本。

"等一等,有你的一封信。"老人从桌子上方的信插里拿出一封从信封上的姓名和地址来看是女人写的信,把它扔到桌子上。

公爵小姐看到这封信时,她的脸上布满了红斑。她急忙拿过来,朝它弯下了身子。

"是爱洛伊丝的信吧?"公爵问,他冷冷一笑,露出还很结实的、有些发黄的牙齿。

"是的,是朱丽的信①。"公爵小姐说,她怯生生地看着和怯生生地微笑着。

"我再放过两封信,第三封可要拆开看了,"公爵严厉地说,"我担心你们写很多废话。第三封就一定要看了。"

"就是这一封您也可以看,爸爸。"公爵小姐说,她的脸更红了,把信递给父亲。

"第三封,我说过了,第三封。"公爵推开信,简短地大声说,他把胳膊肘支在桌子上,把画着几何图形的笔记本挪到面前。

"听着,小姐。"老人开始讲课了,他朝女儿弯下身子,俯在笔记本上,把一只手搭在公爵小姐坐的圈椅椅背上,这样一来,公爵小姐觉得自己被父亲的烟草味和老年人刺鼻的气味所包围,而这种气味她早就熟悉了。"听着,小姐,这些三角形是相似的;现在来看 abc 角……"

公爵小姐惊恐地看着父亲的那双离她很近的炯炯有神的眼睛;整个脸红一阵、白一阵,可以看出,她什么也不懂,而且非常害怕,这更妨碍她理解父亲下面的全部讲解,不管他讲得多么清楚。不知这该怪老师呢,还是该怪学生,每天都出现同样的情况:公爵小姐两眼发黑,她什么也看不见,什么也听不见,只感觉到近旁老父亲干瘦的脸,感觉到他的呼吸和气味,只想自己如何更快

---

① 老公爵知道这封信是朱丽写的,故意说成是爱洛伊丝的信,他是根据法国思想家和作家卢梭的小说《朱丽或新爱洛伊丝》这样说的。这部小说写了十八世纪法国青年女子朱丽与圣普乐的爱情悲剧,把它与十二世纪的青年女子爱洛伊丝与阿卜辣尔的爱情悲剧相比拟,称朱丽为新爱洛伊丝。

地离开书房，到自己房里自由自在把习题弄清楚。老人火气大，他把自己坐的圈椅推过去又拉回来，弄得嘎吱嘎吱响，竭力控制自己不要发火，可是几乎每一次都发了火，骂了人，有时还扔笔记本。

公爵小姐回答错了。

"唉，怎么才能聪明点！"公爵大声说道，他推开笔记本，猛然转过身，立刻站了起来，来回走了一趟，用手摸摸公爵小姐的头发，又坐下了。

他更靠近一些，继续讲解。

"不行，公爵小姐，不行，"他在公爵小姐拿起作业本把它合上、准备要走时说，"学数学可是一件大事，我的小姐。我不愿意让你变得像我们那些愚蠢的小姐一样。俗语说：'相忍就能相爱。'"他爱抚地拍拍女儿的面颊，"学好了脑子里就不会再有糊涂想法了。"

她想要走，他用手势拦住她，从高桌子上拿了一本还没有裁开的新书。

"瞧，你的爱洛伊丝还给你寄来了一本**《自然奥秘解答》**[①]。是一本宗教书。我不干预任何人的信仰……我翻了翻。拿着。好了，你去吧，去吧！"

他拍了拍女儿的肩膀，等她一出门就把门插上了。

玛丽亚公爵小姐带着悲伤和恐惧的表情回到了自己的房间，

[①] 这是德国作家埃卡茨豪森（一七五二至一八〇三年）的一本神秘的著作，十九世纪初被译成俄语，在共济会员中甚为流行。

这种表情很少离开她，使得她的那张远非漂亮的和病态的脸变得更不漂亮了，她在摆满了各种小画像、堆满了笔记本和书的写字台旁坐下。公爵小姐的杂乱无章可以说达到了与她父亲的井井有条一样的程度。她放下几何笔记本，急不可耐地拆开信。这封信是公爵小姐童年的好友写的；这朋友就是那个参加罗斯托夫家命名日宴会的朱丽·卡拉金娜。

朱丽写道：

亲爱的和无比珍贵的朋友，离别是一件多么可怕和多么吓人的事啊！我常对自己说，我的生命和我的幸福有一半在您身上，尽管我们身处两地，我们的心是不可分割地连在一起的，我的心一直反抗着命运的这种安排；尽管处于娱乐和消遣的愉快气氛中，我仍然无法抑制我们分别以来内心深处的哀愁。为什么我们不能像去年夏天那样在一起，待在您的大书房里，坐在蓝沙发上，坐在那张沙发上说知心话呢？为什么我不能像三个月前那样，从您那温和、平静和聪慧的目光里汲取新的精神力量呢？我是多么喜欢您的这种目光，此时此刻，当我在给您写信时，它仿佛仍然在我眼前。

玛丽亚公爵小姐读到这里，叹了一口气，转身朝她右边的大穿衣镜看了一眼。镜子里照出的是一个不漂亮的、虚弱的身体和一张瘦削的脸。她那双总是忧郁的眼睛此时此刻特别绝望地望着镜子里自己的模样。"朱丽在奉承我。"公爵小姐想道，她转过身继续看信。然而朱丽实际上并没有奉承自己的朋友，因为公爵小姐的眼睛确实很大、很深邃，而且闪闪发光（仿佛有时从这双眼睛里射出一束束温暖的光线），它们非常好看，尽管整张脸并不美，但是这双眼睛常常比美貌还吸引人。不过公爵小姐从来没有看见过自己眼睛的这种好看的表情，因为这种表情只有在她不想到自己时才出现。她像所有人一样，只要一照镜子，脸上马上就露出紧张而不自然的、难看的表情。她继续看信：

> 全莫斯科的人都在谈论战争。我的两个兄弟，一个已在国外，另一个在向边境开拔的近卫军里。我们亲爱的皇上离开了彼得堡，根据人们推测，他有意御驾亲征，去冒战争的风险。但愿那个搅得欧洲不得安宁的科西嘉恶魔①将被万能的上帝派来当我们的君主的天使所降服。且不说我的兄弟，这场战争还使我失去了一个最亲近的交往者。我说的是年轻的尼古拉·罗斯托夫，他热情高，不能袖手旁观，便离开大学，参加了军队。说实话，亲爱的玛丽②，虽然他年纪还很轻，但是他从军走后，我感到非常悲伤。去年我对您谈起过这个年轻人，他是多么高尚，在他身上有多少如今在我们的那些二十岁的小老头当中很难见到的真正的青春活力啊！他特别坦率和真诚。他非常纯洁，富有诗意，我与他的交往虽然很短暂，但是却使我这颗饱尝痛苦的可怜的心尝到了甜蜜和欢乐。以后有机会我将给您讲我们离别时的情景和当时所说的

---

① 指拿破仑，因为他是科西嘉岛人。
② 玛丽是玛丽亚的法文名字。

一切。所有这些至今还历历在目……唉，亲爱的朋友，您很幸福，因为您没有体验过这些激动人心的欢乐和难以忍受的痛苦。您很幸福，因为痛苦通常要比欢乐更强烈。我很清楚，尼古拉伯爵对我来说要成为比朋友更进一步的什么人，还显得太年轻。但是这种甜蜜的友谊，这种富有诗意的和纯洁的关系是我的心灵所需要的。好了，不再说这些了。整个莫斯科关心的主要新闻，是老别祖霍夫伯爵之死和他的遗产问题。请您想想看，三位公爵小姐只得到一点点，巴齐尔公爵则一无所得，而皮埃尔却成为全部财产的继承人，此外，他还被立为合法的嗣子，获得了别祖霍夫伯爵的封号和成为俄国的一份最大的家产的拥有者。听说，巴齐尔公爵在这件事情上扮演了很不光彩的角色，他灰溜溜地回彼得堡去了。

说实话，对这些关于遗产和遗嘱的事我了解得很少；我只知道自从我们认识的那个只简单地叫作皮埃尔的年轻人成为别祖霍夫伯爵和俄国最大的家产的拥有者后，那些家里有待嫁的女儿的母亲们以及小姐们本人对这位先生（顺便说一句，我一直认为此人微不足道）说话的腔调变了，看到这种情况我觉得很有趣。由于两年来大家都拿为我择婿的事寻开心，他们给我找的人我大部分都不认识，而现在莫斯科有关婚姻问题的传闻已把我说成别祖霍娃伯爵夫人了。但是您知道，我一点也不希望这样。对啦，还有一件事。您知道吗，不久前我们**共同的姑奶奶**安娜·米哈依洛夫娜非常秘密地告诉我，有人正在筹划您的婚事。对象不是别人，正好是巴齐尔公爵的儿子阿纳托利，他们打算让他娶一个富有的和门第高贵的姑娘，他的父母选中了您。我不知道您将如何看待这件事,但是我认为自己有责任预先告诉您。听说,阿纳托利长得很漂亮,是一个有名的浪荡公子。关于他的情况我就知道这些。

拉拉杂杂说得够多的了。第二张纸快要写完了,妈妈派人来叫我到阿普拉克辛家吃饭去。我寄给您的那本神秘的书,您可以读一读;这本书在我们这里很流行。虽然书中的某些东西平常人微弱的智力很难理解,但是它毕竟是一本出色的书;读这本书,能使灵魂得到安慰和变得高尚起来。再见。谨向令尊表示敬意,并向布里安娜小姐问好。热烈地拥抱您。

朱丽

请告知令兄和他可爱的夫人的情况,又及。

公爵小姐想了想,若有所思地微微一笑(这时她的脸为闪闪发光的眼睛所照亮,完全变了样),突然站起身来,迈着沉重的步子,到了桌子旁。她拿出了一张纸,在纸上很快地写了起来。她的回信是这样的:

亲爱的和无比珍贵的朋友:您十三日的来信给了我巨大的喜悦。您仍然还爱着我,我的富于诗意的朱丽。被您说得那么坏的别离,显然没有对您产生平常的那种影响。您抱怨别离,可是我失去了所有亲爱的人,如果我敢抱怨的话,那么又该说什么呢?唉,要是我们没有宗教的安慰,生活就会变得非常愁苦。您为什么设想当我听到您说对一个年轻人有好感时,我的目光会变得严厉起来呢?在这方面,我只是对自己严格而已。我理解别人的这种感情，如果由于从未体验过而不能表示赞同，那么我也不加以责备。我只觉得，基督徒对邻人的爱和对敌人的爱，要比青年男子的漂亮眼睛在像您那样的富有诗意和多情的少女心中引起的感情更加可敬，更加可喜和更加美好。

关于别祖霍夫伯爵去世的消息，在收到您的信之前已经知道了，家父深感悲痛。他说，这是倒数第二个去世的伟大时代的代表，现在该轮到他了，但是他要尽力而为，使得自己尽可能晚一点轮到。上帝保佑不要让我们遭到这样的不幸！我不能同意您对皮埃尔的看法，因为我从小就认识他。我觉得他永远有一颗美好的心，这是我在人们身上最看重的品德。至于说到他的遗产和巴齐尔公爵在这方面所扮演的角色，那么这对两人来说都是可悲的。唉，亲爱的朋友，我们救世主说，富人进天堂比骆驼穿过针眼还难——这句话是说得对极了！我可怜巴齐尔公爵，更可怜皮埃尔。这么年轻就有这么巨大的财产压在身上，他将会受到多少诱惑啊！如果有人问我，在这世界上我最希望的是什么，我会说：希望比最穷的乞丐都穷。我一千次地感谢您，亲爱的朋友，感谢您给我寄来一本在你们那里引起轰动的书。不过，既然您对我说书中除了一些好的东西外，也有平常人微弱的智力难以理解的东西，那么我觉得去读这些无法理解的东西是多余的，因为不能带来任何益处。我从来都无法理解某些人的癖好，他们热衷于读神秘的书，结果搞乱了自己的思想，因为这样的书在他们的头脑里引起的只是怀疑，只能刺激他们的想象力，使他们具有同基督徒的质朴完全相反的夸张的特点。我们最好还是读使徒行传和福音书。我们不必试图去弄清这些书里神秘的东西，因为当我们这些可怜的罪人还有一个肉体的躯壳，这个躯壳使我们与永生之间隔着一道无法穿透的帷幕时，怎么能够认识神意的可怕而又神圣的秘密呢？我们最好还是研究救世主留给我们用以指导我们尘世生活的伟大教义；让我们努力遵循这些教义，并且力求相信，我们胡思乱想得愈少，上帝就愈高兴，因为上帝否定不是来自他的任何知识；我们愈少去钻研他不愿让我们知道的事情，他也就会愈快地用他那神的智慧对我们做这样的启示。

父亲关于求婚的事对我只字未提，只说收到了一封信，现在正在等候巴齐尔公爵来访；至于说到我对婚姻的打算，那么，亲爱的和无比珍贵的朋友，在我看来结婚是神做出的人人必须服从的规定。如果全能的上帝要我承担起当妻子和母亲的责任，那么不管这对我来说是如何的困难，我也将尽一切力量忠实地履行，决不花心思去分析研究我对上帝赐给我的丈夫的感情如何。

我收到了哥哥的来信，他告诉我他将带妻子到童山来。一家团聚的欢乐不会持续很久，因为他要离开我们去参加那场天知道我们是怎么卷进去的和为什么要卷进去的战争。不仅在你们那里，在各种事件和社交活动的中心，而且在这里，在田间劳作中间和城里人通常所想象的僻静的农村里，也可听到战争的回声，人们同样有沉重的感觉。父亲一个劲儿地讲那些我一点也不懂的行军和反方向行进，前天我像平常一样在村里散步时，看见了一个令人心碎的场面。一批从我们这里征召服役的新兵要上前线。应当好好地看看那些出征的人的母亲、妻子和儿女们所处的状态，听一听他们双方的啼哭！好像人类忘记了救世主教导我们的要相亲相爱和不记仇的教规，而把善于相互残杀作为美德。

再见，亲爱的好朋友。但愿您能受到救世主和圣母神圣而万能的庇护。

玛丽

"啊，您要发信吧，我已把我的信寄走了。是给我可怜的母亲写的。"满面笑容的布里安娜小姐用她轻快悦耳和清脆的声音说，说话时颤音发得不清，她的心情完全不同，显得轻松愉快和洋洋得意，她的出现，打破了笼罩着玛丽亚公爵小姐的那种心事重重和愁闷忧郁的气氛。

"公爵小姐，我应当预先告诉您，"她压低声音补充说，"公爵把米哈依尔·伊万内奇痛骂了一顿，"她说话时特意用小舌发颤音，并欣赏着自己的声音，"他情绪很不好，脸色阴沉。我提醒您，您知道……"

"唉！亲爱的朋友，"玛丽亚公爵小姐回答道，"我曾请求过您，要您永远不对我说父亲的心情。我不允许自己议论他，并且希望别人也这样做。"

公爵小姐看了看钟，发现练钢琴的时间已过了五分钟，便惊慌地向休息室走去。根据规定的作息时间表，从十二点到两点是公爵休息和公爵小姐弹钢琴的时间。

二十三

一个头发斑白的侍仆坐在那里,他一面打盹,一面倾听着大书房里公爵的打鼾声。从房子的深处,从关闭着的门里传出了杜塞克①的奏鸣曲的乐曲声,一些难弹的乐句重复了二十来遍。

这时,一辆轿式马车和一辆轻便马车驶到大门口,安德烈公爵从轿式马车上下来,把娇小的妻子扶下车,让她走在前面。戴着假发、胡须灰白的吉洪从等候室里探出身子,低声报告说,老公爵正在休息,说完急忙关上门。吉洪知道,无论是儿子的到来还是任何非常事件,都不应破坏作息制度。安德烈公爵也像吉洪一样清楚地知道这一点;他看了看表,仿佛是为了核查一下他不在家时父亲的习惯改变了没有似的,在确信没有改变后,便转身对妻子说:

"过二十分钟他才起来。我们到玛丽亚公爵小姐那里去吧。"

娇小的公爵夫人在最近这段时间内长胖了,但是当她开口说话时,仍然愉快和可爱地抬起眼睛,翘起长着绒毛和挂着微笑的短嘴唇。

"这简直是宫殿。"她环顾四周,带着一般人称赞舞会主人的神气对丈夫说,"走吧,快点,快点!……"她一面继续环顾四周,一面对吉洪、对丈夫和陪送他们的仆人微笑着。

---

① 杜塞克(一七六〇至一八一二年),波希米亚钢琴家,以钢琴作品闻名。

"这是玛丽在练琴吗?脚步轻点,别让她发现我们。"

安德烈公爵带着彬彬有礼和忧郁的表情跟着她走。

"你见老了,吉洪。"他在经过时对吻他的手的老仆人说。

在传出弹钢琴的声音的房间前面,从旁门跑出一个漂亮的金发法国女人。布里安娜小姐看起来好像高兴得发了狂了。

"啊!公爵小姐该有多高兴啊!"她说,"终于来了!应当告诉她一声。"

"不,不,千万不要……您是布里安娜小姐吧?您是我的小姑的朋友,我已经知道您了。"公爵夫人说,与她亲吻,"她没有料到我们今天来吧?"

他们走到休息室门边,从里面传出一次又一次重复弹奏的乐句声。安德烈公爵站住了,皱了皱眉头,好像在等待某种不愉快的事情似的。

公爵夫人进去了。乐句弹到一半停住了;可以听到叫喊声、玛丽亚公爵小姐沉重的脚步声和接吻的声音。只在安德烈公爵举行婚礼的短时间内匆匆见过一面的公爵小姐和公爵夫人,在安德烈公爵进门时还搂在一起,嘴唇紧紧地贴住一见面时亲吻的地方。布里安娜小姐站在她们身旁,双手按住胸口,虔诚地微笑着,可以看出,她随时都可能哭,同时随时又可能笑出声来。安德烈公爵耸了耸肩,好像音乐爱好者听见一个弹错的音那样皱了皱眉头。两个女人松开了手;然后好像担心错过机会似的,又相互抓起对方的手,开始吻它,放开手后相互吻对方的脸,突然两人完全出乎安德烈公爵意料地放声大哭起来,接着又亲吻起来。布里安娜小姐也哭了。显然,安德烈公爵觉得有些尴尬;但是对两个女人来说，她们哭是很自然的；她们甚至没有想过这次见面可能会是另一种样子。

"啊！亲爱的……啊！玛丽！……"突然两个女人又说又笑起来，"我梦见……您没有料到我们来吧？……啊！玛丽，您瘦了……——您可胖了……"

"我一眼就认出公爵夫人了。"布里安娜小姐插进来说。

"我可没有想到！……"玛丽亚公爵小姐高声说道，"啊！安德烈，我还没有看见您呢。"

安德烈公爵与妹妹手拉手地亲吻了一下，对她说，她还像平常一样，爱哭鼻子。玛丽亚公爵小姐朝哥哥转过头来，她的那双闪闪发光的大眼睛这时显得非常美丽，她透过泪水用亲切、温暖和柔和的目光看着安德烈公爵的脸。

公爵夫人不停地说着话。长着绒毛的短短的上嘴唇不时飞快地下落，碰到粉红的下嘴唇上需要碰到的地方，脸上又绽出了微笑，露出雪白的牙齿，眼睛闪闪发亮。公爵夫人讲了他们在救主山遇到的一件差一点伤了她怀孕的身体的意外事，讲完后马上说她把所有衣服都留在彼得堡了，到这里后不知道穿什么才好；说安德烈完全变了；说基蒂·奥登佐娃嫁给了一个老头子；说玛丽亚公爵小姐会有一个真正的求婚人，不过这件事以后再谈。玛丽亚公爵小姐一直默默地看着哥哥，她的美丽的眼睛含着爱和愁。可以看出，她现在在想自己的事，思想没有跟着嫂嫂的话转。在嫂嫂讲最近彼得堡的一次庆祝会刚讲到一半时，她就朝哥哥转过身去。

"你一定要去打仗吗，安德烈？"她叹了口气说。

丽莎也叹了口气。

"而且明天就走。"哥哥回答道。

"他把我扔在这里,天知道是为了什么,可是他本来是有晋升的机会的……"

玛丽亚公爵小姐没有听完,她顺着自己的思路往下想,朝嫂嫂转过身,用亲切的目光望着她的肚子。

"确实有了吗?"她说。

公爵夫人的脸色变了。她叹了口气。

"是的,确实有了。"她说,"唉!这太可怕了……"

丽莎的小嘴唇耷拉了下来。她把自己的脸凑近小姑的脸,又突然哭了起来。

"她需要休息一下。"安德烈公爵皱着眉头说,"是吧,丽莎?你把她带到你的房间里去,我去见爸爸。他怎么,还是那样?"

"还是那样,还是老样子;不知道你看了觉得怎么样。"公爵小姐高兴地回答道。

"还是按时作息?还在林荫道上散步?还在车床上干活儿?"安德烈公爵问道,嘴角上带着勉强能够看出的一丝笑意,这说明他尽管热爱和尊敬父亲,但是也知道父亲的弱点。

"还是按时作息,还在车床上干活儿,此外还学数学和给我上几何课。"玛丽亚公爵小姐高兴地回答道,好像她的几何课是她生活中最快乐的事情似的。

在过了老公爵起床所需的二十分钟后,吉洪来叫小公爵去见父亲。老人为欢迎儿子到来破例改变了一下生活习惯:他吩咐在他饭前穿衣时让儿子进屋去。老公爵平常都是旧式打扮,身穿长衫，头发上扑粉。当安德烈公爵走进父亲的房间时（他的表情和举止不像在参加社交活动时那样落落寡欢，而像在与皮埃尔谈话时那样兴奋），老人坐在更衣室的一把宽大的山羊皮面的圈椅上，身上披着扑粉时用的披肩，把头伸给吉洪扑粉。

"啊，战士来了！你想打败波拿巴吗？"老公爵说，因为辫子还在吉洪手里拿着，只微微地摇了摇扑过粉的头，"你得好好地对付他，不然他很快就要叫我们当他的臣民了。你好！"说着他把腮帮子伸过去。

老人在饭前小睡后心情很好。（他说，饭后睡觉好比是银，饭前睡觉则是金。）他从下垂的浓眉底下高兴地斜视着儿子。安德烈公爵走到父亲跟前，吻了吻老人让他吻的地方。他没有接过话头谈论父亲喜欢谈论的话题：取笑现在的军人，特别是取笑波拿巴。

"我看望您来了，爸爸，把怀孕的媳妇也带来了。"安德烈公爵说，他用兴奋而充满敬意的眼睛注视着父亲面部的每一个动作，"您的身体好吗？"

"孩子，只有傻瓜和浪荡公子才会生病，你是知道我的：我从早忙到晚，生活上有节制，身体也就好了。"

"感谢上帝。"儿子微笑着说。

"这和上帝不相干。现在你说一说，"他回到了他喜欢的话题上，"德国人是如何教会你们按照你们的那种叫作战略的新科学同波拿巴打仗的？"

安德烈公爵笑了笑。

"让我想一想，爸爸，"他带着微笑说，这笑容表明，父亲的弱点并不妨碍他对他的敬爱，"要知道我到家后还没有安置好呢。"

"瞎说，瞎说。"老人喊了起来，他摇摇脑袋，似乎想试一试辫子编得结实不结实，然后抓住儿子的一只手，"你媳妇住的房子已收拾好了。玛丽亚公爵小姐会带她去和指给她看的，有一大堆话要跟她说。这是她们妇女们的事。她来到这里我很高兴。你坐着说吧。米赫尔松①的部队我是知道的，托尔斯泰②的部队也一样……同时登陆……南面的军队做什么呢？普鲁士，中立……这我知道。奥地利怎么样？"他从圈椅上站起来，一面说，一面在房间里走着，吉洪跟着他跑，把一件件衣服递给他，"瑞典怎么样？怎样通过波美拉尼亚③呢？"

安德烈公爵看见父亲坚持要他谈，便开始叙述预定的战役的作战计划，他开头有些不大乐意说，但是后来愈来愈兴奋，在叙述中习惯性地把说俄语改成了说法语。他说，一支九万人的军队应当对普鲁士形成威慑，迫使它放弃中立，把它拉进战争；这些军队的一部分应当在施特拉尔松德与瑞典军队会合；二十二万奥地利军队和十万俄国军队会合后，应当在意大利和莱茵河地区活动；五万俄军和五万英军在那不勒斯登陆，总计五十万大军应当从四面八方向法国人发起进攻。老公爵对儿子的叙述没有表现出丝毫的兴趣，好像没有听一样，他继续一边走一边穿衣服，突然三次打断了儿子的话。第一次他叫儿子停住，喊道：

---

① 米赫尔松（一七四○至一八○七年），俄军将军，西部边境俄军指挥官之一。

② 彼得·亚历山大罗维奇·托尔斯泰（一七六一至一八四四年），俄国将军和外交家。

③ 波美拉尼亚是欧洲东北部的历史地区，在波罗的海海滨平原、奥得河和维斯瓦河之间。

"白的！白的！"

这是说吉洪递给他的不是他所要的那件背心。第二次他停住脚步，问道：

"她很快就要生产了吧？"他责备地摇摇头说，"不好！说下去，说下去。"

第三次，在安德烈公爵快要描述完时，老人用走了调的老嗓子唱起来："马尔布鲁克去出征，不知何时回家乡。"[①]

儿子只笑了笑。

"我没有说我赞成这个计划，"儿子说，"我只是讲了它的内容。拿破仑已制订了一个不比它差的计划。"

"你一点新东西也没有告诉我。"于是老人一面若有所思地像说绕口令一样低声哼着"不知何时回家乡"，一面说，"到餐厅去吧。"

二十四

在规定的时间，头上扑了粉和刮过脸的老公爵来到了餐厅，在那里等候他的有儿媳妇、玛丽亚公爵小姐和布里安娜小姐，此外还有公爵的建筑师，这是公爵一时心血来潮允许他与一家人同桌吃饭的，虽然像他这样地位低微的小人物本来是不能指望得到这样的荣幸的。公爵在生活中严格遵循等级观念，甚至很少请省

[①] 马尔布鲁克（一六五〇至一七二二年），英国统帅，曾在西班牙王位继承战争中指挥英军与法军作战。一首法国非常流行的讽刺歌曲曾这样唱他。

里的重要官员同桌吃饭，可是突然对现在正在角落里用方格手绢擤鼻涕的建筑师米哈依尔·伊万诺维奇另眼相看，用他作为例子说明，所有的人都是平等的，并且不止一次地开导女儿说，米哈依尔·伊万诺维奇一点也不比我们差。吃饭时，公爵同寡言少语的米哈依尔·伊万诺维奇话说得最多。

餐厅像所有房间一样，又高又大，在那里，家里的人和仆人站在每把椅子后面，正在等候公爵出来；管家手臂上搭着餐巾，察看着餐桌上摆的东西，朝仆人们眨眨眼，用不安的目光时而看看墙上挂钟，时而看看公爵将要进来的门。安德烈公爵看着他没有见过的装在一个金色大镜框里的鲍尔康斯基公爵的谱系图，看着挂在对面的一个同样大的镜框，里面装的是当年拥有领地的公爵的一幅戴着冠冕的画得很粗劣的画像（显然出于家庭画师之手），这位公爵想必是留里克的后裔，是鲍尔康斯基家族的始祖。安德烈公爵一面看着这幅谱系图，一面摇着头，不时地笑笑，看他的神气，好像他在看一幅相像到了可笑的程度的画像似的。

"我在这里认出他整个人来了！"他对走到他跟前的玛丽亚公爵小姐说。

玛丽亚公爵小姐惊奇地看了看哥哥。她不明白他在笑什么。她对父亲所做的一切都满怀敬意，认为不应该妄加评论。

"每个人都有自己的弱点，"安德烈公爵接着说，"**他**有那么大的智慧，竟干这种琐事！"

玛丽亚公爵小姐不能理解哥哥为什么这样大胆地发表意见，她正准备要提出异议，这时从书房里传出了等待已久的脚步声：老公爵像平常一样，进来时走得很快，显得很高兴，好像他故意做出匆忙的样子，要让人看看家里严格秩序的反面是什么样的。在这一瞬间，大钟敲了两下，客厅里另一座钟也做出响应，发出尖细的声音。老公爵站住了；他那双生气勃勃的、炯炯有神的、目光严厉的眼睛从下垂的浓眉下朝大家扫视了一下，停在小公爵夫人身上。小公爵夫人这时的感觉与朝臣们在皇上驾到时的感觉相似，她和这位老人身边所有的人一样，产生了一种敬畏的心理。老公爵摸了摸小公爵夫人的头，然后笨拙地拍了拍她的后脑勺。

"我很高兴，我很高兴。"他说，又非常注意地看了她一眼，很快走开，在自己的位置上坐下了，"坐下，坐下！米哈依尔·伊万诺维奇，请坐。"

他叫儿媳妇坐在自己旁边。一个仆人给她拉开椅子。

"哎唷！"老人打量着她圆滚滚的肚子说，"太着急了，不好！"

他干巴巴地、冷冰冰地、令人不快地笑了起来，像平常一样，只用嘴笑，眼睛不笑。

"需要走动走动，尽可能多走走，尽可能多走走。"他说。

小公爵夫人没有听到或者是不愿意听到他的话。她没有说话，看起来好像惶恐不安似的。老公爵问起她的父亲，小公爵夫人才开口说话，并且笑了笑。他又问起共同的熟人，小公爵夫人更加活跃起来，打开了话匣子，顺便转达一些人对公爵的问候，讲了城里的传闻。

"可怜的阿普拉克辛娜伯爵夫人失去了丈夫，把眼睛都哭坏了，真可怜。"她说，变得愈来愈活跃了。

老公爵看到她愈来愈活跃，他的目光便变得愈来愈严厉，突然他似乎觉得已对她做了充分的研究，并且有了明确的看法，便把脸背过去,开始同米哈依尔·伊万诺维奇交谈。

"我说,米哈依尔·伊万诺维奇,我们的那位波拿巴可要倒霉了。安德烈公爵(他总是这样称呼儿子)对我说,正在集中很大的兵力对付他!咱们一直都认为他是一个微不足道的人。"

米哈依尔·伊万诺维奇完全不记得什么时候"咱们"说过关于波拿巴的这些话,但是他知道老公爵需要利用他来引起自己喜欢的话头,便用惊奇的目光看了小公爵一眼,不知道这会有什么结果。

"他是一个大策略家!"老公爵指着建筑师对儿子说。

于是又谈起了战争,谈起了波拿巴以及现在的将军们和高级官员们。老公爵似乎不仅深信现在所有的文武官员都是对军事和国家事务一窍不通的毛孩子,深信波拿巴是一个微不足道的法国人,他之所以取得成功,是因为没有像波将金①和苏沃洛夫这样的人与他对抗;他甚至深信欧洲没有什么政治纠纷,也没有战争,有的只是现在的一些假装在乎事业的人上演的一出木偶戏。安德烈公爵觉得父亲对后起人物的嘲笑很有意思,忍着没有反驳,而且高高兴兴地逗父亲说下去,注意地听着。

"过去的一切似乎都是好的,"他说,"难道您说的苏沃洛夫不曾落入莫罗②为他设下的圈套,没有能很好地脱身吗?"

"这是谁对你说的?谁说的?"老公爵大声问道。"苏沃洛

---

① 波将金(一七三九至一七九一年),俄国政治家和军事家,陆军元帅,叶卡捷琳娜二世的宠臣。

② 莫罗(一七六三至一八一三年),法国名将,曾于一七九九年与苏沃洛夫交过战。安德烈公爵关于苏沃洛夫曾落入莫罗的圈套的说法,不完全符合事实。

夫！"他把盘子往边上一摔，吉洪连忙把它接住，"苏沃洛夫！……好好想想再说，安德烈公爵。只有两个人：腓特烈[①]和苏沃洛夫！……莫罗算什么！要是苏沃洛夫能自由行动，那么莫罗就得当俘虏；而苏沃洛夫受御前军事香肠烧酒会议[②]的牵制。鬼也不会高兴处在他的地位上。您到了那里，就会知道这御前军事香肠会议是什么了！苏沃洛夫对付不了他们，米哈依尔·库图佐夫就对付得了？！不，老弟，"他接着说，"您和您的那些将军们对付不了波拿巴；应当把一些法国人争取过来，让他们分不清敌我，互相残杀。现在偏偏派德国人帕伦到美国纽约去请法国人莫罗[③]，"他说的是这一年派人去请莫罗到俄国服役的事，"真是咄咄怪事！！怎么，是国中无人了，难道波将金们、苏沃洛夫们、奥尔洛夫们都是德国人？不，老弟，不是你们大家发了疯，就是我老糊涂了。愿上帝保佑你们，让我们等着瞧。他们居然把波拿巴当成伟大统帅了！哼！……"

"我并没有说所有的举措都是好的，"安德烈公爵说，"只是我不能理解，您怎么能这样议论波拿巴。您要笑就笑吧，而波拿巴仍然是一位伟大的统帅！"

"米哈依尔·伊万诺维奇！"老公爵对建筑师喊道，这时建筑师正在吃烤肉，希望人们把他忘了，"我对您说过波拿巴是一位伟

---

① 腓特烈-威廉二世（一七一二至一七八六年），普鲁士国王，著名统帅。老公爵崇拜腓特烈二世，并在外表上模仿他，因而得了"普鲁士王"的外号。

② 这是老公爵对奥地利最高军事指挥机构的蔑称。

③ 莫罗于一八○○年大败奥军，引起了拿破仑的嫉妒，一八○四年因参加反拿破仑的阴谋活动被捕，后被流放美国。一八○五年亚历山大一世派曾任俄驻华盛顿大使的帕伦伯爵（一七八○至一八六三年）去劝说莫罗到俄国服役。

大的策略家,是吧?瞧,他也这样说。"

"那还用说,公爵大人。"建筑师回答道。

老公爵又冷笑起来。

"波拿巴生来有福。他的士兵都很出色。加上他首先进攻德国人。而德国人,只有懒汉才不去打他们。自从开天辟地以来,德国人一直挨打。他们却没有打过别人。只是自相残杀。波拿巴是靠打德国人出了名的。"

于是老公爵开始分析在他看来波拿巴在历次战争中,甚至在国家事务中所犯的错误。儿子没有表示异议,但是可以看出,不管给他摆出什么样的论据,他也像老公爵一样,很少能改变自己的意见。安德烈公爵听着,克制着自己,尽可能不提出反驳,他不由得对这位独自蛰居乡村多年的老人能如此详尽、精细地了解和评论近年来欧洲的整个军事和政治局势感到惊讶。

"你以为我这个老头子不了解当前的形势吧?"他最后说,"而我脑子里一直装着它!我整夜整夜睡不着。你说,你的这个伟大统帅在什么地方大显身手了?"

"这说起来就长了。"儿子回答道。

"你就去找你的波拿巴去吧。布里安娜小姐,这里又有一个您的无赖皇帝的崇拜者!"他用漂亮的法语喊道。

"您知道,公爵,我不是波拿巴的拥护者。"

"'不知何时回家乡……'"老公爵用不自然的腔调唱了一句,更不自然地笑了起来,离开了餐桌。

小公爵夫人在争论和吃饭的整个时间里没有作声,惊恐地时而望望玛丽亚公爵小姐,时而望望公公。当他们离开餐桌后,她抓住小姑的手,叫她到另一个房间去。

"您的爸爸是一个多么聪明的人,"她说,"也许因此我就有些怕他。"

"啊,他是多么的仁慈!"公爵小姐说。

二十五

安德烈公爵要在第二天傍晚动身。老公爵没有改变他的作息制度,饭后回到自己屋里去了。小公爵夫人留在她的小姑那里。安德烈公爵穿上不戴肩章的旅行服,和他的仆从一起在他住的房间里收拾行装。他亲自察看了马车,在他监督下把箱子装上马车后,便吩咐套马。房间里只剩下了安德烈公爵平常随身带的东西:一个小匣子、一个银制食品箱、两把土耳其手枪和一把军刀——这是父亲从奥恰科夫①给他带来的礼物。安德烈公爵的所有这些路上的用品都收拾得整整齐齐:所有东西都是新的,很干净,用呢套子套着,再用带子捆扎得结结实实。

在即将远行和生活将发生改变的时刻,凡是对自己的行动进行深思熟虑的人,都会有一种严肃的思绪。在这些时刻,通常检查过去,制订未来的计划。安德烈公爵的脸上带着非常深沉和温柔的表情。他倒背着手,在房间里从一角到另一角快步地来回走

---

① 奥恰科夫位于里海沿岸,原为土耳其要塞。一七九一年,在俄土战争期间被苏沃洛夫指挥的俄军攻克,后归属俄国。

着，眼睛望着前方，不时若有所思地摇摇头。他是害怕去打仗呢，还是为扔下妻子而感到悲伤——也许两者都有，只是他显然不愿意别人看到他的这种心情，因此一听到门廊里的脚步声，便急忙放开手，在桌子旁站住，装出在捆小匣子的样子，脸上又出现平常的那种平静的和深奥莫测的表情。传来的是玛丽亚公爵小姐的沉重的脚步声。

"我听说你已吩咐套马了，"她气喘吁吁地说（看样子她是跑来的），"而我非常想和你单独谈一谈。天知道我们又会分别多长时间。我来你不生气吧？你变多了，安德留沙①。"她好像是为了解释那句问话加了一句。

她在称呼"安德留沙"时微微一笑。显然，她想起这个严厉和漂亮的男人就是那个安德留沙，那个瘦瘦的顽皮孩子，她童年的伙伴，心里就觉得奇怪。

"丽莎在哪里？"他问，只用微笑回答她刚才的问话。

"她累坏了，在我房间里的沙发上睡着了。啊，安德烈！你的妻子可爱极了。"她说着在哥哥对面的沙发上坐下来，"她完全像一个孩子，一个非常可爱的、快活的孩子。我很喜欢她。"

安德烈公爵没有说话，但是公爵小姐看到他脸上出现了讽刺和轻蔑的表情。

"但是应当对小小的弱点采取宽容态度；谁没有弱点呢，安德烈！你不要忘记，她是在上流社会受教育和长大成人的。再说现在她的处境并不很好。应当为每个人设身处地想想。谁要是理解

---

① 安德留沙是安德烈的爱称。

一切,谁就会原谅一切。你想想,这个可怜的人要离开她过惯的生活,和丈夫分别,一个人留在乡下,而且还有身孕,会觉得怎么样?她会非常难受的。"

安德烈公爵眼睛看着妹妹,微笑着,我们在听我们彻底了解的人说话时,常常会露出这样的微笑。

"你住在乡下,并不认为这种生活可怕。"他说。

"我是另一回事。干吗要说我!我不希望过另一种生活,而且也不可能有这样的希望,因为我不知道任何另一种生活。你想一想,安德烈,一个年轻的上流社会女子,把最好的年华埋没在乡村里,孤零零的一个人,因为爸爸一天忙到晚,而我……你是知道我的……我要做过惯上流社会生活的女人的伴侣还缺乏本领。布里安娜小姐一个人……"

"您的布里安娜我很不喜欢。"安德烈公爵说。

"不!她非常可爱和善良,而主要的,是一个可怜的姑娘。她没有一个亲人,一个也没有。说实话,我不仅不需要她,而且觉得有点碍事。你知道,我从来都怕见生人,现在这毛病更加厉害了!我喜欢独自一个人待着……爸爸很喜欢她。她和米哈依尔·伊万诺维奇——爸爸对这两个人一直非常和蔼慈祥,因为他是他们的恩人;正如斯特恩[①]所说:'我们爱人,与其说是因为他们对我们做了好事,不如说是因为我们为他们做了好事。'爸爸把她这个流落街头的孤儿收留了下来,她很善良。爸爸喜欢听她读书。她每天晚上朗读给他听。她读得好极了。"

---

① 斯特恩(一七一三至一七六八年),英国作家。

"说实话,玛丽,我想,父亲的脾气有时叫你受不了,是吧?"安德烈公爵突然问道。

玛丽亚公爵小姐听了这句问话,开头很惊讶,后来又感到害怕。

"我?……我?!我受不了?!"她反问道。

"他一直很严厉,现在我想,他正在变得难以相处了。"安德烈公爵说,看来他为了使妹妹感到困惑不解或者为了考验她,故意随随便便地发表了对父亲的看法。

"你什么都好,安德烈,但是你有一种傲气,"公爵小姐说,她说话更多的是顺着自己的思路,而不是根据谈话的要求,"这是很大的毛病。难道可以议论父亲吗?即使可以,那么像爸爸这样的人除了令人崇拜以外,还能引起什么别的感情呢?和他生活在一起,我非常满意,非常幸福!我只希望你们大家也像我一样幸福。"

哥哥不相信地摇摇头。

"有一件事使我感到难受——我对你说实话,安德烈,这就是父亲对宗教的想法。我不明白,一个有这样巨大智慧的人竟会看不见明摆着的事,怎么会如此迷惑不解?这就是我感到伤心的一件事。但是最近我看到了好转的迹象。最近他的讥笑不那么刻薄了,他接待了一个修士,和他谈了很久。"

"我的朋友,我担心您和修士在白费力气。"安德烈公爵讥讽地但又亲切地说。

"啊,我的朋友。我祈求上帝,并且希望上帝能听到我的话。安德烈,"她在沉默了一会儿后畏怯地说,"我对你有一个很大的请求。"

"什么,我的朋友?"

"你得答应我不拒绝我的请求。这对你来说一点也不费事,也不会对你的名誉造成任何损害。只不过这样你能使我放心。答应吧,安德留沙。"她说着把手伸进手提包,握住一件什么东西,但还不拿出来让人看,好像她握着的东西就是请求的内容,好像只有在对方答应和满足请求后,她才能从手提包里拿出这个**什么东西**来。

她畏怯地用恳求的目光看着哥哥。

"即使这要费我很大力气……"安德烈公爵好像猜到了是怎么回事,回答道。

"你爱怎么想就怎么想吧!我知道你和爸爸一样。不管你怎么想,也要为我做这件事。请你一定做!这是父亲的父亲、我们的爷爷在历次战争中戴过的……"她还是不把手里握的东西从手提包里拿出来,"你答应我吗?"

"当然,究竟是什么事?"

"安德烈,我用这圣像为你祝福,你答应我,永远不把它取下来……答应吗?"

"如果它没有两普特①重,脖子不会挂弯的话……为了使你高兴……"安德烈公爵说,但是就在这时他发现妹妹听了这句开玩笑的话后脸上露出伤心的表情,便后悔了。"我很高兴,说实话,很高兴,我的朋友。"他补充说。

"不管你愿意不愿意,他会拯救你和宽恕你,使你相信他,因为只有在他的身上才有真理和安宁。"她用激动得发颤的声音说,并

---

① 一普特合十六点三八公斤。

用庄重的姿势两手把一个椭圆形的古色古香的救世主像捧到哥哥面前，这圣像脸已发黑，穿着银袍，用一条做工精细的银链子系着。

她画了个十字，吻了吻小圣像，递给了安德烈。

"请你拿着，安德烈，为了我……"

她的大眼睛闪现出善良和羞怯的光芒。这双眼睛的光芒照亮了整张病态的和瘦削的脸，使它变得非常美丽。安德烈想要接过圣像，但是她没有给他。安德烈明白了，画了个十字，吻了吻圣像。他的脸同时显得既温柔（他很受感动），又带有讥讽的表情。

"谢谢，我的朋友。"

她吻了一下他的前额，又在沙发上坐下了。两人都没有说话。

"我对你说过，安德烈，你要像以前那样，和善和宽厚些。对丽莎不要太苛求。"她打破沉默说道，"她非常可爱，非常善良，现在她的处境很困难。"

"玛莎①，我好像没有对你说过任何责备我的妻子和对她表示不满的话。你为什么老是对我讲这些呢？"

玛丽亚公爵小姐脸上起了红斑，不说话了，仿佛她觉得自己做得不对似的。

"我对你什么也没有说过，而**有人**已经对你**说过了**。这使我很难过。"

玛丽亚公爵小姐前额上、脖子上和腮帮子上的红斑变得愈来愈红。她想要说什么，可是又说不出来。安德烈公爵猜到了：小公爵夫人饭后曾经哭过，说她预感到会难产，很害怕，怪自己命

---

① 玛莎和下文的玛申卡均为玛丽亚的爱称。

不好，抱怨过公公和丈夫。哭完后就睡着了。安德烈公爵可怜起妹妹来。

"玛莎，有一点你要知道，我不能**对我的妻子**进行任何责备，过去没有责备过，将来也永远不会责备，在对待她的态度上，我也没有什么可责备自己的；不管我处于何种环境，将永远如此。但是如果你想知道实情的话……想知道我幸福不幸福的话，那么可以告诉你：不幸福。她幸福吗？也不幸福。为什么这样？我不知道……"

说着他站起身来，走到妹妹跟前，俯下身子，吻了吻她的前额。他的美丽的眼睛闪现出不常见的聪明和善良的光芒，但是他没有看着妹妹，而是越过她的头看着黑洞洞的敞开的门。

"咱们去她那里，应当和她告别！或者你一个人先去，把她叫醒，我马上就来。彼得鲁什卡！"他喊仆从，"到这里来，把东西拿走。这个放在座位里，这个放在右边。"

玛丽亚公爵小姐站起身来，朝门口走去。可是她又站住了。

"安德烈，如果你相信，那么你祷告上帝，祈求上帝把你没有感觉到的爱赐予你，上帝会听见你的祷告的。"

"是吗，难道有这回事！"安德烈公爵说，"去吧，玛莎，我马上就来。"

在去妹妹房间的途中，在连接一座房子和另一座房子的回廊里，安德烈公爵碰到了媚笑着的布里安娜小姐，这一天他已是第三次在僻静的过道里与这个热情而天真地微笑着的姑娘相遇了。

"啊！我以为您在自己房间里呢。"她说，不知为什么红着脸和垂着眼帘。

安德烈公爵严厉地看了她一眼。他脸上突然露出凶狠的表情。他什么也没有对她说，但是非常轻蔑地看了看她的前额和头发，避开她的目光，弄得这个法国姑娘面红耳赤，什么话也没有说就走了。当他走到妹妹的房前时，小公爵夫人已经醒了，从敞开的门里传出她一句紧接一句的快活的说话声。她说得很欢，似乎她在长时间地克制自己后，要把在失去的时间里未说的话补说出来一样。

"不，您想想，老伯爵夫人祖博娃一头假发，一口假牙，好像不服老似的……哈，哈，哈，玛丽！"

妻子在别人面前讲祖博娃伯爵夫人的这同一句话和这同一个笑声，安德烈公爵已经听过不下五六次了。他悄悄地进了房间。胖胖的、面色红润的小公爵夫人手里拿着活计，坐在圈椅里不停地说着，逐一回忆彼得堡的往事，甚至回想当时说过的话。安德烈公爵走到跟前，抚摸了一下她的头，问她经过一路的颠簸后休息过来没有。她回答了一声，继续讲她的话。

一辆六套马车停在大门口。外面还是漆黑的秋夜。车夫连马车的辕杆都看不清。门口有人在打着灯笼忙碌着。巨大房子的大窗户里亮着灯光。在前厅里聚集着想要同小公爵告别的家仆们；大厅里站着所有的家里人：米哈依尔·伊万诺维奇、布里安娜小姐、玛丽亚公爵小姐和小公爵夫人。安德烈公爵被叫到书房去见父亲，老人想单独与他告别。大家都在等他们出来。

当安德烈公爵跨进书房时，老公爵戴着老花镜，穿着白长袍——他除了儿子以外，没有穿着这样的衣服见过别人——坐在桌旁写信。他回头看了一眼。

"就要走吗？"他又低头写起来。

"我是来辞行的。"

"吻这儿，"他伸出腮帮子，"谢谢，谢谢！"

"您因为什么谢我呀？"

"因为你没有耽搁时间，因为你没有守在女人的裙边。把服役放在首位。谢谢，谢谢！"他继续写着，只见墨水从沙沙响的笔尖上飞快地落到纸上。"如果你需要说什么，那就说吧。这两件事可以一起做。"他加了一句。

"关于我媳妇的事……我把她留给您照顾，内心深感愧疚……"

"瞎说什么？说需要说的。"

"我媳妇临产时，请您到莫斯科请一位产科医生来……请他在这里照看着。"

老公爵停住笔，好像没有听明白一样，用严厉的目光盯住儿子。

"我知道，如果造化不成全人的话，谁也帮不了忙。"安德烈公爵说，显然他感到有些发窘，"我赞同一百万人里面只有一个人遭到不幸的说法，但是她和我都胡思乱想。别人对她说了很多，她做梦都梦见，她很害怕。"

"嗯……嗯……"老公爵低声答应，继续写信，"我会这样做的。"

他签上名，突然一下子朝儿子转过身，笑了起来。

"事情很不好，啊？"

"什么事不好，爸爸？"

"老婆！"老公爵简短且意味深长地说了一句。

"我不明白。"安德烈公爵说。

"没有办法的事,孩子,"老公爵说,"她们都是这样的,总不能离婚吧。你别担心;我不会对任何人说的;你自己也知道。"

他用瘦骨嶙峋的小手抓住儿子的手,摇了摇,用那双似乎能把人看透彻的眼睛迅速朝他直瞪瞪地看了一眼,又发出冷冷的笑声。

儿子叹了一口气,这表明他承认父亲理解他。老人继续用他惯常的快速动作叠信和封信,把火漆、封印和信纸抓起来又放下去。

"有什么办法呢?长得很漂亮!我会一切照办的。你放心。"他一面封信,一面断断续续地说。

安德烈没有说话:父亲理解他,他既感到高兴,又感到不高兴。老人站起身来,把信交给儿子。

"听我说,"他说,"你媳妇的事不必操心:凡是办得到的事,一定办到。现在听着:这封信交给米哈依尔·伊拉里翁诺维奇①。我信中叫他把你放在合适的位置上,不要让你长期当副官,这是个很坏的差使!你对他说,我记得他并且喜爱他。写信告诉我,他对你怎么样。如果不错,那就干下去。尼古拉·安德烈耶维奇·鲍尔康斯基的儿子决不靠博得宠信而在任何人手下工作。好,现在过来。"

他说得很急促,有时话只说半句就完了,但是儿子习惯了,能听明白。他把儿子带到写字台前,打开盖,拉出抽屉,拿出一本上面写满了又粗又长又扁的字的笔记本。

"当然我会死在你的前头。记住,这是我的回忆录,我死后你

---

① 米哈依尔·伊拉里翁诺维奇是库图佐夫的名字和父称。

就交给皇上。这里还有一张证券和一封信：这是给撰写苏沃洛夫战史的人准备的奖金。把这些交给科学院。这是我的笔记，我死后你留着自己读，可以从中得到一些益处。"

安德烈没有对父亲说，他一定还会活得很久。他知道不需要说这样的话。

"一切照办，爸爸。"他说。

"好了，那就再见吧！"他把手伸给儿子亲吻，拥抱了他，"记住一点，安德烈公爵：假如你被打死了，我这老头子会很悲痛的……"说到这里他出人意料地停住了，接着又突然用刺耳的声音大声说，"要是我知道你的行为不像尼古拉·鲍尔康斯基的儿子，那么我就会感到……羞耻！"他尖声喊叫道。

"爸爸，这话您可以不对我讲。"儿子微笑着说。

老人不作声了。

"我还想请求您，"安德烈公爵继续说，"假如我被打死了，假如我生了一个儿子，那么不要让他离开您，像我昨天对您说过的那样，让他在您身边长大……请您这样做。"

"不把孩子交给你媳妇？"老人说着笑了起来。

他们默默地面对面站着。老人灵活的眼睛直视着儿子的眼睛。老公爵脸的下部颤动了一下。

"告别完了……走吧！"他突然说，"走吧！"他打开书房的门，生气地大声喊道。

"怎么回事，什么事？"小公爵夫人和公爵小姐看见安德烈公爵出来，又看见身穿白长袍、不戴假发、戴着老花镜、生气地大声喊叫的老人探了一下身子，连忙问道。

安德烈公爵叹了口气，什么也没有回答。

"好吧！"他对妻子说，这一句"好吧"听起来像是冷嘲，仿佛是说："现在您去干您那无聊的事吧。"

"安德烈，就要走了吗？"小公爵夫人说，她脸色发白，惊恐地望着丈夫。

他拥抱了她。她喊叫了一声，晕倒在他的肩上。

他轻轻地挪开她靠着的肩膀，朝她的脸瞥视了一下，小心地把她扶到圈椅上。

"再见，玛丽。"他低声对妹妹说，拉着她的手和她亲吻，然后快步出了房间。

小公爵夫人在圈椅上半躺着，布里安娜小姐给她揉太阳穴。玛丽亚公爵小姐扶着嫂子，她那双哭肿了的美丽的眼睛一直看着安德烈公爵走出去的门，为他画着十字。从书房里反复传出老人像枪声似的生气地擤鼻涕的声音。等安德烈公爵一出去，书房的门很快敞开了，出现了穿着白长袍的严厉的老人的身影。

"走了吗？这就好了！"他说，生气地看了失去知觉的小公爵夫人一眼，带着责备的意思摇了摇头，砰的一声关上了门。

第二部

一

一八〇五年十月,俄国军队进驻了奥地利大公国的一些村庄和城市,还有一些新的部队陆续从俄国开来,驻扎在布劳瑙要塞附近,给当地居民增加了负担。库图佐夫总司令的总部就设在布劳瑙。

一八〇五年十月十一日,在刚刚到达布劳瑙的几个步兵团当中的一个团,驻扎在离城半英里[①]的地方,等候总司令检阅。这里的地形和环境都不像俄国,到处可见果园、石块砌的围墙、瓦房顶和远方的群山;这里的人不是俄国人,他们都好奇地看着士兵——尽管如此,这个团的状态同在俄国内地准备接受检阅的任何俄国团队完全一样。

在行军的最后一天的傍晚,接到了总司令将检阅行军中的团队的命令。团长觉得命令说得不清楚,产生了对命令中的话的理

---

① 一英里合一点六零九公里。

解问题：是说以一般行军的形式接受检阅，还是有别的意思？后来在营长会议上根据礼多人不怪的道理，决定团队做接受正式检阅的准备。于是经过三十俄里行军的士兵们一夜没有合眼，他们缝缝补补，洗洗刷刷；副官们和连长们不断清点人数，淘汰一些人；到第二天早晨，团队已不像头一天最后一次行军时那样松散和杂乱，而成了一支两千人的整齐的队伍，其中每个人都知道自己的位置和自己应该做的事，每个人身上每个扣子和皮带都符合要求，整洁光亮。不仅只是外面的服装整齐，如果总司令想要检查一下里面的衣服，那么他也会在每个人身上看到同样清洁的衬衣，发现在每个背囊里装着规定的物品，如同士兵们所说的那样，"锥子肥皂，样样都有"。只有一样东西谁也不放心，这就是脚上穿的：一半以上的人的靴子已经破了。但是这个缺点不是团长造成的，因为虽经他多次要求，奥地利军需部门始终没有把他所要的东西发下来，而全团的人已经走了一千俄里。

团长是一个上了年纪的容易激动的将军，他的眉毛和鬓发已经斑白，身体结实，胸和背之间的厚度超过双肩之间的宽度。他身穿一套新缝制的还带着褶子的军装，戴着厚厚的金色肩章，这肩章仿佛不是把他肥实的肩膀往下压，而是把它往上抬。看团长的神气，觉得他好像是在幸福地做一件他一生中最隆重的事情。他在队列前来回走着，在走的时候微微弓着背，每走一步身子就抖动一下。可以看出，团长欣赏自己的团队，为它而感到自豪，把自己的全部心血都花在团队上；但是虽然如此，他的一抖一抖的步态似乎说明，在他的心里，除了军事以外，日常社交活动和女人也占有不小的位置。

"我说,米哈依洛·米特里奇老弟,"他对一个营长说(营长微笑着向前跨了一步;显然他们都很高兴),"昨天晚上吃了苦头。然而看样子还可以,咱们的团可真不坏……啊?"

营长听出这话有打趣的味道,笑了起来。

"就是去女皇草场①参加检阅也不会被轰走的。"

"什么?"团长说。

这时,在布有信号兵的进城的大路上出现了两个骑马的人。这是一个副官和跟在他后面的一个哥萨克。

副官是总部派来向团长说明昨天命令中不清楚的地方的,他说,总司令希望看到团队完全保持行军时的状态——穿着军大衣和帽子套着布套,不做任何专门的准备。

昨天,奥地利御前军事会议的一名成员从维也纳来见库图佐夫,他建议和要求俄军尽快地与费迪南德大公②和马克③的军队会合,库图佐夫认为会合没有好处,为了说明自己的意见有理,在提出了不少其他论据的同时,想让这位奥地利将军看一看俄国军队的悲惨处境。他就是为了这个目的要来检阅团队的,因此团队的情况愈糟,总司令就愈高兴。虽然副官并不知道这些内情,然而他向团长传达了总司令下达的必须坚决执行的命令,要官兵们一律穿军大衣和帽子套着布套,否则总司令就会不满意。

---

① 女皇草场是彼得堡的一个广场,在叶卡捷琳娜二世时代是进行军事检阅的地点,后来改名为战神广场。

② 费迪南德(一七八二至?),奥地利的王子之一,一八〇五年曾经任乌尔姆的奥军总司令,但主要是挂名的。

③ 马克(一七五二至一八二八年),奥地利将领。

团长听完这些话后低下头，默默地耸了耸肩膀，激动地把两手一摊。

"乱弹琴！"他说，"我对您说过，米哈依洛·米特里奇，行军中检阅就得穿军大衣，"他责备营长说，"唉，我的上帝！"他加了一句，坚决地向前跨出一步。"各连连长注意！"他用惯于发号施令的声音喊了一声，"还有全体司务长！……总座很快就到吗？"他毕恭毕敬地问那位从总部来的副官，显然他的这种态度是对他所说的总座的。

"我想，过一个小时。"

"我们来得及换衣服吗？"

"不知道，将军……"

团长亲自走到队伍前，命令重新穿上军大衣。各连连长跑回到自己的连里去，司务长们忙碌起来（军大衣并不都能穿），在同一瞬间刚才整齐肃静的方队骚动起来，分散开来，响起了嗡嗡的说话声。只见各处士兵们跑过去跑过来，他们把一只肩膀往前一耸，从头上卸下背囊，取出军大衣，高高举起双手，伸进军大衣的袖筒里。

半个小时后，一切都恢复原状，只不过方队由黑色变成了灰色。团长又迈着一抖一抖的步子走到了团队前面，从远处打量了一下。

"这又是怎么回事？这是什么？"他停住脚步喊道，"三连连长！……"

"三连连长来见将军！连长来见将军！三连连长来见团长！……"队列里都可听到这样的喊声，副官跑去寻找那个迟迟未见到来的军官。

后来起劲叫喊的声音走了样,已变成"将军去三连",当这叫喊声终于到达目的地时,被传唤的军官从三连里出来,虽然他已上了年纪并且没有跑的习惯,但也还是跌跌绊绊地小步朝将军跑过来。这位大尉连长像一个被叫起来回答没有复习好的功课的小学生一样,脸上露出不安的表情。在红色的(显然是由于饮酒过度)脸上出现了斑点,嘴不知道是张开好还是闭着好。他气喘吁吁地走过来,快要到团长跟前时放慢了脚步,这时团长正从头到脚打量着他。

"您是否快要给弟兄们穿萨拉凡①了?这是什么?"团长伸出下巴颏,指着三连队列中一个穿着颜色与众不同的呢大衣的士兵喊道,"您上哪里去了?总司令就要来了,而您却离开了自己的岗位?啊?……我要让您懂得让士兵穿得像娘儿们一样会有什么结果!……啊?"

连长眼睛盯住团长,两个指头愈来愈紧地按在帽檐上,似乎认为只要按得紧了就可以得救。

"喂,您干吗不说话?您的那个穿得像匈牙利人的是什么人?"团长绷着脸取笑道。

"大人……"

"什么'大人''大人'的!大人!您倒成了大人!谁也不知道'大人'是什么意思。"

"大人,这是多洛霍夫,那个降为……"大尉低声说。

---

① 萨拉凡是一种女人穿的无袖长衫。

"怎么,他降为元帅了,还是降为士兵?而降为士兵,就应该穿和大家一样的制服。"

"大人,您自己准许他在行军时可以这样穿。"

"我准许了?我准许了?瞧你们这些年轻人总是这样。"团长说,他有点冷静下来了,"我准许了?只要对你们说点什么,你们就……"团长沉默了一会儿,"只要对你们说点什么,你们就……什么?"他又发起火来,"您得让士兵穿得像样点……"

团长回头看了副官一眼,迈着一抖一抖的步子朝全团的队伍走去。可以看出,他对自己发火感到很高兴,在全团队伍面前走过时,还想找点发火的碴儿。他粗暴地打断一个军官的话,说奖章没有擦亮,又斥责另一个军官,说他队伍没有排齐,然后到了三连跟前。

"你是怎——么站的?腿该怎么放?腿该怎么放?"团长走到离穿着浅蓝色大衣的多洛霍夫还有五个人的地方,就痛心疾首地喊了起来。

多洛霍夫慢慢地伸直弯曲的腿,用明亮的和傲慢无礼的目光直视着将军的脸。

"干吗穿蓝大衣?脱下来!……司务长!给他换一件……坏……"他没有来得及把"坏蛋"二字全说出来。

"将军,我有义务执行命令,但是没有忍受……"多洛霍夫急忙说。

"在队列里不许说话!……不许说话,不许说话!……"

"没有忍受侮辱的义务。"多洛霍夫大声地、响亮地把话说完。

于是将军和这个士兵的目光相遇了。将军不再说话,他生气地把勒紧的武装带往下拉。

"请您换一下衣服。"他在走开时说。

二

"来了!"这时信号兵喊叫起来。

团长涨红了脸,跑到马旁边,用颤抖的手抓住马镫,翻身上了马,摆正了姿势,拔出佩剑,脸上带着幸福和坚决的表情,歪咧开嘴,准备喊口令。全团像一只扑棱翅膀的鸟一样,猛然一抖颤,接着就屏息不动了。

"立——正!"团长用惊心动魄的声音喊道,他喊这口令自己心里很高兴,他的声音对全团来说是严厉的,而对现在来到的首长则充满着敬意。

在宽阔的没有经过铺砌的林荫道上,一辆驾着纵列马的高大的蓝色维也纳马车疾驰而来,车上的弹簧发出轻轻咯吱声。马车后面是骑马的随从和克罗地亚卫兵①。库图佐夫身旁坐着一个奥地利将军,他身穿白色军服,在穿黑军服的俄国人中间显得很特别。马车在团队面前停住。库图佐夫和奥地利将军低声说着什么事,库图佐夫微微一笑,当他迈开沉重的步子,一只脚跨下马车的踏板时,好像眼前并不存在两千名屏息注视着他和团长的士兵似的。

响起了口令声,团队又颤动了一下,刷拉一声举枪致敬。在死

---

① 当时克罗地亚属于奥地利版图。

一般的沉寂中,可以听到总司令微弱的说话声。全团官兵扯开嗓子喊道:"祝大——大——大人健康!"接着又静了下来。开头,当团队还在走动时,库图佐夫站在一个地方不动;后来库图佐夫在随从的陪同下,开始和穿白军服的将军并肩在排好队的队伍前面走。

团长在向总司令敬礼时两眼盯住他,腰板挺得笔直,态度庄重;他身体朝前倾,勉强克制着一抖一抖的动作,跟着将军们在队列前面走;总司令每说一句话和每招一次手,他见了就立即跑上前去——从所有这些表现可以看出,他在履行下属的职责时要比在履行长官的职责时更加愉快。由于团长的严格要求和努力,这个团同这时正在开到布劳瑙来的其他团队相比,情况算是很好的。掉队的和生病的只有二百一十七人。除了靴子外,一切都还是完好的。

库图佐夫在队伍面前走过,偶尔停下来对他在俄土战争中认识的军官说几句亲切的话,有时也对士兵们说。他在察看靴子时,几次伤心地摇摇头,并指给奥地利将军看,他的神情表明,他似乎并不责怪任何人,但是不能不看到这是多么糟糕。团长在这种情况下每次都跑上前去,生怕漏掉总司令关于他的团所说的任何一句话。在库图佐夫后面,在每一句轻声说出的话都能听到的距离内,跟随着二十来名随从。这些随从们相互交谈着,有时发出笑声。最靠近总司令的是一个容貌俊秀的副官。这是安德烈公爵。走在他身旁的是他的同事涅斯维茨基,这是一个高个儿校官,身体特别胖,和善漂亮的脸上带着微笑,长着一双水汪汪的眼睛。涅斯维茨基看见走在他身旁的一个皮肤有点发黑的骠骑兵军官的滑稽动作,勉强忍住才没有笑出声来。这个骠骑兵军官自己不笑,也不改变停住不动的双眼的表情，脸上带着严肃的神情看着团长的后背，模仿他的每个动作。每一次，当团长身体抖动起来和朝前弯的时候，这个骠骑兵军官也这样做，模仿得分毫不差。涅斯维茨基笑着，捅捅别的人，要他们看那个爱逗笑的人。

库图佐夫慢慢地和没精打采地在瞪着几千双眼睛看着他的人面前走过。他走到三连时，突然站住了。没有预见到他会停步的随从们不由得朝他拥了过来。

"啊，季莫欣！"总司令认出了那个因为部下有人穿蓝大衣而挨过骂的红鼻子大尉。

人们觉得，季莫欣的身体似乎不能再比他在受到团长训斥时那样挺得更直了。但是在总司令同他说话时，他的身体挺得那么直，使人觉得如果总司令再看他几眼，他就要支持不住了；库图佐夫显然理解他的这种状况，没有使他为难，而是希望他一切都好，因此急忙转过身去。在库图佐夫的虚胖的、带着伤疤的脸上掠过了一丝勉强可以觉察到的微笑。

"还是在伊兹梅尔①打仗时的战友。"他说，"是个很勇敢的军官！你对他满意吗？"库图佐夫问团长。

团长的动作像在一面镜子里一样，在那位骠骑兵军官身上反映出来，不过他自己没有觉察到，他照例抖动了一下，走上前去，回答道：

"非常满意，大人。"

---

① 伊兹梅尔在黑海沿岸，原为土耳其要塞。一七九〇年，在俄土战争期间，被俄军攻占。

"我们大家都免不了有弱点。"库图佐夫在离开他时微笑着说,"他是巴克科斯①的崇拜者。"

团长害怕了,不知道这是否是他的过错,什么也没有回答。骠骑兵军官这时看到了长着红鼻子和收缩着肚子的大尉的脸,便惟妙惟肖地模仿他脸上的表情和姿势,使得涅斯维茨基忍不住笑出声来。库图佐夫回头看了一眼。显然骠骑兵军官想控制就能控制住自己脸上的表情:在库图佐夫回头看的时候,他已做完了鬼脸,装出了最严肃的、毕恭毕敬的和毫无过错的样子。

三连是最后一个连,库图佐夫检阅完后沉思起来,显然他想起了什么事。安德烈公爵从随从的队伍里出来,用法语低声说道:

"您曾吩咐提醒您这个团里降为士兵的多洛霍夫。"

"多洛霍夫在哪里?"库图佐夫问。

已换上灰色大衣的多洛霍夫没有预料到会召唤他。于是这个身材匀称、长着一头浅色头发和一双明亮的蓝眼睛的士兵从队列里出来。他走到总司令面前,举枪敬礼。

"有什么要求吗?"库图佐夫微微皱起眉头问道。

"这就是多洛霍夫。"安德烈公爵说。

"啊!"库图佐夫说,"我希望这次教训能使你改过自新,好好干。皇上是仁慈的。只要你能将功补过,我是不会忘记你的。"

多洛霍夫的一双明亮的眼睛望着总司令,他像望着团长一样大胆,好像在用这种表情拉开把总司令和士兵远远分隔开的无形的帷幕。

"我有一个请求,大人,"他响亮、坚定和从容不迫地说,"请

---

① 巴克科斯是希腊神话中酒神狄俄尼索斯的别名。

求给我一个机会改正错误以及证明我对皇上和俄罗斯的忠诚。"

库图佐夫转过身去。就像刚才跟季莫欣大尉谈话后转过身去时一样,他的眼角闪现出一丝笑意。他转过身和皱了皱眉头,好像想借此表明,多洛霍夫对他说的以及他能够对多洛霍夫说的一切,他很早很早之前就知道了,这一切已使他厌烦,都是完全不需要说的。他转过身,朝马车走去。

团队分成连,朝离布劳瑙不远的指定的宿营地进发,希望到那里后,能够领到靴子和军服,并在经过艰难的行军后休息一下。

"您不会见怪吧,普罗霍尔·伊格纳季奇!"团长骑马赶上前往指定地点的三连和走在三连前面的季莫欣说。他在检阅顺利结束后脸上露出按捺不住的喜悦。"为皇上服务……不能不……有时在队列前说话不客气……我先向您道歉,您知道我这个人……非常感谢!"说着他向连长伸出了手。

"哪能这样说呢,将军,我怎么敢怪您!"大尉回答道,鼻子变得更红,他微笑着,咧开嘴笑时露出了他在伊兹梅尔战斗中被枪托打掉两颗牙造成的缺口。

"请转达多洛霍夫先生,我不会忘记他,让他放心。不过我还是想问一下,请告诉我,他怎么样,表现如何?仍然还……"

"他执行任务很认真,大人……但是脾气……"季莫欣说道。

"什么,什么脾气?"团长问。

"一天一个样,大人。"大尉说,"有时他聪明、有学问、和善。有时像野兽。在波兰,不瞒您说,差一点打死了一个犹太佬……"

"是啊,是啊,"团长说,"不过对这个遇到不幸的年轻人还是应当怜惜。要知道此人很有背景……那么您就……"

"是，大人。"季莫欣说，他的微笑使人感觉到，他明白长官的意思。

"是啊，是啊。"

团长在队列里找到了多洛霍夫，勒住马。

"一打仗您就可戴肩章了。"他对他说。

多洛霍夫转过头来看了一眼，什么也没有说，他的嘴也没有改变挂着讽刺性微笑的表情。

"嗯，这就好了，"团长继续说，"我请弟兄们每人喝一杯。"他大声加了一句，让士兵们都听见，"感谢大家！谢天谢地！"说着他催马超过三连，到了另一个连那里。

"没有什么可说的，他还真是个好人，可以和他一起共事。"季莫欣对他身旁的一个连级军官说。

"总而言之，他是红桃！……（团长的外号叫红桃老K。）"连级军官笑着说。

检阅后军官们的愉快心情也传给了士兵们。全连的人高高兴兴地走着。到处可以听到士兵们交谈的声音。

"听人说，库图佐夫是独眼龙，只有一只眼睛？"

"可不是吗！是一个地地道道的独眼龙。"

"不……老弟，眼睛比你还尖，靴子和包脚布全都看到了……"

"你可知道，我的老兄，他是怎样看我的脚的……看吧！我心里想……"

"而另一位，和他一起来的奥地利人，好像用白灰抹过似的。像面粉一样白！我想，他像擦洗装具似的经常擦洗！"

"怎么，费德绍！……他是否说过什么时候开战？你不是站得比较近吗？人们都说，波拿巴本人就在布鲁诺沃①。"

"波拿巴在那里！胡说八道，傻瓜！他好像没有什么不知道似的！现在普鲁士人造反了。这就是说，奥地利人正在进行镇压。要等到平定后，同波拿巴的战争才会开始。可是他却说波拿巴在布鲁诺沃！真是个傻瓜，你得多听听别人怎么说。"

"瞧，军需官这些鬼东西！五连眼看就要进村了，他们就要在那里熬粥了，而我们还到不了目的地。"

"给我一点面包干，鬼东西。"

"是因为你昨天给过一点烟叶吧？怪不得，老兄。好吧，给你，上帝保佑你。"

"哪怕让我们休息一下也好，要不还得饿着肚子走五俄里。"

"要是德国人给我们套马车，该有多好。坐在车上，多神气！"

"这里，老兄，老百姓都很野蛮。那里好像都是波兰人，是俄国的居民；而现在，老弟，全都是德国人。"

"歌手们到前面来！"只听得大尉喊了一声。

于是有二十来个人从各个队列里跑到连队的前面。领唱的鼓手朝歌手们转过脸来，挥了挥手，唱起了一首拖长音的士兵歌曲，这首歌的开头是："天亮了，太阳升起来了……"结尾是："弟兄们，光荣属于我们和卡缅斯基②老爹……"这首歌是在土耳其打仗时编的，现在拿到奥地利来唱，只做了一点改变：把"卡缅斯基老爹"换成"库图佐夫老爹"。

---

① 这是俄国士兵对布劳瑙的叫法。
② 卡缅斯基（一七三八至一八〇九年），俄国元帅，曾参加过七年战争和一七六八至一七七四年的俄土战争。一八〇六年底被任命为俄军总司令。

鼓手是一个瘦削而姿势优美的四十来岁的士兵,他以士兵的气派唱完最后一句突然停住,挥了一下手,好像把什么东西扔在地上一样,严厉地扫视了歌手们一眼,眯缝起了眼睛。然后,当他确信所有人的目光都集中到他身上时,他的两手好像在小心翼翼地把一件无形的贵重物品举到头顶上,就这样举了几秒钟,然后突然不顾一切地把它一扔,唱道:

唉,我的门廊,门廊!

"我的新门廊……"二十个人的声音接着唱了起来,那个打响板的人虽然背着沉重的装具,仍迅速往前跑,然后在连队前面倒着走,晃动着肩膀,并用响板吓唬着什么人。士兵们按照歌曲的节拍挥动着手,迈着大步,脚步自然而然地走齐了。从连队后面传来了马车轮子的辚辚声和弹簧的咯吱声以及马蹄的嘚嘚声。库图佐夫正带着随从们回城去。总司令打了个手势,叫人们继续便步走,当他和他的随从们听到歌声,看到一个士兵在跳舞,全连士兵一个个都很快乐和精神抖擞时,脸上露出了满意的表情。马车从连队的右面过去,第二排有个蓝眼睛的士兵非常惹人注意,这是多洛霍夫,他特别精神抖擞地、姿势优美地合着歌曲的节拍走,望着在旁边经过的人的脸,他那种神情仿佛在说,他替此时没有和连队一起走的所有人感到惋惜。库图佐夫的随从中的那个曾模仿过团长动作的骠骑兵少尉落在了马车后面,他骑着马到了多洛霍夫面前。

骠骑兵少尉热尔科夫有一段时间是彼得堡以多洛霍夫为首的一伙酗酒滋事的年轻人中的一员。到国外后,他看见多洛霍夫降为一个士兵,不认为有必要去认他。现在听到库图佐夫与多洛霍夫的谈话后,便又像老朋友那样高兴地招呼他。

"亲爱的朋友,你怎么样?"他在歌声中说,让马的步子与连队的步伐一致起来。

"我怎么样?"多洛霍夫冷冷地回答道,"就像你看见的那样。"

轻松活泼的歌声给热尔科夫说话所用的无拘无束的快乐的腔调和多洛霍夫回答时的有意的冷淡增添了一种特殊的意味。

"你说说,你同长官的关系怎么样?"热尔科夫问。

"没有什么,都是一些好人。你怎么钻到司令部去的?"

"临时调来的,做值班工作。"

他们沉默了一会儿。

"她从右手袖筒里放出一只鹰。"歌里唱道,这歌声使大家自然而然地变得精神振奋和快活起来。如果他们不是在歌声中交谈的话,那么谈话大概会变成另一种样子。

"奥地利人吃了败仗,是真的吗?"多洛霍夫问。

"鬼知道,有人这么说。"

"我很高兴。"多洛霍夫回答得既简短又明确,在歌声中只能这样。

"我说,你找一个晚上到我们这里来打法拉昂①吧。"热尔科夫说。

"你们是不是弄了很多钱?"

"来吧。"

---

① 法拉昂是旧时的一种纸牌赌博。

"不行。我发过誓了。在没有复职前不喝酒,不赌钱。"

"那有什么呢,只要一开始打仗……"

"到时候再说吧。"

他们又沉默了一会儿。

"如果需要什么,你就来吧,在司令部里总是能帮点忙的……"热尔科夫说。

多洛霍夫冷笑了一声。

"你不必费心。我需要什么,不会去求人,我自己会想办法搞到。"

"也好,我不过是……"

"我也不过是这样说说。"

"再见。"

"祝你健康……"

　　……飞得又高,又远,
　　飞回自己的故乡……

热尔科夫用马刺刺了一下马,马暴跳起来,抬了三四次腿,不知先迈哪一条,接着它恢复了常态,也合着歌曲的拍子奔跑起来,驰过了连队,去追赶马车。

三

库图佐夫检阅回来后,陪同奥地利将军进了自己的办公室,叫来副官，吩咐取来有关到达的部队状况的文件和指挥先头部队的费迪南德大公的信件。安德烈公爵拿着所要的文件进了总司令的办公室。这时库图佐夫和奥地利御前军事会议成员正坐在一幅摊开在桌子上的作战地图前面。

"啊……"库图佐夫说，回头看了看鲍尔康斯基，他说这一声"啊"的意思仿佛是请副官等一等，自己用法语继续已开始的谈话。

"我只说一点，将军，"库图佐夫说，他的用词讲究，声调悦耳，使人不由得倾听起他的每一句从容不迫地说出的话来，可以看出，库图佐夫本人听着自己说话心里也很高兴，"我只说一点，将军，如果一切都取决于我个人的愿望，那弗兰茨皇帝①陛下的旨意早就实现了。我早已同大公会师了。请相信我的真诚，对我个人来说，把军队的最高指挥权交给比我更内行、更有经验的将军，而贵国有很多这样的人，让我卸下这副重担，我个人只能感到高兴。但是形势有时往往要我们的愿望服从于它，将军。"

库图佐夫笑了笑，他的表情似乎是说："您有充分的理由不相信我，而且您相信不相信我，对我来说甚至是完全无所谓的，但是您没有理由对我说这一点。全部问题就在于此。"

看样子奥地利将军很不满意，但是他不能不用同样的声调回答库图佐夫。

"正好相反，"他唠唠叨叨地、生气地说，这种声调同他的奉承话的意思是相矛盾的，"正好相反，皇帝陛下极为看重阁下对共

---

① 弗兰茨一世（一七六八至一八三五年），一八〇四至一八三五年为奥地利皇帝，曾数次发动反法战争。

同事业的参与；但是我们认为，目前的行动缓慢将会使光荣的俄国军队及其总司令失去他们在历次战役中获得的荣誉。"他最后一句话的措辞显然是事先准备好的。

库图佐夫仍然那样微笑着，鞠了一躬。

"我深信，而且根据费迪南德大公殿下最近的来函推测，奥军在像马克将军这样有经验的助手的指挥下，现在已经取得了决定性的胜利，再不需要我们的帮助了。"库图佐夫说。

奥地利将军皱起了眉头。虽然没有关于奥军战败的确切消息，但是有许多情况能证实失利的普遍传闻；因此库图佐夫关于奥军获胜的推测听起来很像是嘲笑。但是库图佐夫温和地微笑着，他的表情似乎在说，他有根据做这样的推测。确实，最近他收到的一封来自马克军队的信向他报告了获胜的消息，并且说奥军处于最有利的战略地位。

"把这封信拿过来。"库图佐夫对安德烈公爵说。"请听，"于是库图佐夫嘴角上挂着讽刺的微笑，用德语给奥地利将军念了费迪南大公这封信的以下段落，"我军已将大约七万人的兵力完全集中起来，因此如敌军试图渡过莱希河，我军能发起进攻并给以打击。由于我军已攻占了乌尔姆，我军能保持控制多瑙河两岸的有利条件，因此，在敌军不渡过莱希河的情况下，我军能随时渡过多瑙河，奔袭其交通线，在下游某地渡多瑙河返回，不让敌军实现其全力攻击我军的忠实盟友的意图。这样，我们能精神饱满地等待俄罗斯帝国军队完全做好准备，然后共同轻而易举地为敌军安排他们应得的下场。"[①]

---

① 原文为德文。

库图佐夫念完这段话，沉重地喘了一口气，精神集中地和亲切地望着这位奥地利御前军事会议成员。

"但是您知道，阁下，明智的规则也要求想到最坏的情况。"奥地利将军说，显然他想结束说笑，开始谈正事。

他不满地回头朝副官看了一眼。

"对不起，将军。"库图佐夫打断他的话，也朝安德烈公爵转过身来。"你听我说，亲爱的，你到科兹洛夫斯基那里把我们侦察员收集的情报全都取来。这是诺斯蒂茨伯爵①的两封信，这是费迪南德大公殿下的一封信，还有，"他说，递给安德烈公爵几件公文，"根据所有这些东西你用法文草拟一份干净利落的备忘录，说明我们得到的关于奥军行动的全部消息。写好后呈交这位大人过目。"

安德烈公爵低下头，表示他从库图佐夫一开口就不仅理解了他说的话，而且也明白了他想对他说而没有说出的话。他收拾好文件，朝两人鞠了一躬，轻轻地踏着地毯，出了门，前去接待室。

安德烈公爵虽然离开俄国还不算太久，但是他在这段时间里变化很大。从他脸上的表情、动作和步态上，几乎已经看不出以前的那种做作、疲惫和懒散的痕迹了；就他的样子来说，他好像是一个无暇考虑他给别人留下什么印象和忙于做愉快而有意思的事的人。他的面部表情说明，他对自己和周围的人都很满意；他的笑容和目光变得更加快活和更有魅力了。

他是在波兰赶上库图佐夫的，库图佐夫非常亲切地接待了他，

---

① 诺斯蒂茨（一七六八至一八四〇年），奥地利将军。一八〇五年是由克罗地亚人组成的军队的指挥官。

答应记着他,对他的态度与对其他副官有所不同,带着他去维也纳,让他完成比较重要的任务。库图佐夫曾从维也纳给他的老战友——安德烈公爵的父亲写信。

"您的儿子,"他写道,"就他的知识、坚定性和办事能力来说,有望成为一个出类拔萃的军官。我因手下有这样的人而深感幸运。"

在库图佐夫司令部的同事当中以及一般在部队里,安德烈公爵如同在彼得堡社交界一样,有两种截然相反的名声。一些人,他们只占少数,认为安德烈公爵与自己和所有其他的人不同,预计他前程远大,听从他,钦佩他,把他作为榜样来学习;同这些人在一起,安德烈公爵平易近人,招人喜欢。另一些人,这是多数,不喜欢安德烈公爵,认为他妄自尊大、对人冷漠和令人反感。但是安德烈公爵善于处理与这些人的关系,使他们尊敬他,甚至害怕他。

从库图佐夫的办公室出来到接待室后,安德烈公爵拿着文件走到值班副官科兹洛夫斯基跟前,这时那人正坐在窗口看书。

"什么事,公爵?"科兹洛夫斯基问道。

"奉命起草一个备忘录,说明为什么不前进。"

"为什么?"

安德烈公爵耸了耸肩。

"马克那里没有消息吧?"科兹洛夫斯基问。

"没有。"

"如果他真的吃了败仗,就应该有消息。"

"也许有可能,"安德烈公爵说着朝门口走去;但是这时一个显然是刚到的高个子奥地利将军迎着他走进接待室，砰的一声带上了门，这位将军身穿礼服，头上裹着黑色头巾，脖子上挂着玛丽亚-特蕾西亚①勋章。安德烈公爵站住了。

"库图佐夫上将在吗？"来到的将军带着很重的德国口音问，他向两边张望着，朝办公室门口走去，没有停步。

"上将有事。"科兹洛夫斯基说，急忙走到这个陌生的将军面前，挡住他进办公室的路，"请问将军贵姓？"

这个陌生的将军轻蔑地从上到下把个子不高的科兹洛夫斯基打量了一下，看到有人居然不认识他似乎感到很惊奇。

"上将有事。"科兹洛夫斯基平静地再说了一遍。

这位将军的脸沉了下来，他的嘴唇抽搐了一下，颤抖起来。他掏出一本记事本，用铅笔很快写了点什么，把这一页纸撕下来交给副官，接着快步走到窗前，一屁股坐到椅子上，朝房间里的人扫了一眼，仿佛在问：他们干吗瞧着他？然后他抬起头，伸出脖子，好像想要说什么，但是立刻像随随便便哼起歌来一样，发出一种奇怪的声音，这声音马上又停止了。办公室的门开了，门口出现了库图佐夫。裹着头的将军好像躲避危险一样，弯下身子，瘦长的腿迈开大步，迅速走到库图佐夫跟前。

"您看到的是不幸的马克。"他说，说话的声调都变了。

站在办公室门口的库图佐夫的脸在一个短时间内一动不动。然后一道皱纹像波浪一样涌过他的脸，前额舒展开了；他恭敬地低下头，闭上眼睛，默默地请马克先进去，自己随手带上了门。

---

① 这是以奥地利女大公玛丽亚-特蕾西亚（一七一七至一七八〇年）命名的勋章。

先前流传的关于奥军被击败和全军在乌尔姆城下投降的消息，原来是确实的。半个小时后，副官们就奉命到各个方面去传达命令，说明至今尚在待命的俄国军队很快也将与敌军交火。

安德烈公爵是司令部里少有的几个非常关注战事总的进程的军官之一。他看到马克的那副模样和听说他遭到不幸的详细情况后，就知道战役已输了一半，明白了俄军的处境非常困难，清楚地想象出了等待俄军的是什么，他自己应当在其中起什么样的作用。当他想到过于自信的奥地利的受辱以及一周后他可能就会看到和参加在苏沃洛夫之后俄国人同法国人之间发生的第一次冲突，便情不自禁地感到激动和喜悦。但是他惧怕波拿巴的才能，觉得这种才能可能胜过俄国军队的勇敢，同时他又不希望自己心目中的英雄丢脸。

想着这些事，安德烈公爵非常激动和恼火，他前去自己的房间给父亲写信，每天他都要这样做。在走廊里他碰到了同房间的涅斯维茨基和爱开玩笑的热尔科夫；他们像平常一样，不知在笑什么。

"你怎么这样阴沉沉的？"涅斯维茨基发现安德烈公爵脸色苍白，只有一双眼睛闪闪发亮，便问道。

"没有什么可高兴的。"鲍尔康斯基回答。

在安德烈公爵碰到涅斯维茨基和热尔科夫时，从走廊的另一头朝他们迎面走来了在库图佐夫司令部里掌管俄军粮食供应的奥地利将军施特劳赫和那位御前军事会议成员，他们是昨天一起来的。走廊很宽，这两位将军完全能够自由通过，而不与三个军官相撞；但是热尔科夫用手推开涅斯维茨基，上气不接下气地说：

"有人来了！……有人来了！……闪开，让路！请让路！"

两位将军走过来了，从他们的样子来看，他们似乎想避免麻烦的礼节。在爱开玩笑的热尔科夫脸上突然露出了怎么也抑制不住的快乐的傻笑。

"阁下，"他走上前去用德语对一位奥地利将军说，"我谨向您表示祝贺。"

他低下头，像学跳舞的孩子一样，笨拙地时而并起这只脚，时而又并起那只脚。

那位担任御前军事会议成员的将军严厉地打量了他一下；但是他发现傻笑不是假装的，便不能不注意一下。他眯缝起了眼睛，做出在听的样子。

"谨向您表示祝贺，马克将军来了，他平安无事，只不过这里碰伤了一点。"他容光焕发地微笑着，指着自己的头补充说。

将军皱起了眉头，转过身去，继续往前走了。

"天啊，多么幼稚！"① 他走了几步，生气地说。

涅斯维茨基哈哈大笑，搂住安德烈公爵，但是安德烈公爵脸色变得更加苍白，带着狂怒的表情推开他，转向热尔科夫。马克的狼狈相和他战败的消息以及对俄军的前途的担心，使他神经受到很大刺激，现在他的怒火便冲着热尔科夫的不合适的玩笑一下子发泄了出来。

"阁下，"他尖声地说，下巴颏微微颤动着，"如果您想当一个**小丑**的话，那么我不会妨碍您这样做；然而我要告诉您，如果下

---

① 原文为德文。

一次您**胆敢**在我面前开这样的玩笑,我就要教训教训您,让您知道应该怎样做人。"

涅斯维茨基和热尔科夫觉得安德烈公爵行为乖张,非常惊讶,两人睁大眼睛,默默地望着他。

"怎么啦,我只不过祝贺而已。"热尔科夫说。

"我不是跟您开玩笑,请您住口!"鲍尔康斯基喊了一声,拉住涅斯维茨基的一只手,离开了不知如何回答的热尔科夫。

"您怎么啦,老兄。"涅斯维茨基说,劝他平静下来。

"什么怎么啦?"安德烈公爵激动地停住脚步说,"你要明白,我们要么是为沙皇和祖国服务的军官,为共同的胜利而高兴和为共同的失利而难过,要么是对主人们的事毫不关心的奴仆。四万人战死了,我们的盟军被消灭了,而这时您却认为可以开玩笑。这对一个像您结交的那位先生那样的庸俗渺小的顽童来说尚情有可原,可是对您来说就不能原谅了。**顽童们才会这样闹着玩。**"安德烈公爵用俄语加了一句,其中"顽童们"一词是用法国口音说的,因为他发现热尔科夫还能听到他的话。

他等了等,看那个少尉会有什么回答。但是少尉转过身,从走廊里出去了。

四

保罗格勒骠骑兵团驻扎在离布劳瑙两英里的地方。士官生尼古拉·罗斯托夫服役的连队则把营扎在德国村庄扎尔采涅克。连长杰尼索夫大尉是骑兵师里的有名人物，全师的人都叫他瓦西仁·杰尼索夫，他住的是村里最好的房子。士官生罗斯托夫自从在波兰赶上团队以来，一直同连长住在一起。

十月八日，在总部得悉马克战败的消息后变得紧张起来的那一天，连部照旧过着平静的行军生活。罗斯托夫去采办饲料，大清早才回来，这时玩了一夜牌的杰尼索夫还没有回家。穿着士官生制服的罗斯托夫催马来到了门口，用年轻人灵活的姿势收回一条腿，在马镫上站了一会儿，好像不愿意下马似的，最后跳了下来，喊了传令兵一声。

"啊，邦达连科，亲爱的朋友，"他对一个拼命朝他的马跑过来的骠骑兵说，"牵出去遛遛，朋友。"他用友爱和柔和的语气快活地说，善良的年轻人感到幸福时，对所有的人都这样说话。

"是，大人。"霍霍尔①快活地晃着脑袋说。

"注意，好好遛一遛！"

另一个骠骑兵也朝着马跑过来，但是邦达连科已接过了缰绳。显然，士官生给酒钱给得很大方，为他服务能得到好处。罗斯托夫抚摸了一下马的脖子，然后又摸了摸它的臀部，在门口站住了。

"很好！会成为一匹好马！"他自言自语说，随后微笑着，手扶着马刀，跑上了台阶，弄得马刺叮当响。德国房东身穿绒衣，头戴尖顶帽，手里拿着一把清厩肥的叉子，从牛棚里朝外看了一眼。他一看见罗斯托夫，立即就变得欢快起来。他快活地笑了笑，眨了眨眼睛。"早安！早安！"②他反复地说，显然觉得招呼这个年

---

① 霍霍尔是对乌克兰人的蔑称和谑称。
② 原文为德文。

轻人是一种乐趣。

"已经干活了!"①罗斯托夫说,他那兴奋的脸上一直带着快活的和友爱的微笑,"奥地利人万岁!俄罗斯人万岁!亚历山大皇帝万岁!"②他用德语对德国房东重复他自己已经常说的那几句话。

德国人笑了起来,从牛棚里走出来,摘下尖顶帽,把它举在头顶上挥了挥,喊叫起来:

"全人类万岁!"③

罗斯托夫也像德国人一样,在自己头顶挥了挥制帽,笑着用德语喊叫起来:"全人类万岁!"虽然无论对清扫牛棚的德国人还是带着一排人去采办干草的罗斯托夫来说,都没有值得特别高兴的任何理由,但是这两个人怀着幸福的心情和兄弟情谊相互端详了一下,晃晃脑袋以表示相互友爱,然后微笑着走开了——德国人去牛棚,而罗斯托夫则去他与杰尼索夫合住的房子。

"你的主人怎么样?"他问杰尼索夫的仆人拉夫鲁什卡,这是全团闻名的大滑头。

"昨天傍晚出去就没有回来。一定是输了。"拉夫鲁什卡回答道,"我知道,如果赢了,就很早回来吹牛,而如果到天亮还不回来,这就说明输光了——回来时气鼓鼓的。要咖啡吗?"

"好,来一杯吧。"

十分钟后拉夫鲁什卡端来了咖啡。

"来了!"他说,"现在要倒霉了。"

---

① 原文为德文。
② 同上。
③ 同上。

罗斯托夫往窗外看了一眼，看见杰尼索夫回来了。杰尼索夫个子很小，长着一张红脸，眼睛又黑又亮，黑胡子和黑头发乱蓬蓬的。他身上的骠骑兵披肩敞开着，显得肥大的马裤往下垂，打着褶，揉皱的骠骑兵帽歪戴在后脑勺上。他脸色阴沉，低下头，朝台阶走过来。

"拉夫鲁什卡！"他生气地大声喊道，"喂，帮我脱衣服，笨蛋！"

"我不是在帮你脱吗。"拉夫鲁什卡回答道。

"啊！你已经起床了。"杰尼索夫在进房间时说。

"早就起来了，"罗斯托夫说，"我已经去要了干草，看见了马蒂尔达小姐。"

"原来如此！我昨——晚——输——光——了，老——弟，简直像没出息的狗崽子一样！"杰尼索夫扯开嗓门说起来，他说话时颤音发不出来，"倒霉极了！倒霉极了！……你一走，我就开始输钱。喂，端茶来！"

杰尼索夫皱紧眉头，好像要笑一样，露出一排短而结实的牙齿，开始两手用短短的指头抓挠像树林一样蓬松而浓密的黑头发。

"鬼知道我为什么要去找这个大耗子（一个军官的外号）。"他用双手搓着前额和脸说，"你想想，他连一张牌，一张好牌也不给我。"

杰尼索夫接过递给他的点着了的烟斗，紧握在手里，在地板上敲着，弄得火星四溅，继续喊道：

"他见下单注就让，见加倍下注就吃；见下单注就让，见加倍下注就吃。"

他敲得火星四溅，敲破了烟斗，把它扔了。然后沉默了一会儿，突然用闪闪发亮的黑眼睛快活地看了罗斯托夫一眼。

"要是有女人就好了。不然除了喝酒之外，无事可做。最好快点打起来……"

"喂，谁在那里？"他听见有人穿着厚靴子、马刺发出叮当声，走到门口站住了，听见从那里传来小心地清嗓子的声音，便朝那里喊道。

"是司务长！"拉夫鲁什卡说。

杰尼索夫眉头皱得更紧了。

"糟了，"他把装着几个金币的钱包扔过来说，"罗斯托夫，亲爱的，你数一数，还剩多少，然后把它塞在枕头底下。"他说完，就出去见司务长了。

罗斯托夫拿起钱包，机械地把其中的新旧金币分成两小堆，开始数起来。

"啊，捷利亚宁！你好！昨晚我输得精光。"从另一个房间里传来杰尼索夫说话的声音。

"在谁那里？在贝科夫，在大耗子那里？……我早就知道。"这时又有另一个人用尖细的声音说，话音刚落，同连的一个矮小的军官捷利亚宁中尉走进了房间。

罗斯托夫马上把钱包扔到枕头底下，握了握朝他伸过来的汗湿的小手。捷利亚宁是在出征前由于某种原因从近卫军调来的。他在团里表现很好；但是人们都不喜欢他，尤其是罗斯托夫，他既无法克制，也无法掩饰对这个军官的无缘无故的厌恶。

"怎么样，年轻的骑兵，我的小白嘴鸦怎么样？"他问。（小白嘴鸦是捷利亚宁卖给罗斯托夫的一匹尚在调教的小马。)

中尉在同别人说话时从来不看对方的眼睛;他的目光总是不停地从一件东西移到另一件东西上。

"我看见您今天骑过了……"

"不错,是一匹好马。"罗斯托夫回答道,虽然这匹用七百卢布买的马不值这个价钱的一半,"左前腿开始有点瘸……"他加了一句。

"蹄子裂了!这不要紧。我教会您,做给您看,给它钉一个马掌就行。"

"好的,请您指教。"罗斯托夫说。

"我一定教给您,这不是什么秘密。您会为这匹马感谢我的。"

"那么我就叫他们把马牵来。"罗斯托夫想要摆脱捷利亚宁,便这样说,他出了房间,去吩咐牵马了。

在门廊里,杰尼索夫手里拿着烟斗,身体蜷缩着,坐在门槛上,面对着正在向他报告什么事的司务长。他看见罗斯托夫,皱起了眉头,用大拇指朝背后指指捷利亚宁待的房间,满面愁容,身体厌恶地哆嗦了一下。

"唉,我不喜欢这家伙。"他不管司务长在场不在场,随口说道。

罗斯托夫耸了耸肩,好像是说:"我也一样,但这有什么办法呢!"他吩咐完后,回到捷利亚宁那里去了。

捷利亚宁仍然像罗斯托夫出去时那样,懒洋洋地坐着,搓着他的那双白净的小手。

"居然会有这样令人讨厌的人。"罗斯托夫在进房间时想道。

"怎么,您吩咐叫人牵马来了吗?"捷利亚宁站起来,漫不经心环视着四周说。

"吩咐了。"

"那么我俩走吧。不过我本来只是来问杰尼索夫昨天的命令的。接到命令了吗,杰尼索夫?"

"还没有。您要上哪里去?"

"我想教会这个年轻人如何钉马掌。"捷利亚宁说。

他们出了门,往马厩走。捷利亚宁讲了讲如何钉马掌,就回到自己那里去了。

当罗斯托夫回来时,他看见桌子上放着一瓶伏特加和灌肠。杰尼索夫坐在桌子前面,在纸上沙沙地写着。他用忧郁的目光看了看罗斯托夫的脸。

"我给她写信。"他说。

他用胳膊肘支着桌子,手里拿着笔,显然为有机会尽快把他想写的话说出来而高兴,便对罗斯托夫叙说了信的内容。

"你看见了吧,朋友,"他说,"当我们不恋爱时,我们处于麻木状态。我们如同尘土……而当你一旦恋爱了,那么你就是神,你就像创世第一日那么纯洁……这又是谁?轰他走。没有时间。"他对毫不畏惧地走到他跟前来的拉夫鲁什卡喊道。

"还能是谁呢?您自己吩咐的。司务长要钱来了。"

杰尼索夫皱起了眉头,想要大声喊叫,但是住口了。

"事情很糟糕。"他低声说。"钱包里还有多少钱?"他问罗斯托夫。

"七枚新币和三枚旧币。"

"唉,真糟糕!你干吗像稻草人似的站着,把司务长打发走！"杰尼索夫对拉夫鲁什卡喊道。

"杰尼索夫，你把我的钱拿去用吧，我有钱。"罗斯托夫红着脸说。

"我不喜欢向自己人借钱，不喜欢。"杰尼索夫嘟囔说。

"如果你不把我当作朋友看待，不要我的钱，我会不高兴的。真的，我有钱。"罗斯托夫说。

"不，不要。"

说着杰尼索夫走到床边去拿枕头底下的钱包。

"你放到哪里去了，罗斯托夫？"

"放在下面的枕头底下。"

"可是没有。"

杰尼索夫把两个枕头都扔到地上。没有发现钱包。

"真是怪事！"

"等一等，你没有找到吧？"罗斯托夫说，把枕头一个一个拿起来抖搂着。

他掀起被子，抖了抖。还是不见钱包。

"会不会是我忘了？不，我当时还这样想过，你总是把它当作宝贝似的放在头底下。"罗斯托夫说。"我就把钱包放在这里。它到哪里去了呢？"他对拉夫鲁什卡说。

"我没有进来过。放在哪里，就应该在哪里。"

"可是那里没有。"

"您总是随便一扔，就忘掉了。瞧瞧您的口袋。"

"不会，要是我当时没有想过像宝贝那样，也许会忘了，"罗斯托夫说，"我明明记得我放了钱包。"

拉夫鲁什卡把整个床铺翻了一遍，看了看床底下和桌子底下，找遍了整个房间，然后在房间中央站住了。杰尼索夫默默地注视着拉夫鲁什卡的动作，而当拉夫鲁什卡惊讶地两手一摊，说什么地方也没有时，他回头瞧了瞧罗斯托夫。

"罗斯托夫，你不要像孩子似的闹着玩……"

罗斯托夫感觉到了杰尼索夫投到他身上的目光，他抬起眼睛，立刻又垂了下来。原来在喉咙以下部位的血液这时一下子涌上了脸和眼睛。他喘不过气来了。

"房间里除了中尉和您本人，任何人都没有来过。一定在这里的什么地方。"拉夫鲁什卡说。

"你这个鬼东西，快给我找去。"杰尼索夫突然喊叫起来，他脸涨得通红，摆出威胁的姿势朝仆人扑过去，"一定要找到，不然就要揍你。所有的人都得挨揍！"

罗斯托夫的眼睛不看杰尼索夫，他开始扣上衣的扣子，然后佩上马刀，戴上了帽子。

"我对你说，一定得把钱包找到。"杰尼索夫嚷嚷着，抓住勤务兵的肩膀摇晃着，把他往墙上撞。

"杰尼索夫，放开他；我知道是谁拿的。"罗斯托夫走到门口眼睛也不抬地说。

杰尼索夫停住了，想了想，显然明白了罗斯托夫指的是谁，抓住他的一只手。

"胡说！"他喊叫起来，脖子上和前额上的青筋像绳子般暴露了出来，"我对你说，你发疯了，我不允许这样做。钱包就在这里；我剥掉这个坏蛋的皮，钱包就找到了。"

"我知道是谁拿的。"罗斯托夫用颤抖的声音又说了一遍,朝门口走去。

"我对你说,不许这样做。"杰尼索夫大声喊道,他朝罗斯托夫扑过去,想拦住他。

但是罗斯托夫挣脱了手,恶狠狠地紧紧盯住杰尼索夫,好像杰尼索夫是他的头号敌人。

"你知道你在说什么吗?"他用颤抖的声音说,"除了我之外,房间里谁也没有来过。这么说来,如果不是他,那就……"

他说不下去了,没有把话说完就跑出了房间。

"唉,见你的鬼去吧,你们都给我见鬼去。"这是罗斯托夫听到的最后的话。

罗斯托夫来到捷利亚宁的住处。

"老爷不在家,到司令部去了。"捷利亚宁的勤务兵对他说。"发生了什么事?"勤务兵看到罗斯托夫脸色很难看,惊奇地加了一句。

"不,没有什么。"

"您来晚了一步,他刚走。"勤务兵说。

司令部在离扎尔采涅克三俄里的地方。罗斯托夫没有回家,他要了一匹马,骑马到司令部去了。在司令部所在的村子里有一个军官经常光顾的小酒馆。罗斯托夫来到这个酒馆;他看见门口拴着捷利亚宁的马。

捷利亚宁中尉在小酒馆的第二个房间里,他面前放着一盘小灌肠和一瓶葡萄酒。

"啊,您也来了,年轻人。"他微笑着,高高扬起眉毛说。

"是的。"罗斯托夫回答,他说出这两个字好像费了很大的劲儿似的,说完就在邻近的桌旁坐下。

两人都沉默着;房间里有两个德国人和一个俄国军官。大家都没有说话,只听见刀子碰盘子和中尉吃东西时吧嗒嘴的声音。捷利亚宁用完早餐后,从口袋里掏出一个双层的钱包,用向上翘起的白净的小手指拉开钱包,取出一枚金币,扬起眉毛,把钱交给侍者。

"请快一点。"他说。

这枚金币是新的。罗斯托夫站起身来,走到捷利亚宁面前。

"请让我看一看您的钱包。"他用低得勉强才能听见的声音说。

捷利亚宁的眼睛很快地转动着,眉毛仍然向上扬起,他把钱包递了过来。

"是的,钱包很不错……是的……是的……"他说,突然脸色变得煞白。"您看吧,年轻人。"他加了一句。

罗斯托夫拿过钱包看了看,又看了看里面装的钱,看了看捷利亚宁。中尉习惯性地朝四周张望了一下,好像突然变得快活起来似的。

"假如去维也纳,我想是会把钱都花在那里的,而在这样糟糕的小城市里,有钱都没处花。"他说,"好吧,年轻人,把钱包给我,我要走了。"

罗斯托夫没有说话。

"您怎么?也要吃早饭?饭菜不坏。"捷利亚宁接着说,"把它给我。"

他伸出手去拿钱包。罗斯托夫松开了手。捷利亚宁拿了钱包后，想把它放进马裤的裤兜里，仍然漫不经心地扬起眉毛，微微张开嘴，好像在说："是的，是的，我是在把自己的钱包放进裤兜里，这事很简单，跟谁都不相干。"

"怎么啦，年轻人？"他叹了一口气，从稍稍扬起的眉毛底下看了看罗斯托夫的眼睛。突然一道光从捷利亚宁的眼睛里射出来，以闪电的速度传到罗斯托夫的眼睛里，然后又折回来，这样几次射过去又折回来，这一切都是在一瞬间发生的。

"请您过来。"罗斯托夫抓住捷利亚宁的一只手说，他几乎把他拉到了窗口。"这是杰尼索夫的钱，您把它拿了……"他在他耳朵上方低声说。

"什么？……什么？……您怎么敢这么说？什么？……"捷利亚宁说。

但是这些话听起来像是痛苦绝望的叫喊和求饶。罗斯托夫一听见这声音，他心里的疑团就像一块大石头一样落了地。他感到高兴，同时他又可怜起站在他面前的这个倒霉的人来；但是事情既然已开了头，就应该把它做到底。

"这里人们听见了天知道会想些什么，"捷利亚宁嘟囔说，他抓起帽子，朝一个很大的空房间里走去，"应当解释一下……"

"我知道是怎么回事，我将加以证明。"罗斯托夫说。

"我……"

捷利亚宁惊恐和苍白的脸上的每一块肌肉都颤动起来；眼睛仍然很快转动着，但是朝着下面，已不敢抬起来看罗斯托夫，这时可听到他的呜咽声。

"伯爵！……别毁了……一个年轻人……这就是那些倒霉

的……钱，您拿去吧……"他把钱扔到桌子上，"我家里还有老父和母亲……"

罗斯托夫避开捷利亚宁的目光，拿了钱，一言不发，就往外走。但是他在门口停住了脚步，又转回来。

"我的上帝，"他含着眼泪说，"您怎么会这样做？"

"伯爵。"捷利亚宁说着朝罗斯托夫走过来。

"别碰我，"罗斯托夫躲开他说，"如果您缺钱花，就把这钱拿去吧。"他把钱包扔给他，跑出了小酒馆。

五

这一天晚上，骑兵连的军官在杰尼索夫住处进行了一场热烈的谈话。

"我对您说，罗斯托夫，您应当向团长道歉。"一个身材很高、满头花白头发、长着一把大胡子、宽阔的脸上布满皱纹的骑兵上尉对激动得满脸通红的罗斯托夫说。

这个骑兵上尉叫基尔斯滕，他两次因决斗降为士兵，又两次复了职。

"我决不允许任何人说我撒谎！"罗斯托夫大声说道，"他说我撒谎，我也说他撒谎。这件事就让它这样吧。他可以每天派我去值班，可以关我的禁闭，可是谁也不能强迫我向他道歉，因为如果他作为团长认为同意和我决斗有失身份的话，那么……"

"您别忙，老弟；您听我说，"骑兵上尉用低沉的声音打断他的话，不慌不忙地捋着他的长胡子，"您当着别的军官的面对团长说有一个军官偷了钱……"

"当着别的军官的面谈起这件事，并不是我的过错。也许不该在他们面前说，可是我又不是外交官。我之所以来当骠骑兵，是因为我认为这里不需要这么多讲究，而他却说我撒谎……那就让他同意和我决斗好了……"

"这都很好，谁也不会认为您是胆小鬼，而且问题不在于此。您问问杰尼索夫，一个士官生要求团长同意决斗，这像什么？"

杰尼索夫咬着胡子，脸色阴沉地听着，显然不想参加谈话。对骑兵上尉提的问题他摇摇头表示否定。

"您当着军官们的面说这件令人厌恶的事。"骑兵上尉接着说，"波格丹内奇（团长叫波格丹内奇①）阻止了您。"

"不是阻止，而是说我撒谎。"

"不错，可是您也对他说了蠢话，这就应当道歉。"

"这说什么也不行！"

"想不到您会这样，"骑兵上尉板着脸严肃地说，"您不愿意道歉，可是老弟，您不仅对不起他，而且对不起全团，对不起我们大家。这就是说：本来您该好好想一想，商量商量这事该怎么办，可是您当着军官们的面一下子捅了出来。那么团长该怎么办呢？把那个军官送交法庭审判，败坏全团的名声？为了一个坏蛋丢全团的脸？您认为就该这么办？而我们认为不应该这样。波格丹内奇做得对，他说您撒谎。这听起来不舒服，老弟，但是有什么办

---

① 即第一部提到过的舒伯特，他的全名是卡尔·波格丹诺维奇·舒伯特。

法呢，是您自己找的。现在大家要把这件事暗中了结，您出于自尊心不愿意道歉，反而要全说出来。让您值一会儿班，您就觉得委屈，要您向一位正直的老军官道歉就更不用说了！不管怎么样，波格丹内奇是一位正直而勇敢的老团长，可是您觉得委屈；而败坏全团的名声，您却满不在乎！"骑兵上尉的声音开始颤抖起来，"您在团里才不过几天；今天在这里，明天就可能调到别处去当副官；别人说'保罗格勒团的军官里有小偷'您听了无所谓。可是我们并不无所谓。是这样吗，杰尼索夫？不是无所谓的吧？"

杰尼索夫一直沉默不言，也没有动一动，有时用他那双闪闪发亮的黑眼睛看看罗斯托夫。

"您有自尊心，不愿意道歉，"骑兵上尉继续说，"而我们这些老人是在团里成长起来的，也许按照天意将死在团里，因此我们珍视团的荣誉，波格丹内奇懂得这一点。噢，老弟，这荣誉是多么的宝贵！您这样不好，不好！不管您生气不生气，我总是爱说大实话。不好！"

骑兵上尉站了起来，转过身去，不看罗斯托夫。

"他妈的，说得对极了！"杰尼索夫跳起来喊道，"怎么样，罗斯托夫，你说呀！"

罗斯托夫的脸一阵红一阵白，他看看这个军官，又看看那个军官。

"不，诸位，不……你们不要以为……我非常明白，你们这样想我是没有根据的……我……对我来说……我赞成维护团的声誉……什么？我将用行动来证明这一点，对我来说团旗的荣誉……不管怎么样，我确实错了！……"他噙着眼泪说，"我错了，完全错了！……你们还要怎么样呢？……"

"这就对了，伯爵。"骑兵上尉转过身来，用一只大手拍着他的肩膀大声说道。

"我对你说，"杰尼索夫喊道，"他是一个好小伙子。"

"这样就好了，伯爵。"骑兵上尉又说了一次，好像因为他认了错才用他的封号称呼他，"您去认个错，伯爵大人。"

"诸位，一切我都照办，任何人都不会再听到我说一个字，"罗斯托夫用恳求的声音说，"但是我不能去道歉，不管你们怎样认为，我真的不能去！我怎么能像一个小孩子那样去道歉，请求宽恕呢？"

杰尼索夫笑了起来。

"这样对您更糟。波格丹内奇爱记仇，您这样固执是会受到惩罚的。"基尔斯滕说。

"真的，不是固执！我对你们说不清这是一种什么样的感情，说不清……"

"好吧，那就随您的便吧。"骑兵上尉说。"那个坏蛋躲到哪里去了？"他问杰尼索夫。

"他说自己有病。明天就下令开除他。"杰尼索夫说。

"只能说有病，不然就无法解释。"骑兵上尉说。

"不管有病没有病，可别让我碰见——要不我就杀了他！"杰尼索夫杀气腾腾地说。

这时热尔科夫进来了。

"你怎么样？"军官们突然都朝他转过脸来，问道。

"要打仗了，诸位。马克被俘，并带着全军投降了。"

"瞎说!"

"我亲眼看见的。"

"怎么?你看见活着的马克了?手脚都齐全的?"

"要打仗了!要打仗了!他带来这个消息,奖给他一瓶酒。你怎么来到这里的?"

"又把我派到团里来,就因为马克那鬼东西。奥地利将军告了一状。因为我向他祝贺马克的到来……你怎么啦,罗斯托夫,好像从澡堂里出来一样?"

"我们这里,老弟,从昨天起就这样乱糟糟的。"

团部的副官来了,他证实了热尔科夫带来的消息。命令部队明天出发。

"要打仗了,诸位!"

"谢天谢地,我们可是等得有点腻烦了。"

六

库图佐夫向维也纳撤退,一路上破坏身后因河(在布劳瑙)上和特劳恩河(在林茨)上的桥梁。十月二十三日,俄国军队过了恩斯河。当天中午,俄军辎重队、炮队和士兵的队伍从桥的两边通过恩斯城。

这是秋天的一个温暖多雨的日子。从远处看,掩护大桥的俄军炮队所在的高地前面是一片宽阔的原野,它时而突然被斜风细雨构成的一道薄薄的雨幕遮住,时而向四周扩展,在阳光下,远处的景物好像涂了一层漆一样，变得清晰可辨。可以看见脚下的小城和城里白色的房子和红色的屋顶，看见那里的教堂和大桥，在桥的两边集合了一队队俄军士兵，他们正在川流不息地前进。可以看见多瑙河拐弯处的船只，还有一个小岛和一个带公园的城堡，这城堡为恩斯河汇入多瑙河处的河水所环绕；可以看见多瑙河陡峭的左岸，那里被松林所覆盖，远处绿色的树梢和浅蓝色的峡谷显得有些神秘。可以看见从那座似乎人迹未到的原始松林里露出来的修道院的塔楼；在前方很远的山上，在恩斯河的对岸，还可以看到敌军的骑兵侦察队。

在高地的大炮中间，一个指挥后卫部队的将军和一个随从军官，站在前面用望远镜察看地形。在靠后一些的地方，总司令派到后卫部队来的涅斯维茨基坐在大炮的炮架尾上。跟随涅斯维茨基的哥萨克把行囊和军用水壶递过来，于是涅斯维茨基便请军官们吃小馅儿饼，喝真正的茴香甜酒。军官们高高兴兴地围着他，有的跪着，有的盘腿坐在湿漉漉的草地上。

"是的，这个奥地利公爵不是傻瓜，他把城堡修在这里。好地方。诸位，你们为什么不吃？"

"多谢，公爵。"一个军官回答道，他觉得跟司令部的重要官员谈话很荣幸，"是一个好地方。我们从公园旁边经过，看见了两头鹿，而房子又是多么的漂亮！"

"您看，公爵，"另一个军官说，他很想再拿一个馅儿饼，但是觉得不好意思，因此假装在看地形，"您看，我们的步兵已经到了那里。瞧那里，在村子后面的小草地上，三个人在拖着什么东西。他们会把这座宫殿般的房子里的东西全拿光的。"他用明显的赞同语气说。

"是啊，是啊。"涅斯维茨基说。"我有一个愿望，"他又补充说，这时他那好看的嘴里正在吃馅儿饼，嚼得满嘴流油，"这就是想办法到那里去。"

他指着山上隐约可见的带塔楼的修道院。接着微微一笑，他的眼睛眯了起来，闪现出愉快的光芒。

"能上去有多好，诸位！"

军官们都笑了起来。

"哪怕吓唬吓唬那些修女也好。听说，还有非常年轻的意大利女人呢。说实话，我愿意为此少活五年！"

"她们也怪寂寞的。"一个大胆一些的军官笑着说。

这时站在前面的随从军官把什么东西指给将军看；将军用望远镜观察着。

"正是这样，正是这样，"将军放下望远镜耸耸肩膀，生气地说，"正是这样，敌人要炮击渡口了。他们还在那里磨蹭什么？"

在河对岸，肉眼就可以看见那里的敌军和敌军的炮位，炮位上升起了乳白色的烟雾。随着烟雾从远处传来了一声炮响，可以看到渡口我军忙乱起来。

涅斯维茨基呼哧呼哧喘着气，站起身来，微笑着走到将军面前。

"大人要不要吃点东西？"他问。

"事情不妙，"将军说，没有回答他的话，"我们的行动太迟缓了。"

"我要不要去一趟，大人？"涅斯维茨基说。

"好的，您去吧，"将军说，又把已发出的命令详细说了一遍，"告诉骠骑兵们，要他们按照我的命令最后过河，把桥烧掉，还要他们再把桥上的引火材料再检查一遍。"

"很好。"涅斯维茨基说。

他叫哥萨克把马牵过来,吩咐他收拾好行囊和军用水壶,然后沉重的身体轻轻地一跃,翻身上马,坐到了马鞍上。

"我真的要到修女们那里去。"他对含笑望着他的军官们说,说完便催马沿着曲折的小路下山去了。

"喂,大尉,能打多远就打多远,打他一炮!"将军对一个炮兵军官说,"给大家解解闷。"

"炮手各就各位!"军官命令道,炮手们立刻高高兴兴地从篝火旁跑过来装炮弹。

"一号,放!"军官发出了命令。

一炮手迅速跳开。大炮发出震耳欲聋的金属声,一发炮弹呼啸着从山下我们的人头顶上飞过,远没有飞到敌军那里便落地了,冒出一股浓烟,爆炸了。

士兵和军官们听到爆炸声,都高兴起来;大家一齐站起来观看山下我军的行动和前面正在逐渐逼近的敌军的行动,一切都了如指掌。这时太阳已完全从乌云里露出来,于是这一炮的悦耳的声音和灿烂的阳光汇合在一起,使人感到精神振奋,心情愉快。

七

大桥的上空已有敌人的两颗炮弹飞过,桥上拥挤不堪。涅斯维茨基公爵下马后,在桥中央站着,肥胖的身体紧靠着栏杆。他笑着回头看着他的随从，此时这个哥萨克正牵着两匹马站在后面离他几步远的地方。涅斯维茨基公爵刚想往前走，士兵们和辎重车又朝他拥过来，把他挤到栏杆边，他没有别的办法，只好无可奈何地笑笑。

"你也真是，老弟！"哥萨克对一个赶车的辎重兵说，看见他正朝聚集在车轮和马匹旁的步兵硬压过来，"你也真是！不能等一会儿吗，你瞧，将军要过桥去。"

但是辎重兵没有理会有人提起将军要过桥，朝挡住他的路的士兵们喊道：

"喂！老乡们！向左靠，等一下！"

但是这些老乡们肩膀挨着肩膀，刺刀碰着刺刀，挤成一团，不停地从桥上往前走。涅斯维茨基朝栏杆外瞧了瞧，看见下面恩斯河上湍急喧闹但浪头不高的波浪到桥桩附近时汇合起来，泛起粼粼波光，然后绕过桥桩，你追我赶地奔腾前进。他瞧了瞧桥上，看见全由士兵汇成的活的波浪，看见他们帽子上的带饰，头上戴的套着布套的高筒帽，身上背的背囊、刺刀和长枪，看见高筒帽底下颧骨很宽、双颊下陷和带着冷漠疲惫表情的面孔，还有踏着被带到桥板上的黏稠污泥的脚。有时在全由士兵汇成的波浪之间，好像恩斯河中波浪溅起的白沫一样，挤过一个披着斗篷、面孔与士兵有所不同的军官；有时像在河里水面上打转的木片一样，一个步行的骠骑兵、勤务兵或居民被步兵的波浪卷着走；有时像河中漂动的一根圆木一样，一辆连里的或军官的大车，装得满满的，上面盖着皮子，在人们的簇拥下，从桥上慢慢驶过。

"瞧，像河堤决了口似的。"哥萨克不抱任何希望地站住说，

"那边你们的人还很多吗?"

"差不多有一百万!"一个在近旁经过的身穿破大衣的快乐的士兵挤挤眼说,说完就不见了;在他后面过去的是另一个上了年纪的士兵。

"**他**(指敌人)眼看就要朝桥上轰了,"这个上年纪的士兵脸色阴沉地对他的同伴说,"到时候你就忘记挠痒痒了。"

这个士兵也过去了。在他后面另一个士兵坐在大车上。

"喂,鬼东西,你把包脚布塞到哪里去了?"勤务兵一面说,一面跟着大车跑,在大车后部摸索着。

这个人也随着大车过去了。

在这之后过来了一些显然是喝了酒的快乐的士兵。

"听我说,老兄,他就抡起枪托朝他的牙齿来了一下子……"一个把大衣掖得高高的、使劲摆动着一只手的士兵高兴地说。

"是呀,这可是好吃的火腿。"另一个士兵大笑着说。

他们也过去了,因此涅斯维茨基没有弄清谁的牙齿挨了枪托,火腿指的又是什么。

"瞧那个慌张的样子!**他**放了一炮,就以为都要被打死了。"一个军士生气地责备说。

"那东西从我身边飞过,大叔,我说的是炮弹,"一个嘴巴很大的年轻士兵勉强忍住笑说,"我就那么吓呆了。真的,把我吓坏了,真要命!"这个士兵接着说,好像在夸耀自己吓坏了似的。

这个士兵也过去了。在他后面来了一辆大车,这辆车与在这之前过去的所有大车都不一样。这是一辆双套德国大车,它好像要把整个家都搬走似的;一个德国人在前面牵着马,大车后面拴着一头满身花斑、乳房肥大的好看的奶牛。车上的羽毛褥子上坐着一个抱着吃奶婴孩的女人、一个老太婆以及一个面色红润和体魄健壮的年轻德国姑娘。显然，这些逃难的居民是获得特别许可才过桥的。士兵们的目光都转移到妇女们的身上，在大车一步一步通过时，士兵们谈话的内容都与这两个女人有关。所有的人由于对这个年轻女人有淫秽念头，脸上几乎都露出色情的微笑。

"你瞧，德国佬也逃难了！"

"把女人卖了吧！"另一个士兵对德国人说，把"女人"二字说得特别重，而那德国人又气又怕，他垂下眼皮，大踏步走着。

"打扮得真漂亮！鬼东西！"

"你最好住到她们家里去，费多托夫！"

"见得多了，老弟！"

"你们上哪里去？"一个吃着苹果的步兵军官问道，他也似笑非笑地看着漂亮的姑娘。

德国人闭上了眼睛，表示他听不懂。

"你要，就拿去吧。"军官递给姑娘一个苹果说。

姑娘笑了笑，拿了苹果。涅斯维茨基像桥上所有的人一样，目不转睛地看着女人们，直到她们过去为止。她们过去后，又是同样的士兵和同样的谈话，最后大家都停住了。像常有的那样，到桥头时，套在连队大车上的马不肯向前走了，于是整个人群只好等着。

"怎么停住了？一点秩序也没有！"士兵们说，"你往哪儿挤？鬼东西！不能等一等吗？他要是炮轰大桥，那就更糟了。你瞧，就连一个军官也被挤得动不了了。"从四面八方传来停下来的人的说话声，他们你看看我，我看看你，仍然往桥头挤。

涅斯维茨基朝桥下恩斯河的水面上看了一眼，突然听到一种他没有听见过的声音，这声音是一个迅速靠近……然后扑通一声掉进河里的大东西发出来的。

"你瞧，打到哪里去了！"站在近旁的一个士兵回头望着发出声音的地方，厉声地说。

"这是给我们鼓劲的，要我们快点过桥。"另一个士兵不安地说。

人群又开始动了。涅斯维茨基知道这是一颗炮弹。

"喂，哥萨克，把马牵过来！"他说，"喂，弟兄们，闪开，闪开！给我让路！"

他费了好大劲儿才挤到马跟前。他不停地喊叫着，开始往前走。士兵挤了挤，给他让路，但是又朝他挤回来，挤痛了他的一条腿，但这不能怪离他最近的人，因为他们被挤得更厉害。

"涅斯维茨基！涅斯维茨基！你这个丑八怪！"这时听到背后有人哑着嗓子在喊。

涅斯维茨基回头一看，在十五步以外的地方看见了满面通红、头发乌黑蓬乱、军帽歪到后脑勺、肩上威风凛凛地披着披肩的瓦西卡·杰尼索夫，他们之间隔着一大群正在向前移动的步兵。

"你叫这些鬼东西，这些魔鬼们让路！"杰尼索夫喊道，显然他发火了，他的眼睛发红，像黑炭般乌黑的眼珠闪闪发亮，不停地转动着，像脸一样红的不戴手套的小手里拿着没有出鞘的马刀，不停地挥舞着。

"哎，瓦夏①！"涅斯维茨基高兴地回答道，"你怎么啦？"

"骑兵连无法通过！"瓦西卡·杰尼索夫喊道，他凶狠地露出雪白的牙齿，刺了一下胯下漂亮的黑马贝都因，这匹马碰到刺刀，耳朵微微摆动起来，打着响鼻，嘴里白沫四溅，弄得铃铛叮当叮当作响，马蹄敲打着桥板，看来只要骑者允许，它随时准备从桥的栏杆上跳出去。

"这是怎么啦？像一群绵羊！完完全全像一群绵羊！滚开……让路！……停住！那辆马车，鬼东西！我用马刀砍了你！"他喊道，真的拔出马刀，挥舞起来。

士兵们带着惊恐的表情相互挤了挤，于是杰尼索夫与涅斯维茨基会合了。

"你今天怎么没有喝醉酒？"涅斯维茨基到了杰尼索夫跟前时说。

"连喝酒的时间都不给！"瓦西卡·杰尼索夫回答道，"在一整天里，把我们团一会儿拉到这里，一会儿又拉到那里。要打仗就要像打仗的样子。不然鬼知道这是怎么回事！"

"你今天打扮得好漂亮！"涅斯维茨基端详着他的新披肩和新鞍垫说。

杰尼索夫微微一笑，他从皮囊里掏出一块洒着香水的手绢，送到涅斯维茨基的鼻子底下。

"不能邋邋遢遢，我这是干正事去！刮了脸，刷了牙，洒了香水。"

---

① 瓦夏和瓦西卡均为杰尼索夫的名字瓦西里的昵称。

带着哥萨克随从的涅斯维茨基的那副威严的样子和挥舞马刀、拼命叫喊的杰尼索夫不顾一切的神气起了作用，他们得以挤到桥的另一边，叫步兵停下来。涅斯维茨基在桥头找到了团长，因为需要向他传达命令，完成这个任务后，他便往回走。

杰尼索夫打开通路后，在上桥的地方站住。他漫不经心地勒住胯下的挣扎着要到别的马那里去、踢着腿的公马，望着朝他迎面过来的连队。桥板上响起了清脆的马蹄声，好像有几匹马奔驰过去一样，骑兵连由军官带领着，四人一行在桥上拉开，前面的人已到桥的那一边。

被挡住的步兵聚集在桥边被踩得稀烂的污泥里，他们抱着冷漠和嘲笑的特别不友好的态度，看着从他们旁边列队走过的整洁漂亮的骠骑兵，通常不同兵种遇见时往往就是这样。

"小伙子们打扮得倒很漂亮！只适合去参加波德诺文斯科耶① 游艺会！"

"他们有什么用！只能拿出来做做样子！"另一个士兵说。

"步兵，不要扬土！"一个骠骑兵开玩笑说，他的马蹦了一下，溅了步兵一身泥浆。

"该让你背着背囊连续行两次军，把你的带子全磨坏。"这个步兵一面用袖子擦掉脸上的泥浆，一面说，"那时你就不像一个人，而像一只落在马背上的鸟！"

"济金，真该让你骑上马，你就会成为一个好骑手的。"上等兵看见一个瘦瘦的士兵被背囊压弯了腰，便这样取笑他。

---

① 这是莫斯科的一处空地，过去常在这里举行节日游艺会。

"在两腿之间夹一根小木棍,这就是你的马。"一个骠骑兵马上接过话茬说。

八

其余的步兵匆匆忙忙地过桥,人流在桥头挤成漏斗的形状。所有的马车终于过去了,变得不大拥挤了,这时最后的一个营上了桥。只有杰尼索夫骑兵连的骠骑兵留在桥的这一边阻击敌人。从对面山上可以遥遥望见的敌人,在下面桥上还看不见,因为地平线从河流经过的洼地延伸到对面不超过半俄里处的一个高地就中断了。前面是一片荒地,那里有我们的几个哥萨克骑兵侦察小分队在活动。突然在对面道路的高处出现了穿着蓝色外套的军人和炮兵。这是法国人。哥萨克侦察兵骑着马迅速下了山。杰尼索夫连的官兵们虽然竭力想说些不相干的事,眼睛朝两边张望着,但是他们心里一直想着那边山上的情况,不断地看着地平线上出现的斑点,他们认为那就是敌人的军队。午后天气又放晴了,明亮的太阳悬挂在多瑙河和它周围阴暗的群山的上空。四处静悄悄的,从那座山上不时传来敌人的号角声和叫喊声。在骑兵连和敌人之间,除了侦察小分队外,已没有任何人了。分隔着他们和敌人的,是一片大约三百俄丈①的空地。敌人停止了射击,这就更加清楚地感觉到了敌我两军之间的严格的、可怕的、不可逾越的和

---

① 一俄丈合二点一三四米。

捉摸不定的界线。

"越过这条像是生死线的界线一步,就是未知数,就是痛苦和死亡。在那里,在这片田野、这棵树、这个阳光照耀的屋顶的那一边是什么?有什么人?谁也不知道,也不想知道;迈过这条界线很可怕,可是又想迈过它;并且知道迟早得迈过它,弄清在界线的那一边是什么,正如不可避免地要弄清死亡的后面是什么一样。而自己是那么身强力壮,快活激动,周围又有同样健壮和激动兴奋的人。"每个看得见敌人的人,即使不这样想,也会有这样的感觉,这种感觉使得这时发生的一切能给人留下特别清晰的和令人高兴的鲜明印象。

在敌军附近的山丘上出现了一股硝烟,一颗炮弹呼啸着从骠骑兵团的头上飞过。聚在一起的军官们分散到各自的位置。骠骑兵们竭力要把马匹排齐。连里变得鸦雀无声。大家不时看看前面的敌人和看看连长,等待着命令。又飞过了第二发、第三发炮弹。显然是在炮击骠骑兵;但是炮弹发出均匀和急促的呼啸声飞过了骠骑兵的头顶,落在后面的什么地方。骠骑兵们没有回头看,但是一听见每颗飞过去的炮弹的呼啸声,全连好像听到口令一样,在炮弹飞过时脸上都带着相同而又各异的表情,屏住了呼吸,在马镫上抬起身子,然后又坐下来。士兵们头也不回地相互斜视着,好奇地观察同伴的反应。每一个人,从杰尼索夫到号手,嘴边和下巴颏上都出现激动和焦躁之间的斗争的共同表情。司务长脸色阴沉,他打量着士兵们,好像要惩罚什么人似的。士官生米罗诺夫在每颗炮弹飞过时都弯下腰。罗斯托夫在左翼,他骑着腿有点毛病但不失为良马的小白嘴鸦,看他那得意的神情,好像是一个被叫到大庭广众面前应试、自信能取得好成绩的学生。他平静和愉快地环顾所有的人，好像在请大家注意他在炮火下如何镇定自若。但是在他的脸上，也有一种新的、严厉的表情违背他的意志出现在嘴边。

"谁在那里鞠躬弯腰？士官生米罗诺夫！这不好，看着我！"杰尼索夫喊道，他在一个地方待不住，骑着马在连队面前打转转。

瓦西卡·杰尼索夫长着一个翘鼻子和满脸浓密的黑胡子，他身材矮小然而很结实，青筋暴露的手（手指很短，上面长满汗毛）握着出鞘的马刀的刀把，这副模样和平常一模一样，尤其是和晚上喝了两瓶酒时完全相同。现在他只不过脸显得比平常更红，像鸟儿饮水那样仰起头发蓬乱的脑袋，抬起瘦小的脚，用马刺猛刺骏马贝都因的两侧，身子好像要向后倒似的，朝连队的另一翼驰去，哑着嗓子喊叫起来，要大家检查一下手枪。他来到了基尔斯滕面前。基尔斯滕骑着一匹宽背的稳重的母马，慢步迎着杰尼索夫过来。这位长胡子骑兵上尉像平常一样神情严肃，只不过他的眼睛比平常更亮。

"什么事？"他对杰尼索夫说，"仗是打不起来的。你看吧，咱们准保会后撤。"

"鬼知道他们在干些什么！"杰尼索夫嘟囔说。"啊！罗斯托夫！"他看见这个士官生的快活的脸，便朝他喊道，"这一回你可等到了吧！"

于是他赞许地笑了笑，显然为这个士官生而高兴。罗斯托夫感到自己非常幸福。这时团长出现在桥上。杰尼索夫朝他疾驰过去。

"大人！请允许出击！我把他们赶回去。"

"哪里谈得上出击。"团长无精打采地说,好像看见一只讨厌的苍蝇似的皱着眉头,"您干吗待在这里?你看,两翼都在撤退。把骑兵连带回去。"

骑兵连过了桥,出了大炮的射程,没有损失一个人。接着散兵线上的第二骑兵连也过了桥,最后剩下的哥萨克也从那边过来了。

保罗格勒团的两个连过桥后,一个跟着一个朝着山上往回走。团长卡尔·波格丹诺维奇·舒伯特来到杰尼索夫的连队,骑着马在离罗斯托夫不远的地方慢步走着,一点也没有注意他,虽然因捷利亚宁的事发生冲突以来这是他们第一次见面。罗斯托夫感到自己在部队里是受这个人支配的,这时他觉得对不住他,便目不转睛地看着他那大力士般的脊背、长着浅色头发的后脑勺和红色的脖子。罗斯托夫时而觉得波格丹内奇只不过是假装不注意,现在团长的全部目的在于考验士官生是否勇敢,想到这里他挺直身子,愉快地朝四周看看;时而他感到波格丹内奇有意离他很近,以便向罗斯托夫显示自己的勇敢。时而他又想,他的仇人有意派骑兵连冒着很大危险去出击,目的是为了惩罚他罗斯托夫。时而他还想,出击回来后,团长将走到他跟前来,宽宏大量朝受伤的他伸出手,表示和解。

保罗格勒团的人熟悉的、高耸着肩的热尔科夫(他不久前离开了他们的团)骑着马到了团长跟前。热尔科夫自从被赶出总司令部后,没有待在团里,他说,他不是在部队里干苦差使的傻瓜,在司令部什么也不干照样能得到更多的奖赏,于是设法在巴格拉季翁公爵①那里谋得了一个传令官的职位。他是来向老上司传达后

---

① 巴格拉季翁(一七六五至一八一二年),俄国将军,格鲁吉亚贵族出身。

卫部队司令的命令的。

"团长，"他带着忧郁而严肃的神情对罗斯托夫的仇人说，同时看看同伴们，"命令停止行动，把桥烧掉。"

"给谁的命令？"团长脸色阴沉地问。

"我也不知道，团长，**给谁的命令**，"骑兵少尉严肃地回答道，"只不过公爵命令我：'你去告诉团长，快叫骠骑兵回来，把桥烧掉。'"

在热尔科夫之后，随从军官也给骠骑兵团团长送来了同样的命令。而在随从军官之后，涅斯维茨基骑着一匹哥萨克马来了，涅斯维茨基很胖，那匹马驮着他跑得很吃力。

"怎么啦，团长，"他在马还没有停步时就喊叫道，"我对您说过要把桥烧掉，而现在有人把话传错了；那里人都急得要发疯了，弄不清是怎么回事。"

团长不慌不忙地叫部队停止前进，朝涅斯维茨基转过身来。

"您对我说过关于引火材料的事，"他说，"至于烧桥的事，您一个字也没有对我说过。"

"这怎么可能，老兄，"涅斯维茨基勒住马说，他摘下军帽，用胖胖的手摸着汗湿的头发，"怎么没有说过引火材料放好后就把桥烧掉？"

"我不是您的'老兄'，校官先生，您没有对我说过要把桥烧掉！我知道我的职责，我习惯于严格执行命令。您说要烧桥，而谁来烧桥，我从哪里知道……"

"好吧，总是这样较真。"涅斯维茨基挥挥手说。"你怎么在这里？"他问热尔科夫。

"为了同一件事。可是您浑身湿透了,让我来给您拧拧干。"

"您说,校官先生……"团长用气恼的声调接着说。

"团长,"随从军官打断了他的话,"应当抓紧时间,不然敌人就要把大炮挪过来发射霰弹了。"

团长默默地看了看随从军官,看了看胖胖的校官和热尔科夫,皱起了眉头。

"我这就去烧桥。"他用庄重的声调说,好像他想借此表明,尽管发生了使他不愉快的事,他仍然准备做应该做的事。

团长用他长长的、肌肉发达的双腿狠狠地把马一夹,好像一切过错全在马身上似的,纵马跑向前去,命令第二骑兵连,即罗斯托夫在其中服役的杰尼索夫连朝桥上后撤。

"瞧,果然如此,"罗斯托夫想道,"他想要考验我!"他的心紧缩起来,血涌到脸上。"就让他看看,我是不是胆小鬼。"他想。

于是在全连人快活的脸上又出现了炮弹从他们头上飞过时的那种严肃的神情。罗斯托夫目不转睛地看着他的仇人团长,希望在他脸上看到可以证实自己的猜测的表情;但是团长没有朝罗斯托夫看一眼,他的目光像平常在队伍里时一样,严肃而庄重。传来了口令的声音。

"快!快!"他身边的几个人同时喊道。

骠骑兵们急忙下马,下马时马刀绊住缰绳,马刺叮当作响,他们自己也不知道他们将要做什么。人人都画着十字。罗斯托夫已不看团长了——他顾不上了。他担心落在骠骑兵后面,担心得心里直发慌。当他把马交给马夫时,他的手颤抖着,他感觉到血在突突地往他的心脏流。杰尼索夫身子朝后倒,叫喊着什么,从他身旁驰过。罗斯托夫只看见骠骑兵在他周围跑动,他们不时被马刺挂住,弄得马刀铿锵作响,此外他什么也没有看见。

"担架!"后面有人喊了一声。

罗斯托夫没有去想要担架是什么意思;他跑着,只求跑到所有人的前头;但是跑到桥头时,他没有注意脚下,一下子踩到了黏黏的、已踩得稀烂的污泥里,绊了一下,两手着地跌倒了。别的人绕过他往前跑。

"靠**两边**走,大尉。"他听见团长说话的声音,团长到了前面后,在离桥不远的地方勒住马,脸上带着庄重和快活的神情。

罗斯托夫在马裤上擦着弄脏了的手,回头朝自己的仇人看了一眼,想要继续往前跑,心里想,他向前跑得愈远愈好。但是波格丹内奇虽然没有看罗斯托夫,也没有认出他,还是朝他喊了一声。

"谁在桥的中间跑?靠左边!士官生,回来!"他怒气冲冲地叫喊起来;这时杰尼索夫为了显示自己的勇敢骑马上了桥,团长便朝他转过头来。

"干吗冒险,大尉!您还是下马走。"他说。

"哎!炮弹专打有罪孽的人。"瓦西卡·杰尼索夫在马背上转身回答道。

与此同时,涅斯维茨基、热尔科夫和随从军官三人一起站在大炮射程外,时而看看在桥旁乱动的一小堆戴黄色高筒帽、穿镶边的深绿色军服和蓝色马裤的人,时而瞧瞧那边,瞧瞧远处逐渐靠近的一群群穿蓝色军服和带着马匹的人,一看便知道那是炮队。

"他们烧不烧桥?谁先到那里?是他们先跑到桥上,把它烧掉,还是法国人到了霰弹打得着的地方,开炮把他们全部消灭?"

这是据守在能看得见桥的高处的大部队里每一个人在极度紧张的状态中情不自禁地对自己提出的问题,他们在夕阳的余晖中望着大桥和骠骑兵们,也望着那一边,望着逐渐靠近的穿着蓝军服、带着枪炮的人。

"喔!骠骑兵要挨揍了!"涅斯维茨基说,"现在已在霰弹的射程之内了。"

"他不必带这样多的人去。"随从军官说。

"确实如此,"涅斯维茨基说,"只需要派两个棒小伙子去就行了,照样能办好。"

"唉,公爵大人,"这时目不转睛地看着骠骑兵的热尔科夫插进来说,他还是带着那种天真的样子,使人猜不透他说的是不是正经话,"唉,公爵大人!您怎么这样认为!要是只派两个人去,那么谁给我们发系着花结的弗拉基米尔勋章?这样做虽然要挨揍,但是可以为骑兵连请功,自己也可得个勋章。我们的波格丹内奇懂得该怎么办。"

"瞧,"随从军官说,"这是霰弹炮!"

他指了指从前车上卸下来急忙拉开的法国大炮。

在法国人一边,在大炮所在的人群中出现一股硝烟,接着是第二股、第三股,几乎在第一炮的声音传到的同一时候、同一瞬间,又出现了第四股。两声炮响,一声接着一声,又响起了第三声。

"啊呀!"涅斯维茨基好像忍不住剧烈的疼痛似的,惊叫了一声,他抓住随从军官的一只手,"您瞧,一个倒下了,倒下了,倒下了!"

"好像是两个吧?"

"我要是沙皇，就永远不再打仗。"涅斯维茨基转过身说。

法国大炮又在急忙装炮弹。穿蓝军服的步兵朝桥上跑过来。又出现了一股股硝烟，但时间的间隔不一样，霰弹落到桥上发出噼里啪啦的声音。但是这一次涅斯维茨基已看不清桥上发生的情况。桥上冒起了浓烟。骠骑兵们已烧着了桥，法国炮兵朝他们射击已不是为了阻止他们烧桥，而是因为大炮已经瞄准，有目标可以射击。

在骠骑兵回到马夫那里之前，法国人发射了三发霰弹。两发没有打中，霰弹的弹着点过远，最后一发落到一堆骠骑兵当中，击倒了三个人。

心里只想着自己对波格丹内奇的态度的罗斯托夫，在桥上站住了，不知道该做什么。无人可以砍杀（他总是把战斗想象成砍杀），同时他又无法帮助烧桥，因为他没有像别的士兵那样抱着一捆麦秸。他站在那里朝四处张望，突然桥上像核桃散落似的发出一片噼啪声，离他最近的一个骠骑兵呻吟着倒在栏杆上。罗斯托夫和别的人一起跑到他跟前。又有人喊了一声："担架！"四个人抱住受伤的骠骑兵，把他抬起来。

"噢——噢！……看在基督分上，放下我。"伤员喊叫起来；但是他还是被抬了起来，放在担架上。

尼古拉·罗斯托夫转过身，仿佛是在寻找什么似的，开始极目远眺，遥望那多瑙河水，仰望天空和太阳！天空是多么的美，多么的蓝，多么的静谧和深邃！西沉的太阳是多么的明亮和宏伟！远方的多瑙河水又是多么亲切地闪闪发亮！而更美好的是多瑙河对岸呈天蓝色的远山、修道院、神秘的峡谷、直到树梢都笼罩着雾气的松林……那里宁静，幸福……"我什么也不要，无论什么也不要，只要能到那里，"罗斯托夫想道，"在我一个人心里，在这阳光里有那么多的幸福，而这里……却只有呻吟、痛苦、恐惧和这种生死未卜、这种忙忙乱乱……听，又有人在叫喊什么，所有的人又朝着一个地方往回跑，而我跟着他们一起跑，这就是它，这就是它，那死神，它在我的头顶上，在我周围盘旋……只要一眨眼的工夫，我就永远也看不见这太阳、这河水、这峡谷了……"

这时太阳逐渐躲进乌云里去了；在罗斯托夫前面出现了另一些担架。对死的恐惧和对担架的恐惧，对太阳和生活的爱——这一切汇合成为病态的惊慌不安的感受。

"上帝啊！在这天上的神啊，救救我、宽恕我和保佑我吧！"罗斯托夫低声说。

骠骑兵们跑到马夫那里，说话的声音变得高一些和平静一些了，担架已从眼前消失了。

"怎么样，老弟，闻到火药味了吧？……"瓦西卡·杰尼索夫在他耳边大声说道。

"一切都结束了；但是我是一个胆小鬼，是的，我是一个胆小鬼。"罗斯托夫想道，他喘着粗气，从马夫手中接过瘸腿的小白嘴鸦，开始上马。

"刚才那东西是什么，是霰弹吗？"他问杰尼索夫。

"那还用说！"杰尼索夫叫道，"小伙子们干得很漂亮！干这活儿可不痛快！冲锋——这才有意思，可以猛砍那些狗东西，可是现在鬼知道是怎么回事，人家把我们当靶子打。"

杰尼索夫说着朝着离罗斯托夫不远的一群人驰去，这些人当中有团长、涅斯维茨基、热尔科夫和随从军官。

"看来好像谁也没有发觉。"罗斯托夫心里想。确实谁也没有发觉什么，因为每个人都有这个没有打过仗的士官生第一次体验到的那种心情。

"可以为您请功了，"热尔科夫说，"我眼看也能升为少尉了。"

"请报告公爵，我烧了桥。"团长得意洋洋和高高兴兴地说。

"要是问起损失呢？"

"微不足道！"团长用低沉的声音说，"两名骠骑兵受伤，一名**殉国**。"他说这话时显然很高兴，抑制不住幸福的微笑，响亮地说出**殉国**这个比较好听的词。

九

库图佐夫统率的三万五千俄军遭到波拿巴统率的十万法军的追击，沿途的居民对他们又很敌视，他们对盟军已不再相信，忍受着粮草的不足，被迫在没有预见到的作战条件下行动，顺着多瑙河仓皇退却，在遭遇到敌军时停下来，只是为了在撤退中不损失辎重和重武器，才打几场后卫战。在兰巴赫、阿姆施泰滕和梅尔克等地都发生过战斗，尽管敌人也承认俄国人作战英勇顽强，但是这些战斗的结果都是更加迅速的退却。在乌尔姆免于被俘并在布劳瑙附近与库图佐夫的军队会合的奥军，现在已与俄军分开，这样库图佐夫只能依靠自己弱小的、疲惫不堪的军队了。再要保卫维也纳已不可能。库图佐夫在维也纳时，奥地利御前军事会议曾交给他一份根据新的战略制订的、经过周密考虑的进攻计划，现在他只好放弃，他的唯一的、几乎是无法达到的目的是：不要像马克在乌尔姆那样全军覆没，能与从俄国前来增援的部队会师。

十月二十八日，库图佐夫率领军队渡过多瑙河到了左岸，在自己与法军主力之间横着一条多瑙河的情况下，才第一次停止后退。三十日，向在多瑙河左岸的莫尔蒂耶①的一个师发起攻击，将其击溃。在这次战斗中第一次缴获了战利品：一面军旗、数门大炮和两名敌军将官。在两个星期的退却后，俄军第一次停了下来，经过战斗不仅守住了阵地，而且赶走了法国人。尽管部队官兵缺少衣服，疲惫不堪，因掉队、伤亡和生病减员三分之一；尽管伤病员带着库图佐夫要求敌军给以人道待遇的信留在了多瑙河对岸；尽管克雷姆斯的大医院和改成野战医院的民房已容纳不下所有的伤病员——尽管如此，在克雷姆斯的停留和打败莫尔蒂耶的胜利大大提高了部队的士气。在全军和在总部流传着非常可喜的，然而并不可靠的流言，说从俄国来的部队似乎快要到了，说奥军打了胜仗，说惊慌失措的波拿巴正在撤退，等等。

在交战时，安德烈公爵跟随着在这次战斗中阵亡的奥地利将军施米特。他的马受了伤，他自己的手也被子弹擦伤。总司令为了表示对他的特别宠信，派他到奥地利宫廷去送这次胜利的捷报，这时宫廷已不在受到法国军队威胁的维也纳，而是在布吕恩②。在

---

① 莫尔蒂耶（一七六八至一八三五年），法国元帅。
② 今捷克城市，捷克语叫布尔诺。

交战的那天夜里，精神振奋而不感疲乏的安德烈公爵（从外表看来他的身体并不强壮，但是他比最强壮的人更能耐久而不感到疲乏）骑马带着多赫图罗夫①的报告到克雷姆斯来见库图佐夫，当夜就作为信使被派往布吕恩。派他当信使，不仅是一种奖励，还是日后提升的重要一步。

夜色昏沉沉的，不过有星星；头一天，即在交战那天下了一场雪，伸展在闪着白光的雪地中间的道路显得黑乎乎的。安德烈公爵坐在驿车上，时而逐一回忆在刚刚过去的战斗中的感受，时而高兴地想象着他带去的捷报将会产生什么样的印象，回想着库图佐夫和同伴们送行的情景，这时他觉得自己是一个期待已久终于开始得到所想望的幸福的人。他一闭上眼睛，耳边就响起了枪炮声，这声音与车轮的转动声和胜利的感受融合在一起。有时他开始觉得俄国人在逃跑，他自己被打死了；于是他急忙清醒过来，好像是初次幸福地得知根本没有那么一回事，相反，法国人在逃跑。他再一次地回想打胜仗的全部细节，自己在战斗中英勇沉着的表现，想到这里安心了，便打起瞌睡来……昏暗的有星星的夜晚过去后，明亮欢乐的早晨到来了。阳光下雪在融化，马儿快步奔跑着，不管是右边还是左边，都闪过各种不同的新的树林、田野和村庄。

在一个驿站上，他赶上了运送俄国伤员的车队。一个带领车队的俄国军官懒洋洋地躺在前面的一辆大车上，叫喊着什么，用粗话骂一个士兵。好几辆车身很长的德国马车在石子路上颠簸着，

---

① 多赫图罗夫（一七五六至一八一六年），俄国将领。

每辆车里有六个和六个以上脸色苍白、包扎着绷带的脏兮兮的伤员。其中有的人在说话（他听见说的是俄国话），有的人在吃面包，而伤势最重的人则带着孩子般的温和的和痛苦的表情，默默地望着从他们身旁驰过的信使。

安德烈公爵吩咐停车，问一个士兵是在哪次战斗中负伤的。

"前天在多瑙河上。"这个士兵回答道。安德烈公爵掏出钱包，给了士兵三个金币。

"给大家的。"他对走过来的军官补充了一句。"弟兄们，祝你们早日康复，"他对士兵们说，"还有很多仗要打呢。"

"副官先生，有什么消息吗？"那个军官问，显然他想攀谈几句。

"有好消息！走吧。"他朝车夫吆喝了一声，便坐着车赶路了。

安德烈公爵进布吕恩城时，天已经完全黑了，他看见周围高楼大厦林立，店铺、住宅和街上灯火通明，漂亮的马车在马路上辚辚驶过，这热闹的大城市的整个气氛对一个过了一段时间军营生活的军人来说，总是有吸引力的。安德烈公爵虽然赶了一夜路而且整宿未睡，可是他在快要到皇宫时觉得自己比头天晚上还要精神。眼睛里闪烁着狂热的光芒，思绪清晰，各种想法纷至沓来，变换得异常迅速。战斗的全部细节又生动地出现在他眼前，这时已不是模糊的，而是清楚的，而且简明扼要，如同他在想象中向弗兰茨皇帝报告时说的一样。他还生动地设想可能对他提出的问题以及他对这些问题的回答。他认为他们会立刻带他去朝见皇帝。但是到皇宫的大门口附近时，一个官员朝他跑过来，得知他是信使后把他带到另一个门口。

"从走廊朝右拐；在那里，大人[①]，您就能找到值班的侍从武官，"这个官员对他说，"他将带您去见陆军大臣。"

接待安德烈公爵的侍从武官请他稍等，自己前去报告陆军大臣。五分钟后，侍从武官回来了，特别有礼貌地鞠着躬，让安德烈公爵走在前头，带着他穿过走廊到陆军大臣的办公室去。侍从武官采取这种有些做作的客气态度，使人觉得他想借此来防止俄国副官对他过分的亲热。安德烈公爵在快要走到陆军大臣办公室门口时，他的快乐情绪已消失了大半。他觉得自己受到了侮辱，而受侮辱的感觉转瞬之间变成了一种毫无根据的蔑视，这一点连他自己也没有觉察到。他的机智的头脑在同一瞬间给他提示了一种观点，根据这种观点他有权蔑视侍从武官和陆军大臣。"他们没有闻到火药味，想必觉得取胜是轻而易举的事！"他想。他的眼睛轻蔑地眯缝起来；他进陆军大臣办公室时走得特别慢。当他看到陆军大臣趴在一张大桌子上，在头两分钟没有理会进来的人时，这种蔑视的感情更加强了。陆军大臣在两支蜡烛之间垂下两鬓斑白的秃脑袋，一面读文件，一面用铅笔做着记号。在门打开并且响起了脚步声时，他还在头也不抬地读，看来快要读完了。

"把这拿去交给有关的人。"陆军大臣把文件递给自己的副官说，仍没有注意信使。

安德烈公爵觉得，要么库图佐夫军队的行动在陆军大臣处理的所有事情中是他最不感兴趣的，要么他有意让这个俄国信使感觉到这一点。"不过这对我来说完全无所谓。"他想。陆军大臣把

[①] 原文为德文。

其余文件收到一起,把它们叠齐了,这才抬起头来。他有一个聪明而有特点的脑袋。但是在转向安德烈公爵的一瞬间,陆军大臣脸上聪明和坚定的表情显然习惯性地和有意地改变了:留下了愚蠢的、虚假的和不掩饰虚假的微笑,通常一个接一个地接待许多来访者的人都有这样的笑容。

"是库图佐夫元帅派来的吗?"他问,"我想,是好消息吧?同莫尔蒂耶发生了冲突?取得了胜利?早该这样了!"

他接过写给他的紧急通报,神情忧郁地读起来。

"啊,我的上帝!我的上帝!施米特!"他用德语说,"多么不幸,多么不幸!"

他把紧急通报匆匆看了一遍,把它放在桌子上,朝安德烈公爵看了一眼,显然是在考虑什么。

"唉,多么不幸!您说这次战斗是决定性的?然而莫尔蒂耶没有抓住。(他想了想。)您送好消息来,我很高兴,虽然施米特之死是为胜利付出的沉重代价。皇帝陛下想必愿意见您,但不是在今天。谢谢您,好好休息一下。请您明天检阅后去朝见,我会通知您的。"

谈话时消失的愚蠢的微笑又出现在陆军大臣的脸上。

"再见,非常感谢您。皇帝陛下大概愿意见您。"他又说了一次,低下了头。

当安德烈公爵出了皇宫后,他觉得胜利给予他的全部兴致和幸福现在都留在那里了,落到陆军大臣和彬彬有礼的侍从武官的冷冰冰的手里。他的整个思绪霎时间发生变化:他觉得这次战斗已成为很久以前的、遥远的回忆。

十

在布吕恩，安德烈公爵落脚在他的熟人俄国外交官比利宾那里。

"啊，亲爱的公爵，没有比您更令人高兴的客人了。"比利宾出来迎接安德烈公爵时说。"弗兰茨，把公爵的东西拿到我的卧室去！"他对给鲍尔康斯基引路的仆人说。"怎么，您是来报捷的？好极了。可是您瞧，我有病在家休息。"

安德烈公爵洗了脸和换了衣服后，到了这位外交官的豪华的书房，坐下来吃已给他准备好的午餐。比利宾则在壁炉旁安稳地坐下了。

安德烈公爵在长途跋涉后，而且在整个行军作战过程中失去了清洁优雅的舒适生活条件后，现在处于他从小就习惯的豪华的生活环境里，有一种感到可以好好歇息一下的愉快感觉。除此之外，在受到奥地利人那样的接待后，他觉得同眼前的这个俄国人说说话，同这个他推测也像一般俄国人那样对奥地利人有一种共同的恶感（他本人此时这样的感觉特别强烈）的人聊聊天，即使不用俄语（他们说的是法语），也是一件愉快的事。

比利宾年龄在三十五岁上下，没有成家，与安德烈公爵属于同一阶层。他们还是在彼得堡认识的，但是最近安德烈公爵陪同库图佐夫的维也纳之行，使他们更加接近起来。安德烈公爵年轻有为，在军界有远大的前程，比利宾也一样，他在外交界的前程更为远大。他还年轻，但是已是一个有阅历的外交官，因为他从十六岁起就开始供职,曾在巴黎、哥本哈根等地工作过,如今在维也纳担任相当重要的职务。无论是外交大臣,还是我国驻维也纳公使,都很器重他。他不属于那种人数很多的外交官之列,那些人认为要当一个好的外交官,应该消极无为,避免做某些事,会说法语就行了;他是那种喜欢工作和会办事的外交官之一,虽然有些懒散,但是有时通宵不眠地伏案工作。不管工作的实质是什么,他都同样干得很好。他感兴趣的不是"为了什么要做"的问题,而是"怎么做"的问题。外交工作的具体内容是什么,对他来说是无所谓的;但是他觉得把函件、备忘录和报告草拟得出色、用词准确和文字优美是一大乐趣。比利宾之受到重视,除了文字工作外,还因为他在同上层人士接触中具有善于应对、应付裕如的本领。

比利宾像他喜欢工作那样喜欢谈话,不过这谈话应是文雅而又风趣的。在社交场合他总是等待机会说些引人注意的话,只在这样的条件下才参加谈话。比利宾的话常常夹带着许多独特风趣、意思完整、能引起共同兴趣的语句。这些语句是比利宾在心里预先想好的,它们有意编得轻巧简短,便于上流社会的那些空虚渺小的人记忆,把它们从一个客厅传到另一个客厅。确实,比利宾的名言警句传遍了维也纳的客厅,而且据说,常常对所谓的要务产生影响。

他的瘦削、憔悴、有点发黄的脸整个地布满很深的皱纹,这些皱纹使人觉得总是精心地洗得干干净净的,好像刚洗过澡后的指尖一样。这些皱纹的活动构成了他的脸的主要表情。时而他的前额蹙起,出现一道道宽阔的皱纹,双眉上扬;时而双眉下垂,腮边形成很大的褶子。一双凹陷的不大的眼睛总是直瞪瞪地和愉快地看人。

"好，现在您就给我们讲一讲你们的功绩吧。"他说。

鲍尔康斯基非常谦虚地讲了战斗的情况和陆军大臣的接见，一次也没有提到自己。

"我带这个消息来，他们接待我很不客气。"他最后说。

比利宾冷笑了一声，脸上的褶子舒展了开来。

"然而，亲爱的，"他说，远远地察看着自己的指甲，皱起左眼上方的皮肤，"虽然我非常尊重'东正教的俄国军队'，我认为你们的胜利并不是最辉煌的。"

他用法语这样往下说，只有在他想要轻蔑地强调某些语句时才用俄语。

"可不是？你们全军扑向只有一个师的可怜的莫尔蒂耶，而这个莫尔蒂耶又从你们手里溜掉了，这还谈得上什么胜利？"

"不过，认真地说，"安德烈公爵回答说，"我们毕竟能毫不吹嘘地断定，这要比乌尔姆稍微好些……"

"为什么你们不给我们抓一个元帅？哪怕只一个也好。"

"这是因为不是所有的事情都像设想的那样，也不像检阅时那样按时进行。我已经对您说过了，我们原来计划在早晨七点钟前切入敌后，可是到晚上五点还没有到达。"

"为什么你们在早晨七点前没有到达呢？你们应当在早晨七点到那里，"比利宾微笑着说，"应当在早晨七点到达。"

"那么您为什么不通过外交途径说服波拿巴，使他相信最好还是放弃热那亚呢？"安德烈公爵用同样的声调说。

"我知道,"比利宾打断他的话说,"您在想,坐在壁炉旁的沙发上谈论抓元帅很容易。确实如此,但是你们究竟为什么没有抓住他呢?不仅是陆军大臣,而且奥地利皇帝和国王弗兰茨听到你们胜利的消息也不会太高兴,对此您不要大惊小怪;就连我这个俄国使馆的秘书也不感到任何特殊的喜悦……"

他直瞪瞪地看了安德烈公爵一眼,突然松开了前额上皱起的皮肤。

"现在,亲爱的,是不是该轮到我问您'为了什么要做'了?"鲍尔康斯基说,"我向您承认我不明白,也许这里有我的微弱的智力理解不了的外交上的精微之处,但是我不明白:马克全军覆没,费迪南德大公和卡尔大公死气沉沉,接连犯错误,最后只有库图佐夫一个人真正打了一次胜仗,打破了法国人不可战胜的神话,而陆军大臣甚至不想了解这次战斗的详细情况!"

"正是因为这一点,亲爱的。您要知道,亲爱的:乌拉!为了沙皇!为了罗斯!为了信仰!这一切都很好,但是你们的胜利与我们,我是说与奥地利宫廷,又有什么相干?如果您送给我们的是卡尔大公或费迪南德大公胜利的好消息——您知道,这个大公和那个大公一个样,哪怕他们打败的是波拿巴的一个消防队,那就是另一回事了,那时我们就将鸣炮庆祝。而您好像故意这样做,这只能惹我们生气。卡尔大公什么事也不干,费迪南德大公丢了脸。你们放弃了维也纳,不再保卫它,你们似乎对我们说:上帝和我们同在,而你们和你们的京城只好求上帝保佑了。有一位将军,他叫施米特,我们大家都喜爱他,你们却让他冒着枪林弹雨去送死,还要来向我们祝贺胜利!……您一定会承认,再也想象不出还有什么东西比您带来的消息更惹人生气。这好像是故意的，好像是故意的。再说，即使你们确实取得了辉煌的胜利，甚至即使卡尔大公取得了胜利，这能改变战争总的进程吗？维也纳已被法国军队占领，现在已经晚了。"

"怎么说被占领了？维也纳被占领了？"

"不仅被占领了，而且波拿巴已在舍恩布龙宫①，而伯爵，我们可爱的弗尔布纳伯爵②已到波拿巴那里听候命令去了。"

鲍尔康斯基旅途劳顿，脑子里充满着途中得到的各种印象，后来又被接见，在这之后，尤其是在吃了午餐后，他感觉到自己有些发蒙，听不明白他听到的话的全部含意了。

"今天上午利希滕费尔斯伯爵来过这里，"比利宾接着说，"给我看了一封信，其中详细描述了法国人在维也纳举行的阅兵式。缪拉③亲王以及其他诸如此类的人……您瞧，你们的胜利并不那么令人高兴，您不能被当作救星来接待……"

"说实话，对我来说一切都无所谓，完全无所谓！"安德烈公爵说，他开始明白，由于发生了像奥地利京城被占领这样的大事，他带来的克雷姆斯城下获胜的消息确实没有多大的重要性。"维也纳是怎么被占领的？那么大桥、著名的桥头堡、奥尔斯佩尔格公爵④呢？我们有这样的传闻，说奥尔斯佩尔格公爵正在保卫维也

---

① 舍恩布龙宫是奥地利皇帝在维也纳的夏宫，大约建于一六九五至一七〇〇年。
② 弗尔布纳（一七六一至一八二五年），奥地利国务活动家，在维也纳被法军占领后，曾参加奥法之间的谈判。
③ 缪拉（一七七一至一八一五年），法国元帅。
④ 奥尔斯佩尔格（一七四〇至一八二二年），奥地利将领。

纳。"他说。

"奥尔斯佩尔格公爵在我们这一边,保卫着我们;我认为他保卫得很不好,但是毕竟是在保卫。而维也纳在那一边。不,大桥还没有被占领,我想不会被占领,因为它已布了雷,已下了炸桥的命令。不然我们早就被赶到波希米亚的山里去了,你们和你们的军队也要在两面夹攻的恶劣条件下待一会儿了。"

"但是这终究还不意味着战事已经结束了。"安德烈公爵说。

"而我认为已经结束了。这里的要人们也都这样认为,不过不敢说出来而已。情况将会像战争开始时我说的那样,不是你们的迪伦施泰因的交战①,也根本不是火药解决问题,解决问题的是想出火药的人。"比利宾说,重复着自己的一个警句,舒展开前额上的皮肤,稍稍停顿了一下,"问题只在于亚历山大皇帝和普鲁士国王在柏林会谈②时说些什么。如果普鲁士参加联盟,那就会迫使奥地利那样做,仗就会打起来。如果不参加,那么问题只在于商谈在哪里拟订新的《坎波-福米奥和约》③的初步条款了。"

"这真是非凡的天才!"安德烈公爵突然大喊一声,他握紧小手,在桌子上敲着,"这个人的运气又是多么好啊!"

"您说的是布拿巴?"比利宾问道,他蹙起额头,使人觉得他就要说出一个警句来。"布拿巴?"他又问了一遍,特别加重名字

---

① 前一个词原文为德文,是奥地利的地名,后一个词为法文。
② 一八〇五年九月底,亚历山大一世曾去柏林与普鲁士国王腓特烈-威廉三世商谈结成反法联盟的事。
③ 坎波-福米奥是意大利的一个村庄,一七九七年十月十七日法奥在此地签订了和约。

中的"u"音,"我认为,他现在既然在舍恩布龙宫制定奥地利的法律,就应当给他去掉那个'u'音。我坚决实行新的叫法,只称他波拿巴。"①

"不,别开玩笑了,"安德烈公爵说,"难道您真的认为战事结束了吗?"

"我有这样的想法。奥地利陷入了可笑的地位,它不会甘心。它会进行报复。它之所以如此,首先是因为各个省经济遭到破坏(听说,东正教的军队抢得很凶),军队战败了,京城陷落了,这一切都是为了撒丁国王陛下的那双漂亮的眼睛②。因此,亲爱的,咱们私下说,我凭嗅觉感觉到他们正在欺骗我们,感觉到他们在同法国打交道,草拟单独媾和的秘密和约。"

"这不可能!"安德烈公爵说,"这太卑劣了。"

"那就等着瞧吧。"比利宾说,他又把皮肤舒展开,表示谈话结束了。

安德烈公爵来到为他准备好的房间,穿着干净的内衣在羽毛褥子上躺下,枕着又香又暖的枕头,他觉得他来报捷的那场战斗已经很远了,已离他很远了。他脑子里装的是普鲁士联盟,奥地

---

① 在俄国上流社会中,人们通常照意大利语的发音称波拿巴(Bonaparte)为布拿巴(Buonaparte),以强调他是科西嘉人,其中包含轻蔑的意思。比利宾提出去掉"u",恢复法语的发音。

② 一七九六年拿破仑占领了撒丁王国(皮埃蒙特王国),撒丁国王的盟友,特别是亚历山大一世,坚决要求拿破仑恢复撒丁王国,或者至少赔偿撒丁王国的损失。"为了漂亮的眼睛"一语,源出法国剧作家莫里哀(一六二二至一六七三年)的《可笑的女才子》,意为"纯属出于对……的好感"。

利的背叛,波拿巴取得的新胜利,明天弗兰茨皇帝的上朝、检阅和接见。

他闭上了眼睛,但是在同一瞬间耳边响起了炮声、枪声和车轮的滚动声,仿佛看到拉成一条线的火枪手从山上下来,听到法国人在射击,他觉得心脏在颤动,他和施米特一起骑着马向前冲,子弹在他周围欢快地呼啸着,他十倍地体验到了从小未曾体验过的生活的欢乐。

他醒了……

"是的,这一切都发生过!……"他说,像孩子一样幸福地窃笑着,随后这个年轻人就酣然入睡了。

十 一

第二天他醒来得很晚。他在回想头一天的事时,首先想起今天要去觐见弗兰茨皇帝,然后想起了陆军大臣、彬彬有礼的奥地利侍从武官,还有比利宾和昨天的谈话。他为了进宫去,穿上了好久没有穿的全套礼服,精神饱满,英姿焕发,一只手扎着绷带,进了比利宾的书房。书房里已坐着四个外交使团的人员。其中有担任使馆秘书的伊波利特·库拉金公爵,鲍尔康斯基本来就认识他,其余的人比利宾向他做了介绍。

聚集在比利宾这里的,是上流社会富有而快活的年轻人,这些人在维也纳和在这里组成了一个单独的小团体,这个小团体的首领比利宾把它称为**我们的自己人**,法语叫作"Les notres"。在这个几乎只由外交官组成的小团体里，显然有其本身的、与战争和政治毫无共同之处的兴趣，他们关心的是上流社会的活动、和某些女人的关系以及工作上草拟公文方面的事。这些先生看来很乐意把安德烈公爵作为**自己人**吸收到自己的团体中来（他们只给少数人这样的荣誉）。出于礼貌，同时也为了引起话头，他们向他提了几个关于军队和战斗的问题，接着就东拉西扯地说起使人开心的笑话和议论别人的长短来了。

"特别妙的是，"一个人说，他讲的是一个当外交官的同伴的失败，"特别妙的是，外交大臣直截了当地对他说，派他到伦敦去是提升，要他也这样看待这件事。您能想象出他这时的模样吗？……"

"但是最坏的是，诸位，我向你们揭发库拉金：人家倒了霉，而这个唐璜①，这个可怕的人却幸灾乐祸！"

伊波利特公爵躺在伏尔泰安乐椅上，双腿放在扶手上。他笑了起来。

"您给我说下去，您给我说下去。"他说。

"啊，唐璜！啊，毒蛇！"几个人说。

"您不知道，鲍尔康斯基，"比利宾对安德烈公爵说，"法国军队（我差一点要说俄国军队了）造成的惊慌，与这个人在女人当中惹的事相比，算不了什么。"

"*女人是男人的伴侣。*"伊波利特公爵说，他举起带柄眼镜看起自己跷起的腿来。

---

① 唐璜是中世纪传说中的人物，后成为许多文艺作品的主人公和浪荡子的通称。

比利宾和**我们的自己人**看着伊波利特哈哈大笑起来。安德烈公爵看到,这个伊波利特是这伙人当中的小丑,而他(应当承认)却因为自己妻子的缘故几乎吃他的醋。

"不,我应当让您欣赏欣赏库拉金。"比利宾小声对鲍尔康斯基说,"他谈论政治时,简直太妙了,应当见见那副拿腔拿调的样子。"

他坐到伊波利特身旁,蹙起额头,开始和他谈论政治。安德烈公爵和其余的人把他俩围住。

"柏林的内阁不能表示它对结盟的意见,"伊波利特煞有介事地说起来,"在没有表示……如同在最近的一份照会里……你们知道……你们知道……不过,假如皇帝陛下不改变我们的联盟的实质……"

"等一等,我还没有说完……"他抓住安德烈公爵的一只手说,"我认为,干涉要比不干涉更有力。还有……"他沉默了一会儿,"不能认为不接受我们十一月二十八日的紧急通报是事情的结束。这一切的结果就是这样。"

他放开鲍尔康斯基的手,表明现在他全说完了。

"狄摩西尼①,我从您藏在金口里的石头就认出您来了!"比利宾说,他由于高兴,头上的头发都动了起来。

大家都笑了。伊波利特的笑声比谁都大。他显然肚子都笑痛了,喘着气,但还是忍不住狂笑,笑得他那张总是神情呆板的脸都扩大了。

"听我说,诸位,"比利宾说,"鲍尔康斯基无论在家里还是在

---

① 狄摩西尼(公元前三八四至前三二二年),古希腊政治家,雄辩家。

这里，在布吕恩，都是我的客人，我想尽我所能款待他，让他领略到此地生活的欢乐。如果我们在维也纳，这很容易；但是在这里，在这个讨厌的摩拉维亚洞穴里①，这就要困难些，因此我请你们大家帮忙。我们在布吕恩的人应当尽地主之谊。你们负责陪他看戏，我负责社交，而您，伊波利特，当然是负责介绍女人了。"

"应当让他看看阿梅利，美极了！"**我们自己的人**中的一个人吻着指头说。

"总之，"比利宾说，"应当转变这个爱好杀戮的大兵的观点，使他变得人道些。"

"诸位，我恐怕不能领受你们的盛情了，现在我得走了。"鲍尔康斯基看着表说。

"上哪里去？"

"去觐见皇帝。"

"啊——呦——呦！"

"好吧，再见，鲍尔康斯基！再见，公爵，早点回来吃午饭。"几个人一齐说，"我们希望您一定来。"

"您在和皇帝谈话时，尽量多称赞军需供应及时和行军路线安排得好。"比利宾说，把鲍尔康斯基送到了前厅。

"我是愿意称赞，但是说不出口，因为我了解情况。"鲍尔康斯基微笑着回答。

"好吧，总之要尽量多说话。他非常喜欢接见人；而他自己不爱说话，也不会说话，这一点您很快就会看到。"

---

① 指布吕恩，因它在今捷克摩拉维亚地区。

十 二

在觐见时,安德烈公爵站在奥地利军官之间的指定位置,弗兰茨皇帝出来后只集中注意仔细观察了一下他的脸,朝他点了点长脑袋。接着昨天的那位侍从武官彬彬有礼地对鲍尔康斯基说,皇帝希望见他。接见他时,弗兰茨皇帝站在房间的中央。在开始谈话前,使安德烈公爵感到惊讶的是,皇帝似乎有点发慌,不知道说什么,涨红了脸。

"请您说一说,战斗是什么时候开始的?"他急忙问道。

安德烈公爵做了回答。在这个问题之后提出的,是其他一些同样简单的问题,例如"库图佐夫身体好吗?他离开克雷姆斯多久了?"等等。从皇帝说话的表情来看,似乎他的全部目的只是为了提一定数量的问题。非常明显,对这些问题的回答是不能引起他的兴趣的。

"战斗是在几点钟打响的?"皇帝问。

"我无法向陛下报告正面的战斗是几点钟打响的,但是我所在的迪伦施泰因的部队是在傍晚五点多钟发起进攻的。"鲍尔康斯基说,他兴奋起来,认为在这种情况下能根据脑子里准备好的材料把他了解的和看到的情况如实地说出来。

但是皇帝笑了笑,打断他的话问:

"有多少英里?"

"从哪里到哪里,陛下?"

"从迪伦施泰因到克雷姆斯。"

"三英里半,陛下。"

"法国人放弃了左岸?"

"根据侦察兵报告,最后一批人马是夜里乘木筏过河的。"

"克雷姆斯的粮草充足吗?"

"粮草没有按规定的数量运到……"

皇帝又打断他的话问:

"施米特将军是在几点钟被打死的?"

"好像在七点。"

"在七点?太惨了!太惨了!"

皇帝说他很感谢,鞠了一躬。安德烈公爵一出来立刻被近臣们团团围住了。人们从四面八方向他投来亲切的目光,对他说着亲切的话语。昨天的那位侍从武官责怪他为什么不住在宫里,并且请他到自己家里去住。陆军大臣走过来祝贺他获得皇帝授予他的玛丽亚-特蕾西亚三级勋章。皇后的高级侍从邀请他去见皇后陛下。大公的妃子也想见他。他不知道回答谁好,停了几秒钟,集中了一下思想。俄国公使搂住他的肩膀,把他带到窗口,同他说起话来。

同比利宾的预言相反,他带来的消息受到热烈欢迎。决定举行感恩祈祷。库图佐夫被授予玛丽亚-特蕾西亚十字勋章,全军都获得了奖赏。鲍尔康斯基收到了各方面的邀请,整个上午都去拜会奥地利主要的大臣。下午四点多钟拜会完毕,安德烈公爵便回比利宾的寓所,路上脑子里考虑着给父亲写信,报告战斗经过和布吕恩之行的情况。在回比利宾的家之前,安德烈公爵先到书店去买一些供行军途中阅读的书，在那里耽搁了很久。到比利宾所住房子的门口时，看见那里停着一辆已装了半车东西的轻便马车，比利宾的仆人弗兰茨吃力地拖着一只箱子从门里出来。

"怎么回事？"鲍尔康斯基问。

"唉，公爵大人，"弗兰茨说，他费劲地把箱子装到马车上去，"我们要去更远的地方。那个恶棍又跟在我们后面追来了！"①

"怎么回事？什么？"安德烈公爵又问道。

比利宾迎着鲍尔康斯基出来了。在他通常都很平静的脸上露出焦急不安的神情。

"不，不，您得承认，"他说，"这真妙极了，我说的是塔博尔桥（维也纳的一座桥）的事。他们没有遭到任何抵抗就过了桥。"

安德烈公爵什么也没有听明白。

"您到哪里去来着？您怎么不知道城里所有马车夫都已知道的事？"

"我从大公的妃子那里来。那里我什么也没有听到。"

"也没有看见到处都在收拾行李吗？"

"没有看见……到底是怎么回事？"安德烈公爵急不可耐地问道。

"怎么回事？是这么回事，法国人过了奥尔斯佩尔格守卫的大桥，桥没有炸掉，因此现在缪拉的部队正沿着通向布吕恩的道路快速推进，日内他们就可到达这里。"

"怎么到达这里？既然桥已布了雷，怎么会没有炸掉？"

---

① 原文为德文。

"我也正要问您呢。这一点谁也不知道,甚至包括波拿巴本人在内。"

鲍尔康斯基耸了耸肩膀。

"既然敌人已过了桥,那么军队也就完了:它的退路将被切断。"他说。

"问题就在这里,"比利宾回答,"听我说吧。我已对您讲过,法国人进了维也纳。一切都很好。第二天,也就是昨天,几位元帅先生——缪拉、拉纳①和贝利亚尔②等,骑上马往桥上跑。(注意:这三人都善于吹牛。)'诸位,'其中一个人说,'你们知道,塔博尔桥布了雷和设有排雷装置,桥前有令人恐惧的桥头堡,还有一万五千名奉命炸桥、不放我们过去的军队。如果我们拿下这座桥,我们的皇上拿破仑将会很高兴。让我们三个人一起去把这座桥拿下来。''走吧。'另外两人说;于是他们就前去攻桥,攻下后,便率领大军到了多瑙河这一边,向我们,向你们和你们的交通线直扑过来。"

"别说笑话。"安德烈公爵忧郁而又严肃地说。

安德烈公爵听到这个消息感到又伤心又高兴。他一得知俄国军队处于如此无望的境地,就想到命中注定应该由他来使俄军摆脱困境,这就是他的土伦③,它将使他这个无名军官一举成名,为他开辟通向荣誉的第一条道路!他一面听比利宾讲,一面考虑着

---

① 拉纳(一七六九至一八〇九年),法国元帅。
② 贝利亚尔(一七六九至一八三二年),法国将军。
③ 一七九三年十二月十七日拿破仑指挥部队攻下法国南部的土伦要塞,这是他取得胜利的第一个战役。

回到部队后如何在军事会议上提出唯一能拯救军队的意见，并且设想他一个人将被委派去执行这个计划。

"别说笑话了。"他说。

"我不是说笑话，"比利宾接着说，"没有比这事更确实和更可悲的了。这些先生们单枪匹马来到桥上，手里举着白手绢；他们说休战了，他们这些元帅们是来和奥尔斯佩尔格公爵谈判的。值班军官把他们放进桥头堡。他们对他天花乱坠地胡吹一通，说什么战争结束了，弗兰茨皇帝已约定会见波拿巴，而他们则希望见一见奥尔斯佩尔格公爵等等，等等。军官派人去请奥尔斯佩尔格；这些先生们搂住军官们，开着玩笑，坐到大炮上，而与此同时，一个营的法国军队悄悄地上了桥，把那里的一袋袋引火材料扔进河里，接着到了桥头堡前面。最后中将本人，我们可爱的奥尔斯佩尔格·冯·毛特恩公爵来了。'亲爱的敌人！奥地利军队之花，历次土耳其战争的英雄！敌对状态结束了，我们可以握手言和了……拿破仑皇帝迫不及待地希望认识奥尔斯佩尔格公爵。'一句话，这些先生们不愧为牛皮大王，他们对奥尔斯佩尔格说了许多甜言蜜语，而奥尔斯佩尔格为法国元帅们一见如故的亲密态度所迷惑，被缪拉漂亮的外套和头上的鸵鸟花翎弄得眼花缭乱，以致他只看见他们火一样的热情，而忘记了应该向敌人开火（比利宾尽管讲得滔滔不绝，但是没有忘记在讲了这个警句后稍稍停顿一下，好让听的人品味一下）。那一营法国人跑上了桥头堡，钉死了大炮，占领了大桥。不过最妙的是，"他接着说，他觉得自己讲的故事很美妙，心情也就平静下来了，"最妙的是，看守那门用来发点燃地雷炸桥信号的大炮的中士看见法国人往桥上跑，已经要想开炮了，但是拉纳拉开了他的手。这个中士大概比他的将军要聪明些，走到奥尔斯佩尔格面前说：'公爵，人家在骗您，您看，法国人冲过来了！'缪拉发现，如果让中士说下去，骗局就要拆穿。他假装惊讶地（真是个十足的骗子）对奥尔斯佩尔格说：'您允许下级同您这样说话，我就不知道在世界上受到如此赞扬的奥军纪律在哪里了！'这真是妙极了。奥尔斯佩尔格公爵感到自己受了侮辱，下令逮捕中士。不，您得承认，关于塔博尔桥的整个故事真是妙极了。这与其说是愚蠢，倒不如说是卑劣……"

"也许是背叛。"安德烈公爵说，生动地想象着灰色的军大衣、流血的伤口、硝烟、枪炮声以及等待着他的荣誉。

"这也不是。这使得宫廷陷入了困境。这既不是背叛，不是卑劣，也不是愚蠢；这像在乌尔姆一样，"他仿佛沉思起来，寻找着合适的词句，"这……这是马克作风。我们都变成马克了。"他最后说，觉得自己又说了一个警句，而且是一个新鲜的、将为人们广泛传诵的警句。

他的一直紧蹙的额头很快舒展开来，说明他很高兴，他脸上挂着微笑，开始察看自己的指甲。

"您上哪里去？"他看见安德烈公爵站起来往自己的房间走，突然问他。

"我要走了。"

"上哪里？"

"回部队。"

"您不是想再留两天？"

"现在我就走。"

安德烈公爵吩咐做出发的准备,自己转身回屋去了。

"您知道,亲爱的,"比利宾跟着走进他的房间说,"我替您想了想。您干吗要走?"

为了证明他所说的道理无可辩驳,脸上的褶子全都消失了。

安德烈公爵用疑问的目光看了他一眼,什么也没有回答。

"您干吗要走?我知道,您认为现在部队的处境很危险,您有责任赶回去。我理解这一点,亲爱的,这是英雄气概。"

"完全不是。"安德烈公爵说。

"您既然是一个哲学家,那就做一个彻底的哲学家,如果您从另一个方面来看事物,那么就会看到,正好相反,您的责任是爱惜自己。这事就让别的再也没有用处的人去做吧……没有人命令您回去,这里也没有放您走;因此您可以留下来,和我们一起听倒霉的命运的安排,去该去的地方。听说要到奥尔米茨①去。而奥尔米茨是一个可爱的城市。我俩可以一起安安稳稳地坐我的马车走。"

"别开玩笑了,比利宾。"鲍尔康斯基说。

"我对您说这些,出于朋友的一片真心。请您考虑一下。现在,当您可以留下来时,您要到哪里去,去干什么呢?您可能遇到两种情况(他左边鬓角上方的皮肤皱了起来):或者您还没有回到部队,和约就签订了;或者和库图佐夫的整个军队一起遭到失败和蒙受耻辱。"

说着比利宾舒展开了皮肤,觉得自己提出的两者必居其一的论点是无可辩驳的。

————————

① 奥尔米茨即今捷克的奥洛穆茨。

"这一点我不能考虑。"安德烈公爵冷冷地说,心里想:"我回去是为了拯救军队。"

"亲爱的,您是一个英雄。"比利宾说。

十 三

当天夜里,鲍尔康斯基向陆军大臣告别后便回部队去,自己也不知道到哪里才能找到它,担心在去克雷姆斯的路上被法国人截住。

在布吕恩,宫廷里的人都在收拾行李,笨重的东西已经开始运到奥尔米茨去了。安德烈公爵在埃采尔斯多夫附近上了大路,而俄军正在沿着这条大路仓皇撤退,秩序非常混乱。路上塞满了大车,马车简直无法通行。又饿又累的安德烈公爵从哥萨克头领那里要了一匹马和一名哥萨克,绕过车队,骑马去寻找总司令和自己的行李车。路上他就听到过关于部队处境险恶的传闻,现在官兵们毫无秩序地逃跑的景象证实了这些传闻。

"这支俄国军队是用英国的金钱买通从天涯海角送到这里来的,我们要让它遭到同样的命运(乌尔姆奥军的命运)。"他想起了战争开始前波拿巴给自己军队的命令中的这句话,这句话使他对自己心目中的这位天才的英雄的言行感到惊讶,觉得自尊心受到了伤害,同样也使他增强了获得荣誉的希望。"难道除了一死就别无良策了?"他想,"既然需要这样,也只好如此!我一定做得不比别人差。"

安德烈公爵带着轻蔑的表情望着这些没完没了的乱成一团的队伍、行李车、炮车和大炮,看到接踵而来的又是各种各样的车辆,它们你追我赶,三四辆车齐头并进,挤满了泥泞的道路。四面八方,前前后后,根据听力所及,到处可以听到车轮的滚动声,马车、大车和炮车的隆隆声,马蹄的嘚嘚声,鞭子的劈啪声,车夫的吆喝声,士兵、勤务兵和军官的叫骂声。在道路的两旁,不断可以看见剥了皮的和未剥皮的死马、损坏的马车和坐在车旁等待着什么的孤单的士兵;可以看见离开部队的士兵,他们成群结队地朝邻近的村庄走去,或者捉了鸡、牵着羊、抱着干草或扛着装满东西的麻袋从村里出来。在上下坡的地方人群变得更稠密些,呻吟声和叫喊声不绝于耳。士兵们踩着齐膝深的污泥,双手抬起大炮和带篷大车;鞭子劈啪作响,马蹄打滑,套索绷断了,有人拼命喊叫着。指挥交通的军官们骑着马在车队中间前前后后地跑着。在一片喧闹声中,他们微弱的声音几乎听不见,但是从他们的脸上可以看出,他们对制止这种混乱状态已不抱希望了。

"这就是可爱的**东正教的俄国军队**。"鲍尔康斯基想道,他想起了比利宾的话。

他想向这些人打听总司令在哪里,便到了车队旁边。迎面直接朝他驶来一辆一匹马拉的样子很怪的马车,这辆车显然是士兵们自己就地取材拼凑起来的,它介于大车、轻便马车和四轮马车之间。一个士兵赶着车,在皮车篷下面和帘子后面坐着一个全身裹着围巾的女人。安德烈公爵到了跟前正想问那个士兵,这时他的注意力被坐在车里的女人绝望的叫喊声所吸引了。负责车队的军官抽打着赶那辆车的士兵,因为他想要超过别的车辆,鞭子落

在那辆车的帘子上。女人刺耳地尖叫着。她看见安德烈公爵,便从帘子里探出头来,摇着从毛毯似的围巾里伸出来的干瘦的手,喊道:

"副官!副官先生!……看在上帝分上……保护我吧……这还得了啊?……我是第七猎骑兵团军医的家眷……不让过去;我们掉队了,和自己人失散了……"

"拐回去,不然把你轧成肉饼!"军官凶狠地对士兵嚷道,"你带着你的臭娘儿们拐回去!"

"副官先生,保护我吧。这是怎么回事啊?"军医太太喊道。

"请您放这辆车过去。难道您没有看见上面坐着一个妇女吗?"安德烈公爵骑马到了那个军官跟前,说道。

军官朝他看了一眼,没有回答,又转身对士兵说:

"我叫你超车……回去!"

"放他们过去吧,我对您说。"安德烈公爵不满地撇了撇嘴,又说了一遍。

"你是什么人?"军官突然像喝醉了酒似的对他发起火来,"你是什么人?难道你(他特别强调'你'这个字)是长官不成?这里长官是我而不是你。你回去。"他重复了一遍,"不然把你轧成肉饼。"

显然军官很喜欢这句话。

"顶这小副官,顶得好!"背后有人这样说。

安德烈公爵看到,那军官像醉汉一样正处于无缘无故发火的状态,一般人处于这种状态不记得自己说的是什么。他看到,他的这种卫护坐在车上的军医太太的行动充满着受人嘲笑的危险,这是世上他最害怕的事，这时他的本能使他产生了另一种想法。那军官还没有把话说完，气歪了脸的安德烈公爵就冲到他面前，举起鞭子说道：

"请——你——放——她——过——去！"

军官挥了一下手，急忙走开了。

"这一切，这种混乱状态都是这些司令部的人造成的。"他嘟囔了一句，"你们瞧着办吧。"

安德烈公爵眼皮也不抬地急忙离开那个称他为救命恩人的军医太太，朝人们告诉他的总司令所在的村子驰去，路上厌恶地回忆着刚才这个有失尊严的场面的全部细节。

进村后，他下了马，朝第一座房子走去，想在那里哪怕休息一会儿，吃点东西，理一理所有这些使他感到屈辱和难受的想法。"这是一群坏蛋，而不是军队。"他在朝第一座房子的窗口走去时想道，这时听见一个熟悉的声音叫他的名字。

他朝四面看了一下。只见从一个小窗户里探出了涅斯维茨基的漂亮的脸。涅斯维茨基鲜红的嘴里嚼着什么，朝他招招手，叫他进屋去。

"鲍尔康斯基，鲍尔康斯基！听不见还是怎么的？快点进来。"他喊道。

安德烈公爵进屋后，看见涅斯维茨基和另一个军官正在吃东西。他们急忙问他听到了什么新闻。安德烈公爵在他非常熟悉的这两张脸上看出了焦急不安的表情。这种表情在涅斯维茨基的总是笑着的脸上尤其明显。

"总司令在哪里？"鲍尔康斯基问。

"在这里,在那座房子里。"副官回答道。

"您说,真的讲和而且投降了?"涅斯维茨基问。

"我正要问您呢。我好不容易赶上了你们,此外什么也不知道。"

"我们这里,老弟,有什么可说的!可怕极了!我认错,老弟,不该嘲笑马克,我们自己的处境更糟,"涅斯维茨基说,"你坐下,来吃点东西。"

"现在,公爵,行李车找不到,什么也找不到,您的仆从彼得也不知下落。"另一个副官说。

"总部在哪里?"

"我们在茨纳伊姆[①]过夜。"

"而我把所有需要的东西重新打包,由两匹马驮着,"涅斯维茨基说,"这些包给我打得很好。就是打从波希米亚的山里逃跑也能过得去。事情不妙,老弟。你怎么啦,是不是病了,怎么老打哆嗦?"涅斯维茨基看见安德烈公爵像碰到莱顿瓶[②]一样抽搐了一下,问道。

"没有什么。"安德烈公爵回答。

他这时回想起了不久前碰到军医太太和辎重队军官的事。

"总司令在这里做什么?"他问。

"我什么也不知道。"涅斯维茨基说。

"我只知道一点:一切都令人厌恶,厌恶,厌恶。"安德烈公爵说着到总司令待的房子里去了。

---

① 茨纳伊姆即今捷克的兹诺伊莫。
② 莱顿瓶是一种存储静电的器件。

安德烈公爵从库图佐夫的马车、随从们的疲乏的坐骑和大声交谈着的哥萨克们旁边经过，进了门廊。人们告诉安德烈公爵，库图佐夫本人在屋里同巴格拉季翁公爵和魏罗特①在一起。魏罗特是接替阵亡的施米特的奥地利将军。在门廊里，矮小的科兹洛夫斯基蹲在文书的面前。文书卷起袖口，趴在一个翻过来的木桶上匆忙地写着什么。科兹洛夫斯基脸色疲惫，显然他夜里也没有睡。他朝安德烈公爵看了一眼，甚至没有朝他点一下头。

"第二行……写好了吗？"他继续给文书口授，"基辅掷弹兵团、波多利斯克团……"

"记不下来，大人。"文书望着科兹洛夫斯基不客气地和生气地说。

这时从门里面传来库图佐夫激动而不满的声音，他的话不时为另一个陌生的声音所打断。根据他说话的声音，根据科兹洛夫斯基看见他时那种不大理睬的样子，根据疲惫不堪的文书的不恭敬态度，根据文书和科兹洛夫斯基离总司令很近围着木桶坐在地上的情景，根据牵着马的哥萨克在窗户底下大声说笑的样子——根据这一切安德烈公爵感觉到一定发生了什么重要的和不幸的事。

安德烈公爵迫不及待地向科兹洛夫斯基提出了一些问题。

"等一下，公爵，"科兹洛夫斯基说，"正在给巴格拉季翁草拟书面命令。"

"要投降吗？"

"根本没有的事；已发出了作战的命令。"

---

① 魏罗特（一七五四至一八〇七年），奥地利将军，曾任奥军参谋长。

安德烈公爵朝传出说话声的门走去。但是正当他想要开门时，房间里的说话声停止了，门自己打开了，门口出现了虚胖的脸上长着鹰钩鼻的库图佐夫。安德烈公爵正好站在库图佐夫正对面；但是从总司令的唯一的一只能看见东西的眼睛的神情可以看出，由于他正在思考问题和为某些事操心，他的视线仿佛被蒙住了。他直视着安德烈公爵的脸，却没有认出来。

"怎么样，写完了吗？"他问科兹洛夫斯基。

"马上就好，大人。"

巴格拉季翁跟着总司令出来，他个儿不高，长着东方人的五官端正、神情呆板的脸，身体干瘦，但样子还不老。

"参见大人。"安德烈公爵大声说，把一封信递给库图佐夫。

"啊，是从维也纳来的吧？好。等一会儿再说，等一会儿再说！"

库图佐夫与巴格拉季翁一起到了门口的台阶上。

"好吧，公爵，再见，"他对巴格拉季翁说，"基督保佑你。祝福你建立丰功伟绩。"

库图佐夫的脸色突然变得温和起来，眼睛里出现了泪珠。他用左手把巴格拉季翁往自己身边拉，戴着戒指的右手用显然是习惯的动作给他画了个十字，把虚胖的腮帮子伸给他，而巴格拉季翁却吻了吻他的脖子。

"基督保佑你！"库图佐夫又说了一遍，走到了马车旁。"跟我一起上车！"他对鲍尔康斯基说。

"大人，我希望在这里效劳。请允许我留在巴格拉季翁公爵的部队里。"

"上车，"库图佐夫发现鲍尔康斯基在拖延时间，说道，"我自己也需要好的军官,自己也需要。"

他们上了马车,有好几分钟两人都没有说话。

"以后还会有很多很多的事情要做。"库图佐夫带着老年人洞察一切的神情说,好像他对鲍尔康斯基心里的想法一目了然似的。"如果明天他的部队能回来十分之一,我就谢天谢地了。"他好像自言自语似的加了一句。

安德烈公爵朝库图佐夫瞧了一眼,无意中在离他半俄尺①的地方看见库图佐夫鬓角上洗得干干净净的疤痕和打瞎的眼睛,这疤痕是在伊兹梅尔战役中被子弹打穿头骨时留下的。"是的,他有权如此平静地谈论这些人可能遭到的覆灭!"鲍尔康斯基想道。

"正因为如此我才请求把我派往这个部队。"他说。

库图佐夫没有回答。他好像已忘记了自己说的话,坐在那里陷入了沉思。五分钟后,在马车的软弹簧垫上平稳地摇晃着的他,朝安德烈公爵转过身来。他脸上已经没有激动的痕迹。他带着轻微的嘲讽向安德烈公爵询问他会见奥地利皇帝的详情,询问他在宫廷听到的对克雷姆斯战役的反应和几个他们都认识的女人的情况。

十 四

十一月一日,库图佐夫收到了侦察兵的情报,这情报说明,他指挥的部队几乎已陷入了绝境。侦察兵报告说,法军的大批兵

---

① 一俄尺合零点七一米。

力过了维也纳的大桥后,正朝着库图佐夫与从俄国前来增援的部队之间的交通线推进。如果库图佐夫决定留在克雷姆斯,那么拿破仑的十五万大军就将切断他的所有交通线,把他的四万疲惫的军队团团围住,他的处境就会与马克在乌尔姆的处境一样。如果库图佐夫决定放弃那条连接来自俄国的援军的道路,那么他就得在抵御敌优势兵力攻击的同时,退入情况不明、崎岖难行的波希米亚山区,失去同布克斯格夫登①会师的任何希望。如果库图佐夫决定沿着大路,从克雷姆斯向奥尔米茨撤退,以便与来自俄国的援军会合,那么他就可能遇到这样的情况:过了维也纳大桥的法军先到这条路上,这时只好在行进中带着全副重装备和辎重投入战斗,而敌人兵力要大两倍,而且从两边进行夹攻。

库图佐夫选择了这最后的一种方案。

根据侦察兵的报告,法军过了维也纳大桥后,强行军向库图佐夫撤退路上的茨纳伊姆前进,这时茨纳伊姆还在库图佐夫前头一百多俄里。如果在法军之前赶到茨纳伊姆,那么这就意味着拯救军队还有很大希望;而如果让法国人先到茨纳伊姆,那么肯定要使全军遭到像奥军在乌尔姆所遭到的那样的耻辱,或者全军覆没。但是带领全军赶在法国人前面是不可能的。法国人从维也纳到茨纳伊姆的道路比俄军从克雷姆斯到茨纳伊姆的道路要短些和好些。

库图佐夫在接到情报的那天夜里,派巴格拉季翁率领四千人的前卫队从右面翻山越岭从克雷姆斯-茨纳伊姆大道插到维也纳-

---

① 布克斯格夫登(一七五〇至一八一一年),俄国将领。

茨纳伊姆大道上去。巴格拉季翁应当马不停蹄地赶完这段路程，然后停下，面对维也纳背朝茨纳伊姆扎营，如果他得以赶在法国人前头，那么他就应当尽可能地阻止他们前进。库图佐夫本人则带着全部重装备向茨纳伊姆进发。

在一个暴风雨之夜，巴格拉季翁率领饥饿赤脚的士兵在没有道路的山地行军四十五俄里，有三分之一的人掉队，终于比从维也纳过来的法军早几个小时到了维也纳-茨纳伊姆大道上的霍拉布伦。库图佐夫带着辎重还要走整整一昼夜才能到达茨纳伊姆，因此为了拯救军队，巴格拉季翁应当带四千饥饿疲劳的士兵阻击在霍拉布伦相遇的敌军，坚持一昼夜，这显然是不可能的。但是奇怪的命运却使不可能变为可能。法国人不战而骗取维也纳桥的成功，使得缪拉也想欺骗库图佐夫。缪拉在茨纳伊姆大道上遇到巴格拉季翁的力量薄弱的部队后，误以为这是库图佐夫的全军。为了确有把握地消灭这支军队，他等待着从维也纳来的落在后面的部队的到来，为此他提出停火三天，其条件是双方部队不改变自己的位置，原地不动。缪拉佯言，和平谈判已在进行，因此为了避免无谓的流血，他提出停火。担任前哨的奥地利将军诺斯蒂茨伯爵相信了缪拉的军使的话，便向后退，把巴格拉季翁的部队暴露在敌人面前。另一个军使则到俄军散兵线去报告和平谈判的消息和向俄军提出停火三天的建议。巴格拉季翁回答说，他不能决定是否接受停火的建议，便派一个副官带着这个建议去向库图佐夫请示。

对库图佐夫来说，停火是赢得时间的唯一方法，它可使巴格拉季翁疲惫不堪的部队得到喘息的机会，辎重队和重装备也就能朝后撤（其行动是对法国人保密的），哪怕朝茨纳伊姆再撤一段路也好。停火的建议为拯救军队提供了唯一的、出乎意外的可能性。得到这个消息后，库图佐夫立即派遣在他身边的侍从将军①温岑格罗德前往敌营。温岑格罗德奉命不仅应当接受停火，而且提出投降的条件，而与此同时，库图佐夫派副官回去督促全军辎重队尽快沿着克雷姆斯-茨纳伊姆大道撤退。巴格拉季翁的又饥又乏的部队为掩护辎重队和全军的行动，应当一动也不动地待在兵力强七倍的敌军面前。

库图佐夫曾经预料，提出没有任何约束力的投降建议可为运送一部分辎重赢得时间，同时缪拉的错误很快就会被发现，事情果然不出他所料。当时正在离霍拉布伦二十五俄里的舍恩布龙宫的波拿巴一接到缪拉的报告以及停火和投降的草约后，就发现其中有诈，便给缪拉写了一封信：

缪拉亲王：

我找不到适当的词句来表达我对您的不满。您只指挥我的前卫部队，没有我的命令无权决定停火。您使得我失去了整个战役的成果。立刻撕毁停火协定，向敌人发动进攻。您向他们宣布，签订这份投降书的将军无权这样做，除了俄国皇帝外，谁都没有这个权力。

不过假如俄国皇帝同意这个条件，那么我也同意；但是

---

① 在十八世纪的俄国，这是将军衔的副官，到十九世纪逐渐成为一种荣誉头衔。

这不过是一个诡计。进军吧,消灭俄国军队。您可以俘获它的辎重和大炮。

俄国皇帝的侍从将军是一个骗子……军官们在没有被授予全权时,不起任何作用……奥地利人在你们过维也纳大桥时受了骗,而您却受了俄国皇帝的武官的骗。

拿破仑

一八〇五年雾月①二十五日上午八时于舍恩布龙宫

波拿巴派副官快马加鞭把这封措辞严厉的信送给缪拉。他不再把事情交给将军们去办,而是亲自带领近卫军直奔战场,生怕放走就要到手的猎物,而这时巴格拉季翁的四千人的部队正快活地燃起篝火,烘衣服和取暖,三天来第一次熬了粥,他们之中谁也不知道也不考虑他们面临的是什么。

十 五

安德烈公爵向库图佐夫提出的下部队的请求获得了批准,他便于下午三点多钟来到了格伦特,向巴格拉季翁报到。波拿巴的副官还没有到达缪拉的部队,战斗还没有开始。在巴格拉季翁的部队里,人们对战事总的进程一无所知,谈论着和平,但是不相

---

① 雾月是一七九三至一八〇五年法国共和历的第二月,相当于公历十月二十日至十一月二十日。

信有讲和的可能；也谈论战斗，同样不相信战斗马上就会开始。

巴格拉季翁知道鲍尔康斯基是受到宠信的副官，对他特别重视和特别客气，对他说，今明两天就可能发生战斗，给他充分的自由，战斗时可以留在他身边，也可以到后卫部队去观察撤退的情况，因为"这也是很重要的"。

"不过今天大概不会打起来。"巴格拉季翁好像安慰安德烈公爵似的说。

"如果他是司令部里一般的公子哥儿，是到这里来捞十字勋章的，那么他在后卫部队里也能得到；如果想同我在一起，那也行……他若是一个勇敢的军官，是会用得着的。"巴格拉季翁想。安德烈公爵什么也没有回答，只请求允许他去看一看阵地，了解一下部队的部署，以便在执行任务时知道怎么去。部队的值班军官自愿给安德烈公爵带路，这是一个漂亮的男子，衣着讲究，食指上戴着钻石戒指，法语说得很糟，但很喜欢说。

到处都可以见到浑身湿透、脸色忧愁的军官，他们好像在寻找什么，也可见到士兵们从村子里拖来门板、长凳和围墙板。

"您瞧，公爵，简直拿他们没有办法，"带路的校官指着这些人说，"指挥官把他们惯坏了。而在这里，"他朝随军商贩搭起的帐篷指了一下，"聚集着一堆人。今天上午才把所有的人撵走，您看，又坐满了。应当过去吓唬他们一下，公爵。只需一会儿工夫。"

"咱们过去吧，我也要去吃点干酪和面包。"安德烈公爵说，他还没有来得及吃东西。

"您怎么不早说，公爵？不然我可以招待您。"

他们下了马，进了随军商贩的帐篷。几个满面通红、看起来很疲倦的军官坐在桌旁吃喝。

"这是怎么回事,诸位?"校官责备道,听那语气,好像他已经把这句话重复好几次了。"要知道这样擅离职守是不行的。公爵已下了命令,谁也不许来。瞧,您也在这里,上尉先生。"他对一个矮小瘦削、满身泥浆的炮兵军官说,这军官没有穿靴子(他把靴子交给随军商贩去烘干了),只穿长统袜,一见两人进来就站起来,脸上挂着不大自然的微笑。

"图申上尉,您怎么不害臊?"校官接着说,"您作为一个炮兵军官,似乎应该做出榜样,可是您靴子也不穿。一旦发出战斗警报,您不穿靴子可就要您的好看了。(校官笑了笑。)请你们都回到各自的岗位上去,诸位,全都回去。"他用长官的口气补充了一句。

安德烈公爵不由得笑了笑,朝图申上尉看了一眼。图申默默地微笑着,捯换着两只没有穿靴子的脚,用他聪明和善的大眼睛,询问似的一会儿看看安德烈公爵,一会儿看看校官。

"士兵们说,不穿靴子更方便。"图申畏怯地微笑着说,显然想用开玩笑的说话方式来摆脱尴尬的处境。

但是他还没有说完就感觉到,他的笑话无人理睬,玩笑开得不成功。他有些发窘。

"请你们都走吧。"校官说,努力保持严肃的样子。

安德烈公爵又朝矮小的炮兵军官看了一眼。他身上有一种特殊的、完全不像军人的东西,有点滑稽,然而特别吸引人。

校官和安德烈公爵骑上马,继续往前走。

出了村,他们不断地超过和碰见各个不同部队的士兵和军官,看见左边正在修筑工事，新挖出的泥土泛着红色。虽然寒风刺骨，几个营的工兵们都只穿衬衣，像白蚂蚁一样，在这些工事上忙碌着；从土堤后面，不断甩出一铲铲红土，但看不见那里的人。他们到了一个工事旁边，看了一下，又继续往前走。在工事后面，他们碰上了几十个士兵，这些士兵不断地替换着，跑离工事。他们两人不得不捂住鼻子，催马快步离开这个空气污浊的地方。

"这就是军营生活的乐趣，公爵先生。"值班校官说。

他们到了对面的山上。从这座山上已经可以看见法国人。安德烈公爵勒住马，开始仔细观察起来。

"我们的炮连在这里，"校官指着最高点说，"这是由那个不穿靴子的怪人指挥的；从那里什么都看得见，咱们走吧，公爵。"

"非常感谢，现在我一个人就行了，"安德烈公爵说，想要摆脱这个校官，"请您别费心了。"

校官留在后面了，安德烈公爵便一个人骑马走了。

他愈往前走，愈接近敌人，看到部队愈有秩序，情绪愈高。最混乱、情绪最低沉的是安德烈公爵早晨超过的在去茨纳伊姆路上的辎重队，当时它离法国人只有十俄里。在格伦特也可以感觉到某种不安和恐惧。但是安德烈公爵愈接近法国人散兵线，看到我军变得愈来愈自信。士兵们身穿军大衣排好队站着，司务长和连长在清点人数，用手指戳着一个站在班的末尾的士兵的胸脯，叫他举起手；分散在整个区域的士兵们抱来柴火和树枝，搭着棚子，快活地笑着和交谈着；坐在篝火旁的人有的穿着衣服，有的光着上身，他们或烘衬衣和包脚布，或修补靴子和军大衣；在锅灶边和炊事员身旁聚集了不少人。在一个连队里，午餐已准备好了,士兵们馋涎欲滴地瞧着冒着热气的锅,等待管理员盛出一木碗来送给坐在棚子对面的圆木上的军官去品尝。

在另一个比较走运的连队里(因为并不是所有的连队都有弄到伏特加的好运气),士兵们聚集在一个麻脸宽肩的司务长身边,司务长正在端着一个小桶往按顺序递过来的军用水壶盖里倒酒。士兵们脸上带着虔诚的表情把水壶盖往嘴边送,把酒倒进嘴里,在嘴里漱一下咽下去,然后用大衣袖子擦擦嘴,高高兴兴地离开了司务长。大家脸上的表情都非常平静,仿佛一切不是在能看见敌人、即将发生一场至少有一半人倒下的战斗的时候发生的,仿佛他们是在国内等待着平安的驻防。安德烈公爵过了轻步兵团,在基辅掷弹兵的队伍里,在这些也干着日常的事的赳赳武夫那里,在离团长的与众不同的高大棚子不远的地方,碰上了一排站好队的掷弹兵,在他们面前躺着一个脱光衣服的人。两个士兵按住他,另外两个士兵挥动柔韧的树枝抽打着他的光脊梁。受惩罚的士兵装腔作势地喊着。一个胖胖的少校在队伍前来回走着,他不理会那士兵的喊叫,不停地说:

"士兵偷东西是可耻的,士兵应当老实、高尚和勇敢;如果偷自己弟兄的东西,那么他就不老实;这就是坏蛋。再给我打!再给我打!"

于是一直可以听到柔韧树枝的抽打声和绝望的、然而是假装的喊叫声。

"再给我打!再给我打!"少校在旁边说。

一个年轻的军官脸上带着困惑不解和痛苦的表情从受惩罚者身旁走开,用疑问的目光看着路过的安德烈公爵。

安德烈公爵到了前沿后，便沿着战线走去。左翼和右翼敌我双方的散兵线相距很远，而在中央，在早晨军使通过的地方，则离得很近，可以看见彼此的脸和进行交谈。除了据守在这个地方的士兵外，两边都有许多前来看热闹的人，这些人一面谈笑着，一面仔细观看着他们感到奇怪和陌生的敌人。

尽管下了禁止靠近散兵线的命令，但是从大清早起，长官们一直无法赶走看热闹的人。散兵线上的士兵似乎都想要向人们展示稀罕的东西，他们已不注视法国兵，转而观看起那些看热闹的人来，不耐烦地等待着换班。安德烈公爵勒住马，开始仔细观察法国人。

"你看，你看，"一个士兵指着一个俄国火枪兵对同伴说，这个火枪兵与一个军官一起走到散兵线上，同一个法国掷弹兵很快地和热烈地说着什么，"瞧他说得多顺溜！那法国佬快要跟不上了。你也来几句，西多罗夫！"

"别着急，听他说。确实很顺溜！"被认为法语讲得很好的西多罗夫回答道。

那两个谈笑的人所指的士兵是多洛霍夫。安德烈公爵认出了他，倾听起他的谈话来。多洛霍夫是同他的连长从他们团所在的左翼到散兵线上来的。

"好，接着说，接着说！"连长鼓励说，他身体朝前倾，竭力不漏掉每一句他听不懂的话，"再说得快点。他在说什么？"

多洛霍夫没有回答连长；他正在集中精神同法国掷弹兵进行热烈的争论。他们谈的想必就是这次战役。法国兵把奥地利人和俄国人弄混了，说俄国人投降了，从乌尔姆逃跑了；多洛霍夫则说,俄国人不仅没有投降,而且揍了法国人一顿。

"在这里我们奉命把你们赶走,我们一定能做到这一点。"多洛霍夫说。

"不过要当心,不要让你们和你们的哥萨克都成了俘虏。"法国掷弹兵说。

观看这个场面和听他们争论的法国人都笑了。

"我们会像苏沃洛夫那样,把你们打得欢蹦乱跳的(打得你们跳起舞来)。"多洛霍夫说。

"他在那里瞎扯些什么?"一个法国人说。

"一个老早的故事。"另一个法国人回答道,他猜到他们在讲以前的战争,"我们皇上也要像对待别人那样,给你们的苏瓦拉①一点厉害看看……"

"波拿巴……"多洛霍夫刚要开口,就被法国人打断了。

"没有什么波拿巴,只有皇帝!岂有此理……"法国人生气地喊道。

"让你们的皇帝见鬼去吧!"

多洛霍夫改说俄语,他用士兵的粗话骂了一句,背起枪,走开了。

"走吧,伊万·尼基奇。"他对连长说。

"法国话就该说得像这个样子。"散兵线上的士兵们议论起来。"喂,西多罗夫,你也来几句!"

西多罗夫眨了眨眼,转身对法国人像连珠炮似的说起谁也不

---

① 法国兵这样称呼苏沃洛夫,表示轻蔑。

懂的话来。

"卡里，马拉，塔法，萨菲，穆特尔，卡斯卡。"他叽里咕噜地说着，竭力说得有腔有调。

"呵——呵——呵！哈——哈——哈——哈！哟——哟！"在士兵中间响起健康快活的笑声，这笑声不由自主地越过散兵线也传染给了法国人，在这之后似乎应当赶紧退出枪弹，销毁弹药，然后大家各自回自己的老家。

但是枪仍然装着子弹，房屋和工事上的枪眼威严地注视着前方，卸去前车的大炮也仍然像以前一样相互瞄准对方。

十 六

安德烈公爵从右翼到左翼跑遍了整条战线后，登上了炮连所在的高地，照那位校官的说法，从这里看得见整个战场。他在这里下了马，在四门卸去前车的大炮中靠边的一门旁边站住了。在大炮的前面，一个哨兵在来回走动，他看见军官来了，刚想立正站住，但安德烈公爵示意叫他免礼，他便重新迈着均匀的步伐单调乏味地重新走动起来。大炮后面停着前车，再往后是拴马桩和炮兵们燃起的篝火。在左边，离边上那门炮不远的地方有一个新搭的小窝棚，从那里传出了军官们热烈的谈话声。

从炮连所在的地方确实可以看到俄军的整个阵地和大部分敌军。在炮连的正前方，在对面山丘的天际，可以看见名叫申格拉本的村庄；左边和右边，在三个地方，在篝火的烟雾中可以辨认出大批的法国军队，其中的大部分显然驻扎在村子里和山背后。村子左边烟雾弥漫，好像敌人的炮队就在那里，不过肉眼看不大清楚。我军的右翼位于可以俯视法军阵地的相当陡峭的高地上。在那里部署着我们的步兵，而在高地的边缘可以看见龙骑兵。中央是图申的炮连，也就是安德烈公爵正在察看阵地的地方，这里是一道非常平缓的上下坡，它直接通向那条把我们与申格拉本隔开的小溪。在左边，我们的部队紧挨着树林，树林里采伐木柴的步兵燃起的篝火冒着浓烟。法国人的战线要比我们宽，很明显，他们能够很容易地从两边包抄我们。在我们的阵地后面是一个又陡又深的峡谷，炮兵和骑兵很难从那里撤退。安德烈公爵掏出带记事本的皮夹子，胳膊肘支在炮身上，开始给自己画部队的部署图。有两处他用铅笔做了记号，打算向巴格拉季翁汇报。他有这样的设想：第一，把全部炮兵集中到中央；第二，把骑兵往后调到峡谷的那一边。安德烈公爵经常待在总司令身边，留心大批部队的行动和总的部署，不断研究战争史对各种战例的描述，在眼前的这场战斗中，他不由得考虑起下一步军事行动的大致轮廓。他想到的只是以下几种巨大的可能性："如果敌军向右翼发起进攻，"他自言自语地说，"基辅掷弹兵团和波多利斯克猎骑兵团应当坚守阵地，直到中央的援军赶到。在这种情况下，龙骑兵可以突击翼侧，将敌军打退。如果中央阵地遭到攻击，我们就把中央的炮队放在这个高地上，在它的掩护下把左翼部队拉过来，成梯队撤退到峡谷。"他就这样自言自语地议论着……

在他待在炮连的大炮旁的整个时间里，像常有的那样，他虽然不断听见棚子里的军官的说话声，但是没有听明白他们所说的一句话。突然他觉得棚子里说话的声音惊人地亲切,便情不自禁地留心倾听起来。

"不,老兄,"一个愉快的、安德烈公爵仿佛觉得熟悉的声音说,"我说,假如可以知道死后的情况,那么我们当中就没有人会害怕了。就是这样,老兄!"

另一个比较年轻的声音打断了他的话:

"害怕不害怕,反正都一样——在劫难逃。"

"还是害怕!唉,你们这些聪明人。"第三个声音打断了前两个,这声音听起来很刚强,"你们炮兵真聪明,什么东西都随身带:有伏特加,也有下酒菜。"

这个声音刚强的人大概是一个步兵军官,他笑了起来。

"终究还是害怕。"第一个熟悉的声音继续说,"怕的是不知道死后怎么样,就是这么回事。不管说得多么热闹,说什么灵魂一定会升天等等……可是我们知道并没有什么天,只有大气层。"

那个刚强的声音又打断了炮兵的话。

"图申,拿出您的药草酒来请客,好吗?"他说。

"啊,原来就是那个不穿靴子站在随军商贩那里的上尉。"安德烈公爵想道,高兴地听出了他谈生和死的大道理的悦耳声音。

"要喝药草酒是可以的,"图申说,"不过仍需要弄清来世……"他没有把话说完。

这时空中响起了呼啸声;这声音愈来愈近,愈来愈快,愈来愈清楚,一颗炮弹好像没有把要说的话说完似的,就砰的一声落在离棚子不远的地方,以超人的力量炸成碎片。大地好像受到可怕的打击一样,惊叫了一声。

在这一瞬间,矮小的图申嘴角叼着烟斗,第一个从棚子里跑出来;他的和善聪明的脸变得有点苍白。跟他出来的是那个声音刚强的人——一个英武的步兵军官,他跑回自己的连去,一面跑,一面扣着纽扣。

十七

安德烈公爵骑着马站在炮连所在地,观看发射出炮弹的那门大炮冒出的硝烟。他的眼睛在一个广阔的地域内来回扫视着。他看见原来一动不动的法国人动了起来,左边确实部署着炮队。在它上面硝烟还没有消散。两个骑马的法国人,大概是副官,在山上奔跑。可以清楚看到敌军的一支不大的队伍正向山下移动,大概是为了增强散兵线的兵力。第一发炮弹的烟硝未散,又冒出了另一股硝烟,传来了另一声炮响。战斗开始了。安德烈公爵拨转马头,驰回格伦特去寻找巴格拉季翁公爵。他听到背后的炮声变得更加密集和更加响亮。显然是我军开始还击了。从下面,从军使们经过的地方,传来了枪声。

勒马鲁瓦(Lemarrois)带着波拿巴的那封措辞严厉的信刚刚赶到缪拉那里,于是受到羞辱的缪拉想要将功补过,立刻命令部队向我中央阵地推进,并向两翼迂回,希望在天黑前,不等皇帝驾临,就消灭在他面前的这支微不足道的部队。

"开始了!果然打起来了!"安德烈公爵想道,感觉到血液开始更快地往心脏涌流。"但是在哪里呢?我的土伦将采取什么形式表现出来呢?"他想。

他在经过一刻钟前还在吃粥和喝酒的那两个连队之间时,到处都看到士兵们正在用同样迅速的动作站队和挑选武器,从所有人的脸上看出他们也有一种与自己一样的兴奋的心情。"开始了!果然打起来了!可怕而又快活!"每个士兵和军官脸上的表情似乎在这样说。

他还没有到正在建筑工事的地方,就看见在阴沉的秋日的暮色里有一队骑马的人朝他迎面过来。最前面的一个披着斗篷和戴着羔皮帽,骑着一匹白马。这是巴格拉季翁公爵。安德烈公爵停下来等他。巴格拉季翁公爵勒住马,认出了安德烈公爵,朝他点了点头。在安德烈公爵向他讲述所见的情况时,他继续朝前方看着。

"开始了!果然打起来了!"就连巴格拉季翁公爵的那张结实的褐色的脸也表露出这样的意思,他半闭着浑浊的眼睛,仿佛没有睡够似的。安德烈公爵不安而又好奇地望着这张一动不动的脸,很想知道这个人此时此刻是不是在思考,有没有感觉,他在想些什么,有什么样的感觉。"在这张一动不动的脸后面究竟有什么东西没有?"安德烈公爵一面望着他,一面问自己。巴格拉季翁公爵低下头,表示同意安德烈公爵的话,说了声"好的",从他说话的表情来看,似乎所发生的和向他报告的一切,正是他已经预见到的。安德烈公爵骑马跑得气喘吁吁,话说得很快。而巴格拉季翁公爵说话带东方口音,说得特别慢,好像在暗示不必那么着急。不过他还是催马快步跑向图申的炮连。安德烈公爵和随从一起跟在他后面。跟随巴格拉季翁公爵的有:一个随从军官——公爵的私人副官、传令官热尔科夫、骑一匹英国式骏马的值班校官和一个文官——军事法庭检察官,他出于好奇要求到战场上来。军事法庭检察官是一个长着一张肉乎乎的脸的胖子,他带着天真快乐的微笑朝四周张望,在马上摇摇晃晃,他的那种穿条纹厚呢大衣坐在辎重兵马鞍上的模样,在骠骑兵、哥萨克和副官们中间显得非常古怪。

"他想看一看怎样打仗,"热尔科夫指着军事法庭检察官对鲍尔康斯基说,"可是心口已经痛起来了。"

"您说到哪儿去了。"检察官容光焕发,带着天真而又狡黠的微笑说,好像他以成为热尔科夫嘲笑的对象而深感荣幸似的,好像他是有意装出比实际情况更愚蠢的样子似的。

"非常好笑,公爵先生。"值班校官说。(他记得法语中称呼公爵这个封号时有一种特殊的说法,但是怎么也说不准确。①)

在所有这些人快要到达图申的炮连时,他们的前面落下了一颗炮弹。

"掉下来的是什么东西?"检察官天真地微笑着问。

"法国肉饼。"热尔科夫说。

"这么说,他们用这东西打人?"检察官问,"多么可怕!"

看来他心中乐开了花。他刚说完,又响起了出人意外的可怕的呼啸声,突然它像碰到柔软的东西一样,啪——嗒——声,停止了,骑马走在检察官右边靠后的哥萨克连人带马倒在地上。热

---

① 法语中称呼公爵时,只说"mon prince"(公爵)就行了,校官所说的"monsieur"(先生)一词是多余的。

尔科夫和值班校官伏在马鞍上，拨转马头跑了。检察官在哥萨克对面停住，好奇地仔细察看着他。哥萨克已经死了，马还在挣扎。

巴格拉季翁公爵眯起眼回头看了一眼，弄清发生混乱的原因后，冷漠地转回头去，好像说："值得这样大惊小怪吗？"他做了一个娴熟的动作勒住马，稍稍弯下身子，正了正挂住斗篷的佩剑。这佩剑是老式的，与现在的佩剑不一样。安德烈公爵想起了苏沃洛夫在意大利把自己的佩剑赠给巴格拉季翁的故事，他在这时想起这件事感到非常愉快。他们来到了刚才安德烈公爵站在那里观察战场的那个炮连的所在地。

"这是谁的连队？"巴格拉季翁公爵问站在炮弹箱旁边的司务长。

他嘴里问的是"谁的连队"，实际上他是问："你们在这里胆怯不胆怯？"司务长明白了他的意思。

"是图申上尉的连队，大人。"这个红头发、满脸雀斑的司务长挺直身子，快活地高声回答道。

"好，好。"巴格拉季翁说道，他一面考虑着什么，一面经过前车旁朝靠边的一门大炮走去。

当他快要到那里时，这门大炮发射了一发炮弹，震得他和随从们耳朵发聋，在大炮周围突然冒出的烟雾中，可以看见炮兵们正在扶住大炮，急忙把它推回到原来的位置去。宽肩膀的、身材特别高大的一炮手拿着炮刷，纵步跳到轮子旁；二炮手用颤抖着的手把炮弹装进炮口里。身材不高、背有点驼的军官图申没有发现将军到来，他在炮尾上绊了一下，跑到前面，用小手搭个凉棚朝前方看着。

"再加两俄分①,这样就正好了。"他用细嗓子喊道,竭力想喊得威武雄壮些,可惜这又与他矮小的个子不相称。"二号,"他尖声命令道,"狠狠地揍,梅德维杰夫!"

巴格拉季翁叫那个军官过来,于是图申畏畏缩缩,动作笨拙,不像军人敬礼,而像神父祝福似的把三个指头贴在帽檐上,走到将军跟前。虽然图申的大炮奉命炮击谷地,但是他朝前面看得见的申格拉本村发射燃烧弹,因为村前出现了大批法国人。

谁也没有命令图申朝哪里和用什么炮弹射击,而他同他非常尊重的司务长扎哈尔钦科商量后,决定最好是把那个村子烧毁。"很好!"巴格拉季翁听了图申的报告后说,开始观察展现在他面前的战场,好像在考虑着什么。在右边,法国人逼得最近。从基辅团防守的高地下面,从小河的谷地里传来了揪心的噼噼啪啪的枪声,随从军官指给巴格拉季翁公爵看,在更加靠右的地方,在龙骑兵的后面,一队法国人正向我军侧翼迂回过来。左边的地平线被附近的树林遮住了。巴格拉季翁公爵命令中央的两个营前去加强右边。随从军官大胆地向他提出,说这两个营调走后大炮将失去掩护。巴格拉季翁公爵朝随从军官转过身来,用无神的眼睛默默地朝他看了一眼。安德烈公爵觉得,随从军官的意见是对的,确实是没有什么可说的。但是这时一个副官骑着马从据守谷地的团长那里跑来,带来了这样的消息:大批法国人从下面涌过来,我军的那个团已陷于混乱状态,正在朝基辅掷弹兵那里撤退。巴格拉季翁公爵低下头表示同意和赞成。他骑马慢步向右走,派

---

① 一俄分等于十分之一英寸,合二点五四毫米。

副官到龙骑兵那里去，命令他们攻打法国人。但是派去的副官半个小时后带回消息说，龙骑兵团团长已把部队撤到峡谷的那一边，因为他们受到炮火的猛烈轰击，白白损失了一些人，因此命令射手下马进入树林。

"很好！"巴格拉季翁说。

在他离开炮连时，从左边树林里也传来了枪声，由于离左翼太远，自己已来不及赶到那里去了，便派热尔科夫去告诉那位老将军（他的团队曾在布劳瑙接受库图佐夫检阅），要他尽可能快地撤到峡谷那一边，因为右翼在敌人攻击下大概坚持不了多久。至于图中和掩护他的一个营却被忘掉了。安德烈公爵留心地倾听巴格拉季翁公爵同指挥官们的谈话和他下达的命令，惊奇地发现，实际上巴格拉季翁公爵什么命令也没有下，他只是竭力装出一种样子，仿佛所有必然地和偶然地发生的以及按照个别长官的意志所做的事，尽管不是根据他的命令办的，然而是符合他的意图的。安德烈公爵看出，由于巴格拉季翁公爵所显示的大将风度，虽然许多事情出于偶然，与长官的意志无关，他的亲临前线还是起了很大作用。面色惊慌的指挥官们到了巴格拉季翁公爵面前便镇静下来，士兵们和军官们快活地欢迎他，有他在场他们变得更加活跃，显然是想在他面前炫耀自己的勇敢。

十八

巴格拉季翁公爵一行到达我军右翼的最高点后，便往下走，从那里传来一阵阵枪声,由于硝烟弥漫,什么也看不清。他们愈往下朝谷地走,他们就愈看不见什么,但是愈强烈地感觉到接近真正的战场。他们开始碰到伤员。一个满头是血、不戴帽子的人由两个士兵架着走。他发出呼哧呼哧的声音,吐着血。子弹显然打中了嘴巴或喉咙。他们碰到的另一个人强打着精神独自走着,他没有带枪,大声地哼着,一只刚受伤的手臂痛得直摇晃,血从伤口里出来好像从瓶口里出来一样,滋在大衣上。他脸上的表情看起来与其说是痛苦,不如说是恐惧。他是一分钟前受伤的。他们穿过大路,开始沿着一个陡坡往下走,在坡上看见几个躺着的人;他们遇到一群士兵,其中也有没有受伤的。士兵们喘着粗气往山上走,虽然看见了将军,还是大声交谈着,甩动着双手。在前面的烟雾中已经可以看到一排排穿灰大衣的人,军官见了巴格拉季翁后,叫喊着去追那一群士兵,要求他们回来。巴格拉季翁到了队伍前,队伍里时而这里时而那里很快响起了枪声,把说话声和口令声都压下去了。空气里充满了硝烟。士兵们的脸都被火药熏黑了,不过都很兴奋。一些人在用装药杆装火药,另一些人在把火药往药池里撒,从口袋里取出弹头,还有一些人在射击①。但是他们在向谁射击,这一点看不清楚,因为风没有把硝烟吹散。相当经常地可以听到悦耳的嗖嗖声和哧溜声。"这究竟是什么?"安德烈公爵朝这群士兵走过去时想道,"这不可能是散兵线,因为他们挤成一团;不可能是冲锋,因为他们没有动;不可能是方阵,

---

① 旧式火枪的发射过程是这样的:火药和弹头从枪口装进枪筒,用装药杆捣实,燧石打出的火花落到紧挨火门、撒着火药的药池里,用这种方法燃着弹药。

因为他们站得不对。"

团长看样子是一个瘦弱的小老头,他脸上挂着愉快的微笑,一双老眼有一大半被眼皮遮住,这使他显得比较温和,他到了巴格拉季翁公爵跟前,像主人接待贵客那样接待他。他向巴格拉季翁公爵报告说,法国骑兵曾向他的团发动进攻,虽然进攻被打退了,全团损失了一半以上的人。团长所说的"进攻被打退了"这一军事术语,是他想出来表示他的团里发生的事的;但他自己确实也弄不清这半个小时内由他指挥的部队里究竟发生了什么事,无法准确地说明是进攻被打退了呢,还是他的团遭到进攻并且被打败了。在战斗开始时他只知道,炮弹和榴弹朝他的整个团飞来,打死了人,接着有人喊道:"骑兵!"我方就开始射击。射击一直不断,现在已不是向已消失了的骑兵射击,而是转向了在谷地里出现并向我方射击的法国步兵。巴格拉季翁公爵低下头,表示这一切完全符合他的愿望和设想。他朝副官转过身来,命令他从山上调来第六轻步兵团的两个营,他们刚才从这两个营的旁边经过。这时巴格拉季翁公爵的脸发生了很大变化,使安德烈公爵感到十分惊讶。他的脸表现出一种专注的和欣幸的决心,一个人在大热天准备跳进水中前跑最后几步时常常会有这样的决心。原来的那双没有睡够的、呆板无神的眼睛不见了,那种装出来的深思熟虑的样子也不见了,他那圆圆的、坚定的、像鹰一样锐利的眼睛兴奋而带几分轻蔑地看着前方,目光显然没有停留在什么具体的东西上面,而这时他的动作还像刚才那样缓慢和从容不迫。

团长恳请巴格拉季翁公爵往回走,因为这里太危险了。"哪能这样呢,公爵大人,看在上帝分上!"他说,他瞅瞅随从军官,想求得支持，可是随从军官转过脸去。"请看！"他要人们注意在他们附近不停地呼啸着、哀鸣着和尖叫着的子弹。他说话用的是请求和责备的语气，好像一个木匠对操起斧子的老爷说："我们干惯了这活儿，而您的手会磨出血泡来的。"他这样说，仿佛他自己不会被这些子弹打死似的，他的半闭着眼睛的表情使他的话显得更具有说服力。校官也和团长一起来劝说；但是巴格拉季翁公爵没有答理他们，只下令停止射击和调整队形，给前来增援的两个营腾出地方。在他说话时刮起了一阵风，遮住谷地的烟幕好像被一只无形的手从右边往左边拉，于是对面的山和山上运动着的法国人便展现在他们跟前。所有人的目光不由自主地集中到一队沿着斜坡蜿蜒而下朝他们过来的法国人。已经看得见士兵的毛茸茸的帽子；已经分得清军官和普通士兵，可以看到他们的军旗飘打着旗杆。

"走得真整齐！"巴格拉季翁的随从中有人说。

法国人队伍的排头已下到了谷地。冲突应当在这边的山坡上发生……

我军刚才作过战的团队的残部匆忙整队往右边走；从他们后面，第六轻步兵团的两个营步伐整齐地过来了，一路上轰走掉队的人。他们还没有走到巴格拉季翁面前，就可以听到全体官兵齐步走的沉重的脚步声。左面离巴格拉季翁最近的是一个体格匀称、圆脸上带着傻乎乎的得意的微笑的连长，这就是刚才跑出图申的棚子的那个人。显然这时他除了想雄赳赳地从长官的面前经过外，什么也没有想。

他在队列里洋洋自得，迈开肌肉发达的双腿轻快地走着，像游泳一样毫不费力,他的轻快的脚步同士兵们合着他的步子走的沉重的脚步大不一样。他在大腿旁佩着一把出了鞘的又薄又窄的剑(这把弯曲的小剑不像武器),时而看看长官,时而朝后看,脚步不乱,整个身体灵活地转动着。看起来他的整个心思都用在如何以最好的姿态从长官面前走过上,他觉得这件事做得很好,因而感到很幸福。"一二一……一二一……一二一……"似乎他每走一步,心里都在这样喊着,像一堵墙一样的士兵背着沉重的背囊和火枪,各自表情严肃地合着这个节拍向前行进,仿佛这几百个士兵当中的每一个人每走一步心里也在说着:"一二一……一二一……一二一……"一个胖胖的少校走得气喘吁吁,而且步子乱了,他绕过了长在路上的灌木;一个掉队的士兵喘着粗气,因没有赶上队伍脸上露出惊恐的表情,快步去追自己的连队;一颗炮弹冲开空气,从巴格拉季翁公爵和随从的头顶上飞过,也合着"一二一"的节拍,落到了队伍中间。"靠拢!"传来了连长炫耀自己嗓音的喊声。士兵们成弧形绕过炮弹落下的地方的某些东西往前走,一个作为排头的老士官在打死的人旁边落在后面了,他赶紧追上自己的队伍,跳了跳,换了一下脚步,合上了节拍,生气地回头瞧了一眼。从具有威胁性的静默中,从数百双脚同时落地发出的单调的声音中,仿佛也可以听出"一二一……一二一……一二一……"的喊声。

"好样的,弟兄们!"巴格拉季翁公爵说。

"为大——人——效——劳!……"队伍里响起了欢呼声。左边一个面色阴沉的士兵一面喊着,一面回头看了一眼,他脸上的表情仿佛这样说:"我们自己知道";另一个士兵好像担心分散注意力,头也不回,张大嘴,喊着过去了。

下了停止前进、放下背囊的命令。

巴格拉季翁绕过从他面前经过的队伍走了一周,下了马。然后他把缰绳交给哥萨克,脱下斗篷,也交给了他,伸开双腿,正了正头上的帽子。这时法国人的队伍由军官带着继续前进,排头在山下出现了。

"上帝保佑!"巴格拉季翁用大家都能听得见的声音坚决地说,转身朝前沿地带看了一眼,微微摆动双手,迈着骑兵的笨拙步子,好像很吃力似的沿着坑坑洼洼的田野向前走去。安德烈公爵觉得有一种不可克制的力量带着他冲向前,并感到巨大的幸福。①

法国人已经离得很近了;与巴格拉季翁并肩走的安德烈公爵已经能看清楚法国人的饰带、红肩章,甚至他们的脸了。(他清楚地看到一个法国老军官,此人穿着半高统靴子,两条腿向外撇,攀着灌木,吃力地往山上爬。)巴格拉季翁没有下新的命令,还是那么默默地在队列前面走着。突然在法国人当中响起了枪声,接着响起了第二声,第三声……队形已乱了的敌军队伍中到处冒出了硝烟,密集的枪声响成一片。我们的几个人倒下了,其中包括那个刚才走得非常欢快和卖劲的圆脸军官。就在第一声枪响的瞬间,巴格拉季翁回头看了一眼,大声喊道:"乌拉!"

---

① 梯也尔在谈到这次进攻时这样说道:"俄国人表现得非常英勇,这样的事在战争中是少见的,两队步兵都坚决向对方冲过去,直到相碰前都各不相让。"而拿破仑在圣赫勒拿岛上说:"俄国的几个营表现出了无畏精神。"——作者注

梯也尔(一七九七至一八七七年)是法国政治家、新闻记者和历史学家,他的这段话是在他的著作《执政府和帝国时代的历史》一书中说的。

"乌——拉——拉！"我们的队伍里发出一片拖长声音的喊声，我们的人跑到巴格拉季翁公爵前面，不再保持队形，你追我赶和兴高采烈地冲下山，去追赶陷于一片混乱的法国人。

十九

第六轻步兵团的进攻，保证了右翼的顺利撤退。部署在中央的图申的炮连击中了申格拉本，使它起了火，这个被遗忘的炮连的行动牵制了法国人。法国人只好花工夫来扑灭随着风势蔓延开来的大火，这给了俄国人撤退的时间。中央的部队是经过峡谷撤退的，显得匆促和忙乱；然而在撤退时，部队的编队并没有乱。而由亚速团和波多利斯克团这两个步兵团以及保罗格勒骠骑兵团组成的左翼，同时遭到拉纳指挥的法军优势兵力的正面攻打和翼侧迂回，陷入了混乱。巴格拉季翁派热尔科夫到左翼的将军那里去，命令他立即撤退。

热尔科夫没有把举到帽檐的手放下来，就矫捷地飞身上马，疾驰而去。但是他刚离开巴格拉季翁，就觉得浑身无力。一种无法克服的恐惧控制了他，他不能到危险的地方去。

他到了左翼的部队后，没有到前面正在射击的地方去，而是到将军和其他长官不可能待的地方去找他们，因此没有把命令送到。

按照资历，整个左翼的指挥权属于那个在布劳瑙附近受过库图佐夫检阅的团的团长，就是上面说的那位将军，多洛霍夫在他的团里当兵。而左翼的边缘则由罗斯托夫在其中服役的保罗格勒团的团长指挥，因此发生了争执。两个团长相互都怄着一肚子气，而当右翼早已打响、法国人已发动进攻时，两人还忙于谈判，其目的无非是要气一气对方。无论是骑兵团还是步兵团，对面临的战斗准备得都很不够。团里的人，从士兵到将军，都没有想到要战斗，放心地做着日常生活的事：骑兵喂马，步兵拾柴火。

"既然他军衔比我高，"在俄军服役的德国人、骠骑兵团团长红着脸对骑马前来的副官说，"那么他想干什么就让他干什么好了。我不能叫我的骠骑兵去送死。号手！吹撤退号！"

但是情况很紧急。右面和中央的排炮声和枪声连成一片，拉纳的法国步兵已经过了磨坊的堤坝，在这边有两个火枪射程的地方列队。于是步兵团长迈着一抖一抖的步伐走到马跟前，骑上后身子显得很直很高，他前去找保罗格勒团团长。两位团长见面时客客气气地点头哈腰，而心里却满怀着仇恨。

"然而，团长，"将军说，"我不能把一半人扔在树林里。我**请求**您，我**请求**您，"他重复说，"占据**阵地**，准备进攻。"

"而我请求您，不是您的事您就不要干预，"团长急躁地说，"如果您是一个骑兵……"

"我不是骑兵，上校，不过我是一个俄国将军，如果您不清楚这一点的话……"

"非常清楚，大人，"团长突然踢了一下马，大声说道，脸涨得通红，"您是否愿意到散兵线上去看看，我们将会看到这阵地毫无用处。我不想为了让您高兴把自己的团毁了。"

"您太放肆了，团长。我并没有考虑自己高兴不高兴，也不允许这样说。"

将军接受团长的比赛勇气的邀请，挺起胸膛，皱紧眉头，和他一起朝散兵线前进，仿佛他们的全部分歧可以在那里，在散兵线上，在枪林弹雨中得到解决。他们来到了散兵线上，几颗子弹从他们的头顶飞过，他们默默地停住了。在散兵线上没有什么可看的，因为从他们刚才站的地方也能清楚地看到，骑兵是无法在灌木丛和峡谷里行动的，法国人正从左面包抄过来。将军和团长像两只准备打架的公鸡一样板着脸威严地相互对视着，徒然地等待对方露出怯懦的迹象。两个人都经受住了考验。他们都没有什么话好说，而且谁也不愿意让对方说自己第一个离开火线，要不是这时在树林里，几乎在他们背后响起了噼噼啪啪的枪声和一片低沉的叫喊声，他们准会这样长时间地站着，互相考验着勇气。法国人向树林里拾柴火的士兵发起进攻。骠骑兵已无法同步兵一起撤退。他们左边的退路已被法国人切断。现在，无论地形如何不利，必须发起进攻，为自己开辟道路。

罗斯托夫所在的骑兵连刚骑上马，就被敌人迎面挡住。又像在恩斯河大桥上一样，在骑兵连和敌军之间没有任何人，他们之间有一条未知的和恐惧的可怕界线把他们分开，这好像是一条分隔生者与死者的界线。所有的人都感觉到这条界线，使他们不安的是能否越过和如何越过这条界线的问题。

团长策马来到前沿，怒气冲冲地回答了军官们提出的问题，他是一个不顾一切地固执己见的人，下了一道命令。谁也没有说什么明确的话，但是要发起冲锋的消息却传遍了整个骑兵连。发出了整队的口令，接着响起了马刀出鞘的刷拉声。但是还没有一个人动一动。左翼的部队,无论是步兵还是骠骑兵,都感觉到,长官自己也不知道该怎么办,于是长官们的犹豫传染给了整个部队。

"快一些,最好快一些。"罗斯托夫想,他觉得尝一尝冲锋的乐趣的时候终于到来了,关于这种乐趣他的骠骑兵同伴曾对他讲过很多。

"上帝保佑,弟兄们,"杰尼索夫说,"快步前进。"

前排的马的臀部晃动起来。小白嘴鸦扯了一下缰绳,自行往前走。

罗斯托夫在右边看见本团前几排的骠骑兵,而在前面更远一些的地方有一条深颜色的带子似的东西,他还看不清楚,但认为那就是敌人队伍。可以听到枪声,但是离得较远。

"加快速度!"传来了口令声,罗斯托夫感觉到他的小白嘴鸦抬起臀部,大跑起来。

他预先就知道马会那样做,心里变得愈来愈高兴。他发现前面有一棵孤零零的树。这棵树开头在前面,在那条曾觉得如此可怕的界线中间。现在过了这条线,不仅什么可怕的事也没有发生,而且觉得愈来愈高兴和兴奋。"我可要把他们砍个痛快。"罗斯托夫手里紧握刀柄想道。

"乌——拉——拉——拉!!"响起了一片呐喊声。

"好吧,现在不管谁碰上我。"罗斯托夫想道,他用马刺刺小白嘴鸦,让它全速前进,以便超过别人。前面已可看见敌人。突然好像有一把大扫帚把什么东西朝连队扫过来。罗斯托夫举起马刀准备要砍,但是这时跑在他前面的士兵尼基坚科离开了他,罗斯托夫像在做梦一样感觉到自己继续以不寻常的速度朝前奔跑，同时又觉得留在原地不动。他认识的骠骑兵班达尔丘克从后面朝他疾驰过来，生气地看了一眼。班达尔丘克的马向旁边一闪，于是他从旁边飞驰而过。

"这是怎么回事？我不动了？——我倒下了，我被打死了⋯⋯"在一瞬间罗斯托夫自问自答。他已是一个人躺在田野上了。他在自己周围看到的已不是跑动的马和骠骑兵们的脊背，而是静止的土地和麦茬。他身子底下有一摊温暖的血。"不，我受伤了，马被打死了。"小白嘴鸦想撑着前腿起来，但是跌倒了，压伤了罗斯托夫的一条腿。血从马的脑袋里流出来。马挣扎着，但站不起来。罗斯托夫也想起来，但也跌倒了：皮囊挂住了马鞍。我们的人在哪里，法国人在哪里——他都不知道。周围一个人也没有。

他抽出腿，站了起来。"现在那条把两个军队截然分开的界线在哪里，在哪一边？"他问自己而又回答不了。"我是否发生了什么不好的事？常有这种情况吗？遇到这种情况该怎么办？"他站起来时问自己；这时觉得在他麻木的左臂上挂着什么多余的东西。他的手好像已不是自己的一样。他察看了一下手，仔细地寻找上面的血迹。"瞧那些人，"他看见几个人向他跑来高兴地想道，"他们救我来了！"跑在这些人前头的是一个戴着奇怪的高筒帽和穿着蓝色军大衣、脸晒得黑黑的、长着鹰钩鼻子的人。后面还有两个，还有很多人在跑。其中一个人讲了一句话，听起来很怪，不像俄语。在后面的同样也戴着高筒帽的人中间，站着一个俄国骠骑兵。他被捉住双臂；在他后面有人牵着他的马。

"大概是我们的人被俘了⋯⋯是的。难道也要把我抓起来吗？

这是些什么人？"罗斯托夫一直想着，心里觉得很惊讶，"难道这是法国人吗？"他望着逐渐走近的法国人，尽管在一刹那之前他还在追赶法国人，要把他们砍死，现在法国人就要到他跟前了，他觉得十分可怕，简直不相信自己的眼睛。"他们是什么人？他们为什么跑着？难道是来找我的吗？难道他们是朝我跑过来的？跑过来干什么？杀死我吗？要杀死**我**这个大家都喜欢的人？"他想起了母亲和全家的人，想起了朋友对他的爱，觉得敌人不可能有杀死他的想法。"也许会杀死我！"他一动不动地站了十多秒钟，不明白自己的处境。前头的那个鹰钩鼻子的法国人已跑到紧跟前了，已看得清他脸上的表情了。他看到这个端着刺刀、屏住呼吸、轻快地朝他跑过来的人激动的和陌生的脸，心里非常害怕。他抓起手枪，可是没有射击，却向那法国人扔过去，接着竭尽全力拔腿朝灌木丛跑去。他跑的时候已没有上次过恩斯河大桥的那种疑虑和斗争，而是觉得自己好像一只躲避猎犬的兔子。一种害怕失去自己年轻幸福的生命的恐惧感控制了他的整个身心。他很快地跳过田埂，像玩逮人游戏时那样飞速在田野上跑着，不时转过他那苍白、和善和年轻的脸往回看，觉得整个脊背一阵发冷。"不，最好还是不要看。"他想，但是跑到灌木丛跟前时又回头看了一下。法国人落在后面了，就在他回头看的一瞬间，前头的法国人由快步改为慢步，转过身对后面的同伴喊叫着什么。罗斯托夫站住了。"有点不是那样，"他想，"他们不像要杀死我的样子。"这时他觉得左手是那样的沉重，好像上面悬挂一个两普特重的秤砣似的。他已跑不动了。法国人也站住了，向他瞄准。罗斯托夫眯起眼，弯下身子。一颗又一颗子弹呼啸着从他身旁飞过去了。他使出最后的气力，用右手托住左手，跑到了灌木丛。灌木丛里埋伏着俄国的步兵。

二十

步兵团在树林里遭到突然袭击，便从那里跑出来，各个连队混在一起，乱成一团，仓皇后退。一个士兵惊慌失措，说出了战场上的一句可怕的和毫无意义的话："被切断了！"这句话与恐惧的感觉一起传给了所有的人。

"被包围了！被切断了！完了！"逃跑的人叫喊着。

团长听到枪声和背后的叫喊声，立刻就知道他的团发生了可怕的事，他想到，像他这样一个服役多年、没有什么过错的模范军官可能被上司视为玩忽职守和指挥无方而获咎，想到这里他大吃一惊，这时忘记了不听话的骑兵团长和自己身为将军的尊严，而主要的，完全忘记了危险和自我保全的想法，紧紧抓住鞍桥，用马刺刺马朝团队奔去，子弹像冰雹似的落下，幸而没有打中他。他只有一个愿望：弄清是怎么回事，如果他有错误的话，无论如何要想办法进行补救和加以纠正，使得他这个服役二十二年没有受过任何指责的模范军官不至于成为罪人。

他幸运地在法国人中间飞驰而过，来到了树林那一边的田野上，我们的人正穿过树林奔跑，他们不听指挥，朝山下跑去。到了精神上的摇摆决定战斗命运的时刻，胜负要看这些乱成一团的士兵是听指挥官的命令呢，还是只看他一眼，继续往前跑。尽管这位以前士兵们觉得非常威严的团长拼命地叫喊，尽管团长脸气得通红，完全变了形，手中挥舞着佩剑，士兵们仍然跑着，交谈着，朝天开枪，不听命令。决定战斗命运的精神上的摇摆，显然摇向了助长恐惧的一边。

将军由于叫喊和呛人的硝烟咳起嗽来，便绝望地停住。一切看来都完了，但是这时向我们进攻的法国人看不出是因为什么突然往回跑，从树林边消失了，树林里出现了俄军的步兵。这是季莫欣的连队，只有它在树林里保持着队形，埋伏在林边的沟渠里，这时突然向法国人发起冲锋。季莫欣不顾一切地喊叫着朝法国人扑过去，他像喝醉酒一样发狂地挥舞佩剑奔向敌人，法国人还没有弄清是怎么回事就扔下武器逃跑了。与季莫欣一起跑过去的多洛霍夫捅死了一个法国人，第一个抓住了投降的军官的领子。逃跑的人回来了，各个营重新集合起来，曾把左翼的部队分割成两部分的法国人，一下子被击退了。预备队会合了，逃跑的人停了下来。团长与埃科诺莫夫少校一起站在桥边，让各个后撤的连队从身旁走过去，这时一个士兵走到他身边，抓住他的马镫，几乎靠在他身上。这个士兵穿着一件蓝呢大衣，没有背背囊和戴高筒帽，脑袋包扎着，肩上挎着一个法国子弹袋。他手里拿着军官的佩剑。他脸色苍白，一双蓝眼睛傲慢地望着团长的脸，而嘴边挂着微笑。尽管团长正在给埃科诺莫夫下命令，他不能不注意这个士兵。

"大人，这是两件战利品。"多洛霍夫指着法国佩剑和子弹袋说，"我俘虏了一名军官。我止住了一个逃跑的连队。"多洛霍夫累得喘着粗气，说话断断续续，"全连的人可以证明。请您记住，大人！"

"好,好。"团长说,又朝埃科诺莫夫转过头去。

但是多洛霍夫没有走开;他解开手绢,把它扯下来,让团长看凝结在头发上的血。

"是被刺刀刺伤的,我没有下火线。请您记住,大人。"

图申的炮兵连被忘记了,直到战斗快要结束时,巴格拉季翁公爵仍然听到中央的排炮声;这时他才先派值班校官、后又派安德烈公爵到那里去,命令炮兵连尽快撤退。掩护图申的大炮的部队,在战斗的中途不知根据谁的命令撤走了;但是炮兵连还坚持战斗,它没有被法国人俘获只是因为敌人想象不到四门无人掩护的大炮能如此大胆地进行射击。而且他们根据这个炮兵连的坚决行动推测在这里,在中央集中了俄军的主力,曾两次攻打这个据点,但两次都被这个高地上四门孤立无援的大炮发射霰弹打退了。

在巴格拉季翁公爵走后不久,图申就把申格拉本村轰得起火了。

"瞧,乱成一团了!起火了!看,冒烟了!打得好!真棒!冒烟了,冒烟了!"炮手们兴高采烈地说。

所有大炮自行朝起火的地方轰击。每发一炮,士兵们好像进行催促似的喊道:"打得好!就这样干!你瞧……真棒!"大火趁着风势迅速蔓延开来。出了村的法国人的队伍都往回走,他们好像为了这次失利而进行报复似的,在村子右面架起了十门大炮,开始向图申的炮兵连轰击。

我们的炮兵沉浸在大火引起的孩子般的欢乐中,处于成功炮击法国人后的亢奋状态,一时没有发现敌人的炮队,直到两发炮弹、接着又是四发炮弹落在我们的大炮中间,其中一发炮弹击倒了两匹马,另一发炸掉了弹药车夫的一条腿时才注意到。然而已经形成的热烈气氛并没有冷下来,只不过情绪有了变化。被击倒的马用拉后备炮车的马来替换,伤员被抬走,四门大炮把炮口转向了十门炮的炮队。担任图申的助手的军官在战斗开始时被打死了,在一个小时内,四十名炮手中有十七名失去了战斗力,但是炮手们仍然还是快乐和兴奋的。他们两次发现,在下面,离他们很近的地方出现了法国人,于是便用霰弹打他们。

矮小的图申动作软弱无力和笨手笨脚,他不断要求勤务兵像他所说的那样,**为此再装一烟斗烟**,然后往前跑,一路上火星从烟斗里散落出来,到前面去用小手搭起凉棚观察着法国人。

"狠狠地揍,弟兄们!"他说,自己托起轮子,旋动着螺旋。

在硝烟中,在连续不断的震耳欲聋的炮轰声中,每听到一声炮响身体都要颤抖一下的图申,手里拿着短烟斗,从这门炮跑到那一门炮,时而进行瞄准,时而清点炮弹,时而下令调换死伤的马匹,用他软弱无力的、尖细的、犹豫不决的声音叫喊着。他的脸变得愈来愈兴奋起来。只有在打死或打伤人时,他才皱起眉头,背过脸去不看被打死的人,生气地对那些总是磨磨蹭蹭地不把伤员或尸体抬走的人大声嚷嚷。士兵们大多是英俊的棒小伙子(像在炮连里常见的那样,个子要比自己的长官高两头,肩膀要宽一倍),他们都好像陷入困境的孩子一样,望着自己的连长,连长脸上的那种表情通常会反映在他们脸上。

由于处于这种可怕的轰鸣和喧闹声中以及需要集中注意力和采取行动,图申没有一点不愉快的恐惧感,他想也没有想过他会被打死或受重伤。相反,他变得愈来愈兴奋。他觉得,他发现敌人和打第一炮已是很久以前的事,几乎发生在昨天,他站着的这块土地他早已熟悉了,如同故乡的大地一样。虽然他记得一切,考虑到了一切,做了一个处于他的地位的最优秀的军官所能做的一切,但仍然处在一种与热性谵妄或醉酒相似的状态。

由于听见自己周围的大炮发出的震耳欲聋的轰鸣声,由于听见敌人炮弹的呼啸声和爆炸声,由于看见聚集在大炮旁边的汗流浃背、满脸通红的炮手们,由于看见人和马流出的鲜血以及敌人那一边冒出的硝烟(每一次冒烟后,都有炮弹飞过来,落在地上,打中人、大炮或马)——由于看到这一切,在他脑子里就形成了一个幻想的世界,使他在这个时刻感觉到了一种乐趣。在他的想象中敌人的大炮不是大炮,而是烟斗,一个看不见的吸烟人正在从那里断断续续地喷出一口口的烟来。

"瞧,又冒烟了,"图申低声说,这时从山上滚出一团烟,被风吹向左边,变成一个长条,"现在眼看小球就要过来了——要把它送回去。"

"您有什么盼咐,大人?"一个站在他身边、听见他在嘟囔着什么的炮兵士官问道。

"没有什么,一颗榴弹……"他回答道。

"喂,我们的马特维夫娜。"他低声说。在他的想象里马特维夫娜是靠边的那门老式大炮。他觉得聚集在他们的大炮近旁的法国人是一群蚂蚁。在他的幻想世界里,二号炮的一炮手,那个美男子和酒鬼是一位**大叔**;图申看他看得最多,看见他的每个动作都高兴。山下相互对射的枪声时而沉寂下来,时而密集起来,他觉得这好像是某个人的呼吸。他倾听着这时起时落的声音。

"听,又喘气了,喘气了。"他低声说。

他觉得自己是一个身材高大、强壮有力的男子,正在用双手把炮弹扔到法国人那里去。

"喂,马特维夫娜,亲爱的,帮帮忙!"他在离开这门大炮时说,这时他头顶上响起了陌生的、不熟悉的声音:

"图申上尉!上尉!"

图申惊恐地回头看了一眼。这是那个把他从格伦特随军商贩帐篷里轰出来的校官的声音。校官上气不接下气地对他喊道:

"您怎么啦,发疯了?两次命令您撤退,而您……"

"他们为什么跟我过不去?……"图申心里想,惊恐地望着从上面来的人。

"我……没有什么……"他把两个指头举到帽檐说,"我……"

但是上校没有把他想说的话说完。从近旁飞过的炮弹迫使他弯下身子,趴在马背上。他不说话了,当他还想说什么时,又一颗炮弹阻止了他。他拨转马头,策马走了。

"撤退!全体撤退!"他从远处喊道。

士兵们都笑了起来。一分钟后,一个副官带来了同样的命令。

这个副官是安德烈公爵。他到图申的大炮的阵地上时,首先看见的是一匹卸了套的打断了一条腿的马,它正在其他套在车上的马旁边嘶鸣。血从它的断腿里像泉水一样涌出来。在前车之间躺着几个被打死的人。当他快要跑到的时候,炮弹一颗接一颗地从他的头顶飞过,他觉得自己的脊背上出现一阵神经质的颤动。但是一想到自己这是害怕了,就又重新振作起来。"我不能害怕。"他想道,不慌不忙地在大炮之间下了马。他传达了命令,但没有离开炮兵连。他决定要看着大炮撤离阵地和运走。他和图申一起跨越尸体,在法国人猛烈炮火的轰击下,忙着撤走大炮。

"刚才来了一位长官,很快就跑了,"炮兵士官对安德烈公爵说,"不像大人您这样。"

安德烈公爵没有跟图申说一句话。他们两人都很忙,好像彼此没有看见一样。等到把四门炮中两门完好的大炮套上前车后,他们便下山了(丢弃了一门被打坏的大炮和一门独角兽火炮[①]),这时安德烈公爵到了图申跟前。

"再见了。"安德烈公爵朝图申伸出手去说。

"再见,亲爱的,"图申说,"好心肠的人!再见,亲爱的。"他说这话时不知为什么突然热泪盈眶。

二十一

风停了,乌云低垂在战场上空,它在地平线上与硝烟融成一片。天色渐渐黑了,这就使得两个地方的火光显得更加明亮。炮声变得稀疏起来,但是后面和右面的枪声更为密集和更近了。图申带着他的大炮一路上绕过伤员和在伤员中间经过,最后出了火力圈,下到了峡谷里,这时碰到了长官和几个副官,其中包括校官以及那个两次被派到图申的炮兵连、但一次也没有到达的热尔

[①] 独角兽火炮是俄国的一种老式火炮,因炮筒上装饰有这种怪兽的图形或浮雕而得名。可用来发射一般炮弹、榴弹、燃烧弹、霰弹等。

科夫。他们你一言我一语抢着下命令和传达命令，告诉图申到何处去和如何去，对他提出各种指责和意见。图申没有做什么布置，他害怕说话，因为他自己也不知道为什么，一说话就想哭，因此默默地骑着炮兵的一匹驽马在后面走。虽然有命令把伤员扔下，但是他们当中的许多人步履艰难地跟在部队后面，要求坐炮车走。一个英武的步兵军官，即在战斗开始前从图申的窝棚里跑出来的那个人，腹部中了弹，被放在马特维夫娜的炮车上。在山下，一个骠骑兵士官生一只手托着另一只手，走到图申跟前，请求允许他坐炮车走。

"上尉，看在上帝分上，我的手挫伤了，"他胆怯地说，"看在上帝分上，我走不了路。看在上帝分上！"

显然这个士官生已经不止一次地请求让他搭车走，但都遭到了拒绝。他用迟疑不决和可怜巴巴的声音央求说：

"看在上帝分上，请允许我上车吧。"

"让他上车，让他上车。"图申说，"你把大衣铺上，大叔。"他对他的心爱的士兵说，"那个负伤的军官在哪里？"

"抬下去了，他死了。"有人回答。

"让他上车。请坐，亲爱的，请坐。铺上大衣，安东诺夫。"

这个士官生是罗斯托夫。他用一只手托着另一只手，脸色苍白，下巴颏像害热病似的颤抖着。他上了马特维夫娜，即上了那辆已把死了的军官抬下去的炮车上。在铺着的大衣上有血迹，罗斯托夫的马裤和手也沾上了血。

"怎么，您负伤了，亲爱的？"图申走到罗斯托夫坐的炮车跟前问道。

"不,挫伤了。"

"怎么炮架上有血?"图申问。

"大人,这是那个军官流的血。"一个炮兵回答道,他用大衣的袖子擦血,好像为没有保持大炮的清洁而感到内疚似的。

在步兵的帮助下,好容易把大炮拖上山,到了贡特斯多夫村,便停住了。天已经黑了,在十步开外已看不清士兵的军服,射击声开始平息下来。突然右边的近处又传来叫喊声和枪炮声。随着射击声黑暗中出现一道道亮光。这是法国人发起的最后一次进攻,待在村中民房里的士兵进行了还击。所有的人又冲出村子,但是图申的大炮却动不了,炮兵们、图申和士官生面面相觑,待在那里听天由命。不久射击开始平息下来,从旁边的街道拥出一批士兵,他们兴奋地说着话。

"没有事吧,彼得罗夫?"一个士兵问。

"把他们狠狠揍了一顿,老弟。现在不敢再来了。"另一个士兵说。

"什么也看不见。他们打起自己人来了!看不清楚,一片漆黑,弟兄们。有什么喝的吗?"

法国人的最后一次进攻被打退了。于是在没有一点亮光的黑夜里,图申的两门大炮在喧闹的步兵的簇拥下,向某个地方前进。

在黑暗中,仿佛有一条看不见的黑色的河在流动,它一直朝着一个方向,不断发出低语声、高声说话声、马蹄声和车轮的转动声。在一片嗡嗡声中,伤员在黑夜里的呻吟和叫喊声比其他声音都要清楚。他们的呻吟似乎充满了部队周围的这整片的黑暗。他们的呻吟和这天夜里的黑暗已融为一体。过了一些时候,在前进的人群中发生了骚动。有人带着随从骑着白马在此经过，经过时说了些什么。

"他说了什么？现在上哪里去？是不是要停下来？是不是进行了表扬？"只听得四面八方都在急切地询问，整个前进的人群开始朝自己人压过去（显然前面的人停住了），传说有命令叫停下来。大家刚才走在泥泞的道路中间，现在就停在那里。

燃起了火堆，说话声变得更清楚了。图申上尉把连队安顿好后，派一个士兵去给士官生寻找包扎站或军医，然后在士兵们在路中间生起的火堆旁坐下。罗斯托夫也拖着步子朝火堆走过来。由于疼痛、寒冷和潮湿，他全身像害热病似的颤抖着。他非常想睡，这种愿望简直难以遏制，可是那只不知如何安放的伤臂的剧烈疼痛使他无法入睡。他时而闭上眼睛，时而望着他觉得又热又红的火堆，时而看看盘着腿坐在他身旁的图申背有点驼的虚弱的身躯。图申的那双善良和聪明的大眼睛带着同情和体恤注视着他。他看到图申一心一意想帮助他，但是无能为力。

从四面八方传来步行和骑马经过的人以及周围安置下来的步兵的脚步声和说话声。这些说话声和脚步声以及在泥泞中挪动的马蹄声，还有近处和远处柴火的毕剥声，汇合成了一片时起时落的嘈杂声。

现在已与刚才不同，那时仿佛是一条看不见的河在黑暗中流动，而如今好像是暴风雨过后黑暗的大海正在平静下来，海面还在微微颤动。罗斯托夫茫然地看着和听着在他面前和周围发生的一切。一个步兵士兵走到篝火旁，蹲了下来，伸出手烤火，转过脸去。

"可以吗，大人？"他问图申道，"我找不到连队了，大人；自己也不知道在哪里失散的，大人。真糟糕！"

同这个士兵一起走到篝火旁的还有一个扎着腮帮子的步兵军官，他请求图申把大炮挪动一下，好让大车过去。又有两个士兵跟着连长跑到篝火旁。他们争夺着一只靴子，拼命地骂着和扭打着。

"怎么，你捡到的！你真机灵！"一个士兵哑着嗓子喊道。

然后过来一个瘦瘦的、脸色苍白的士兵，脖子上裹着一块血迹斑斑的包脚布，生气地向炮兵们要水喝。

"怎么，是不是要我像一条狗那样死掉？"他说。

图申吩咐给他水喝。接着跑来了一个快乐的士兵，他是来为步兵要火种的。

"给步兵一个烧得旺旺的火种吧！祝你们平安，老乡们，谢谢你们的火种，以后连本带息一起奉还。"他拿着一块烧着的木柴隐没在黑暗中，不知到哪里去了。

这个士兵走后，四个士兵抬着用大衣裹着的什么重东西，从篝火旁经过。其中一人绊了一下。

"真见鬼，是谁把劈柴放在路上的。"他说。

"已经完了，还抬他干什么？"他们当中的一个人说。

"去你的吧！"

他们抬着东西也在黑暗中消失了。

"怎么？痛吗？"图申低声问罗斯托夫。

"痛。"

"大人，请您去见将军。将军在这里的一个农舍里。"炮兵士官走到图申跟前说。

"这就去,亲爱的。"

图申站起身来,扣好军大衣,整理了一下头发,离开篝火走了……

在离炮兵的篝火不远的地方,巴格拉季翁公爵坐在一座为他准备的农舍里,他一面吃饭,一面同聚集在他那里的几位指挥官交谈。这里有一个半闭着眼睛、贪婪地啃着羊骨头的小老头,有那个自认为无可指责地供职二十二年、现在喝了一杯伏特加和吃饱饭后满脸通红的将军,有戴着刻有名字的戒指的校官,有不安地环顾着所有的人的热尔科夫,还有脸色苍白、嘴唇紧闭、两眼像害热病似的闪闪发光的安德烈公爵。

在农舍的角落里的墙上靠着一面缴获的法国军旗,军事法庭检察官带着天真的表情摸着军旗的布面,困惑不解地摇摇头,也许是因为他真的对军旗的样子感兴趣,也许是因为饿着肚子看人家吃饭而没有自己的份心里感到难受。在隔壁的农舍里关着一个被龙骑兵俘虏的法国上校。我们的军官聚集在他身旁,端详着他。巴格拉季翁公爵表扬了某些指挥官,询问了战斗的详细情况和伤亡人数。在布劳瑙附近受过检阅的团长向公爵报告说,战斗一开始,他就从树林里撤退,把砍柴的士兵集合起来,看着他们撤走,然后带着两个营拼刺刀,打退了法国人。

"公爵大人,我一看到一营乱了,就在路上站住,想道:'让这些人过去,用炮队的火力迎击敌人。'我就这样做了。"

团长非常希望这样做,他为自己没有来得及这样做感到十分惋惜,以至于把愿望当作现实,仿佛觉得一切都完全像他所说的那样。他想,也许实际上就是这样的?在这一片混乱中,难道分得清什么事情发生过,什么事情没有发生过吗?

"公爵大人,我还有一件事要向您报告,"他想起多洛霍夫与库图佐夫的谈话以及自己与他的最后一次见面,接着说道,"我亲眼看见被降为士兵的多洛霍夫俘虏了一个法国军官,表现得特别出色。"

"就在这里,公爵大人,我看见了保罗格勒团的骠骑兵的冲锋。"热尔科夫不安地环顾四周插进来说,这一天他根本没有看见骠骑兵,他只是听一个步兵军官说的,"冲破了两个方阵,公爵大人。"

有几个人听了热尔科夫的话笑了笑,像平常一样都以为他又要讲笑话;但是发现他讲这些话也是想要颂扬我军的威武和今天的战绩,便都摆出严肃的样子,虽然许多人清楚地知道,热尔科夫所说的都是毫无根据的谎言。巴格拉季翁公爵朝骠骑兵团老团长转过身来。

"诸位,谨向所有的人表示感谢,所有部队,包括步兵、骑兵和炮兵,作战都很英勇。中央阵地怎么扔下了两门大炮?"他问道,眼睛寻找着什么人。(巴格拉季翁公爵没有问左翼的大炮;他已经知道战斗一打响那里的所有大炮都扔下了。)"我好像请您去过。"他对值班校官说。

"一门被打坏了,"值班校官回答道,"另一门我不知道是怎么回事;我一直待在那里照看着,刚刚离开……确实打得很激烈。"他谦虚地补充了一句。

有人说,图申上尉就在村子附近,已派人去叫他了。

"您也去过吧?"巴格拉季翁公爵问安德烈公爵。

"可不是吗,我们只差一点就碰上了。"值班校官愉快地微笑着对鲍尔康斯基说。

"可惜我没有机会见到您。"安德烈公爵冷冷地和生硬地回答。

大家沉默了一会儿。门口出现了图申，他是从将军们的背后畏畏葸葸地挤进来的。他像平常一样，一见到长官就发窘，在狭窄的农舍里绕过将军们的时候，没有看清，被军旗杆绊了一下。几个人笑了起来。

"一门大炮是怎么被扔下的？"巴格拉季翁问，他皱起了眉头，这主要不是针对图申的，而是针对那些发笑的人的，其中数热尔科夫笑得最响。

现在图申一见到了严厉的长官，就十分恐惧地意识到，他的过错和耻辱在于自己活了下来，却丢了两门大炮。他是那样的激动，以至于直到此刻还没有来得及考虑这一点。军官们的笑声更使他心慌意乱。他站在巴格拉季翁面前，下巴颏哆嗦着，勉强地说：

"不知道……公爵大人……没有人……公爵大人。"

"您可以向掩护的部队要人！"

当时没有部队掩护，这是千真万确的事实，但是图申没有说。他担心这样会**连累**别的长官，便默默地、眼珠一动不动地直视着巴格拉季翁的脸，就像一个答错了的学生看着主考人一样。

沉默的时间相当长。巴格拉季翁公爵显然不愿意使人觉得太严厉，他不知道说什么好；其余的人又不敢插嘴。安德烈公爵皱着眉头看着图申，他的手指神经质地抖动着。

"公爵大人，"安德烈公爵用生硬的语气打破了沉默，"您派我去图申上尉的炮兵连。我到了那里，看到三分之二的人和马被打死了，两门炮毁坏得不成样子，没有任何掩护部队。"

巴格拉季翁公爵和图申现在都同样目不转睛地盯着克制而又激动地说话的鲍尔康斯基。

"公爵大人,如果允许我说出我的意见,"他接着说,"那么今天的胜利主要应归功于这个炮兵连的战斗行动以及图申上尉和他的连队的英勇顽强精神。"安德烈公爵说完后,不等回答,立刻站起身来,离开了桌子。

巴格拉季翁公爵朝图申看了一眼,看来他不愿意表示不相信鲍尔康斯基发表的尖锐意见,同时又觉得自己不能完全相信他的话,于是低下头,对图申说,他可以走了。安德烈公爵跟着他出来。

"谢谢,亲爱的,你救了我。"图申对他说。

安德烈公爵朝图申上下打量了一下,什么也没有说,就从他的身旁走开了。安德烈公爵感到又苦闷又难受。这一切是那样的奇怪,完全不像他希望的那样。

"他们是什么人?他们干吗到这里来?他们需要什么?这一切什么时候了结?"罗斯托夫看着面前变动不定的人影想道。手臂痛得愈来愈厉害。非常想睡,眼前跳动着红圈,这些人说话的声音和他们的脸留下的印象,还有那孤独感,都与疼痛的感觉融合在一起。就是他们,这些负伤和没有负伤的士兵,是他们压他,挤他,抽他的断臂和肩膀的筋,灼烧臂上和肩上的肉。为了摆脱他们,他闭上了眼睛。

他打了个盹儿,但是在这昏沉入睡的片刻里,他梦见了数不清的事物:他梦见了母亲和她的又白又大的手,梦见了索尼娅的瘦削的肩膀,娜塔莎的眼睛和笑容,梦见了杰尼索夫说话的声音和他的胡子,还有捷利亚宁以及自己与他和波格丹内奇之间发生的整个故事。这整个故事跟那个说话粗鲁的士兵原来是一回事,这整个故事和这个士兵是那么折磨人地紧紧抓住他的手臂,压着它,把它往一个方向拉。他试图从他们那里挣脱开,但是他们连一丝一毫、一分一秒也不放松地抓住他的肩膀。要是他们不硬拉着他的肩膀,它就不会疼痛,就会是好好的;但是无法摆脱他们。

他睁开眼睛,朝上看了看。夜的黑幕悬在炭火的亮光上方一俄尺的地方。只见在这火光里像粉末似的雪花在飘舞。图申尚未回来,军医没有来。剩下他孤零零的一个人,现在只有一个光着身子的小兵坐在篝火的另一边,在烘烤着他那又黄又瘦的身体。

"谁也不需要我了!"罗斯托夫想,"没有人帮助我,也没有人怜惜我。而我过去在家时又强壮,又快活,又有人爱。"他叹了一口气,并且随着这一声叹气不由自主地呻吟起来。

"是不是哪里痛?"小兵问,他在火上抖了抖自己的衬衣,没有等他回答,干咳了一声,补充说道,"这一天伤了多少人,真可怕!"

罗斯托夫没有听小兵说话。他望着在篝火上空飞舞的雪花,回想起了俄罗斯的冬天、温暖明亮的家、厚厚的毛皮大衣、飞快的雪橇、健康的身体以及家庭的爱护和关怀。"我干吗到这里来!"他想。

第二天法国人没有再发动进攻,于是巴格拉季翁部队的残部与库图佐夫的军队会合了。

第三部

一

瓦西里公爵并不周密地考虑自己的计划,更少考虑要做损人利己的事。他只不过是一个在社交界一帆风顺并对此已习以为常的上流社会人物。在不同情况下,在与人们接近的过程中,他头脑里通常会出现各种各样的计划和想法,虽然他自己对这些计划和想法并不十分清楚,可是它们却构成他在生活中关注的全部内容。这样的计划和想法经常不是一个、两个,而是几十个,其中有的才开始形成,有的达到了目的,有的则消失了。例如,他并没有对自己这样说:"某某人现在有权有势,我应当取得他的信任和友谊,通过他给自己弄一份特殊津贴。"又如,他也没有对自己这样说:"瞧,皮埃尔很有钱,我应当引诱他娶我的女儿,然后向他借我所需要的四万卢布。"但是瓦西里公爵碰到那个有权有势的人时,本能就立刻提示他,这个人可能对他有用,于是就去接近这个人,一有机会,不做准备就本能地巴结他,做出亲热的样子,说一些需要说的话。

在莫斯科时，瓦西里公爵把皮埃尔掌握在手里，给他谋得了一个相当于当时的五等文官的宫廷侍从的职位，坚持要这个年轻人跟他一起去彼得堡，并住在他家里。瓦西里公爵为了让皮埃尔娶他的女儿，做了需要做的一切，他在做这些事时，仿佛是漫不经心的，同时又毫无疑问地深信，事情就应该是这样的。如果瓦西里公爵事先周密地考虑自己的计划，那么他的态度就不会那么自然，他同地位比他高的和比他低的人的关系也不会那么毫不拘束和亲热。有一种东西常常使他去接近势力比他大或比他有钱的人，同时他天生有一种罕见的本领，能抓住应当而且可以利用人的时机。

皮埃尔不久前还是孤身一人，无忧无虑，他出乎意料地成为富翁和别祖霍夫伯爵后，觉得自己被人们所包围，忙于各种事务，只有在躺下睡觉时才能自由自在地待一会儿。他需要签署各种文件，与许多他并不清楚知道其作用的办公机构打交道，向总管询问一些事，到莫斯科郊外的庄园去，接待许许多多人，这些人过去根本无视他这个人的存在，如今如果他不愿意见他们，他们就会感到委屈和伤心。这些各种各样的人——办事人员、亲戚、熟人——对这位年轻的继承人都有好感，对他都很亲切；他们大家都显而易见地和毫无疑问地深信皮埃尔具有高尚的品德。他不断听到这样的话："以您非凡的善良"，或者"凭您美好的心灵"，或者"您是那么的纯洁，伯爵"，或者"如果他像您那样的聪明"，等等。于是他就开始真的相信自己非凡的善良和非凡的聪明了，何况他内心深处一直觉得自己确实很善良和很聪明。甚至那些过去充满恶意和显然抱敌对态度的人，也变得对他和善和喜爱起来。

那个腰身很长、头发光滑得像布娃娃的头发一样、特别爱生气的大公爵小姐在葬礼完毕后来到了皮埃尔的房间。她垂下眼睛，脸上不断地泛起红晕，对皮埃尔说，她为他们之间的误会而感到十分遗憾，现在她不觉得自己有权提出什么要求，只请求允许她在受到打击后在这里再待几个星期，因为她非常喜欢这个家并在这里做出过许多牺牲。她在说这些话时忍不住哭了起来。这位像雕像一样冷冰冰的公爵小姐居然有这样大的变化，使皮埃尔大受感动，他抓住她的一只手，请求原谅，自己也不知道要她原谅什么。从这天起，公爵小姐开始给皮埃尔织有条纹的围巾，完全改变了对他的态度。

"你为她做这件事吧，亲爱的；她毕竟为死去的伯爵吃了很多苦。"瓦西里公爵对皮埃尔说，让他在一份对公爵小姐有好处的文件上签字。

瓦西里公爵经过考虑后认为，这根骨头，一张三万卢布的期票，还是应该扔给可怜的公爵小姐的，这可使得她不至于产生把瓦西里公爵参加争夺镶有装饰图案的公文包的事说出去的想法。皮埃尔在期票上签了字，从此公爵小姐变得更加和善了。她的两个妹妹对他也变得亲热起来，尤其是那个有一颗黑痣、长得很好看的小妹，常常在看见皮埃尔时莞尔而笑，显出腼腆的样子，弄得他很不好意思。

皮埃尔觉得大家都喜欢他是很自然的，如果有人不喜欢他，便觉得有些反常了，他不能不相信他周围的人的真诚。同时他也没有时间问一问自己，这些人是出于真心还是装出来的。他总是没有时间，总是感到自己处于一种温和的和愉快的陶醉状态之中。

他觉得自己是某个重要的大运动的中心；觉得人们都在期待他做某些事；觉得如果他没有做某件事，他就会使许多人伤心，使他们得不到期待的东西；而如果做了这件事和那件事，就会一切都好，于是他就去做要求他做的事，但是要达到一切都好，一时还办不到，还有待于将来。

在这最初的一段时间里，瓦西里公爵比所有其余的人都更多地掌握着皮埃尔的各种事务和他本人。从别祖霍夫伯爵去世后，他就没有把皮埃尔从自己手中放开过。看瓦西里公爵的那副模样，他仿佛被各种事情压得筋疲力尽，但是出于同情心，不能把这个一筹莫展的年轻人扔下不管，听任他去受命运和骗子们的摆布，因为他毕竟是自己的朋友的儿子，而且拥有一笔巨大的财产。瓦西里公爵在别祖霍夫伯爵死后留在莫斯科的几天里，不止一次地把皮埃尔叫来或自己到他那里去，指点他需要做什么事，用的是疲惫而又自信的语气，仿佛每说一件事都要加上这样一段话似的：

"你知道，我身上压着一大堆事；但是如果扔下你不管，就有些太残酷无情了；你知道，我对你讲的是唯一可行的办法。"

"好了，我的朋友，明天我们终于要走了。"有一次他闭着眼睛、手指不时地摸摸皮埃尔的胳臂肘说，听那语气，好像他说的事是他们之间早就决定了的，而且不可能有别的决定。

"我们明天就走，我在自己的马车上给你留一个座位。我很高兴。这里我们所有重要的事都了结了。而我早就应该走了。我收到了外交大臣的信。我为你的事求过他，你已被外交使团录用，并已成为宫廷侍从。现在外交工作的大门已为你打开了。"

虽然这些用疲惫而又自信的语气说的话非常有力，可是对自己的前程考虑了很久的皮埃尔想要提出异议。这时瓦西里公爵便用低沉的声音唠叨起来，不让皮埃尔说下去，他的这种语气使人无法打断他的话，他通常在非把人说服不可的情况下才用这种语气说话。

"可是，亲爱的，我这样做是为了自己，是为了对得起自己的良心，不必感谢我。从来没有人因为人家太疼爱他而抱怨过；再说，你是自由的，哪怕明天就辞职不干也行。这一切你自己到彼得堡后就会知道。你早就应该忘掉这些可怕的往事了。"瓦西里公爵叹了一口气，"就是这样，亲爱的。让我的仆从坐你的马车走。对了，我差一点忘了，"瓦西里公爵补充说，"你知道吗，亲爱的，我和已故的伯爵有一笔账未清，我收到了梁赞省庄园的钱，想把它留下：因为你不需要钱用。这样咱们的账就可以算清了。"

瓦西里公爵所说的"梁赞省庄园的钱"，指的是几千卢布的代役租金，瓦西里公爵给自己留下了。

在彼得堡，如同在莫斯科一样，皮埃尔被亲热和爱慕的气氛所包围。他无法推辞瓦西里公爵给他谋取的职位，或者不如说是头衔（因为他什么事也不做），而交往、邀请和社会活动又是那么的多，以至于皮埃尔比在莫斯科时更加感觉到晕头转向，忙忙碌碌，总觉得某种幸福正在到来，但又一直没有实现。

在他从前的单身汉朋友中，许多人不在彼得堡。近卫军出征去了，多洛霍夫被降为士兵。阿纳托利在部队里，在外省，安德烈公爵在国外，因此皮埃尔没有能像过去那样，用他喜爱的方式度过夜晚，也没有能同他所尊敬的年长朋友谈谈心，以倾吐胸臆。他的全部时间都消磨在宴会和舞会上，主要在瓦西里公爵家里，同他的妻子、肥胖的老公爵夫人以及同美丽的埃莱娜在一起。

安娜·帕夫洛夫娜·舍列尔也像别的人一样，改变了对皮埃尔的态度，她显示出了上流社会对皮埃尔的看法上发生的变化。

从前，在安娜·帕夫洛夫娜在场时，皮埃尔总是感到他所说的话都是不礼貌的、不得体的，不是需要说的，感到他那些还停留在想象中时觉得很聪明的话，只要一大声说出来，就变成愚蠢的了；相反，伊波利特的那些愚不可及的话说出来时却显得聪明和可爱。现在，不管皮埃尔说什么，都是优美的。即使安娜·帕夫洛夫娜没有说这称赞的话，他也看得出她很想说，只是因为尊重他的谦虚，才忍住没有开口。

在一八〇五年到一八〇六年的冬天刚开始时，皮埃尔收到安娜·帕夫洛夫娜的一个平常的粉红色的请柬，请柬上加了这样的一句话："美丽的、永远看不厌的埃莱娜也要到我这里来。"

皮埃尔读到这个地方时第一次感觉到，他与埃莱娜之间已形成了为别人所承认的某种联系，这个想法既使他大吃一惊，仿佛给他加上了一种他无力承担的义务似的，同时作为一种有趣的设想，又使他感到高兴。

安娜·帕夫洛夫娜的晚会和头一个晚会一模一样，只不过现在她用来款待客人的一道新的菜肴不是莫特马尔，而是一个从柏林来的外交官，此人带来了有关亚历山大皇帝在波茨坦逗留以及两位伟大的朋友①在那里会谈的详情的最新消息，据说两人发誓要结成牢不可破的联盟来捍卫正义事业，反对人类的敌人。安

---

① 指亚历山大一世和普鲁士国王腓特烈-威廉三世。

娜·帕夫洛夫娜在接待皮埃尔时，带有哀伤的神情，这显然与这个年轻人新近遭到丧父之痛和别祖霍夫伯爵去世有关（所有的人都认为有责任使皮埃尔相信，他对他几乎不认识的父亲之死感到非常伤心），这种哀伤同提到皇太后玛丽亚·费多罗夫娜时流露出来的完全一样。皮埃尔为此感到十分荣幸。安娜·帕夫洛夫娜运用她常用的技巧把客厅里的人分成几个组。瓦西里公爵和将军们所在的那个大组，分到了那个外交官。另一组聚集在茶桌旁。皮埃尔想参加第一组，但是安娜·帕夫洛夫娜像一个战地司令官一样，她似乎有成千上万个新的高招还没有来得及实现，正处于兴奋状态，她看见皮埃尔，便用手指碰一碰他的袖子说：

"等一等，今天的晚会上我给您看中了一个人。"她朝埃莱娜看了一眼，朝她笑了笑。

"我的亲爱的埃莱娜，需要请您对我那可怜的姑妈发点善心，她很崇拜您。请您陪她十来分钟。而为了使您不太寂寞，给您找了一位可爱的伯爵，他是不会拒绝跟您一起去的。"

美人埃莱娜到姑妈那里去了，但是安娜·帕夫洛夫娜还把皮埃尔留在自己身边，装出她还需要做最后的必要安排的样子。

"她确实很迷人吧？"她指着飘然而去的端庄的美人对皮埃尔说，"风采多么动人！一个年轻的姑娘待人接物这样有分寸，这样善于保持好的风度！这都是发自内心的！能娶她为妻，是一种福气！和她在一起，就连最不善于交际的丈夫也会不知不觉地和不费气力地在社交界占一个显著的位置！您说对吗？我只想知道您的意见。"说完安娜·帕夫洛夫娜放皮埃尔走了。

皮埃尔对安娜·帕夫洛夫娜提出的埃莱娜具有保持好的风度

的本领的问题，真心诚意地做了肯定的回答。如果说他有时想到过埃莱娜，那么想的正是她的美貌以及她能在交际场合做到泰然自若、言语不多和不卑不亢的非凡本领。

姑妈在她的角落里接待了这两个年轻人，但是看来她想要掩盖她对埃莱娜的崇拜，而想更多地表达对安娜·帕夫洛夫娜的畏惧。她看着侄女，仿佛在问：她应如何对待这两个人。安娜·帕夫洛夫娜在离开他们的时候，又用指头碰一碰皮埃尔的袖子说：

"希望你们再也不会说在我这里很无聊了。"说着朝埃莱娜瞟了一眼。

埃莱娜笑了笑，她的神情好像是说，她不认为有见了她而不着迷的可能。姑妈咳嗽了一声，咽下了唾沫，用法语说，她见到埃莱娜非常高兴；然后带着同样的面部表情把这句寒暄的话对皮埃尔再说了一遍。在这枯燥乏味、磕磕绊绊的谈话中间，埃莱娜朝皮埃尔看了一眼，并且像对所有人一样，开朗地对他嫣然一笑。皮埃尔已看惯了这种微笑，这笑容对他来说已不表示什么，因此没有引起他的任何注意。姑妈这时在讲皮埃尔已故的父亲别祖霍夫伯爵收集的鼻烟壶，并把她自己的鼻烟壶拿出来给他们看。埃莱娜公爵小姐提出想看一看这个鼻烟壶上姑父的像的请求。

"这一定是维内斯①的作品。"皮埃尔说了一个著名的微型彩画家的名字，一面朝桌子俯下身去拿鼻烟壶，一面倾听着另一张桌旁的谈话。

他欠起身来，想要绕过去，但是姑妈从埃莱娜背后直接把鼻

---

① 维内斯（生卒年代不详），微型画画家，曾在彼得堡为人作画。

烟壶递过来。埃莱娜朝前弯下身子，以便让出地方，微笑着回头看了一眼。她像平常参加晚会一样，穿着当时流行的袒胸露背的衣服。她的胸部，皮埃尔一向觉得好像是用大理石雕成的，此时与他的眼睛离得很近，就连他的近视眼也不由自主地看清了她的肩膀和脖子的迷人之处，同时离他的嘴唇也很近，他只要稍稍弯下腰，就能碰到她。他感觉到了她身体的温暖，闻到香水的气味和听到她呼吸时紧身胸衣细微的摩擦声。他看到的不是她的那种与衣服构成一个整体的大理石雕像般的美，他看到和感觉到了她那仅仅只遮着一层衣服的肉体的全部魅力。一旦看见了这个，他就不能看到另一种样子，正如我们再不能相信已被揭穿了的谎言一样。

她回过头，用闪闪发亮的黑眼睛直瞪瞪地看了皮埃尔一眼，微微一笑。

"怎么您至今没有发现我是多么的美？"埃莱娜仿佛这样说道，"您没有发现我是一个女人吗？是的，我是一个女人，可以属于任何人，甚至可以属于您。"她的目光说。在这时刻皮埃尔感觉到埃莱娜不仅可以成为，而且应当成为他的妻子，事情只能是这样。

这时他对此确信不疑，仿佛他正在与她举行婚礼似的。这事如何实现和何时实现，他并不知道；他甚至不知道这是不是好事（他居然还有这样的感觉，不知为什么觉得这不是好事），但是他知道这事将会实现。

皮埃尔垂下眼睛，又抬起来，重新想要看到她是一个离自己很远的、陌生的美人，如同从前他每天看到她的那样；但是他已经做不到这一点了。正如一个过去在雾中把一株草看成一棵树的人，在看出是草后再也不能把它看成树一样。她离他太近了。她已经能够支配他了。在他和她之间，除了他本人的意志的阻力外，已没有任何障碍了。

"好吧，我就把你们留在这个角落里。我看，你们在那里相处得很好。"安娜·帕夫洛夫娜说。

于是皮埃尔恐惧地回想着，他有没有做什么不体面的事，脸涨得红红的，朝自己周围扫视了一下。他觉得大家都像他一样，已知道他发生了什么事。

过了一些时候，当他走到大组的客人那里时，安娜·帕夫洛夫娜对他说：

"听说，您正在装修您在彼得堡的房子。"

（这是真的，建筑师说需要这样做，于是皮埃尔自己也不知道为什么，就装修起他在彼得堡的大房子来了。）

"这很好，但是不要从瓦西里公爵那里搬出来。有公爵这样的朋友很不错。"她朝瓦西里公爵微笑着说，"我知道一点这方面的情况。不是这样吗？而您还是那么年轻。您需要听听别人的忠告。您不要生我的气，认为我是倚老卖老。"说到这里她不作声了，女人们谈了自己的年龄后在等待别人的反应时，总要这样沉默一会儿，"如果您要结婚的话，那就是另一回事了。"她一双眼睛同时看着他们两人。皮埃尔没有看埃莱娜，埃莱娜也没有看他。但是他仍然觉得埃莱娜紧挨着他。他含含糊糊地说了句什么，脸涨得通红。

回家后，皮埃尔久久未能入睡，老想着发生的事。他究竟发生了什么事呢？什么也没有发生。他只是明白了一点：他从小就认识的这个女人可能属于他，而过去别人对他说埃莱娜是一个美人时，他只是漫不经心地说一声"是的，长得很漂亮"而已。

"但是她很蠢,我自己也说过她很蠢,"他想,"要知道这不是爱情。相反,她在我心里引起的感情当中有某种卑鄙龌龊的东西,某种不应该有的东西。有人对我说过,她的哥哥曾经爱上了她,她也爱她的哥哥,发生过一段丑闻,因此把阿纳托利送到了外省。她的另一个哥哥伊波利特也不怎么样。还有她的父亲瓦西里公爵。这不好。"他想;但是在他这样思考的同时(他的这些思考还没有结束),他发现自己在微笑,觉得从刚才的一些想法后面浮现出了另一些想法,他在同一时间里既想到她的庸俗委琐,又幻想她将成为他的妻子,能够爱他,完全成为另一个人,希望他所想的和所听到的关于她的一切都是不真实的。于是他又看到她不是瓦西里公爵的什么女儿,看到的是她那个用灰衣裳遮住的整个肉体。"不对,以前我头脑里为什么没有产生这样的想法?"他又一次对自己说,这是不可能的,在这样的婚姻中有一种他觉得是卑鄙龌龊的、反常的、不正当的东西。他回想起了她以前说的话和目光以及人们看到他们在一起时所说的话和目光,他想起了安娜·帕夫洛夫娜在和他谈到房子时说的话和目光,想起了瓦西里公爵和别的人几百次这样的暗示,他感到恐惧,害怕自己已受到束缚,不得不去做显然是不好的和他不应该做的事。但是就在他暗自下决心时,他心中又从另一边浮现出了她那具有全部女性美的形象。

二

一八〇五年十一月,瓦西里公爵要到四个省去视察。他给自己弄到这个差事,目的是为了顺便到自己衰败了的庄园去看看,同时他把儿子阿纳托利从他的团队驻扎的地方找来,带上他去拜访尼古拉·安德烈耶维奇·鲍尔康斯基公爵,显然想要让儿子娶这个有钱的老头的女儿。但是在动身和办这些新的事情之前,瓦西里公爵需要解决皮埃尔的问题,虽说皮埃尔最近整天都待在家里,也就是待在他落脚的瓦西里公爵的家里,在有埃莱娜在场时显得可笑、激动和傻里傻气(正在恋爱的人应该是这样的),但是还没有提求婚的事。

"这一切都很好,但是总得有个结果。"一天早晨瓦西里公爵忧愁地叹着气自言自语地说,他觉得皮埃尔欠他这么多的情(算了,只好随他的便了!),在这件事情上做得不大好。"年轻……轻浮……算了,随他的便。"瓦西里公爵想道,为自己心肠好而感到高兴,"这事必须有个结果。后天是廖莉娅[①]的命名日,我邀请一些人,如果他不明白他应该做什么,那么这就是我的事了。是的,是我的事了。我是她的父亲!"

皮埃尔在参加安娜·帕夫洛夫娜的晚会后的那个异常激动的不眠之夜里,认定与埃莱娜结婚会带来不幸,他需要摆脱她,赶快离开,可是在这之后过了一个半月,还没有从瓦西里公爵家搬走,他恐惧地感觉到,在人们的眼里他同埃莱娜的关系正在一天天地变得更加密切,他怎么也无法恢复以前对她的看法,他不能离开她,虽说这很可怕,但是他只好把自己的命运与她结合在一起。也许他能克制住自己,但是瓦西里公爵家里没有一天不举行

---

① 廖莉娅是埃莱娜(叶连娜)的爱称。

晚会（以前他很少招待客人），皮埃尔如果不想扫大家的兴，不想使大家失望的话，就得参加。瓦西里公爵很少待在家里，他在皮埃尔身旁经过时，习惯性地抓住他的手往下拉，漫不经心地把刮过的、布满皱纹的腮帮子凑过来让他吻，或者说一声"明天见"，或者说"来吃饭，要不我就见不到你了"，或者说"我为了你才留下来"，等等。但是当瓦西里公爵（像他所说的那样）为了皮埃尔留下来时，他同他也说不上两句话，尽管如此，皮埃尔觉得不能使他失望。皮埃尔每天总是对自己说同样的话："最后总得理解她，弄清楚她是什么样的人。是我从前看错了还是现在的看法不对？不，她不蠢；不，她是一个好姑娘！"有时他自言自语地说："她从来没有做过任何错事，她从来没有说过任何蠢话。她话不多，但是说的话总是简单明了。就是说她不蠢。她过去和现在从来不局促不安。这么说来她不是一个坏女人！"有时他和她谈起一些事情，自言自语地说点什么，每次她或者简短地、恰到好处地说几句，表明她对这件事不感兴趣，或者默默地一笑和看一眼作为回答，这使皮埃尔更能感觉到她的优越之处。他觉得她是对的，所有这些议论与她的这一微笑相比，都是胡扯。

她和他说话时总是带着愉快和信任的微笑，她只对他一个人才这样笑，这种笑容比通常挂在她脸上的一般的微笑包含着更加意味深长的东西。皮埃尔知道，大家只等着他最后说一句话，迈过那条确定的界线，并且他也知道他迟早会迈过这条界线；但是当他想到要迈出这可怕的一步时，内心就充满一种莫名其妙的恐惧。在这一个半月里，他觉得自己正在愈来愈深地被拉进使他觉得可怕的深渊中去，他曾几千次对自己说："这是怎么回事？需要有决心！难道我没有决心吗？"

他想要下决心，但是惊恐地感觉到，在这件事情上他并没有那种他自认为有过的，而且也确实有过的决心。皮埃尔属于这样的人，这些人只有在感到自己高尚纯洁时才是坚强的。而自从那天在安娜·帕夫洛夫娜家里俯身去看鼻烟壶时被一种欲望所支配后，他就有一种由它引起的不自觉的内疚，这使他下不了决心。

在埃莱娜过命名日的那一天，瓦西里公爵家里请了几位关系最密切的人吃晚饭，如同公爵夫人所说的那样，请的都是至亲好友。所有这些至亲好友们事先得到暗示，这一天将要决定过命名日的姑娘的命运。客人们都坐下来吃晚饭。当年非常漂亮和体面、如今已发福的库拉金娜公爵夫人坐了主位。坐在她两边的是几位最尊贵的客人——一位老将军和他的夫人以及安娜·帕夫洛夫娜·舍列尔；坐在桌子末端的则是比较年轻的贵客，皮埃尔和埃莱娜作为家里人也并排坐在那里。瓦西里公爵没有坐下来吃饭，他在餐桌周围来回走着，心情很愉快，时而在这个客人身边坐坐，时而又到那个客人身边待一会儿。他对每个人都随随便便地说几句愉快的话，只有对皮埃尔和埃莱娜不是这样，他好像没有注意到他们在座似的。瓦西里公爵这样做，使得大家活跃起来。餐厅里点着明亮的蜡烛，烛光照得银器和水晶玻璃器皿、女士们的盛装以及将军和军官们的金银肩章闪闪发亮；穿着红色长衫的仆人们在餐桌周围来回走动；刀叉和杯盘叮当作响，桌子周围有几处在进行热闹的谈话。可以听到，在餐桌的一端一位老宫廷高级侍从在向一位老男爵夫人表白他的热烈的爱情和老男爵夫人在咯咯地笑；另一边有人在讲一个叫玛丽亚·维克多罗夫娜的女人失意的事。在餐桌的中央，瓦西里公爵把听众集中到自己的周围。他嘴边挂着戏谑的微笑在给女士们讲最近（在星期三）枢密院开会的情况，会上新任彼得堡军事总督谢尔盖·库兹米奇·维亚兹米季诺夫①收到和宣读了亚历山大皇帝从军中发给他的著名的圣谕，皇上在圣谕中对谢尔盖·库兹米奇说，他从四面八方收到民众的效忠信，彼得堡的效忠信尤其使他高兴，他为有幸成为这样的民族的首领而自豪，并将努力做到不负众望。圣谕的开头是这样写的：**谢尔盖·库兹米奇！朕从四面八方得到消息**等等。

"就是说，读到'谢尔盖·库兹米奇'没有往下读？"一位女士问。

"是的，是的，一点也没有读。"瓦西里公爵笑着回答道，"'谢尔盖·库兹米奇……从四面八方……从四面八方，谢尔盖·库兹米奇……'可怜的维亚兹米季诺夫怎么也读不下去了。他几次把信从头读起，但一读到**谢尔盖**……就抽抽搭搭地哭起来……读到**库——兹——米——奇**，便泪流满面……**从四面八方**这句话被号啕大哭声淹没了，往下再也没法读了。他掏出手绢，又读'谢尔盖·库兹米奇，从四面八方'，又热泪盈眶……结果只好请别人代读。"

"库兹米奇……从四面八方……又热泪盈眶……"有人笑着重复说。

"别太刻薄了，"安娜·帕夫洛夫娜从餐桌的另一端伸出一根指头做了一个警告的手势说，"我们善良的维亚兹米季诺夫可是一

---

① 维亚兹米季诺夫（一七四九至一八一九年），伯爵，一八〇五年被任命为彼得堡军事总督。

个大好人……"

大家非常开心地笑着。坐在餐桌上首的人之所以都很快活，看来是受各种不同的兴奋心情的影响；只有皮埃尔和埃莱娜一言不发并排坐在几乎是餐桌下首的末端；在两人的脸上都保持着与谢尔盖·库兹米奇无关的开心的微笑——这是一种为自己的感情而害羞的微笑。不管别人说什么，不管他们如何纵声大笑和开玩笑，不管他们如何开怀畅饮莱茵葡萄酒、津津有味地吃浇汁的菜肴和冰激凌，不管他们的目光如何避开这一对年轻人，不管他们显得对这两人如何冷淡和漠不关心，但是不知为什么，根据有时投向他们的目光可以感觉到，无论是关于谢尔盖·库兹米奇的笑话还是大家的说笑吃喝，全是装出来的，所有人的注意力都集中在皮埃尔和埃莱娜这一对年轻人身上。瓦西里公爵学谢尔盖·库兹米奇抽抽搭搭地哭，并在这时扫了女儿一眼；在他笑的时候，他脸上的表情似乎在说："是的，是的，一切都很顺利；今天一切都可以决定下来。"安娜·帕夫洛夫娜因他取笑我们善良的维亚兹米季诺夫而警告他，而瓦西里公爵从她这时瞟了瞟皮埃尔的眼睛里看出，她在祝贺他有了乘龙快婿和他的女儿得到了幸福。老公爵夫人忧愁地叹着气给坐在她身旁的女客敬酒，生气地朝女儿看了一眼，这一声叹息仿佛是说："是的，亲爱的，现在咱们除了喝甜酒外，再也无事可做了；现在是这些胆子大、敢作敢为而又有福气的年轻人的时代了。"客人中的那位外交官看着情侣幸福的脸，心里想道："我所说的都是蠢话，好像我对此感兴趣似的。瞧他们，这才是幸福！"

在把这些人联系在一起的庸俗委琐、虚伪做作的趣味当中，有一种漂亮健康的男人和女人相互爱慕的简单感情。这种人类的感情压倒了一切，高踞在他们所有虚伪做作的闲谈之上。这时笑话就会令人不快，新闻变得枯燥乏味，热闹显然是装出来的。不仅是主人和客人们，就连在餐桌旁伺候的仆人好像也感觉到这一点，他们瞥视着美人埃莱娜容光焕发的脸和皮埃尔又红又肿、幸福而又不安的脸，竟忘记了自己的职责。看起来仿佛烛光也集中到了这两张幸福的脸上。

皮埃尔感到他成了一切的中心，这既使他高兴，又使他觉得受拘束。他处于专心致志做某一件事的状态。别的什么事他都没有看清，也不明白，也没有听见。在他的头脑里，只有时出乎意外地闪现出断断续续的想法和现实生活的印象。

"那么说，一切都结束了！"他想，"这一切是怎么发生的呢？这样快！现在我知道，不是为了她一个人，也不是为了我自己，而是为了大家，**这件事**必须做成。他们大家都在热切地期待着**这件事**的发生，深信它会实现，我就不能辜负他们的希望。但是它将如何实现？我不知道；然而会实现，一定会实现！"皮埃尔看着就在他眼前闪闪发亮的肩膀想道。

突然他不知为了什么害起臊来。他为自己一个人吸引了大家的注意力，成了别人眼里的幸运儿，为他这个其貌不扬的人成为占有海伦的帕里斯[①]而感到不好意思。"大概通常都是这样，而且应该这样。"他安慰自己道，"不过我为此做了什么呢？这是什么

[①] 帕里斯是希腊神话中的特洛伊王子，因诱走斯巴达王墨涅拉俄斯的王后海伦而引起特洛伊战争。

时候开始的呢？我是和瓦西里公爵一起从莫斯科来的。当时还什么事也没有发生。再说，我为什么不可以住在他家呢？后来我和她一起玩牌，给她捡手提包，和她一起去滑冰。这是什么时候开始的？这一切是什么时候发生的？"现在他像未婚夫一样坐在她身旁；感觉到她离得很近，听得见她的呼吸声，看到她的动作和美貌。突然他又觉得，异常美的不是她，而是他自己，因此大家都那样看着他，而他因受到赞赏而感到很幸福，于是挺起胸膛，抬起头，为自己的幸福而感到高兴。突然传来一个声音，一个听起来耳熟的声音，这个声音把什么事又对他说了一遍。但是皮埃尔无暇顾及，不明白人家对他说的是什么。

"我问你，你是什么时候接到鲍尔康斯基的信的。"瓦西里公爵第三次重复说，"你是那么心不在焉，亲爱的。"

瓦西里公爵微笑着，皮埃尔看到大家都对他和埃莱娜微笑。"也好，既然你们都知道，那就知道吧。"皮埃尔自言自语说，"这又有什么？反正这是真的。"于是他温和而天真地微笑着，埃莱娜也笑了。

"你是什么时候接到的？是从奥尔米茨寄来的？"瓦西里公爵再一次问，他仿佛为了解决一场争论必须知道这一点似的。

"难道现在是谈论和想这些琐事的时候吗？"皮埃尔心里想。

"是的，是从奥尔米茨寄来的。"他叹着气回答道。

晚餐后，皮埃尔带着自己的女伴跟着其他的人前往客厅。客人们开始散了，有的人没有跟埃莱娜告别就走了。有的人好像不愿意打断她的重要的事似的，走过来待一会儿，很快就走了，坚决不让她送。那位外交官在出客厅时，闷闷不乐，一言不发。他觉得他的外交工作的前程与皮埃尔得到的幸福相比，完全是虚幻的。老将军在他的妻子问他的腿脚如何时，生气地冲她嘟囔了一句。"这个老傻瓜。"他想，"瞧人家叶连娜·瓦西里耶夫娜①，到五十岁仍将是个美人。"

"看来我可以向您表示祝贺了。"安娜·帕夫洛夫娜小声对公爵夫人说，使劲地吻了吻她，"假如不是偏头痛的话，我就会留下来。"

公爵夫人什么也没有回答；女儿的幸福使她深感嫉妒。

在送客时，皮埃尔单独和埃莱娜留在小客厅里，坐了很久。在以前，在最近一个半月里，他也经常单独和埃莱娜待在一起，但是从来没有对她说过爱慕的话。现在他感觉到必须这样做，但是怎么也下不了迈这最后一步的决心。他觉得害羞；他觉得，他在这里，在埃莱娜身边，占的是别人的位置。"这幸福不是给你的，"内心的声音对他说，"这幸福是给那些没有你所拥有的东西的人的。"但是总需要说点什么，于是他开口了。他问她，她对今天的晚会是否满意？她像平常一样，简单地回答说，今天的命名日对她来说是过得最愉快的一次。

有几个近亲还没有走。他们坐在大客厅里。瓦西里公爵迈着懒洋洋的步子走到皮埃尔跟前。皮埃尔站起来说，时间已经不早了。瓦西里公爵用疑问的目光严厉地看了他一眼，仿佛他所说的话非常奇怪，叫人无法听清楚。但是紧接着严厉的表情变了，瓦西里公爵抓住皮埃尔的手往下拉，请他坐下，亲切地笑了笑。

"怎么样，廖莉娅？"他马上又问女儿，用的是惯常的温柔而

---

① 叶连娜·瓦西里耶夫娜是埃莱娜的名字和父称。

又随便的语气，一般从小疼爱子女的父母都惯用这种语气，而瓦西里公爵则是从别的父母那里模仿来的。

他又朝皮埃尔转过头来。

"谢尔盖·库兹米奇，从四面八方。" 他一面说，一面扣着背心最上面的一颗纽扣。

皮埃尔笑了笑，但是从他的微笑可以看出，他明白这时瓦西里公爵感兴趣的并不是谢尔盖·库兹米奇的笑话；瓦西里公爵也知道皮埃尔明白这一点。瓦西里公爵突然咕哝了一句什么，出去了。皮埃尔觉得，就连瓦西里公爵也发窘了。这个上流社会的老人发窘的样子对皮埃尔有所触动；他回头朝埃莱娜看了一眼，她好像也有些发窘，她的目光似乎说："有什么办法呢，都是您自己造成的。"

"应该而且必须迈过去，但是我不能，我不能。"皮埃尔想道，他又讲起别的事，讲谢尔盖·库兹米奇，问这个笑话说的是什么，因为他没有听清。埃莱娜微笑着回答说，她也不知道。

瓦西里公爵进客厅时，公爵夫人正在低声地和一位上年纪的太太谈论皮埃尔。

"当然，这是非常出色的一对，但是，亲爱的，幸福……"

"婚姻总是天定的。"上年纪的太太回答道。

瓦西里公爵好像没有听她们说话一样，到了远处的角落里，在沙发上坐下了。他闭上眼睛，仿佛是在打盹。可是他的头往下一垂，他便醒了。

"阿琳娜，"他对妻子说，"你去看看他们在干什么。"

公爵夫人到了门口，装出一本正经和冷漠的样子从门口过去，朝客厅瞧了一眼。皮埃尔和埃莱娜仍旧坐着和说着话。

"还是那样。"公爵夫人回答丈夫说。

瓦西里公爵皱起了眉头,把嘴撇到一边,他的腮帮子跳动起来,露出他特有的不愉快的和粗鲁的表情;他全身抖动一下,站了起来,仰起头,迈着坚定的步伐从两位太太面前经过,朝小客厅走去。他高兴地快步走到皮埃尔面前。公爵脸上是那样异常地喜气洋洋,以致皮埃尔见了他后,惊恐地站了起来。

"谢天谢地!"他说,"公爵夫人全告诉我了!"他用一只手搂住皮埃尔,另一只手搂住女儿。"可爱的廖莉娅!我非常非常高兴。"他的声音颤抖起来,"我敬爱你的父亲……她将成为你的好妻子……上帝祝福你们!……"

他拥抱了女儿,然后又拥抱了皮埃尔,用他老年人的嘴吻了吻他。眼泪确实沾湿了他的两颊。

"公爵夫人,到这里来!"他喊道。

公爵夫人过来了,也哭了起来。上年纪的太太也在用手绢擦眼泪。大家吻了皮埃尔,皮埃尔也吻了一下美丽的埃莱娜的手。过了一会儿,小客厅里又只剩下他们俩了。

"这一切应该是这样,不可能是别的样子,"皮埃尔想,"因此不必问这是好事还是坏事。说是好事,因为事情确定了,已没有以前那种折磨人的疑惑了。"皮埃尔默默地握住未婚妻的一只手,看着她那一起一伏的美丽的胸脯。

"埃莱娜!"他大声喊道,接着又停住了。

"在这种场合人们总是说一些特殊的话。"他想,但是他怎么也想不起来人们在这种场合说的是什么。他朝她的脸看了一眼。

而她则和他挨得更近些。她的脸上泛起了红晕。

"哎,摘掉这个……这个多么……"她指着眼镜说。

皮埃尔摘下了眼镜,于是他的眼睛除了像一般摘掉眼镜的人那样形状显得有点古怪外,还带有惊恐和疑惑的神情。他想要弯下身子去吻她的手;但是她的头迅速做了一个不大文雅的动作迎上去,接住他的嘴唇,把自己的嘴唇和他的嘴唇紧紧贴在一起。她脸上的那种变得令人不快和慌张的表情,使皮埃尔感到吃惊。

"现在已经晚了,一切都结束了;不过我是爱她的。"皮埃尔想。

"我爱您!"他想起了在这种场合需要说的话,便这样说道;但是这句话听起来贫乏无力,连他自己也觉得羞耻。

一个半月后,他举行了婚礼,搬进了别祖霍夫伯爵家在彼得堡的那座装修一新的大宅院里,人们都说他是一个拥有漂亮的妻子和几百万家产的幸运儿。

三

一八○五年十二月,老公爵尼古拉·安德烈耶维奇·鲍尔康斯基接到了瓦西里公爵的一封信,信中说,他将带着儿子前来拜访。("我是到各地视察的,当然,为了拜访您这位尊敬的恩师,多走一百俄里对我们来说算不了什么,"他在信中写道,"同时小儿子阿纳托利与我同行,前去部队服役;我希望您能允许他亲自向您表达深深的敬意,他同他的父亲一样,也对您怀有这样的感情。")

"看来用不着带玛丽去交际场所了：求婚的人自己找上门来了。"小公爵夫人听到这个消息后，不谨慎地说了一句。

尼古拉·安德烈依奇公爵皱了皱眉头，什么也没有说。

在接到信后两个星期的一个傍晚，瓦西里公爵手下的人先来了，第二天他本人带着儿子也到了。

老鲍尔康斯基一向并不赏识瓦西里公爵的为人，尤其是近来看到瓦西里公爵在保罗和亚历山大这两个新的朝代仕途得意，就更是如此。现在根据信中的暗示和小公爵夫人的话明白了是怎么回事，他心中对瓦西里公爵的不赏识便变成了一种厌恶轻视的感情。他在说到他时，总是嗤之以鼻。在瓦西里公爵要来的那一天，尼古拉·安德烈依奇公爵特别不满意，心情不好。不知是由于瓦西里公爵要来才心情不好，还是由于心情不好而对瓦西里公爵的到来特别不满意，总之他心情不好，吉洪大清早就告诫建筑师不要进去向老公爵报告什么了。

"您听见他怎样走路吗？"吉洪说，让建筑师注意听公爵的脚步声，"走路时这个脚后跟着地——我们就知道……"

然而到八点多，公爵还像平常一样，穿着带貂皮领子的天鹅绒面短大衣和戴着貂皮帽出来散步。头一天下了雪。尼古拉·安德烈依奇公爵平常走的那条通往花房的小道已经打扫过了，在扫过的雪地上可以看出扫帚留下的痕迹，扫起的雪堆在小道两边，一把铁锹插在那上面。公爵皱着眉头一言不发地沿着花房、仆人的住处和各种建筑物走了一圈。

"雪橇过得来吗？"他问把他送回家的受人尊敬的管家，这个管家的面貌和风度很像他的主人。

"雪很深,公爵大人。我已经吩咐下去把大道扫出来。"

公爵低下头,到了台阶前面。"谢天谢地,"管家想道,"乌云总算过去了!"

"雪橇很难过来,公爵大人。"管家加了一句,"听说,公爵大人,一位大臣要来拜访大人,是吗?"

公爵朝管家转过身来,用阴沉的目光凝视着他。

"什么?大臣?哪一位大臣?谁吩咐的?"他用生硬而又刺耳的声音问道,"不为公爵小姐,不为我的女儿扫雪,却为一个什么大臣打扫!我不认识什么大臣!"

"公爵大人,我以为……"

"你以为什么!"公爵喊叫起来,他话说得愈来愈急,愈来愈不连贯,"你以为……强盗!骗子手!……我要教你怎样以为。"他举起手杖,朝管家阿尔帕特奇挥去,要不是他下意识地躲开,就要挨打了。"你以为!……骗子手!……"他着急地喊道。阿尔帕特奇自己也被躲开主人手杖的大胆行为吓坏了,不过他还是走到公爵跟前,顺从地低下他的秃头,也许正因为他这样做,公爵虽然继续喊着"骗子手!……把雪扫回路上去!",但是没有再举起手杖,就跑进屋里去了。

在午餐前,知道公爵心情不好的公爵小姐和布里安娜小姐便站着等他。布里安娜小姐容光焕发,她的表情好像在说:"我什么也不知道,我像平常一样。"而玛丽亚公爵小姐脸色苍白,露出惊慌的神情,低垂着眼睛。对玛丽亚公爵小姐来说最难受的是,她知道在这种情况下应当表现得像布里安娜小姐一样,但是做不到这一点。她这样觉得:"如果我做出似乎没有发现什么的样子,他就会以为我不支持他;如果我自己显得闷闷不乐和心情不好,他就会说我(他经常这样说)垂头丧气。"此外还有一些诸如此类的感觉。

公爵看了看女儿惊恐的脸,生气地哼了一声。

"废……傻丫头!……"他说。

"那一位怎么不在!有人风言风语,已对她讲了不少了。"他见小公爵夫人不在餐厅,便这样想道。

"公爵夫人呢?"他问,"躲起来了?……"

"她有点不舒服。"布里安娜小姐高兴地微笑着回答道,"她不来了。在她那种情况这是可以理解的。"

"嗯!嗯!哼!哼!"公爵哼了几声,在餐桌旁坐下了。

他觉得盘子不干净;他指了一下污迹,把盘子扔过来。吉洪赶紧接住,交给了伺候进餐的仆人。小公爵夫人身体并没有不舒服;但是她对公爵有一种无法遏止的恐惧心理,当她听到公爵心情不好时,便决定不露面了。

"我替孩子担心,"她对布里安娜小姐说,"天知道受惊吓会出什么事。"

总的说来,小公爵夫人住在童山,对老公爵怀有一种恐惧感和厌恶感,不过她没有意识到自己厌恶老公爵,因为恐惧远甚于厌恶,她就感觉不到厌恶了。老公爵也厌恶她,但是这种厌恶也被蔑视盖过了。小公爵夫人在童山住惯后,特别喜欢上了布里安娜小姐,天天和她在一起,请她和自己一起睡,经常和她谈论公公,说长道短地议论他。

"有客人要到我们这里来,公爵。"布里安娜小姐一面说,一面用她粉红色的手打开白色的餐巾。"我听说,客人是库拉金公爵大人和他的儿子,是吗?"她问道。

"哼!这个大人是个毛孩子……是我把他安排到部里的,"公爵气鼓鼓地说,"儿子来干什么,我不知道。丽扎维塔·卡尔洛夫娜①公爵夫人和玛丽亚公爵小姐也许知道;我不知道他为什么带这个儿子到这里来。我不需要。"说着他看了涨红了脸的女儿一眼。

"你不舒服吗?是被今天阿尔帕特奇这个蠢货所说的大臣吓的吧?"

"不,爸爸。"

不管布里安娜小姐的话题选得如何不妥当,可是她没有住口,仍絮絮叨叨地讲花房,讲新开放的花朵的美,公爵在喝完汤后变得温和起来。

饭后,他去看儿媳妇。小公爵夫人坐在小桌子旁在和女仆玛莎闲扯。她看见公公,脸色立刻变得煞白。

小公爵夫人变化很大。现在与其说她变得好看了,倒不如说变得难看了。两颊凹陷了下去,嘴唇翘了起来,眼皮则向下耷拉着。

"是的,觉得有点昏沉沉的。"她在回答公爵问她身体如何时说。

"需要点什么吗?"

"不,谢谢,爸爸。"

"好吧,好吧。"

他出了房间,到了等候室。阿尔帕特奇低下头站在那里。

---

① 丽扎维塔·卡尔洛夫娜是小公爵夫人的名字和父称。

"把雪扫回路上去了吗?"

"扫回去了,公爵大人;看在上帝分上,请原谅,这是我一时糊涂。"

公爵打断他的话,不自然地笑了起来。

"好吧,好吧。"

他伸出一只手让阿尔帕特奇吻了吻,便到书房去了。

傍晚瓦西里公爵到了。车夫和侍仆到**大道**(他们这样叫大路)上去迎接他,吆喝着把他的雪橇沿着有意重新撒上雪的路拉到了厢房那里。

瓦西里公爵和阿纳托利都给安排了单独的房间。

阿纳托利脱了无袖短上衣,两手叉腰坐在桌前,含着微笑睁开漂亮的大眼睛,目不转睛地和漫不经心地望着桌子的一角。他把自己的一生看作不断地寻欢作乐,觉得有的人为了某种原因似乎应该为他做好这样的安排。现在他也是这样看待这次拜访凶恶的老头和富有而丑陋的女继承人之行的。根据他的推测,这一切可能会有非常好的和有趣的结果。"既然她非常有钱,那么为什么不娶她呢?这从来都不碍事。"阿纳托利想。

他刮了脸,洒了香水,这些事做得细致而又讲究,看来已成为他的习惯,然后带着天生的和善而洋洋得意的神情,高高抬起漂亮的头,进了父亲的房间。在瓦西里公爵的身旁有两个仆从正在忙着给他穿衣服;他本人高兴地看看自己周围,快活地朝进屋的儿子点了点头,好像说:"好,我就需要你打扮成这样!"

"说真话,爸爸,她长得很丑陋吗?啊?"他用法语问,好像是在继续他们在路上不止一次地进行过的谈话似的。

"别说了,全是蠢话!主要的是,对老公爵要尽可能尊重些,说话要有分寸。"

"如果他骂人,我就走。"阿纳托利说,"这些老头子我很不喜欢。行吗?"

"记住,这将决定你的一切。"

这时,在女仆的房间里不仅知道了大臣带着儿子到来的消息,而且对两人的外貌已做了详细的描述。玛丽亚公爵小姐一个人坐在自己的房间里,怎么也克制不住自己内心的激动。

"他们为什么写信来,丽莎为什么对我谈起这件事?要知道这是不可能的!"她照着镜子自言自语地说,"我怎么到客厅里去呢?即使我喜欢他,我现在也无法做到和平时一样。"她一想起她父亲的目光,便不寒而栗。

小公爵夫人和布里安娜小姐已从女仆玛莎那里了解到了所有需要了解的情况,知道大臣的儿子是一个面色红润、眉毛乌黑的美男子,他的父亲吃力地拖着双腿好容易才上了楼梯,而他像一只雄鹰一样,跟在父亲后面一步三级跑了上去。小公爵夫人和布里安娜小姐在得到这些消息后在走廊里就热烈地谈论起来,她们一起进了公爵小姐的房间。

"他们来了,玛丽,您知道吗?"小公爵夫人说,她摆动着大肚子,身体笨重地落到圈椅上。

她身上穿的已不是早晨的那件家常便服了,而是她的一件最好的衣裳;她的头经过了细心的打扮,脸上露出兴奋的表情,然而未能掩盖住皮肉松弛、苍白枯槁的面容。现在她穿上过去出入彼得堡交际场所时常穿的衣服,更可以看出她大大地变丑了。布里安娜小姐的衣着打扮也不知不觉地做了某些改进,这给她漂亮的和容光焕发的脸增添了魅力。

"怎么,您还是这副打扮吗,公爵小姐?"她说,"马上就会有人来说他们已到了客厅。我们得下楼去,您哪怕稍稍打扮一下也好!"

小公爵夫人从圈椅上站起来,摇铃叫来女仆,急忙兴致勃勃地替公爵小姐考虑装束打扮,并且动手做起来。玛丽亚公爵小姐感到自尊心受到了伤害,因为自己竟被来向她求婚的人的到来弄得心慌意乱,而更伤她的自尊心的是,她的这两位女友居然没有想到她可能不会是那种样子。如果对她们说,她为自己和为她们感到羞耻,这意味着承认自己的心慌意乱;再说,如果不让她们打扮,那就会受到长时间的取笑和纠缠。她涨红了脸,她的美丽的眼睛变得暗淡无光,她的脸布满了斑点,于是脸上带着常有的充当牺牲品的难看表情,听任布里安娜小姐和丽莎的摆布。两个**女人完全真心地**想要把她打扮得漂亮些。她长得那样的难看,她俩当中不会有人想到要和她争个上下;因此她们完全真心地动手给她穿戴起来,作为女人,她们天真地和坚决地相信,衣衫能使面孔变得漂亮些。

"不,说实话,我的朋友,这件衣服不好看,"丽莎远远地从侧面打量着公爵小姐说,"你不是有一件棕色的衣服吗,叫人拿来!真的!这也许决定一生的命运。这一件颜色太浅,不好看,不,不好看!"

其实不好看的不是衣服,而是公爵小姐的脸和整个身材,但是布里安娜小姐和小公爵夫人没有感觉到这一点;她们一直觉得,如果给朝上梳的头发扎上一条浅蓝色的带子,再在褐色的衣服上披一条浅蓝色的围巾,这样就会变得很好看。她们忘记了,惊恐的脸和身材是变不了的,因此不管她们如何改变这张脸的轮廓和装饰,它本身仍然显得可怜和难看。玛丽亚公爵小姐顺从地让她们给她换了两三次装,最后她头发朝上梳(这种发型完全改变了她的脸,使它变得更加难看),披上了浅蓝色的围巾和穿上了棕色的盛装,这时小公爵夫人围着她走了两圈,伸出小手抹一抹这里的衣褶,扯一扯那里的围巾,侧着头时而从这边,时而从那边端详着。

"不,这不行。"她举起两手轻轻一拍,坚决地说,"不,玛丽,这对您来说完全不合适。我更喜欢您穿灰色的家常便服的样子;请您为了我,换一下吧。卡佳,"她对女仆说,"你把灰色衣裳给公爵小姐拿来,布里安娜小姐,您看着我怎么安排吧。"她说,像一个艺术家--样预感到成功的喜悦而露出微笑。

但是当卡佳取来需要的衣服时,玛丽亚公爵小姐仍然一动不动地坐在镜子前望着自己的脸,她在镜子里看到,她眼睛里含着泪水,嘴颤动着,已准备要放声大哭了。

"喂,公爵小姐,"布里安娜小姐说,"再努一把力吧。"

小公爵夫人从女仆手里拿过衣裳,走到了玛丽亚公爵小姐跟前。

"好了,现在我们要打扮得又朴素,又可爱。"她说。

她和布里安娜小姐以及不知笑什么的卡佳的声音汇成了一片快乐的叽叽喳喳声,听起来像鸟儿在鸣叫。

"不,别管我了。"公爵小姐说。

她的话说得那么严肃和那么伤心,使得鸟儿的鸣叫马上停止了。她们朝她的那双美丽的大眼睛看了一眼，发现她的眼睛饱含着泪水和愁思，正在带着恳求的表情平静地望着她们，她们才明白坚持毫无用处，而且甚至是残忍的。

"您至少也得变一变发型。"小公爵夫人说。"我对您说过，"她用责备的语气对布里安娜小姐说，"像玛丽这样的脸型，梳这种发型根本不合适。根本不行。求求您，换一下吧。"

"别管我了，别管我了，这对我来说完全是无所谓的。"玛丽亚公爵小姐勉强忍住眼泪说。

布里安娜小姐和小公爵夫人不能不承认，玛丽亚公爵小姐这样打扮是很丑的，比平时更不如；但是已经晚了。她带着她们熟悉的沉思和忧愁的表情看着她们。这种表情没有引起她们对玛丽亚公爵小姐的恐惧（她从来没有使任何人产生过这样的感觉）。但是她们知道，当她脸上出现这样的表情时，她就沉默寡言，已下定决心，而且决不动摇。

"您将换一个式样，是吗？"丽莎问，她看到玛丽亚公爵小姐什么也没有回答，便从屋里出来了。

玛丽亚公爵小姐一个人留在屋里。她没有实现丽莎的愿望，不仅没有改变发型，而且没有照一下镜子。她无力地垂下眼睛和双手，默默地坐着，陷入了沉思。她想象自己有了丈夫，这是一个强壮的、威风凛凛的、具有不可理解的魅力的人，他突然把她带到另一个完全不同的、幸福的世界。她想象怀里抱着**自己的**孩子，这孩子就像昨天在乳母的女儿那里看见的一样。丈夫站在那里，温柔地看着她和孩子。"不，这不可能，我长得太丑了。"她想。

"请您去喝茶。公爵马上就出来。"女仆在门外说。

她清醒过来,回想起刚才的想法,不禁大吃一惊。她在下楼前站起身来,进了供着圣像的礼拜室,凝视着被神灯照亮的巨大圣像上救世主的黑脸,双手交叉放在胸前,在圣像前站了几分钟。在玛丽亚公爵小姐的心里有一种痛苦的疑虑。她会有爱情的欢乐,会有对一个男人的尘世的爱情的欢乐吗?玛丽亚公爵小姐在考虑婚姻时,既幻想得到家庭的幸福,也希望有孩子,但是主要的、最强烈的和深藏在她内心的愿望是想得到尘世的爱情。她愈是想对别人,甚至对自己隐瞒这种感情,这种感情就变得愈强烈。"上帝啊,"她说,"我如何才能把我心里这些魔鬼的想法压下去呢?我如何才能就这样永远地抛弃这些罪恶的念头,以便安心实行你的意愿呢?"她刚提出这个问题,上帝已在她自己的心中这样回答她:"不要希望自己得到什么;不要谋求什么,不要激动,也不要嫉妒。人们的未来和你的命运应该是你所不知道的;但是你活着要做好一切准备。如果上帝想要在婚姻的义务上考验你,你时刻准备实行他的意愿。"玛丽亚公爵小姐带着这种宽慰的想法(但是她仍然希望能实现自己的那种尘世的愿望),叹了一口气,画了个十字,就下楼去了,既不想自己该穿什么衣服和梳什么发型,也不想她怎么进客厅和说什么。所有这一切与上帝的决定比较起来,能算得了什么呢?要知道没有上帝的意愿,就连一根头发也不会从人的头上掉下来的。①

---

① 见《圣经·新约》中的《马太福音》第十章。原话为:"两只麻雀,不是卖一分银子吗,若是你们的父不许,一个也不能掉在地上。就是你们的头发,也都被数过了。"

四

玛丽亚公爵小姐进房间时,瓦西里公爵和他的儿子已在客厅里,他们正在同小公爵夫人和布里安娜小姐交谈。她进来时脚跟着地,迈着沉重的步子,两个男人和布里安娜小姐见了都欠起身,小公爵夫人指着她对男人们说:"这就是玛丽!"玛丽亚公爵小姐看见了所有的人,而且看得很仔细。她看见瓦西里公爵见她进来一下子板起脸,但马上就露出微笑,看见小公爵夫人脸上带着好奇的表情察看着玛丽给客人们留下的印象。她也看见布里安娜小姐头上扎着缎带,面孔显得很美,正用前所未有的兴奋目光注视着他;但是她看不见他,她看到的只是一个在她进屋时朝她移动过来的亮光光的和很好看的巨大物体。先走到她面前的是瓦西里公爵,她在他低头吻她的手时吻了吻他的秃头,并在回答他的话时,她不但没有忘记他,相反,她清楚地记得他。然后阿纳托利到了她跟前。她仍然没有看见他。她只感觉到有一只柔软的手紧紧握住她的手,她微微碰到他的覆盖着抹了油的红褐色头发的白净的前额。她朝他看了一眼,他的美貌使她感到惊讶。阿纳托利把右手的大拇指伸到制服的一颗扣好的纽扣下面,胸向前挺起,背朝后弓着,晃动着一条伸出的腿,微微低下头,默默地、快活地看着公爵小姐,看样子完全没有想她。阿纳托利不机灵,思维并不敏捷,也不善于辞令,但是他具有上流社会非常珍视的那种能保持镇定和什么也改变不了信心的本领。如果一个缺乏自信的人在初次见面时不说话,但是又觉得这样做不礼貌,想要找一些话说,这就不好了;但是阿纳托利就是不说话,他晃动着腿,快乐地观看着公爵小姐的发式。可以看出,他能这样心安理得地沉默很长时间。"要是有人感到沉默很难堪,那么你们就交谈好了,我可不想说话。"他那神气似乎在这样说。此外,阿纳托利对女人有一种睥睨一切的优越感,这种态度最能引起女人的好奇、恐惧,甚至爱慕。他的样子仿佛在对她们说:"我了解你们,我了解,为什么把时间和精力要花在你们身上?你们准会很高兴!"也许他在遇到女人时没有想这些(并且他很可能没有想,因为总的说来他很少动脑筋),但是他的神气和态度是这样的。公爵小姐感觉到了这一点,为向他表明她想都不敢想得到他的青睐,便朝瓦西里公爵转过身去。大家谈的是一般的话题,不过谈得很热闹,这有赖于小公爵夫人清脆的声音和翘起在白牙齿上的长着绒毛的嘴唇的不停活动。她用快活而又多嘴多舌的人常用的戏谑态度对待瓦西里公爵,这种饶舌者说话时,让人觉得似乎交谈者与自己之间有某些早就固定的笑话以及愉快的、多多少少不为所有人所知的有趣的回忆,实际上根本没有这样的回忆,在小公爵夫人和瓦里公爵之间自然也是如此。瓦西里公爵很乐意地跟着用这种语气说话;小公爵夫人同时吸引她几乎不认识的阿纳托利参加回忆这些从来没有发生过的可笑的事情。布里安娜小姐也和大家一起回忆,就连玛丽亚公爵小姐也高兴地感觉到自己被吸引到这种快活的回忆中来了。

"您瞧,亲爱的公爵,现在我们至少可以充分利用您了,"小公爵夫人说,自然用的是法语,"这一次不像我们在安妮特的晚会上那样,您总是从那里溜掉。您一定记得这个可爱的安妮特!"

"啊,您可别像安妮特那样,**总是跟我谈什么政治**!"

"记得我们的小茶桌吗?"

"当然记得!"

"您为什么从来不到安妮特家去?"小公爵夫人问阿纳托利。"啊,我知道了,知道了,"她眨了眨眼睛说,"您的哥哥伊波利特对我说过您的事。噢!"她伸出手指朝他做了一个吓唬的动作,"还在巴黎时我就知道了您的恶作剧!"

"伊波利特对你没有说过?"瓦西里公爵对儿子说,同时抓住小公爵夫人的一只手,仿佛她要跑掉,而他好容易才把她捉住似的,"他对你没有说过,他自己见了可爱的公爵夫人后如何人都想瘦了,而她又是如何把他从家里赶出来的?"

"啊!这是女人中的明珠,公爵小姐!"他对公爵小姐说。

布里安娜小姐听见有人提到巴黎,便抓住机会参加了大家的回忆。

她冒昧地问阿纳托利是否早就离开了巴黎,喜欢不喜欢这个城市。阿纳托利非常乐意地回答这个法国姑娘的问题,含笑望着她,和她谈论她的祖国。他在看到这个漂亮的布里安娜小姐后便认定他在这里,在童山,不会感到太无聊。"长得很不错!"他一面端详着她,一面想道,"这个女伴长得很不错。希望她嫁给我时能带着她,"他想,"这姑娘很可爱。"

老公爵在书房里不慌不忙地穿衣服,他皱着眉头,考虑着他该怎么做。这两个客人的到来使他很恼火。"瓦西里公爵和他的儿子算是我的什么人?瓦西里公爵爱说空话,不是个正经人,儿子想必也是那样。"他自言自语地唠叨着。使他生气的是，这两位客人的到来把一个未解决的、一直压在他心里的问题勾了起来，在这个问题上老公爵总是欺骗自己。这个问题是：他是否能在什么时候下决心让玛丽亚公爵小姐离开自己，把她嫁出去。老公爵从来没有敢于直截了当地对自己提出这个问题，因为他预先知道他会做出合理的正确回答，可是合理性不仅与感情相矛盾，而且与他的整个生活能力相矛盾。虽然尼古拉·安德烈耶维奇公爵看起来似乎并不重视玛丽亚公爵小姐，但是如果她不在身边，那么他的生活就会变得无法想象。"她为什么要嫁人呢？"他想，"一定不会幸福的。丽莎嫁给了安德烈（现在看来很难找到更好的丈夫），难道她对自己的命运满意吗？谁会出于爱情而娶她呢？又难看又不机灵。娶她无非是因为有重要的社会关系和财产。难道没有人一辈子不出嫁吗？那样更幸福！"老公爵一面穿衣服，一面这样想，而与此同时，一直拖下来的问题要求立即做出决定。瓦西里公爵带来了自己的儿子，显然有求婚的意图，也许今天或明天就得做出直接的答复。就他们在上流社会中的名望和地位而言，还说得过去。"行吧，我不反对，"公爵自言自语说，"但是他得配得上她。这一点我们还要再瞧一瞧。"

"这一点我们还要再瞧一瞧，"他出声说，"这一点我们还要再瞧一瞧。"

于是他像平常一样健步进了客厅，迅速朝所有的人扫了一眼，既注意到了小公爵夫人换了衣服和布里安娜扎着缎带，也注意到了玛丽亚公爵小姐梳着难看的发式；既注意到了布里安娜和阿纳托利满面笑容，也注意到了女儿在大家谈话时落落寡合。"打扮得像个大傻瓜！"他想道，狠狠地朝女儿盯了一眼，"不知羞耻！人家根本就不愿意理她！"

他走到了瓦西里公爵面前。

"你好，你好，见到你非常高兴。"

"为了看好朋友，多走七里路不算远。"瓦西里公爵像平常一样说得很快，而且自信又亲热，"这是我的次子，请多加关照。"

尼古拉·安德烈耶维奇公爵打量了阿纳托利一下。

"好一个棒小伙子！"他说，"喂，过来亲亲我。"他把腮帮子朝他伸过去。

阿纳托利吻了吻老人，好奇地和完全平静地看着他，看他是否马上就要像父亲所说的那样发怪脾气。

尼古拉·安德烈耶维奇公爵在沙发的角上他平常坐的地方坐下了，顺手给瓦西里公爵挪过一把圈椅来，指了指它，接着就询问起政治方面的事务和新闻来。他似乎在注意地听着瓦西里公爵的话，但是不断地瞧瞧玛丽亚公爵小姐。

"就是说已从波茨坦来信了？"他重复了一下瓦西里公爵最后的一句话，突然站起身来，走到女儿跟前。

"你是为客人这样打扮的，啊？"他说，"好看，很好看。你为了客人梳这新式的头，我可要当着客人的面对你说，往后未经我的许可不准你改变衣着。"

"爸爸，是我的不好。"小公爵夫人红着脸替小姑说话了。

"您完全可以自便，"尼古拉·安德烈耶维奇公爵脚跟一碰，给儿媳妇鞠躬说，"而她不必丑化自己，本来就够难看的了。"

说完他重新在座位上坐下，不再注意被弄得眼泪汪汪的女儿。

"相反,这种发式对公爵小姐来说很合适。"瓦西里公爵说。

"喂,老弟,你这位年轻的公爵叫什么名字?"尼古拉·安德烈耶维奇公爵问阿纳托利,"到这里来,咱们谈一谈,认识认识。"

"看来到了好戏开场的时候了。"阿纳托利想道,他带着微笑坐到了老公爵身边。

"是这样的,亲爱的,听说你们是在国外受的教育。不像我和你父亲那样,文化是跟教会执事学的。告诉我,亲爱的,您现在是不是在近卫骑兵里服役?"老人问道,他凑近阿纳托利,凝视着他。

"不,我已调到普通的军队了。"阿纳托利竭力忍住笑回答道。

"啊!这是好事。这么说,亲爱的,您愿意为沙皇和祖国服务?现在正是用兵的时候。这样的棒小伙子应当服役,应当服役。怎么,是在前线吧?"

"不,公爵。我们的团已出发了。而我在编制内挂了个名。我挂在哪里,爸爸?"阿纳托利笑着问父亲。

"服役服得很好,很好。居然不知道挂名挂在哪里!哈——哈——哈!"尼古拉·安德烈耶维奇大声笑起来。

而阿纳托利笑的声音还要大。突然尼古拉·安德烈耶维奇公爵皱起了眉头。

"好吧,你去吧。"他对阿纳托利说。

阿纳托利面带微笑又到了女士们那里。

"瓦西里公爵,你曾经把他们送到国外受教育,是吧?"老公爵对瓦西里公爵说。

"我曾尽力而为;我要对您说,那里的教育比我们的要好多了。"

"是的，如今一切都是另一种样子，一切都是新式的。好样的！好样的！好吧，到我屋里去吧。"

他挽起瓦西里公爵的手，带他到自己的书房去。

瓦西里公爵一等到和老公爵单独在一起便向他说明了自己的愿望和希望。

"你想到哪里去了，"老公爵生气了，"怎么能说是我留住她不放，离不开她呢？真想得出！"他气鼓鼓地说，"对我来说，哪怕明天嫁出去也行！不过我对你说，我想好好了解我的女婿。你知道我的规矩：什么事都公开！我明天当着你的面问她，如果她愿意，就让他住下来。让他住几天，我要再看一看。"老公爵哼了一声，"让她出嫁好了，我无所谓！"他像在和儿子告别时那样尖声地喊叫起来。

"我要对您直说，"瓦西里公爵说道，听他的语气，觉得是一个相信在洞察一切的对手面前用不着耍花招的滑头在说话，"您可是一眼就能把人看穿的。阿纳托利不是什么天才，然而是一个诚实善良的年轻人，一个好儿子和亲人。"

"好吧，我们再看看吧。"

正如长时间不与男人来往的孤独的女人经常感觉到的那样，尼古拉·安德烈耶维奇家的三个女人在阿纳托利到来后都觉得在这之前的生活不是生活。她们的思维、感觉和观察的能力顿时增加十倍，她们觉得好像一直生活在黑暗中一样，而现在她们的生活突然为新的、充满意义的光辉所照亮。

玛丽亚公爵小姐完全不想和不记得自己的脸和发式。一个也许将成为她的丈夫的人的那张漂亮而开朗的脸，吸引了她的全部注意力。她觉得他善良、英勇、果断、刚毅和宽厚。她深信这一点。关于未来的家庭生活的几千种幻想不断地在她的想象中出现。她驱除着这些幻想，竭力想把它们隐藏起来。

"我是不是对他太冷淡了？"玛丽亚公爵小姐想，"我竭力克制自己，因为内心里已感到自己和他很亲近；但是他并不知道我对他的全部想法，可能会认为我对他没有好感。"

于是玛丽亚公爵小姐竭力想对新来的客人殷勤些，可是她又不会。

"可怜的姑娘！丑陋得要命。"阿纳托利这样想她。

阿纳托利到来后也达到高度兴奋状态的布里安娜小姐心里有另一种想法。当然，这个在上流社会里没有一定地位、没有亲友，甚至没有祖国的漂亮的年轻姑娘，并不想一辈子侍候尼古拉·安德烈耶维奇公爵，给他朗读书本，当玛丽亚公爵小姐的女伴。布里安娜小姐早就在等待着一位俄国公爵，希望这个公爵能一下看出她胜过那些长相和穿着都很难看而且举止笨拙的俄国公爵小姐，爱上她并把她带走；现在这个俄国公爵终于来了。布里安娜小姐知道一个故事，这是她从姑母那里听来并由她自己继续编完的，她喜欢在心里反复讲这个故事。故事讲的是一个受骗的姑娘，她的可怜的母亲（sa pauvre mère）责备她不该不结婚就委身于男人。布里安娜小姐在自己的心里给引诱女人的**他**讲这个故事时，自己常常感动得落泪。现在这个**他**，一个真正的俄国公爵出现了。他将把她带走，接着来了我的可怜的母亲，最后他和她结了婚。就这样，布里安娜小姐在和他谈论巴黎时，在她的头脑里形成了她未来生活的整个故事。指导布里安娜小姐的并不是某些打算（她甚至连一分钟也没有考虑过她该做什么），这一切早就在她心里准备好了，现在阿纳托利来了，只不过集中到他身上罢了，她希望他能看上她，并竭力博取他的欢心。

小公爵夫人像一匹久经沙场的战马一样，一听见号声就忘掉自己的身孕，不知不觉地往前冲，习惯性地卖弄起风情来，她是出于天真和轻浮高高兴兴地这样做的，并没有任何别的用意或内心斗争。

虽然阿纳托利在和女人交往中通常都显示出他已对女人的追逐厌烦了，但是看到自己对这三个女人的影响，不免觉得虚荣心得到了满足。除此之外，他开始对漂亮的、撩拨人的布里安娜产生一种热烈的、兽性的情欲，这种情欲出现得异常迅速，促使他采取最粗野和最大胆的行动。

喝过茶后，大家来到了休息室，这时有人请公爵小姐弹奏古钢琴。阿纳托利与布里安娜小姐紧挨着，用胳膊肘支撑着站在玛丽亚公爵小姐前面，他的眼睛带着快乐的微笑看着她。玛丽亚公爵小姐感觉到他的目光停留在自己身上，非常激动，心里又难受又高兴。心爱的奏鸣曲把她带到最亲切的富于诗意的世界，而感觉到的目光又给这个世界增添了更多的诗意。阿纳托利的目光虽然是对着她的，可是他并不注意她，而在注意布里安娜小姐的小脚的动作，这时他正用自己的脚在钢琴下面碰她的脚。布里安娜小姐也看着公爵小姐，在她美丽的大眼睛里也有一种玛丽亚公爵小姐未曾见过的又惊又喜、满怀希望的表情。

"她是多么爱我啊！"玛丽亚公爵小姐想，"我现在是多么幸福，有这样的朋友和这样的丈夫，我该是多么幸福啊！"她想，不敢看他的脸，一直感觉到射向自己的目光。

傍晚，在饭后大家要各自回屋时，阿纳托利吻了公爵小姐的手。她自己也不知道她怎么有这样的勇气，大胆地朝凑到她的近视眼近旁的那张俊美的脸正眼看了一下。阿纳托利在吻了公爵小姐的手后，走过去吻布里安娜小姐的手（这是不合乎礼节的，但是这一切他做得非常自信和随便），布里安娜小姐立刻涨红了脸，惊恐地看了公爵小姐一眼。

"待人多么和气。"公爵小姐想道，"难道阿梅利（这是布里安娜小姐的名字）会认为我会吃她的醋，而不看重她对我的纯真的柔情和忠心吗？"她走到布里安娜小姐跟前，使劲地吻了吻她。阿纳托利走过去要吻小公爵夫人的手。

"不行，不行，不行！当您的父亲写信告诉我，说您表现很好时，我才让您吻我的手。在这之前不行。"

说着她举起一个手指头，微笑着出去了。

五

大家都各自回屋去了，这一夜除了阿纳托利一躺下马上就入睡外，谁都很久睡不着觉。

"难道这个陌生的、漂亮的和善良的男人就是我的丈夫吗？主要的是他善良。"玛丽亚公爵小姐想道，这时一种几乎从未有过的恐惧控制了她。她害怕回头看；她觉得仿佛有人站在这里的屏风后面，站在阴暗的角落里。这个人就是他，一个魔鬼，就是他，一个前额白净、眉毛乌黑和嘴唇红润的男人。

她摇铃把女仆叫了来,叫她睡在自己房里。

布里安娜小姐在这个夜晚,在冬季陈列花木的大屋里,来回走了很久,等一个人但没有等着,她时而想到一个人,便微笑起来,时而由于想象可怜的母亲责备她堕落而激动得落泪。

小公爵夫人抱怨女仆没有把床铺好。她既不能侧卧,也不能俯卧,怎么都觉得难受和不舒服。她的肚子妨碍着她。而今天这肚子比任何时候都使她感到不方便,因为阿纳托利的到来使她立即想起她没有怀孕时轻松愉快的时光。她穿着短上衣和戴着睡帽坐在圈椅里。而睡眼惺忪、发辫散乱的卡佳嘴里嘀咕着什么,正在第三次拍打和翻动沉重的羽毛褥子。

"我已对你说过,床上到处坑坑洼洼的,"小公爵夫人翻来覆去地说,"我自己倒是很乐意睡着;这么说来,睡不着不能怪我。"她说话的声音颤抖起来,好像一个要哭的孩子一样。

老公爵也没有睡。吉洪在蒙眬中听见他生气地踱着步,鼻子发出呼哧呼哧的声音。他觉得他为女儿受了侮辱。这种侮辱是最难忍受的,因为受侮辱的不是他,而是另一个人,是他爱得甚于爱自己的女儿。他对自己说,他要重新考虑这整个事情,找到一个正确的和合理的办法,但是他没有这样做,这只能使他更加恼怒。

"遇见第一个男人,就把父亲和一切全忘了,跟着跑,头发朝上梳,奉承巴结,弄得不像自己了!就想把父亲扔下!她知道我看得出来……哼哧……哼哧……哼哧……难道我没有看到这个笨蛋眼睛只盯着布里安娜(应当把她赶走)!居然这样没有自尊心,连这一点也不明白!既然没有自尊心,那么即使不为自己,至少也得为我着想。应当向她说明,这个蠢货心里根本没有她,他只瞧着布里安娜。她没有自尊心,但是我要叫她知道这是什么……"

老公爵知道,如果他对女儿说她看错了人,阿纳托利想要玩弄的是布里安娜,那么这会伤害玛丽亚公爵小姐的自尊心,这样他的心事(希望不同女儿分离)就能得到圆满解决,因此想到这里就安心了。他叫来吉洪,开始脱衣服。

"是什么鬼叫他们来的!"他想道,这时吉洪把一件夜里穿的衬衣往他年老干瘦、胸前长满灰白寒毛的身体上套,"我又没有请他们来。他们一来就打乱了我的生活。我剩下的日子已经不多了。"

"见他们的鬼去!"他在脑袋还被衬衣套着时说。

吉洪知道公爵的这个有时自言自语地说出自己想法的习惯,因此当他看到公爵的脸从睡衣里钻出来,眼睛里露出疑问和愤怒的目光时,脸色没有变。

"都躺下了吗?"公爵问。

吉洪像所有好仆人一样,凭感觉能知道主人的思路。他猜到问的是瓦西里公爵和他的儿子。

"都躺下了,并且熄了灯了,公爵大人。"

"没什么,没什么……"公爵很快地说。他把脚伸进便鞋里,把手伸进睡衣袖子里,朝他睡觉的长沙发走去。

尽管阿纳托利和布里安娜小姐两人之间没有说过什么话,但是他们在恋爱故事中可怜的母亲出现前的第一部里,彼此心里都是完全明白的,他们相互之间有许多话要暗地里说,因此从早晨起,两人都在寻找单独见面的机会。当公爵小姐按规定的时间去见父亲时，布里安娜小姐和阿纳托利在冬季陈列花木的大屋里会面了。

公爵小姐这一天在到书房门口时心跳得特别厉害。她觉得大家不仅知道今天要决定她的命运，而且知道她对这件事是怎么想的。她从吉洪脸上，从瓦西里公爵的仆从的脸上都看出了这种表情，那个仆人端着热水在走廊里遇见她时朝她深深鞠了一躬。

这天早晨老公爵对女儿特别亲切和热心。玛丽亚公爵小姐非常了解父亲的这种热心的表情。这种表情常在玛丽亚公爵小姐弄不懂算术题时在他的脸上出现，这时他气得把干瘦的手握成拳头，站起身来，从她身边走开，一连好几次低声重复着同一句话。

老公爵立即开始谈正事，说话时对女儿用"您"来称呼。

"有人向我提亲了。"他不自然地微笑着说，"我想，您已经猜到了，"他接着说，"瓦西里公爵到这里来，并带来了自己的学生（尼古拉·安德烈依奇不知何故称阿纳托利为学生），这不是因为对我有什么好感。他们昨天已向我提亲了。您是知道我的规矩的，我就来找您商量。"

"我应当如何理解您的话，爸爸？"公爵小姐说，脸上红一阵，白一阵。

"怎么如何理解！"父亲大声说道，"瓦西里公爵看中了您，要您当他的儿媳妇，并为自己的学生求婚。就这样理解。还要如何理解？！我这就要问您了。"

"我不知道您有什么意见，爸爸。"公爵小姐低声说。

"我？我？我算什么？先把我撇在一边。不是我出嫁。**您怎么样？我就希望知道这一点。**"

公爵小姐看到，父亲不赞成这件事，但是这时她想到，她一生的命运现在不决定，就永远不会有这个机会了。她垂下眼睛，让自己避开那严厉的目光，因为在那目光下她觉得无法思考，只能按照习惯乖乖地服从。她说：

"我只有一个愿望，这就是实行您的意旨，"她说，"但是如果需要说出我的愿望的话……"

她没有来得及说完，公爵就打断她的话。

"好极了！"他喊叫起来，"他娶您并想要走一份嫁妆，顺便把布里安娜小姐也带走，她将是真正的妻子，而你……"

公爵停住不说了。他看到了这几句话对女儿产生了作用。公爵小姐低下头，快要哭出来了。

"好了，好了，我这是说笑话，"他说，"记住一点，公爵小姐，我遵守这样的规则：姑娘完全有权自己进行选择。我给你这样的自由。记住：你一生的幸福将取决于你的决定。关于我就不用说了。"

"可是，我不知道……爸爸。"

"不用说了！人家告诉他，他不仅可以娶你，也可以娶任何人；而你也有选择的自由……回到自己房里去，好好地想一想，过一个钟头到我这里来，当着他的面说：愿意还是不愿意。我知道你将要祷告。好吧，你就祷告吧。不过要好好想一想。去吧。"

"愿意还是不愿意，愿意还是不愿意，愿意还是不愿意！"在公爵小姐如在雾里一样摇摇晃晃地出了书房后，他还在大声说着。

她的命运已经决定了，而且结果非常好。但是父亲所说的关于布里安娜小姐的话是一个可怕的暗示。就算这不是真的，这毕竟是可怕的，她不能不考虑这一点。她一直往前走，经过冬季陈列花木的大屋子，什么也没有看见，什么也没有听见，突然布里安娜小姐的那种熟悉的低语声使她惊醒过来。她抬起眼睛，在离自己两步远的地方看见阿纳托利正搂着那个法国女人对她低声说话。阿纳托利的漂亮的脸上带着可怕的表情朝玛丽亚公爵小姐看了看，一时还没有来得及放开布里安娜小姐的腰，而布里安娜小姐没有看见她。

"谁在这里？干什么来了？等一等！"阿纳托利脸上的表情仿佛在这样说。公爵小姐默默地看着他们。她无法理解这种事。最后布里安娜小姐喊叫了一声，跑了。阿纳托利面带愉快的笑容朝玛丽亚公爵小姐鞠了一躬，仿佛在请她一起来嘲笑这件奇怪的事似的，然后耸了耸肩，朝通向他的房间的门走去。

一个钟头后，吉洪来请玛丽亚公爵小姐。他请她去见公爵，并且补充说，瓦西里·谢尔盖耶维奇公爵也在那里。在吉洪进来时，公爵小姐正坐在自己房间里的沙发上，怀里搂着哭哭啼啼的布里安娜小姐。玛丽亚公爵小姐轻轻地抚摸着她的头。她的那双美丽的眼睛仍像以往那样安详，放射出一道道光芒，她满怀柔情和怜悯看着布里安娜小姐漂亮的脸。

"不，公爵小姐，我永远失去了您的好感。"布里安娜小姐说。

"为什么？我比任何时候都更喜欢您，"玛丽亚公爵小姐说，"我将努力为您的幸福做到我能做的一切。"

"可是您会瞧不起我的；您是那样的纯洁，您永远不会理解这种因情欲而失去理智的行为。唉，我的可怜的母亲……"

"我什么都理解。"玛丽亚公爵小姐忧伤地微笑着说，"您放心吧，我的朋友。我要去见父亲。"说着她出去了。

瓦西里公爵跷起二郎腿，手里拿着鼻烟壶，脸上带着动情的微笑坐在那里，他仿佛极端地受感动，仿佛为自己的易动感情而感到抱歉并加以嘲笑。他看见玛丽亚公爵小姐进来，便急忙捏了一撮鼻烟送到鼻子下面。

"啊，亲爱的，亲爱的。"他说，站起来抓住她的两只手。接着叹了一口气，补充说："我儿子的命运掌握在您手里。决定吧，我的可爱的、亲爱的、温柔的玛丽，我一直像爱女儿那样爱您。"

他走到了一边。他的眼睛里真的涌出了泪水。

"哼哧……哼哧……"尼古拉·安德烈依奇公爵哼哼着。

"公爵替自己的学生……儿子向你求婚。你愿不愿意成为阿纳托利·库拉金公爵的妻子？你说：愿意还是不愿意！"他高声说道，"我也要保留发表我的意见的权利。不错，我的意见只是我个人的意见。"尼古拉·安德烈依奇朝瓦西里公爵转过身来，针对他的恳求的表情又加了一句，"愿意还是不愿意？你说呀！"

"我的愿望是，爸爸，永远也不离开您，永远也不把我的生活与您的生活分开。我不想嫁人。"她用她那美丽的眼睛看了看瓦西里公爵和父亲，坚决地说。

"废话，蠢话！废话，废话，废话！"尼古拉·安德烈依奇公爵皱起眉头喊叫起来，他抓住女儿的一只手，把她往自己身边拉，没有吻她，只是把自己的前额朝她的前额低下去，碰到了她，用力紧握他抓住的手，握得她皱起眉头，喊叫起来。

瓦西里公爵站起身来。

"亲爱的，我要对您说，我永远不会忘记这一时刻，但是，好姑娘，您哪怕能给我们一线希望，好让我们来打动您那如此善良和如此宽厚的心。请您说吧：还有可能……来日方长。您说吧：还有可能。"

"公爵，我所说的是我心里的全部想法。谢谢您的抬爱，但是我永远不会成为您的儿子的妻子。"

"那么，就这样吧，亲爱的。见到你非常高兴，见到你非常高兴。你回房去吧，公爵小姐，去吧。"老公爵说，"见到你非常非常高兴。"他拥抱着瓦西里公爵，又说了一遍。

"我的天职与人们不同，"玛丽亚公爵小姐暗自想，"我的天职是以别人的幸福、以博爱和自我牺牲的幸福为幸福。不管我为此付出多大代价，我要使可怜的阿梅利得到幸福。她是那么热烈地爱着他。她又是那么热诚地进行忏悔。我要尽一切努力成全她和他的婚姻。要是他不富有的话，我就给她钱，我要请求父亲，请求安德烈同意我这样做。到她成为他的妻子时，我就会感到幸福。而她是那样的不幸，流落异国他乡，孤苦伶仃，无依无靠！我的上帝，既然她能够忘掉自己是什么样的人，可见她非常热烈地爱他。也许我也会这样做的！……"玛丽亚公爵小姐这样想道。

六

罗斯托夫家里很久没有得到尼科卢什卡的消息了；直到仲冬伯爵才接到一封信，他从信封上写的地址认出是儿子的笔迹。伯爵接到这封信后，心里很慌张，他竭力避开别人，急忙踮着脚跑进自己的书房，锁上门，开始读起来。安娜·米哈依洛夫娜得知有信来后（家里发生的事她全知道），悄悄地来到伯爵那里，看见他手里拿着信又是哭又是笑。

安娜·米哈依洛夫娜尽管家境有所好转，仍继续住在罗斯托夫家。

"是我们的好孩子来的信吧？"安娜·米哈依洛夫娜带着忧伤问道，并且做好了在任何情况下表示同情的准备。

"尼科卢什卡来的……信……受了……伤……亲爱的……受了伤……我的亲爱的……伯爵夫人还不知道……升为军官了……谢天谢地……怎么对伯爵夫人说呢？……"

安娜·米哈依洛夫娜在他身边坐下，用自己的手绢擦掉他眼睛里的和滴到信上的眼泪以及自己的眼泪，读了信，安慰伯爵，并且决定在吃午饭时和喝茶前给伯爵夫人做工作，让她思想有个准备，如果上帝保佑一切顺利的话，那就在喝完茶后宣布这一切。

在午餐时，安娜·米哈依洛夫娜一直讲关于战争的传闻和尼科卢什卡；她明知故问，两次问起他最后的一封信是什么时候接到的，并且说，很快会有信来，也许今天就会收到他的信。每当做这样的暗示时，伯爵夫人开始不安起来，用忧虑的目光时而看看伯爵，时而看看安娜·米哈依洛夫娜，而安娜·米哈依洛夫娜则以最不易使人察觉的方式把话题引到不重要的事情上去。在全家人当中，娜塔莎最具有察言观色的能力，午餐一开始她就侧耳细听，发现她父亲和安娜·米哈依洛夫娜之间有某种秘而不宣的事，有某种与哥哥有关的事，看出安娜·米哈依洛夫娜正在做工作，让大家思想上有个准备。她虽然非常大胆（不过她知道她母亲对与尼科卢什卡有关的所有消息都是十分敏感的），在吃午饭时也不敢提问题，然而由于心里焦急，什么也没有吃，不顾女家庭教师的提醒，在椅子上扭来扭去。午饭后，她飞快地跑去追安娜·米哈依洛夫娜，到了休息室里，一下子扑过去挂在她的脖子上。

"阿姨，亲爱的，告诉我，是怎么回事？"

"什么事也没有，好孩子。"

"不，好阿姨，亲爱的，可爱的，我最喜欢的好阿姨，不说我就不走了，我知道您得到了什么消息。"

安娜·米哈依洛夫娜摇摇头。

"唉，你这个机灵的调皮鬼。"她说。

"尼科连卡来信了？一定是！"娜塔莎在安娜·米哈依洛夫娜脸上看到默认的表情，喊叫了一声。

"看在上帝分上，小心点：你知道，这会把你妈妈吓坏的。"

"一定，一定，您对我说吧。您不说？那么我马上就去告诉我妈。"

安娜·米哈依洛夫娜三言两语给娜塔莎讲了信的内容，条件是不告诉任何人。

"我保证不告诉任何人。"娜塔莎画着十字说，说完就跑去找索尼娅了。

"尼科连卡……受伤了……来了信……"她得意洋洋和兴高采烈地说。

"尼古拉！"索尼娅只说了一句，脸顿时变得煞白。

娜塔莎看到哥哥受伤的消息引起索尼娅这么大的反应，第一次感觉到这个消息的使人悲伤的一面。

她扑向索尼娅，搂住她，哭了起来。

"只受了点轻伤，但是升为军官了；他现在身体很健康，他自己写的信。"她含着眼泪说道。

"这就可以看出，你们女人都爱哭鼻子。"彼佳说，他坚决地迈着大步在房间来回走着，"我很高兴，真的很高兴，因为哥哥表现得这样突出。你们都只知道哭！什么也不懂。"

娜塔莎含着眼泪笑了笑。

"你没有看过信吧？"索尼娅问。

"没有看过，但是她说，一切都过去了，他已升为军官……"

"谢天谢地，"索尼娅画着十字说，"但是也许她骗了你？我们到妈妈那里去。"

彼佳默默地在房间里走着。

"如果我是尼科卢什卡的话，我就要打死更多的法国人，"他说，"他们多么可恶！我要杀得他们死尸堆成山。"他继续说。

"住嘴，彼佳，你这个傻瓜！……"

"傻瓜不是我，而是那些为了小事哭哭啼啼的人。"彼佳说。

"你记得他吗？"在沉默片刻后娜塔莎突然问道。索尼娅微微一笑。

"你问我记不记得尼古拉？"

"不，索尼娅，我问你是否清楚记得他，什么都记得。"娜塔莎努力做着手势说，显然想要赋予自己的话以最严肃的意义。"我也记得尼科连卡，我记得，"她说，"而鲍里斯就不记得了。完全不记得了……"

"怎么？不记得鲍里斯了？"索尼娅惊奇地问。

"不是说完全不记得——我知道他是什么样的，但是不像记得尼科连卡那么清楚。我一闭上眼就想起他来，而鲍里斯不是这样（她闭上了眼睛），不，什么也记不起来！"

"唉，娜塔莎！"索尼娅高兴地和严肃地说，眼睛没有看自己的女友，仿佛认为娜塔莎不应听她要说的话似的，仿佛这话她是给另一个不能与之开玩笑的人说的，"我既然爱上了你的哥哥，不管是他还是我发生了什么事，我永远爱他，爱他一辈子。"

娜塔莎用好奇的目光惊讶地望着索尼娅，没有说话。她感觉到索尼娅说的是真话，索尼娅所说的那种爱情是有的；但是娜塔莎还没有体验过任何与它类似的东西。她相信这是可能的，但是还不理解。

"你要给他写信吗？"她问。

索尼娅沉思起来。如何给尼古拉写信和是否需要写，是一个使她十分苦恼的问题。现在他已是一个军官和负了伤的英雄，给他写信就是让他想起她，似乎也是让他想起他对她承担的义务，她不知道这样做好不好。

"我不知道；我想，如果他来信，我就回信。"她红着脸说。

"你给他写信觉得不好意思吗？"

索尼娅笑了笑。

"不。"

"可是给鲍里斯写信我却觉得不好意思，我不打算写。"

"有什么不好意思的？"

"就这样，我也不知道。觉得难为情，不好意思。"

"我知道她为什么不好意思，"刚被娜塔莎说了一句正在生气的彼佳说,"因为她爱那个戴眼镜的胖子(彼佳这样称呼新成为别祖霍夫伯爵的同名者);现在又爱上了这个歌手(彼佳这样称呼教娜塔莎唱歌的意大利人):就因为这样她觉得不好意思。"

"彼佳,你真笨。"娜塔莎说。

"不比你笨,亲爱的。"九岁的彼佳说,那口气仿佛是一个老旅长一样。

伯爵夫人在吃午饭时听了安娜·米哈依洛夫娜暗示后思想有了准备。她回房后坐在圈椅里,目不转睛地看着鼻烟壶上儿子小小的画像,泪水不断涌上了她的眼眶。安娜·米哈依洛夫娜手里拿着信,踮着脚走到了伯爵夫人的房门前,停住了脚步。

"别进去,"她对跟在她后面的老伯爵说,"您过一会儿再进来。"说着带上了门。

伯爵把耳朵贴在锁孔上,开始注意地听。

开头他听见心平气和的说话声,接着只听见安娜·米哈依洛夫娜一个人的声音,她说了一段很长的话,然后听见一声喊叫,往下是一阵沉默,然后又听见两人一齐高高兴兴地说起来,再往后是脚步声,安娜·米哈依洛夫娜给他开了门。她脸上带着自豪的表情,好像一个外科大夫做完了一个困难的手术后让人进去欣赏他高超的技术一样。

"好了!"她对伯爵说,得意地指着伯爵夫人,这时伯爵夫人一只手捧着鼻烟壶,另一只手拿着信,一会儿把嘴唇贴在鼻烟壶上儿子的像上,一会儿又贴在信上。

她看见伯爵,朝他伸出双臂,搂住他的秃头,越过秃头又朝那封信和儿子的像看了一眼,为了吻它们,稍稍把秃头推开了一点。薇拉、娜塔莎、索尼娅和彼佳进了房间,开始读信。信中简短地叙述了尼科卢什卡参加的行军和两次战斗以及升为军官的情况,然后说他吻妈妈和爸爸的手,请他们为他祝福,吻薇拉、娜塔莎、彼佳。此外,他向谢林先生问候,还向绍斯太太和奶妈问好,再就是请代他吻亲爱的索尼娅,他说他还是那样爱她,还是那样想念她。索尼娅听了这些话,脸红了,顿时热泪盈眶。她经受不住向她投过来的目光,便朝大厅跑去,她飞快跑着,旋转起来,衣服鼓得像气球,满脸通红,微笑着坐到地板上。伯爵夫人哭着。

"您哭什么呀,妈妈?"薇拉说,"根据他信里写的一切,应当高兴,不应当哭。"

这话说得完全对,但是伯爵、伯爵夫人和娜塔莎都用责备的目光看了她一眼。"她这是像谁呢!"伯爵夫人想。

尼科卢什卡的信读了几百遍,那些自认为应当听一听的人,需要到把这封信攥在手里的伯爵夫人跟前来。来听的人有家庭教师、奶妈、米坚卡和几个熟人,伯爵夫人在读信时每一次都有新的乐趣,每一次都从这封信里发现她的尼科卢什卡的新的美德。她觉得又奇怪,又非同寻常,又高兴,想不到她的儿子,那个二十年前勉强可以觉察到在肚子里伸着小胳膊、蹬着小腿的儿子,那个曾为他与过分溺爱的伯爵吵过架的儿子,那个先会说"梨"、然后才会说"奶奶"的儿子,如今在那里,在异国的土地上,在陌生人中间成了一个英勇的军人,一个人没有别人帮助和指导在那里干着他的男子汉的事。古往今来,世界上的孩子们都是不知不觉地从摇篮里出来长大成为男子汉的,而对伯爵夫人来说这种经验并不存在。在她看来，她的儿子在长大成人的每个时期的成长都是非同寻常的，好像从来没有过千百万这样长大的人似的。如同二十年前难以相信一个待在她心脏下面的小生命到时候会哭、会吮吸奶头和会说话一样，现在她也难以相信这个小生命会成为坚强的、勇敢的男人，而根据这封信来看，还成为儿子们和一般人的楷模。

"**文笔**多么优美，描述得多么动人啊！"她在读信的描述部分时说，"他的心灵多么高尚啊！关于自己什么也没有说……什么也没有说！只说到一个杰尼索夫，而他自己想必比所有的人都勇敢。只字不提自己受的苦。他的心有多好！就同我了解他的那样！他记得所有的人！谁都没有忘记。我总是说，在他还只有这么大的时候，我总是说……"

全家人用一个多星期的时间起草和誊清给尼科卢什卡的信；在伯爵夫人的监督和伯爵的关心下，为新提升的军官准备治装费和各种必需物品。办事非常能干的安娜·米哈依洛夫娜甚至在部队里为自己与自己的儿子通信找到了门路。她曾有机会把自己的信送给指挥近卫军的康斯坦丁·帕夫洛维奇亲王[①]转交。罗斯托夫一家人认为，国外的俄国近卫军似乎是一个完全固定的地址，如果信能送到指挥近卫军的亲王那里，那么它没有理由不会送到就在那里附近的保罗格勒团；因此决定把信和钱通过亲王的信使送给鲍里斯，再由鲍里斯转交尼科卢什卡。托人带的信有老伯爵的、伯爵夫人的、彼佳的、薇拉的、娜塔莎的、索尼娅

---

① 康斯坦丁·帕夫洛维奇（一七七九至一八三一年），沙皇亚历山大一世的胞弟。

的，除了信外，还有伯爵给儿子准备的六千卢布治装费和各种不同的物品。

七

十一月十二日，驻扎在奥尔米茨附近的库图佐夫的战斗部队，正在做第二天接受两位皇帝——俄国皇帝和奥地利皇帝——的检阅的准备。刚从俄国到达的近卫军在离奥尔米茨十五俄里的地方宿营，第二天上午十时前出发直接去奥尔米茨接受检阅。

这一天尼古拉接到鲍里斯的一个便函，便函通知说，伊兹梅尔团将在不到奥尔米茨十五俄里的地方宿营，鲍里斯将等着他，以便把信和钱交给他。现在尼古拉特别需要钱，因为部队行军作战回来后驻扎在奥尔米茨附近，营地里挤满了货物齐备的随军商贩和奥地利犹太人，他们兜售着各种诱人的物品。保罗格勒团的军人们的酒宴一个接着一个，庆功的活动不断，他们常到新来奥尔米茨的匈牙利女人卡罗琳娜所开的一家有女招待的酒店去。罗斯托夫不久前庆祝自己晋升为骑兵少尉的喜事花了不少钱，又买了杰尼索夫的战马贝都因，因此欠了同事们和随军商贩一大笔债。接到鲍里斯的便函后，他便和同事们去奥尔米茨，在那里吃了饭，喝了一瓶葡萄酒，然后一个人前去近卫军营房寻找自己童年的朋友。这时罗斯托夫还没有来得及换上军官的服装。他身上穿着一件佩戴着士兵十字勋章的破旧的士官生上衣和一条同样破旧的、补了一块旧皮子的马裤，佩着一把军官用的马刀；他骑的是一匹顿河马，这是在行军中从一个哥萨克那里买来的；揉皱了的骠骑兵帽子剽悍地歪戴着。他在快到伊兹梅尔团的营地时心里想，他的这副身经百战的骠骑兵的模样一定会使鲍里斯和他的近卫军同伴们大吃一惊。

近卫军的整个行军过程像游玩一样，他们炫耀着自己的整洁和纪律。每日的行程不长，背囊用马车拉着，奥地利当局在每一个休息地点都为军官们准备精美的饮食。团队在进出城市时奏着乐，根据亲王的命令，在整个行军过程中人们都齐步走，而军官则在自己的位置上步行（近卫军人都以这种行军方式而自豪）。在行军期间，鲍里斯一直与现已成为连长的贝格走在一起，并且住在一起。贝格在行军中担任连长后，已以其善于执行命令和办事认真取得了长官的信任，他的经济上的事也安排得很好；鲍里斯在行军途中结识了许多可能对他有用的人，并利用皮埃尔给他的一封介绍信认识了安德烈·鲍尔康斯基公爵，希望通过他在总司令部谋得一个职位。现在贝格和鲍里斯在最后一次白天行军后已休息了一会儿，穿得干干净净和整整齐齐的，坐在分配给他们的房子里的圆桌旁下棋。贝格在两膝之间夹着点燃了的烟斗。鲍里斯以其特有的认真劲儿用白净的小手把棋子摆成金字塔形状，在等待对方出棋时望着贝格的脸，显然心里在想下棋，因为他任何时候想的都是正在干的事。

"走啊，看您如何从这里跑出去？"他说。

"我会努力想办法的。"贝格回答道，他摸了摸卒子，又放下了。

这时门开了。

"终于找到他了!"罗斯托夫喊叫起来,"贝格也在这里!喂,**小孩,快睡觉觉去吧!**①"他大声重复着奶妈的话,过去他和鲍里斯常说这句话取乐。

"我的老天爷!你变得多厉害!"鲍里斯迎着尼古拉站起来,但是站起来时没有忘记把倒下来的棋子放好,他想拥抱尼古拉,但尼古拉躲开了他。尼古拉带着年轻人害怕墨守成规的特殊想法,不愿模仿他人,而用新的、自己的方式来表达感情,只求不像老一辈那样装腔作势,他想在与老友重逢时来一点特殊的:他想设法掐一下鲍里斯,推他一把,但无论如何也不像大家那样和他亲吻。而鲍里斯则相反,他平静而又友好地抱住罗斯托夫,吻了三下。

他们几乎半年没有见面了;他俩正值刚在生活道路上迈出头几步的年龄,彼此都发现对方有巨大的变化,这是他们在生活中迈出头几步时所处的社会环境的完全新的反映。两人自从最后一次见面以来变化确实都很大,他们都想尽快地向对方显示自己身上发生的这些变化。

"唉,你们这些可恶的不务正业的人!干干净净,整整齐齐的,好像刚参加游艺会回来一样,不像我们这些有罪的大兵。"罗斯托夫指着溅满污泥的马裤,摆出鲍里斯未见过的大兵的派头,用鲍里斯未曾听到过的男中音说。

德国女房东听见罗斯托夫大声说话,便从门里探出头来。

"怎么,挺漂亮吧?"他眨了眨眼说。

"你说话嗓门怎么这样大?你会把他们吓着的。"鲍里斯说。

---

① 原文为奶妈说的一句不通顺的法语的俄文音译。

"我没有想到你今天会来，"他补充说，"我昨天才通过我认识的一个库图佐夫的副官——鲍尔康斯基带信给你。我没有想到他会这么快把信送到……你说说，你怎么样？已参加过战斗了？"鲍里斯问。

罗斯托夫没有回答，只晃了晃挂在军服上的士兵圣格奥尔吉十字勋章，指着包扎着的手臂，微笑着看了贝格一眼。

"看见了吧。"他说。

"是这样，真了不起，真了不起！"鲍里斯微笑着说，"我们这次行军也很不错。你知道，皇储①经常骑马跟着我们的团，因此我们有一切便利条件和照顾。在波兰，接待得多么好啊，还举行宴会和舞会——这些我都无法形容！皇储对我们所有的军官们都很宽厚。"

于是两个朋友相互述说起自己的体验来——一个讲他们骠骑兵的狂饮和战斗生活，另一个讲在高官显爵指挥下服役的乐趣和好处等等。

"啊，近卫军！"罗斯托夫说，"我说，你派人去买点酒来。"

鲍里斯皱起了眉头。

"如果一定要喝的话。"他说。

他走到床前，从干净的枕头底下拿出钱包，叫人去买酒。

"现在我把你的钱和信给你。"他补充说。

罗斯托夫拿起信，把钱扔在沙发上，两个胳膊肘支在桌子上，开始读信。他读了几行，恶狠狠地朝贝格瞪了一眼。遇到贝格的

---

① 亚历山大一世因无子嗣，曾立康斯坦丁亲王为皇储。

目光后,罗斯托夫用信遮住脸。

"给您带来的钱真不少。"贝格看着沙发上的沉甸甸的钱包说,"伯爵,我们就靠这饷银勉强过日子。我对您讲讲我自己……"

"听我说,贝格,亲爱的,"罗斯托夫说,"如果我看见您收到家信,遇到自己人,并且想打听所有的情况的话,那么我就会马上走开,以免妨碍你们。听我说,请您走开,到什么地方去都行……见鬼去吧!"他喊了一声,立即抓住他的肩膀,亲切地看着他的脸,显然竭力想使他的粗鲁的话变得缓和些,补充说道,"您是知道我的,不要生气;亲爱的,我对我们的老熟人说的是心里话。"

"唉,伯爵,哪能呢?我完全懂得。"贝格站起身来用喉音低声说。

"您到房东那里去吧,他们曾请您去。"鲍里斯插进来说。

贝格穿上清洁得一尘不染、没有一个污渍的常礼服,对着镜子把鬓角梳得像亚历山大皇帝那样向上翘起,从罗斯托夫的目光里得知他的常礼服已受到注意后,便带着愉快的微笑出了房间。

"唉,我真是个畜生!"罗斯托夫一面读信,一面说。

"什么?"

"唉,我真是一头猪,我一次也没有写信,把他们吓得够呛。唉,我真是一头猪!"他再一次说,突然涨红了脸。"好吧,你叫加夫里洛去买酒吧!咱们喝一杯……"他说。

在亲人的信里还附有给巴格拉季翁公爵的介绍信,这是老伯爵夫人根据安娜·米哈依洛夫娜的建议通过熟人弄来的,她把介绍信带给儿子,要他交给收件人,好好利用它。

"真是胡来！我才不需要呢。"罗斯托夫说，把信扔到桌子底下。

"你干吗把信扔了？"鲍里斯问。

"一封什么介绍信，我要它有鬼用！"

"怎么这封信有鬼用？"鲍里斯捡起信，看着信封上收信人的名字说，"这封信对你很有用。"

"我什么也不需要，谁的副官也不当。"

"为什么？"鲍里斯问。

"这是侍候人的差使！"

"我看，你还是一个幻想家。"鲍里斯摇着头说。

"而你还是一个外交家。不过问题不在这里……你怎么样？"罗斯托夫问。

"就像你看见的那样。到现在为止一切都很好；但是我承认，我非常希望当副官，而不愿待在第一线。"

"为什么？"

"因为既然进了军界，就应尽可能地争取有一个好的前程。"

"原来如此！"罗斯托夫说，看来他想的是别的事。

他用疑问的目光注视着鲍里斯的眼睛，看来他是在徒然地寻找某个问题的答案。

加夫里洛老头拿来了酒。

"要不要现在去把阿尔方斯·卡尔雷奇叫来？"鲍里斯说，"让他陪你喝，我不行。"

"派人去叫他，派人去叫他！你说，这个德国佬怎么样？"罗斯托夫带着轻蔑的微笑说。

"他是一个非常非常好的人，又正直，又招人喜欢。"鲍里斯说。

罗斯托夫又一次聚精会神地看了鲍里斯一眼，叹了口气。贝格回来了，三个军官喝着酒，谈话变得热烈起来。两个近卫军军官讲他们的行军，讲他们在俄国、波兰和国外受到的欢迎。讲他们的指挥官康斯坦丁亲王的言行以及关于他的善良和急躁的笑话。贝格像平常一样，在事情不涉及他个人时保持沉默，但是一说到关于亲王如何急躁的笑话，便津津有味地讲述起他在加利西亚曾与亲王谈过话的事，当时亲王到各部队视察，见到动作不规范非常生气。贝格面带愉快的笑容追述说，当时亲王大发雷霆，骑马到他跟前，喊道："全是阿尔纳乌特人①！"（这是皇储发火时爱说的口头语），并传令把连长叫来。

"您相信吗，伯爵，我一点也不害怕，因为我知道我没有错。您知道，伯爵，我不是吹牛，我可以说，下达给团的命令我背得烂熟，条令也背得像'我们在天上的父'②一样。因此我的连里不会有什么疏漏。我心里很踏实。我去了。（贝格欠起身，当场表演他如何敬着礼去见亲王。说真的，很难装出比他更恭敬和更得意的样子了。）他像常说的那样，斥责我，骂我；像常说的那样，把我骂得狗血喷头；又是'阿尔纳乌特人'，又是'鬼东西'，又是'把你充军到西伯利亚去'，"贝格带着机敏的微笑说，"我知道我没有错，因此没有作声，难道不应这样吗，伯爵？'你怎么，哑巴了？'亲王叫喊起来。我还是不说话。您想怎么着，伯爵？第二天命令中没有提这事；可见不慌张多么重要！就是这样，伯爵。"

---

① 阿尔纳乌特人是土耳其人对阿尔巴尼亚人的称呼，带有骂人的色彩。
② 这是祷文的首句，见《圣经·新约》中的《马太福音》第六章第九节。

贝格点着烟斗抽起来，吐着烟圈说。

"是的，这好极了。"罗斯托夫微笑着说。

但是鲍里斯发觉罗斯托夫要嘲笑贝格，便巧妙地把话头引开了。他请罗斯托夫讲一讲在什么地方和怎样负的伤。罗斯托夫很高兴这样做，他便讲了起来，在讲的过程中愈来愈兴奋。他向他们讲了申格拉本的战斗，讲得完全像人们通常讲他们参加的战斗一样，也就是说，把战斗讲得像他们所希望的那样，讲他们从别人那里听来的事，讲得非常动听，但完全不是它的实际情况。罗斯托夫是一个诚实的年轻人，他绝不会有意地说假话。他开始讲的时候想要把一切讲得完全和事实一样，但是不知不觉地、不由自主地而且不可避免地说起谎来。他面前的听众和他自己一样，已经许多次听过关于冲锋的故事，对什么是冲锋已有一个固定的看法，希望从他那里也听到同样的故事，如果他对他们讲真话，那么他们要么不会相信他的话，要么更坏，会认为是罗斯托夫自己不好，以致他没有遇到那些讲骑兵冲锋的人通常遇到的事。他不能向他们简单地讲述大家如何纵马快跑，而他从马背上摔了下来，扭伤了手臂，为了逃避法国人追击，拼命往树林里跑。再说，为了讲出实际发生的一切，需要努力克制自己，只讲发生过的事。讲真话是很困难的，年轻人很少能这样做。他们希望听到的故事是：他激动得浑身冒火，完全控制不住自己，像一阵狂风朝敌阵袭去；冲入敌阵后左砍又杀；马刀开了荤，他砍得筋疲力尽摔下马来，如此等等。他就对他们讲了这些。

故事刚讲到一半，当他说到"你想象不到，冲锋时你会有一种多么奇怪的疯狂的感觉"时，安德烈·鲍尔康斯基公爵进了房间，鲍里斯正在等他。安德烈公爵喜欢对年轻人采取庇护的态度，见到人们有求于他非常得意，头一天鲍里斯已给他留下了好印象，他对鲍里斯有好感，便乐意满足这个年轻人的请求。他是奉库图佐夫之命送文件给皇储的，顺便来看鲍里斯，希望能单独见到他。他进了房间，看见一个正在大讲战斗经历的普通陆军的骠骑兵（安德烈公爵最讨厌这一类人），便朝鲍里斯亲切地笑了笑，皱了皱眉头，眯起眼朝罗斯托夫看了一眼，微微弯下身子，疲惫地和懒洋洋地坐到了沙发上。他碰到这一伙粗俗的人，心里很不高兴。罗斯托夫看出这一点后，脸涨得通红。但是这对他来说无所谓，因为那是一个陌生人。他朝鲍里斯看了一眼，发现鲍里斯似乎为他这个一般部队的骠骑兵而害臊。尽管安德烈公爵带着嘲讽的语气令人不快，尽管罗斯托夫根据普通陆军的观点瞧不起所有司令部的小副官（显然，进屋来的军官也属于这一类人），他还是发窘了，涨红了脸，不说话了。鲍里斯问司令部有什么消息，并且有分寸地打听我们有什么打算。

"大概还要向前推进。"鲍尔康斯基回答道，看来不愿当着外人的面多说。

贝格利用机会特别有礼貌地打听，会不会像传说的那样，给普通陆军的连长发双饷。安德烈公爵带着微笑回答道，对国家的如此重要的法令他不能随便发表意见，于是贝格快乐地笑了。

"您的那件事，"安德烈公爵又对鲍里斯说，"我们以后再谈，"他又打量了一下罗斯托夫，"检阅后您来找我，我们一定尽力而为。"

他朝整个房间环视了一下，朝罗斯托夫转过身来，他没有理睬罗斯托夫的那种正在变为恼怒的难以克服的孩子气的窘态，说道：

"您刚才好像在讲申格拉本的战斗？您参加了吗？"

"**我**参加了。"罗斯托夫恼怒地说，他话里带刺，似乎想侮辱这个副官。

鲍尔康斯基看出了这个骠骑兵的心理，他觉得很有意思。他略带轻蔑地笑了笑。

"是啊！现在关于这场战斗流传着很多故事。"

"不错，确实有很多故事！！"罗斯托夫大声说，他用变得狂怒的目光一会儿看看鲍里斯，一会儿看看鲍尔康斯基，"不错，故事很多，但是我们的故事是那些冒着敌人的炮火进行战斗的人的故事，我们的故事有分量，而不是那些待在司令部里什么也不干、光知道受奖赏的公子哥儿们的故事。"

"您认为我就属于这样的人？"安德烈公爵带着心平气和的、特别愉快的微笑问道。

这时在罗斯托夫心里产生了一种恼怒与对这个平心静气的人的尊重两者结合在一起的奇怪感觉。

"我讲的不是您，"他说，"我并不认识您，说实话，也不想认识。我讲的是一般司令部里的人。"

"可是我要对您说，"安德烈公爵平静而又威严地打断他的话，"您想要侮辱我，而且我也认为如果您没有足够的自尊的话，这是很容易做到的；但是您得承认，这样做的时间和地点都选择得不好。这几天我们大家都将参加一场更为严重的大决斗，此外，德鲁别茨科依①说他是您的老朋友，不幸得很，我使您感到讨厌，这

---

① 德鲁别茨科依是鲍里斯的姓。

与他完全无关。不过，"他站起来说，"您知道我的姓名，也知道哪里可找到我；但是不要忘记，"他补充说，"我一点也不认为我自己和您受了侮辱，不过我作为一个年纪比您大几岁的人，劝您不要做这件事。就这样，德鲁别茨科依，星期五检阅后我等着您；再见。"安德烈公爵最后说，朝两人鞠了一躬，出去了。

罗斯托夫等到安德烈公爵已经出去后，才想起应当怎样回答他。他因为刚才忘记说这话，更加生气。他立即吩咐备马，冷冰冰地与鲍里斯告了别，便回自己的驻地去了。他明天要不要到总部去向这个装腔作势的副官提出决斗，还是真的不要做这件事——路上这个问题一直折磨着他。时而他愤恨地想，要是能看到这个矮小虚弱然而高傲的人在他枪口下惊恐的样子该有多么高兴，时而他惊奇地感到，他很愿意有一个像他所憎恨的小副官那样的朋友，而在他认识的人当中没有一个这样的人。

八

在鲍里斯和罗斯托夫见面后的第二天，举行了奥地利军队和俄国军队的检阅，参加检阅的既有从俄国来的生力军，也有与库图佐夫一起行军作战归来的军队。两位皇帝，俄国皇帝带着皇储，奥地利皇帝带着大公检阅八万盟军。

从大清早起，整束得漂亮整齐的队伍开始往要塞前面的旷野集结。一会儿可以看到几千只脚和几千把刺刀随着飘扬的军旗移动着，经过穿着另一种制服的步兵队伍，根据军官的口令停住、转弯和拉开一定距离列队；一会儿响起了有节奏的马蹄声和叮当的响声，骑兵穿着蓝色的、红色的、绿色的盛装，骑着黑色的、棕色的和灰色的战马，跟在穿着绣花衣服的军乐队后面过来了；一会儿炮兵在步兵和骑兵之间缓缓行进，他们擦得闪闪发亮的大炮在炮车上颤动着，发出沉重的响声和散发出火绳的气味，到指定地点后排列好。将军们穿着全套阅兵服，他们或粗或细的腰部被束得紧得不能再紧了，红红的脖子被硬领托住，身上扎着武装带和挂着所有的勋章；军官们头发抹了油，穿戴得很漂亮；每个士兵的脸也都刚刮过和洗过，装具都擦得锃亮；每匹马都刷得像缎子一样光滑，湿润的鬃毛梳得一丝不乱，——大家都感觉到，正在进行的是一件非同小可的、重要和庄严的事情。每一个将军和士兵都感到自己的渺小，意识到在这人海中自己只是一粒小沙子，同时也感觉到自己的强大，意识到自己是这一巨大整体的一部分。

从大清早起，就开始努力地进行紧张和忙碌的准备，到十点钟一切都已就绪。队伍已在巨大的旷野上排好。整个军队分为三个横队。前面是骑兵，后面是炮兵，再后面是步兵。

在各个兵种间有一条像街道那样的通道。整个军队分三个部分，即库图佐夫的作战部队（保罗格勒团站在它的右翼的前面）、新从俄国来的普通陆军和近卫军的团队以及奥地利军队，它们彼此之间界线分明。但是所有部队的同一兵种都站在同一横队里，受统一的指挥，保持同样的队形。

像风吹树叶簌簌响一样，传来了激动的低语声："来了！来了！"可以听见惊恐的喊声，所有部队涌起了一股忙忙碌碌地做最后准备的浪潮。

在奥尔米茨的前方出现了一群正在逐渐靠近的人。虽然这一天是无风天气，但是微风轻轻擦过队伍时，长矛上的小旗微微飘动起来，展开的军旗拍打着旗杆。看起来似乎军队本身在用这种轻微的动作表达他们在两位皇帝驾临时的喜悦。传来了一声口令："立正！"接着像公鸡报晓一样，各处都响起了同样的声音。于是一切都沉寂下来了。

在死一般的寂静中，只听得见马蹄声。那是从两位皇帝的侍从那里传来的。两位皇帝骑马来到翼侧，第一骑兵团的号手们吹起了总进行曲。这听起来好像不是号手们在吹奏，而是军队高兴地看到两位皇帝走过来，自然地发出这些声音。从这些声音里可以清楚地听到亚历山大皇帝年轻的和亲切的嗓音。他问了一声好，第一团就高声喊道："乌拉——拉！"——他们喊得那样震耳欲聋，那样经久不息，那样兴高采烈，以至于连他们自己也为他们构成的那个庞然大物的人数众多和力量强大而感到震惊。

罗斯托夫站在亚历山大皇帝首先来到的库图佐夫的部队的前列，他的感受同这支军队的每一个人的感受一样——这是一种极端激动的心情，一种意识到自身强大的自豪感和热烈爱戴那个为其举行这次盛典的人的感情。

他感觉到，只要这个人说一句话，这整个庞然大物（他与它连在一起，是一颗小小的沙粒）就会去赴汤蹈火，就会去犯罪，就会去死或者干出伟大的英雄事业，因此他在快要听到这句话时，不能不浑身颤抖，不能不屏住气息。

"乌拉——拉！乌拉——拉！乌拉——拉！"四面八方响起了欢呼声，团队一个接一个用总进行曲的乐声来迎接皇上；接着人们高呼"乌拉——拉",又吹起了总进行曲,又是"乌拉——拉""乌拉——拉"的欢呼声,这些声音愈来愈大,愈来愈响,汇成了一片震耳欲聋的轰鸣声。

在皇上还没有到跟前时,每个团都悄然无声,一动不动,好像没有生命的物体一样;可是皇上一到它前面,团队就活跃起来和欢呼起来,这欢呼声与皇上已经走过的整个横队的欢呼声融成一片。在这些人发出的可怕的、雷鸣般的声音中,在这些变得像石头那样一动不动的方队中,几百名骑马的侍从随随便便地、队伍不整齐地、主要是无拘无束地跑动着,而在他们前面的是两个人——两位皇帝。所有受检阅的一大堆人都克制而热情地把注意力完全集中在他们身上。

年轻英俊的亚历山大皇帝身穿近卫军骑兵制服,头戴一顶三角帽,他的令人喜爱的面孔和洪亮然而不高的嗓音吸引了全部的注意力。

罗斯托夫站在离号手不远的地方,他的敏锐的目光老远就认出了皇上,并一直注视着他逐渐走近。当皇上到了离他二十步的地方时,尼古拉清楚地看到了皇上年轻英俊和喜气洋洋的脸,看清了脸上所有细致的特点和表情,他体验到了一种从未有过的爱戴和欣喜的感情。他觉得皇上的每一个特点、每一个动作都是十分美好的。

皇上在保罗格勒团面前停住脚步,用法语对奥地利皇帝说了些什么,微微一笑。

罗斯托夫看到这微笑,也不由自主地笑起来,感到自己心里涌起了对皇上的更加强烈的爱戴之情。他想要显示自己对皇上的爱。他知道这是不可能的,于是他想哭。皇上召见了团长,对他说了几句话。

"我的上帝!假如皇上和我说话,我会怎样呢?"罗斯托夫想,"我会幸福死的。"

皇上对军官们说:

"诸位,我衷心地感谢你们大家(每一个字罗斯托夫听起来都觉得好像是来自天上的声音)。"

如果罗斯托夫现在能为沙皇而死,他会感到多么的幸福!

"你们当之无愧地获得了圣格奥尔吉军旗,希望你们爱护它。"

"只希望去死,为他而死!"罗斯托夫想。

皇上还说了些什么,罗斯托夫没有听清,这时士兵们憋足气大喊"乌拉——拉"。

罗斯托夫朝马鞍俯下身去,也拼命喊叫起来,只要能完全表达出对皇上的热情,他宁愿喊破自己的嗓子。

皇上面对骠骑兵站了几秒钟,仿佛有些犹豫不决。

"皇上怎么会犹豫不决呢?"罗斯托夫想道,后来他甚至觉得这种犹豫不决也像皇上的所有行为一样,是庄严的和令人赞叹的。

皇上的犹豫不决只延续了一会儿。他的一只穿着当时流行的又尖又窄的皮靴的脚碰了碰他骑的那匹剪短尾巴的枣红马的后腹部;他用戴白手套的手拉起缰绳,在一大群杂乱地跑动的副官陪同下向前走了。他不断往前走,不时在其他的团队旁停下来,最后罗斯托夫只在簇拥他的侍从中间看见他帽子上的白羽毛。

在侍从当中罗斯托夫也发现了懒洋洋地和随随便便地坐在马上的鲍尔康斯基。他想起了昨天同鲍尔康斯基的争吵,又想起了该不该找他决斗的问题。"当然不应该,"罗斯托夫现在这样想道……"在现在这样的时刻,值得去想和去做这种事吗?在这充满爱、喜悦和自我牺牲精神的时刻,所有我们的争吵和气恼又算得了什么呢?!现在我爱所有的人,宽恕所有的人。"他想。

当皇上走遍了几乎所有的团队后,部队开始以分列式在他面前通过,罗斯托夫骑着新从杰尼索夫那里买来的贝都因走在连队的末尾,也就是说,他完全在皇上视野之内一个人走着。

罗斯托夫是一名优秀的骑手,他还没有到皇上面前就用马刺刺了贝都因两下,顺利地使它像兴奋时那样疯狂地急驰起来。这匹马似乎也感觉到了皇上投过来的目光,它把喷着白沫的嘴弯到胸前,翘起尾巴,好像在空中飞腾一样,四脚都不着地,姿势优美地高高抬起和前后变换着四条腿,矫健地跑了过去。

罗斯托夫本人双腿往后蹬,收紧肚子,觉得自己已与马融为一体,皱起眉头,但神情是幸福的,他如同杰尼索夫所说的,**像魔鬼一样**从皇上身旁驰过。

"保罗格勒团的官兵真是好样的!"皇上说。

"我的上帝!要是他马上叫我往火里跳,我是多么幸福啊!"罗斯托夫想。

检阅结束后,新来的和库图佐夫部队的军官们便开始三五成群地聚集在一起,谈论起奖赏、奥地利人及其服装和他们的队列来,还谈论起波拿巴,说他现在,尤其是在埃森①的军团即将到来和普鲁士站到我们一边的情况下,眼看就要倒霉了。

---

① 埃森(一七五九至一八一三年),俄国将军。

但是在各个人群中谈论得最多的是亚历山大皇帝，人们转述他的每一句话，说到他的每个动作，并且感到欣喜万分。

大家只有一个愿望：在皇上的统率下尽快向敌人发动进攻。在皇上亲自指挥下没有不可战胜的敌人，检阅后罗斯托夫和大多数军官都是这样想的。

在检阅后，大家的胜利的信心比打了两次胜仗后还要强。

九

在检阅后的第二天，鲍里斯穿上最好的制服，带着自己的同伴贝格的良好祝愿，骑马去奥尔米茨找鲍尔康斯基，希望利用他的厚意给自己找一个好的位置，尤其是希望当重要人物的副官，他觉得在军队里这个位置特别吸引人。"罗斯托夫的父亲一次就给他寄一万卢布，他可以轻松地说，他不愿低三下四地去求任何人，也不愿去侍候任何人；而我除了自己的头脑外一无所有，应当自己去争取好的前程，应当不放过任何机会，很好利用这些机会。"

这一天他没有在奥尔米茨碰上安德烈公爵。现在奥尔米茨是总部和外交使团所在地，两位皇帝和他们的侍从——近臣和亲信——都住在这里，看到这个城市的景象，鲍里斯的那种想跻身上层社会的愿望更增强了。

他一个人也不认识，虽然他穿着极其考究的近卫军制服，但是所有坐着漂亮的马车，佩戴着羽饰、绶带和勋章在大街上来来往往的近臣和军人，所有这些上等人看来要比他这个近卫军的小军官高得多，他们不仅不愿意，而且根本不可能承认他的存在。他到总司令库图佐夫的行营打听鲍尔康斯基，所有这些副官，甚至勤务兵都用一种特殊的目光看着他，仿佛想要告诉他，像他这样到这里来的军官多得很，这些人已使他们感到厌烦了。尽管如此，或者不如说正因为如此，他在第二天，即在十五日，午饭后又到奥尔米茨去，进了库图佐夫住的房子找鲍尔康斯基。正好安德烈公爵在家，鲍里斯被带领到一个大厅，这个大厅从前大概是个舞厅，现在放着五张床和各种不同的家具：桌子、椅子和一架古钢琴。靠近门的一个副官身穿波斯式睡衣，正坐在桌旁写东西。另一个副官，红脸肥胖的涅斯维茨基，正双手垫在脑袋底下躺在床上，与坐到他身旁的一个军官一起说笑。第三个副官正在古钢琴上弹维也纳圆舞曲，第四个副官则靠在这架钢琴上跟着曲子唱着。鲍尔康斯基不在屋里。这些先生们见了鲍里斯后谁也没有动一动。鲍里斯向那个写字的副官打听，那人不高兴地转过头来，对他说鲍尔康斯基正在值班，如果要见的话，要他向左拐，到接待室去。鲍里斯道了谢后，便朝接待室走去。接待室里大约有十来个军官和将军。

鲍里斯进去时，安德烈公爵正轻蔑地眯起眼睛（脸上带着一种疲惫而有礼貌的特殊神情，这种神情清楚地表露出这样的意思：如果这不是我的工作，我就连一分钟也不会和您交谈），正在听一个挂着勋章的俄国老将军说话，这个将军几乎踮起脚，挺直身子，赤红的脸上露出士兵的谄媚的表情，正在向安德烈公爵报告什么。

"很好，请等一下。"他用俄语对将军说，不过带着他想要表示轻蔑时常用的法国腔调，他发现鲍里斯后，再不理那将军了

（而将军则跟在他后面跑，恳求他把话听完），带着快乐的微笑朝鲍里斯点点头。

这时鲍里斯已经完全明白了他以前预见到的一点，即在军队里除了写在条令里的以及人们和他自己在团里看到的那种从属关系和纪律外，还有一种更重要的从属关系，这种关系迫使这个紧束腰带的红脸将军恭敬地等着，而这时大尉安德烈公爵却可以随意地认为与德鲁别茨科依准尉谈话更为合适。鲍里斯下定决心，这决心比任何时候都要坚定，他决定今后不再根据条令里写明的从属关系，而根据不成文的从属关系服役。他现在感觉到，只是因为有人把他介绍给了安德烈公爵，他就马上变得高于那个将军，而在另一些情况下，在战斗部队里，那个将军对他这个近卫军准尉操有生杀之权。安德烈公爵走到他跟前，拉住他的一只手。

"很遗憾，昨天没有能见到您。我整天都和德国人在一起。曾陪魏罗特去检查部队的部署。德国人一认真起来，就没完没了！"

鲍里斯笑了笑，仿佛他知道安德烈公爵所暗示的那件众所周知的事似的。但是他第一次听到魏罗特的名字，甚至"部署"这个词也是首次听说。

"怎么，亲爱的，还想当副官？这段时间我一直在考虑您的事。"

"是的，"鲍里斯说，不知为什么他不由自主地脸红了，"我想去求总司令；库拉金公爵曾给他写了一封信；我想提出请求只是因为，"他好像抱歉似的补充说，"我担心近卫军不会参战。"

"很好！很好！这一切等一会儿详谈，"安德烈公爵说，"先让我给这位先生通报一下，我就来陪您。"

在安德烈公爵去报告红脸将军的事时，这位将军显然不赞同鲍里斯关于不成文的从属关系的好处的看法，两眼盯住这个妨碍他对副官把话说完的无礼貌的准尉，看得鲍里斯觉得不自在起来。鲍里斯转过脸去，焦急地等待安德烈公爵从总司令办公室回来。

"听我说，亲爱的，我考虑过您的事。"安德烈公爵在和鲍里斯一起走进有古钢琴的大厅时说。"您不必去找总司令，"他接着说，"他会跟您说一大堆客套话，会请您到他这里来吃饭（'对按照不成文的从属关系服役来说，这倒也不坏。'鲍里斯想），但是这不会有任何结果；现在我们这些副官和传令官快要有一个营了。我们还是这样做吧：我有一个好朋友，侍从将军多尔戈鲁科夫公爵①，人很好；虽然这一点您可能不知道，然而问题在于现在库图佐夫及其司令部和我们大家不起任何作用，一切都集中在皇上手里；我们这就去多尔戈鲁科夫那里，我也正有事找他，我已经对他提起过您；让我们看一看，他是否有可能把您放在他身边，或者放到离太阳更近的地方。"

安德烈公爵通常在指导年轻人和帮助他们跻身上流社会时，总是显得特别兴奋。他由于生性高傲，从来不接受别人的帮助，可是在帮助别人的借口下，常常去接近那些能使求助的人取得成功和吸引着他自己的人。他非常乐意为鲍里斯的事奔走，便和鲍里斯一起去找多尔戈鲁科夫公爵。

当他们到达两位皇帝和他们近臣们居住的奥尔米茨行宫时，

---

① 多尔戈鲁科夫（一七七七至一八〇六年），驻库图佐夫司令部的侍从将军，亚历山大一世的亲信之一。

天色已经很晚了。

那天召开了军事会议,奥地利御前军事会议成员和两位皇帝都参加了。在会上,与两位老人——库图佐夫和施瓦岑贝格[①]公爵——的意见相反,决定立即发动进攻,与波拿巴进行决战。当安德烈公爵带着鲍里斯到行宫找多尔戈鲁科夫公爵时,会议刚结束。总部所有的人还沉醉于今天会议上少壮派取得的胜利中。那些主张再等一等不要发动进攻的稳健派的声音被一致地压了下去,他们提出的论据已完全为能证明进攻有利的确凿证据所驳倒,因此会议上所说的事,即未来的战役及其无疑的胜利似乎已不是未来的事,而像是既成的事实。会议认为,所有有利条件都在我们一边。我方巨大的兵力无疑超过拿破仑的兵力,现已集中在一个地方;部队因御驾亲征士气高涨,求战心切;指挥部队的奥地利将军魏罗特对将要作战的有战略意义的地点了如指掌(巧得很,去年奥地利军队正好在将要发生战斗的地方进行过演习);前面的地形也非常熟悉,并已在地图上标明,而力量显然有所削弱的波拿巴没有采取任何措施。

多尔戈鲁科夫是最热烈地主张进攻的人之一,他刚开会回来,显得精疲力竭,但很兴奋,为会上取得的胜利而自豪。安德烈公爵向他介绍了受自己庇护的鲍里斯,但是多尔戈鲁科夫公爵有礼貌地紧紧握了握安德烈公爵的手,什么也没有对鲍里斯说,显然他急于要把他这时在脑子里转得最多的想法说出来,便用法语和

[①] 施瓦岑贝格(一七七一至一八二〇年),奥地利元帅,一八〇五年任御前军事会议副主席。

安德烈公爵交谈起来。

"亲爱的,会上我们打了一场多大的胜仗啊!上帝保佑,但愿在它之后,在战场上也打这样漂亮的胜仗。然而亲爱的,"他断断续续地和兴奋地说,"我应当承认我错怪了奥地利人,特别是错怪了魏罗特。他们办事是多么的精确,多么的仔细,对地形是多么的熟悉,对所有的可能性、所有的条件、所有微小的细节看得是多么清楚啊!不,亲爱的,再也想象不出还有比我们现在更有利的条件了。奥地利人的精细与俄国人的勇敢相结合——您还需要什么呢?"

"那么说,进攻已最后决定了?"鲍尔康斯基问。

"您知道,亲爱的,我觉得波拿巴已完全把他的拉丁文丢了①。您知道,今天接到了他给皇上的信。"说到这里多尔戈鲁科夫意味深长地笑了笑。

"原来如此!他信里说了些什么?"鲍尔康斯基问。

"他能说什么呢?这样那样,如此等等,只是为了赢得时间。我对您说,他已落到我们手里了,这是真的!但是最有意思的是,"他突然温和地笑起来说,"怎么也想不出回信如何称呼他。如果不称他执政,自然也不能称他皇帝,那么我觉得可称他波拿巴将军。"

"但是在不承认他是皇帝和称他波拿巴将军之间是有区别的。"鲍尔康斯基说。

"问题就在这里。"多尔戈鲁科夫打断他的话很快地笑着说,"您认识比利宾,他是一个非常聪明的人,他建议信上写'篡位者

---

① 这是一句法国成语的直译,意为搞糊涂了。

和人类的敌人收'。"

多尔戈鲁科夫快乐地哈哈大笑起来。

"就这样写了?"鲍尔康斯基问。

"但是比利宾还是想出了一个正经的头衔。这是一个机智而又聪明的人……"

"怎么称呼?"

"致法国政府首脑。Au chef du gouvernement français。"多尔戈鲁科夫严肃而又愉快地说,"这确实很好吧?"

"很好,但是他会很不喜欢。"鲍尔康斯基说。

"噢,会很不喜欢的!我的兄弟了解他,在巴黎时不止一次地在现在的这位皇帝那里吃过饭,我的兄弟说,此人老于世故,没有见过比他更敏锐和更狡猾的人;您知道,是法国人的机灵和意大利人的做作的结合。您听说过他与马尔科夫伯爵[①]的笑话吗?只有马尔科夫伯爵一个人能和他周旋。您知道手绢的故事吗?妙极了。"

于是爱说话的多尔戈鲁科夫一会儿转向鲍里斯,一会儿转向安德烈公爵,讲起这个故事来,说波拿巴想要试一试我们的公使马尔科夫,故意把手绢丢在他面前,停住脚步,看着他,大概是等马尔科夫替他捡起来,而马尔科夫立刻把自己的手绢丢在旁边,然后捡起了自己的手绢,却没有捡波拿巴的。

"妙极了。"鲍尔康斯基公爵说,"是这么回事,公爵,我来找您是来替这个年轻人求情的。您知道……"

[①] 这大概指的是曾于一八〇一至一八〇三年任俄驻法公使的莫尔科夫伯爵(一七四七至一八二七年)。

但是安德烈公爵没有来得及把话说完,一个副官进屋来叫多尔戈鲁科夫公爵去见皇帝。

"啊,真不巧!"多尔戈鲁科夫急忙站起来握着安德烈公爵和鲍里斯的手说。"您知道,我很乐意尽力为您和为这个可爱的年轻人帮忙。"他带着和蔼诚恳而又快活轻率的表情再一次握了握鲍里斯的手,"但是你们瞧……下一次再说吧!"

鲍里斯这时感到自己已与上层有权势的人物很接近,心里非常激动。他意识到自己在这里接触到了那些指导着部队的全部规模巨大的运动的发条,而他在自己团里感觉到自己只不过是一个小小的、顺从的、微不足道的零件而已。他和安德烈公爵跟着多尔戈鲁科夫公爵到了走廊里,遇见了一个从皇上房间的门里出来(多尔戈鲁科夫正好从这扇门进去)的身材不高的文官,此人长着一张聪明的脸,下巴颏明显地朝前伸出,但是并不损害他的容貌,却使脸上的表情显得特别生动活泼。这个身材不高的人像对自己人一样,对多尔戈鲁科夫点了点头,径直朝安德烈公爵走来,开始用专注和冷淡的目光端详着,看来在等待安德烈公爵对他鞠躬或给他让路。可是安德烈公爵既没有鞠躬也没有让路;他脸上露出愤恨的表情,于是这个年纪还不太大的人转身沿着走廊的一边过去了。

"这是谁?"鲍里斯问。

"这是最引人注目的,但也是我最不喜欢的人之一。这是外交大臣亚当·恰尔托里日斯基公爵[①]。"

[①] 即恰尔托里依斯基(一七七〇至一八六一年),波兰人,亚历山大一世的亲信,一八〇四年被任命为外交大臣。

"就是这些人,"当他们两人走出行宫时,安德烈公爵不禁叹息地说,"就是这些人决定着各国人民的命运。"

第二天部队出发了,鲍里斯直到奥斯特利茨①战役前既未能去鲍尔康斯基那里,也未能去多尔戈鲁科夫那里,他暂时还留在伊兹梅尔团里。

十

十六日清晨,尼古拉·罗斯托夫所在的杰尼索夫骑兵连(该连隶属于巴格拉季翁公爵的部队)从宿营地出发,像常说的那样前去参加战斗,它跟着其他纵队走了将近一俄里后,奉命在大道上停住。罗斯托夫看见哥萨克、第一和第二骠骑兵连、几个步兵营和炮队从他身旁过去,过去的还有巴格拉季翁和多尔戈鲁科夫两位将军以及副官们。他往常的那种在临战前感到的全部恐惧,他用来克服这种恐惧的整个内心斗争,还有他想作为一个骠骑兵在这次战斗中立功的所有梦想,如今都消失和落空了。他们的连被留在预备队里,尼古拉·罗斯托夫无聊地和闷闷不乐地度过了这一天。八点多钟他听到了前面的枪炮声和喊"乌拉"的声音,看见了往后方运送的伤员(他们人数不多),最后看见一百名哥萨克押送着整整一队法国骑兵。可以看出,战斗结束了,显然这场战斗不大,但是很顺利。往回走的士兵和军官们讲述着辉煌的

---

① 奥斯特利茨,今捷克的斯拉夫科夫,在布尔诺附近。

胜利,讲如何占领维绍①和俘虏一整个法国骑兵连。头天夜里下了寒冷的霜冻,而白天天气晴朗,秋天快乐的阳光与胜利的消息同时来临,这消息不仅参战者在讲述,而且也从在罗斯托夫身边来来往往的士兵、军官、将军和副官们脸上快乐的表情里流露出来。这更使尼古拉内心感到压抑,因为他白白地经受了临阵前的恐惧,在这欢乐的一天里无所事事。

"罗斯托夫,过来,咱们喝一杯解解愁!"杰尼索夫喊道,这时他已在路边坐下来,面前放着一个军用水壶和下酒菜。

军官聚集在杰尼索夫的食品箱周围,边吃边谈。

"瞧,又押来了一个!"一个军官指着一个被俘的法国龙骑兵说,他由两个步行的哥萨克押着。

其中的一个牵着一匹从俘虏那里缴获的高大漂亮的法国马。

"把马卖了!"杰尼索夫对那个哥萨克说。

"好的,大人……"

军官们站起身来,围住了两个哥萨克和法国俘虏。这个法国龙骑兵是一个年轻小伙子,阿尔萨斯人,说带有德国口音的法语。他激动得喘不过气来,脸涨得红红的,一听见有人说法语,便很快同军官们说起话来,一会儿对这个人说,一会儿又对那个人说。他说,他本来不会被俘的;他被俘不能怪他,而要怪派他去取马被的班长,因为他提醒过班长,俄国人已到那里了。他每说一句话都要加上"请不要伤害我的小马",同时抚摸着自己的马。可以看出,他并不十分清楚他在什么地方。他时而为自己的被俘辩解,

---

① 可能即今捷克的维什科夫。

时而又像在自己的长官面前那样，显示他作为一个士兵的勤奋和对执行任务的热心。他给我们的后卫部队带来了对我们来说非常陌生的法国军队的新鲜活泼的气氛。

哥萨克以两个金币的价钱卖了马，买主是罗斯托夫，因为他收到家里带来的钱后成为军官中最富有的人。

"请不要伤害我的小马。"当罗斯托夫接过这匹马时，那个阿尔萨斯人和气地对他说。

罗斯托夫微笑着安慰那个法国龙骑兵，并给了他一些钱。

"走，走！"一个哥萨克说，碰碰俘虏的手，要他继续往前走。

"皇上！皇上！"突然骠骑兵中间响起了叫喊声。

大家都跑动起来，忙乱起来，罗斯托夫看见后面的路上有几个帽子上饰有白帽缨的人骑着马过来。在一瞬间，所有的人都各就各位，开始等待。

罗斯托夫不记得和没有感觉到是如何跑到自己的位置上和骑上马的。他因没有参加战斗而感到的遗憾，他因整天只见一些熟面孔而产生的无聊乏味的感觉顿时消失了，他关于自己的各种想法也一下子不见了；他由于离皇上很近心里充满着幸福的感觉。他觉得现在离皇上很近就是对今天未能参战的损失的补偿。他像一个等到了盼望中的幽会的情人一样感到幸福。他不敢在队列中回头看而且也没有回头看，凭他处于高度兴奋状态的感官感觉到**他**正在逐渐走近。他感觉到这一点不仅仅只是因为听见了一群人骑着马过来时发出的马蹄声，而且因为随着皇上的临近，他周围变得愈来愈亮堂，愈来愈欢乐，愈来愈有意义和充满节日气氛。罗斯托夫心目中的这个太阳愈来愈近了，向四周放射出温和而又庄严的光芒，现在他感觉到阳光已照射到自己身上，他听见了他的声音——一种亲切的，平静的，庄严的，同时又是普普通通的声音。如同罗斯托夫一定会感觉到的那样，周围变得死一般地寂静，在这寂静中响起了皇上说话的声音。

"这是保罗格勒团的骠骑兵吗？"他问道。

"是预备队，陛下！"一个人回答道，在那个非人间的声音问了"这是保罗格勒团的骠骑兵吗？"后，这个声音就显得完全是普通人的了。

皇上走到罗斯托夫面前停住了。他的脸比三天前检阅时显得更为俊美。这张脸非常年轻，喜气洋洋，焕发出天真无邪的青春，使得它好像一个十四岁的活泼的少年的脸，同时仍不失皇帝的脸的庄严。皇上顺便看了看骑兵连，他的目光与罗斯托夫的目光相遇了，在他身上停留了不超过两秒钟。不知皇上是否了解此时罗斯托夫心里的全部想法（罗斯托夫觉得他是完全了解的），但是他用他的蓝眼睛看了罗斯托夫的脸大约两秒钟。（从他的眼睛里发出轻柔的和温和的光。）然后他突然扬起眉毛，左脚猛刺了一下马，朝前驰去。

年轻的皇帝听见从前卫部队传来的枪炮声，克制不住亲临前线的愿望，不顾近臣们的劝阻，于十二时离开了他所在的第三纵队，向前卫部队奔驰而去。他还没有到达骠骑兵那里，几个副官就给他送来了战斗已顺利结束的消息。

这场只俘获了一个法国骑兵连的战斗被说成战胜法军的辉煌胜利，因此皇上和全军，尤其是在战场上硝烟未散的时候，都相信法国人已被打败，正在被迫撤退。在皇上过去后不到几分钟，保罗格勒团的一个营奉命向前推进。在德国小城维绍，罗斯托夫再次见到了皇上。在城市的广场上，皇上到来前曾发生相当激烈的枪战，那里还躺着尚未来得及运走的几具尸体和几个伤员。皇上在文武侍从的簇拥下，骑着一匹与检阅时不同的剪短尾巴的枣红马，侧着身子，用优雅的姿势把带柄金框眼镜举到眼前，瞧着一个趴在地上、不戴军帽、满头是血的士兵。这个伤兵非常肮脏、粗野和丑陋，可是离皇上那么近，罗斯托夫为此觉得心里很难受。他看到皇上拱起的肩膀好像发冷似的颤动了一下，他的左脚开始痉挛性地用马刺刺马。那匹训练有素的马冷静地望望四周，站在原地不动。下了马的副官们抬起了受伤的士兵，把他放在抬过来的担架上。这个士兵呻吟起来。

"小声点，小声点，难道不能小声点吗？"皇上说，看来他比那个垂死的士兵还要痛苦，说着骑马走了。

罗斯托夫看见皇上的眼睛充满了泪水，听见他在离开时用法语对恰尔托里日斯基说：

"战争是一件多么可怕的事，多么可怕的事！Quelle terrible chose que la guerre！"

前卫部队驻扎在维绍的前方，能看得见敌散兵线，在一整天里，只要稍一交火，敌人就把地方让给我们。皇上表扬了前卫部队，答应给以奖赏，并发给人们双份伏特加。野营的篝火烧得比昨天夜里还要旺，士兵们的歌声更为欢乐。杰尼索夫在这一天夜里摆酒庆祝自己升为少校，而已经喝得相当多的罗斯托夫在宴会快结束时提议为皇上的健康干杯，但是他说："不是像正式宴会上所说的那样，为皇帝陛下的健康干杯，而是把他看作一个善良的、有魅力的和伟大的人，为这样一个人的健康干杯；让我们为他的健康和为一定打败法国人干了这一杯！"

"既然我们以前也在打仗，"他说，"并且像在申格拉本那样，给了法国人以回击，那么现在皇上亲临前线，又该怎么样呢？我们大家可以为他去死，甘心情愿去死。是这样吧，诸位？也许我说得不大对头，我喝多了；但是我这样觉得，你们也一样。为亚历山大一世的健康干杯！乌拉——拉！"

"乌拉——拉！"响起了军官们热情洋溢的欢呼声。

老骑兵上尉基尔斯滕也热情地喊着，他的真诚程度并不亚于二十岁的罗斯托夫。

当军官们干了杯并把杯子摔了后，基尔斯滕给另一些杯子倒上酒，手里拿着一杯酒走到士兵们的篝火旁，他身上只穿一件衬衣和马裤，留着长长的花白胡子，从敞开的衬衣里露出雪白的胸脯，摆出一副庄严的姿势，举起一只手，在篝火的火光中站住。

"弟兄们，为皇帝陛下的健康，为战胜敌人干杯，乌拉——拉！"他用一个老骠骑兵的豪放的男中音喊道。

骠骑兵们聚集起来，一齐大声地跟着喊叫起来。

深夜里，当大家都散了后，杰尼索夫用他短粗的手拍了拍他喜爱的罗斯托夫的肩膀。

"行军作战时无人可爱，他就爱上了沙皇。"他说。

"杰尼索夫，你不要拿这个开玩笑，"罗斯托夫大声说，"这是那么高尚、那么美好的感情，那么……"

"我相信，我相信，亲爱的，我同意，我赞成……"

"不，你不明白！"

说着罗斯托夫站起身来,开始在篝火之间徘徊,心里想着,哪怕不是为救皇上的性命(这一点他连想都不敢想)而死,而只不过是死在他的眼前,那该是多大的幸福啊。他确实爱上了沙皇,珍惜俄国军队的荣誉,满怀着未来胜利的希望。在奥斯特利茨战役前的那些值得记忆的日子里,不只是他一个人有这样的感情,这时俄国军队十分之九的人虽然没有那么热烈,但是也都爱上了自己的沙皇和珍惜俄国军队的荣誉。

十 一

第二天,皇上驻跸在维绍城。御医维利埃曾几次奉旨前去看望。在总部和附近的部队里流传开了圣体欠安的消息。据近臣们说,皇上吃不下东西,夜里睡得很不好。圣体欠安的原因是伤亡的人的样子给富于同情心的皇上留下的印象太强烈了。

十七日黎明时分,一个打着军使旗帜求见俄国皇帝的法国军官被从前哨带到维绍。这个军官名叫萨瓦里①。皇上刚入睡,因此萨瓦里需要等他醒来。中午萨瓦里被召见,一个小时后他和多尔戈鲁科夫公爵一起骑马去法军的前哨。

听说萨瓦里此行的目的是提出议和以及亚历山大皇帝与拿破仑会晤的建议。皇上拒绝亲自参加会晤,这使得全军感到高兴和

---

① 萨瓦里(一七七四至一八三三年),曾任拿破仑的副官,当时是法军的一个师长。

自豪；决定由维绍之战的胜利者多尔戈鲁科夫公爵代替皇上与萨瓦里一起前去见拿破仑，如果谈判与预料的相反，目的确实是为了议和的话，那么就与他谈。

傍晚多尔戈鲁科夫回来了，他直接去找皇上，与皇上单独地谈了很久。

十一月十八日和十九日两天，部队继续前进，敌军的前哨在短时间的交火后往后撤退。从十九日中午起，军队的上层人来人往，开始了紧张而又忙碌的活动，这活动一直延续到第二天，即二十日的早晨，就在这一天发生了难忘的奥斯特利茨战役。

在十九日的中午前，人员的来往、热烈的谈话、忙碌的奔走、副官的派遣等还只限于两位皇帝的大本营内；这一天的午后，这些活动已转移到库图佐夫的总部和各纵队指挥官的司令部。傍晚，这些活动通过副官们扩散到了全军的各个角落和各个部分，而到十九日夜里，八万联军从宿营地出来，形成一支九俄里长的庞大队伍，人声鼎沸地动作起来，向前进发了。

早晨在两位皇帝的大本营开始的集中活动推动着以后的整个活动，这种集中活动好像钟楼上的大钟中心的轮子启动时第一次转动一样。一个轮子慢慢地转动起来，第二个、第三个轮子也跟着转起来，于是轮子、传动装置、齿轮愈转愈快，自鸣钟开始报时，数字开始跳出来，时针开始均匀地移动，指示着运动的结果。

军事机器也像钟表的机器一样，一旦转动起来，就会不可遏止地转动下去，直到达到最后的结果为止；而机器的那些尚未动起来的部件，在受到传动之前，是漠然地一动不动的。轮子用齿咬住轴，在轴上发出吱吱的声音，转动的传动装置因转速快而嚓嗞响，而旁边的一个轮子却静止不动，仿佛要这样一动不动地停几百年似的；但是到一定时刻，它被另一部件带动了，就跟着转起来，弄得咯吱作响，融入到了统一的运动中，而这个运动的结果和目的它是不知道的。

在钟表里，无数不同的齿轮和传动装置的复杂运动产生的结果只是报时的时针缓慢而平稳地移动，与此相似，作为十六万俄国人和法国人以及这些人的激情、愿望、悔恨、屈辱、痛苦、自豪、恐惧、欣喜等等的所有复杂运动的结果的，只是这次被称为"三皇大战"的奥斯特利茨战役的失利，也就是世界历史的时针在人类历史的钟面上的缓慢移动。

这一天安德烈公爵值班，寸步不离地待在总司令身边。

傍晚五点多，库图佐夫来到两位皇帝的大本营，在皇上那里待了一会儿后，去看总管宫廷事务的大臣托尔斯泰伯爵①。

鲍尔康斯基利用这个时间去找多尔戈鲁科夫打听战争的详细情况。安德烈公爵觉得库图佐夫不知为何心情不好，很不满意，同时大本营对老人也不满意，他从那里所有的人跟他说话的腔调中听出他们知道别人不知道的某些事情，因此想找多尔戈鲁科夫谈一谈。

"您好，亲爱的。"正在和比利宾坐在一起喝茶的多尔戈鲁科夫说，"庆祝会放在明天。您的老头子怎么样？情绪不好？"

"不能说情绪不好，但是我觉得他希望别人再听听他的意见。"

"在军事会议上人们已听过他的意见了，如果他说得有道理，

---

① H. A. 托尔斯泰（一七六五至一八一六年），宫廷高级侍从，宫廷事务管理局局长。

还会听他的；但是在波拿巴最害怕决战时，拖延和观望是不行的。"

"是的，您见到他了吗？"安德烈公爵问，"波拿巴怎么样？他给您留下了什么样的印象？"

"是的，见到了，并且深信他最害怕的就是决战。"多尔戈鲁科夫又说了一次，看来他非常重视自己在和拿破仑见面后做出的这个总的结论，"要是他不害怕决战，为什么要求举行这次会晤和进行谈判呢？主要的，为什么要退却呢？要知道退却是违反他的整个作战方法的。请相信我的话：他害怕，非常害怕决战，他的末日到了。我可以对您这样说。"

"请您讲一讲，他这个人怎么样？"安德烈公爵还问道。

"他穿着一身灰色礼服，非常希望我称他'陛下'，但是使他感到伤心的是，他没有从我口中听到任何头衔。他就是这样一个人，再没有别的了。"多尔戈鲁科夫回答道，微笑着回头看看比利宾。

"虽然我非常敬重老库图佐夫，"他接着说，"但是现在波拿巴确实已掌握在我们手里了，要是我们总是等待什么，让他有机会溜掉或欺骗我们，那还了得！不，不应忘记苏沃洛夫和他的信条：不要让自己处于挨打的地位，而要主动进攻。请相信我的话，在战场上年轻人充沛的精力常常要比像费边①那样采用拖延战术的老将的经验更能指出正确的途径。"

"但是我们从哪里向敌人发动进攻呢？今天我去过前哨阵地，还确定不了敌人的主力在哪里。"安德烈公爵说。

他想对多尔戈鲁科夫陈述他自己拟订的进攻计划。

---

① 费边（？至公元前二〇三年），罗马统帅、政治家。以采用拖延战术著称，因此获得了"拖延者"（кунктатор）的外号。

"唉,这反正都一样。"多尔戈鲁科夫急忙说,他站起身来,把地图在桌上摊开,"所有情况都预先考虑到了:如果他在布吕恩附近的话……"

于是多尔戈鲁科夫公爵讲了魏罗特的侧进计划,讲得既匆忙又不清楚。

安德烈公爵开始提出不同意见,并证明自己的计划同魏罗特的计划一样好,遗憾的是魏罗特的计划得到了人们的赞同。安德烈公爵一开始证明那个计划的缺点和自己的计划的优点,多尔戈鲁科夫公爵不再听他说,也不看地图,只漫不经心地看着安德烈公爵的脸。

"不过今天库图佐夫那里要开军事会议,您可以在会上把所有这些讲一讲。"多尔戈鲁科夫说。

"我是要这样做的。"安德烈公爵说,离开了地图。

"诸位,你们操心什么呢?"比利宾说,在这之前他一直带着愉快的微笑听他们两人说,看来现在想要开开玩笑了,"不管明天是胜利还是失败,俄国军队的荣誉都是有保证的。除了您的那位库图佐夫外,纵队司令没有一个是俄国人。这些指挥官是:维姆普芬将军先生[①]、朗热隆伯爵[②]、利希滕施泰因公爵、霍恩洛厄公爵[③]和普尔热……普尔热[④]以及一连串波兰名字。"

[①] 原文为德文。维姆普芬(一七七〇至一八五一年)和下文说的利希滕施泰因(一七六〇至一八三六年)均为奥地利将军。
[②] 朗热隆(一七六三至一八三一年),法国贵族后裔,俄国将军。
[③] 霍恩洛厄(一七四六至一八一八年),普鲁士将军。
[④] 比利宾说的是普尔热贝舍夫斯基(一七五五至?),俄国将军,波兰人。

"闭嘴，专爱讲坏话的人。"多尔戈鲁科夫说，"说得不对，现在已有两个俄国人：米洛拉多维奇[①]和多赫图罗夫。本来还有第三个，阿拉克切耶夫伯爵[②]，但是他的神经太脆弱了。"

"我想，米哈依尔·伊拉里翁诺维奇已出来了。"安德烈公爵说，"二位，祝你们幸福，成功。"他补充了一句，握了握多尔戈鲁科夫和比利宾的手，出去了。

在回家途中，安德烈公爵忍不住问默默地坐在他身旁的库图佐夫，要他说说对明天的战役有什么想法。

库图佐夫严厉地朝自己的这位副官看了一眼，沉默了一会儿，回答道：

"我认为这次战役将要失败，我对托尔斯泰伯爵这么说，并请他转告皇上。你想，他怎么回答我？唉，亲爱的将军，我管米饭和煎肉排，战争的事您管吧。是啊……这就是他们给我的回答！"

十 二

晚上九点多钟，魏罗特带着他的计划来到库图佐夫总部，军事会议预定在那里召开。通知要求各纵队的指挥官都到总司令这里来开会，除了巴格拉季翁公爵拒绝参加外，所有的人都准时来了。

魏罗特作为即将开始的战役的全权指挥者，显得非常活跃和忙

---

① 米洛拉多维奇（一七七一至一八二五年），俄国将军。
② 阿拉克切耶夫（一七六九至一八三四年），亚历山大一世宠臣。

碌，他同心里不满和无精打采的库图佐夫形成鲜明的对照，库图佐夫很不乐意地扮演着军事会议的主席和领导者的角色。魏罗特显然觉得自己正在领导着一种已变得不可遏止的行动。他像一匹套在车上往山下跑的马。是他拉着车跑还是什么东西赶着他跑，他不知道；但是他跑得快极了，没有时间来讨论这样跑会有什么结果的问题。这天晚上魏罗特两次亲自到敌散兵线去考察，两次去俄国皇帝和奥地利皇帝那里报告和说明情况，并在自己的办公室里口授德文的作战部署。现在他到库图佐夫总部时已精疲力竭了。

看来他忙得甚至忘了应该对总司令采取恭敬的态度：他不时打断总司令的话，说得又快又不清楚，不看着对方的脸，不回答对他提出的问题，身上沾满污泥，显出一副可怜、疲惫、慌张的，同时又自信、高傲的样子。

库图佐夫住在奥斯特利茨附近的一个不大的贵族城堡里。其中的大客厅成了总司令的办公室，现在聚集在这里的有库图佐夫本人、魏罗特和军事会议成员们。他们喝着茶。只等巴格拉季翁公爵一到就开会。七点多钟巴格拉季翁的传令官带来消息说，公爵不能前来。安德烈公爵报告了总司令，并且因为总司令事先允许他出席会议，便留在客厅里。

"因为巴格拉季翁公爵不来了，我们可以开始了。"魏罗特说，他急忙从自己的座位上站起来，走到放着布吕恩周围地区的大地图的桌子旁。

库图佐夫坐在伏尔泰安乐椅上，解开制服的纽扣，肥胖的脖子好像获得了解放一样，从领子里露出来，他把两只老年人的皮肉松弛的手对称地放在扶手上，几乎睡着了。他听到魏罗特说话的声音，使劲睁开他那只独眼。

"对，对，开始吧，要不就晚了。"他点了点头说，说完低下头，又闭上了眼睛。

如果说与会者开头认为库图佐夫是装睡的话，那么后来在读作战命令时他鼻子里发出的声音证明，这时总司令关心的问题要比显示对作战命令或别的任何东西的蔑视重要得多：他关心的是如何完全满足人睡觉的需要的问题。他真的睡着了。魏罗特像一个忙得连一分钟也不能浪费的人那样紧张地朝库图佐夫看了一眼，确信他睡着后，拿起文件，开始用单调的语调大声地读作战部署，连标题也读了。这标题是：

《关于进攻科别尔尼茨和索科尔尼茨后方敌军阵地的部署，一八〇五年十一月二十日》

这作战部署非常复杂难懂。它的内容是这样的：

"由于敌左翼以树林密布的山岭为依靠，右翼沿科别尔尼茨和索科尔尼茨延伸，位于彼处的池塘后面，而我军则相反，我军左翼与敌军右翼相比占有优势，利于我军向敌右翼发起攻击，如我军能占领索科尔尼茨和科别尔尼茨两村庄，并获得进攻敌侧翼、在施拉帕尼茨与蒂拉萨森林之间的平原地带迎击敌人、避开施拉帕尼茨与别洛维茨之间的掩护敌正面之隘道之可能，则更为有利。为此目的，第一纵队需朝……行进。……第二纵队需朝……行进……第三纵队需朝……行进……①等等。"**魏罗特读道。将军们都好像不大乐意听这个难懂的作战部署。浅色头发、个子很高**

---

① 原文为德文。

的布克斯格夫登将军背靠墙站着,把目光停留在燃烧着的蜡烛上,似乎没有听,甚至不愿意让别人认为他在听。在魏罗特的正对面坐着脸颊绯红、胡子稍稍上翘、肩膀耸起的米洛拉多维奇,他用睁开着的闪闪发亮的眼睛盯住魏罗特,摆出一副雄赳赳的姿势,两只手胳膊肘朝外支在膝盖上。他一直看着魏罗特的脸,一言不发,直到这位奥地利参谋长停止说话,才把目光从他身上挪开。这时米洛拉多维奇意味深长地朝别的将军们看了看。但是从这意味深长的目光无法知道他对作战部署是同意还是不同意,是满意还是不满意。坐得离魏罗特最近的是朗热隆伯爵,在读作战部署时,他的那张法国南方人的脸上一直挂着含蓄的微笑,这时他手里正在迅速转动带有肖像的金鼻烟壶,眼睛看着细长的手指。他听完一个长句子的一半,停住了转动鼻烟壶的动作,抬起头,薄嘴唇的角上带着并不那么友好的敬意,打断魏罗特的话,想要说些什么;但是这位奥地利将军仍读他的,生气地皱起眉头,晃了晃胳膊肘,好像是说:等一会儿,等一会儿您再给我说您的想法,现在请您看着地图和听我读。朗热隆带着困惑的表情向上抬起眼睛回头看了米洛拉多维奇一眼,仿佛在寻求解释,但是在遇到米洛拉多维奇的意味深长然而什么也不表示的目光后,忧郁地垂下眼睛,重新转动起鼻烟壶来。

"一堂地理课。"他好像自言自语地说,但是声音相当大,别人都能听得见。

普尔热贝舍夫斯基恭敬而又不失身份地对着读作战部署的魏罗特把一只手掌窝起来放在耳后,做出全神贯注的样子。身材矮小的多赫图罗夫带着用心和谦虚的表情坐在魏罗特正对面,他朝摊开的地图弯下身去，认真地研究兵力部署和地形。他几次请魏罗特重复他没有听清的话和难记的村名。魏罗特满足了他的愿望，多赫图罗夫便把这些记下来。

作战部署读了一个多小时才读完，这时朗热隆又停止转动鼻烟壶，眼睛没有看魏罗特，也没有专门看任何人，开始说起实行这样的作战部署很困难，因为其中设想敌军位置是已知的，可是我们可能并不知道敌军的位置，因为他们处于运动之中。朗热隆的不同意见是有道理的，但是可以明显地看出，他提意见的目的主要在于想要让那位非常自信地、像给小学生上课那样读他的作战部署的魏罗特感觉到，在他面前的不是一些傻瓜，而是一些在行军作战上也能教教他的人。魏罗特单调的声音停止后，库图佐夫好像在水磨的轮子发出的催人欲眠的声音暂时停止时醒来的磨坊主一样，睁开了眼睛，留心地听了听朗热隆的话，好像是在说："你们还在说这些蠢事！"接着又急忙闭上眼睛，把头垂得更低了。

朗热隆想尽可能刻薄地刺一刺这个作战部署的作者魏罗特的自尊心，他证明说，波拿巴不但不会受到攻击，反而能轻而易举地发起进攻，这就会使这整个作战部署变得毫无用处。魏罗特对所有反对意见都报以固定不变的轻蔑的微笑，他事先早有准备，不管提出什么反对意见，也不管人们对他说什么，都这样对待。

"假如他能进攻我们，他今天就这样做了。"魏罗特说。

"这么说来，您认为他无力发动进攻？"朗热隆问。

"他至多只有四万人。"魏罗特回答道，他微笑着，好像一位医生看到小护士想要告诉他如何治病一样。

"在这种情况下,如他等待我们进攻,就会自取灭亡。"朗热隆带着含蓄的嘲笑说,又朝身边的米洛拉多维奇看看,想得到他的赞同。

但是这时米洛拉多维奇显然完全没有想将军们争论的问题。

"是呀,"他说,"明天到战场上就全都知道了。"

魏罗特又像刚才那样冷冷一笑,意思是说,**他**对遭到俄国将军们反对,而要费口舌来证明不仅他自己深信不疑,而且两位皇帝也相信的事,感到可笑和奇怪。

"敌军熄了灯火,可以听见他们的营地不断发出喧闹声,"他说,"这意味着什么?要么是他们正在逃离,我们只担心这一点;要么是他们正在转移阵地(说到这里他冷笑了一声)。但是即使他们占领了蒂拉萨的阵地,那也只能使我们省掉许多麻烦,全部安排,直到最小的细节,用不着改变。"

"如何能这样呢?……"安德烈公爵说,他早就在等待机会表示自己的疑虑。

库图佐夫醒来了,他吃力地咳嗽了一声,朝将军们扫视了一下。

"诸位,明天的,甚至可以说是今天的(因为已经是夜里十二点多了)作战部署不能变动了,"他说,"你们都听到了,我们大家要恪尽职守。而在战斗前最重要的是……(他沉默了一会儿)好好地睡一觉。"

他做出要起来的样子。将军们鞠躬告退。时间已是后半夜。安德烈公爵出来了。

安德烈公爵未能像他所希望的那样在军事会议上发表自己的

意见，这次会议给他留下了模糊不清的和令人不安的印象。谁是对的，是多尔戈鲁科夫和魏罗特，还是库图佐夫和朗热隆以及其他不赞同进攻计划的人，他不知道。"但是库图佐夫难道不能直接向皇上说明自己的想法吗？难道不能换另一种做法吗？难道因为近臣们和某些个人有那样的设想就应拿几万人的和我的，**我的**生命去冒险吗？"他想。

"是的，很可能明天会被打死。"他又想道。一想到死，他的脑子里突然浮现出了一系列最遥远和最亲切的回忆；他想起了与父亲和妻子最后的告别；他想起了和妻子开始恋爱的日子；想起了她的怀孕，他开始可怜她和可怜自己，于是他怀着神经质的心肠发软和激动不安的心情走出了与涅斯维茨基合住的小屋，开始在门前踱来踱去。

夜里雾蒙蒙的，月光神秘地透过薄雾照射过来。"是的，明天，明天！"他想，"到明天也许对我来说一切都将了结，所有这些回忆将不再存在，所有这些回忆对我来说不再具有任何意义。也许就在明天，甚至一定就在明天，我感觉到这一点，我将第一次显示出我能做到的一切。"于是他想到了明天的战役及其伤亡，想到了战斗集中在一个地点的情况以及所有指挥人员的慌乱状态。现在那幸福的时刻，他期待已久的土伦终于在他想象中出现了。在想象中他坚决地和清楚地把自己的意见告诉库图佐夫，告诉魏罗特和两位皇帝。所有的人都对他的看法的正确感到惊讶，但是谁也不愿去实现它，于是他接受一个团，一个师，讲好条件，不让任何人干预他的安排，他带领自己的师去那个决定胜负的地点，独自一个人取得了胜利。那么死亡和痛苦呢——另一个声音说。

但是安德烈公爵没有搭理这个声音,继续想着自己的胜利。下一次战役的部署由他一个人来制定。他的身份是库图佐夫全军的值勤官,但是一切都由他一个人来做。下一个战役是他一个人打赢的。库图佐夫被更换了,由他接替……那么后来呢——另一声音又说道——假如在这之前你十次没有受伤、被打死或受骗,后来怎么样呢?"后来嘛……"安德烈公爵自己回答道,"我不知道后来会怎么样,我不想知道,而且也无法知道;但是即使我愿意要这一切,即使我要荣誉,想让别人知道我,想受到人们的爱戴,那也不能说我要这一切,我只要这一切,为这一切活着是我的过错。是的,就只为了这一切!我永远不会对任何人说这一点,但是,我的上帝!既然我除了荣誉和人们的爱戴外,什么也不爱,那我又有什么办法呢?死亡,受伤,失去家庭,我什么也不怕。许多人——父亲、妹妹、妻子,我的这些最亲爱的人,不管他们对我是多么的珍贵和亲近,但是为了片刻的荣誉和优越感,为了那些我不认识的和不会认识的人的爱,就为了这些人的爱,尽管这样做看起来是多么的可怕和反常,我立刻就会把亲人舍弃的。"他这样想,同时倾听着库图佐夫的院子里的说话声。在库图佐夫的院子里说话的是收拾行装的勤务兵;一个声音,大概是车夫的,正在逗弄库图佐夫的老厨师,安德烈公爵认识这个老头,他的名字叫季特,车夫说道:"季特,怎么样,季特?"

"嗯。"老头回答道。

"季特,打谷①去。"逗乐的车夫说。

---

① 俄文"打谷"一词的结尾与老厨师的名字谐音。

"呸，见你的鬼去吧！"老头的话淹没在勤务兵和仆人的哈哈大笑声中了。

"不管怎么说，我爱的和珍视的只是这种认为自己胜过所有这些人的优越感，珍视这种在雾中回旋在我头上的神秘力量和荣誉！"

十 三

这一夜罗斯托夫和全排一起在侧防散兵线上，在巴格拉季翁的部队的前面。他指挥的骠骑兵一对一对地散开；他本人骑着马在散兵线上来回走动，竭力想要驱散无法克服的睡意。在他后面可以看到一个空旷的原野，我军燃起的篝火在雾中显得模糊不清；在旷野前面则是雾蒙蒙的一片黑暗。不管罗斯托夫如何细看浓雾弥漫的远方，他什么也没有看见：时而那里灰蒙蒙的，时而又仿佛有某种黑乎乎的东西；时而在应该是敌人所在的地方似乎闪烁着火光；时而他觉得这只是他眼看花了。他闭上了眼睛，于是脑子里一会儿出现皇上，一会儿出现杰尼索夫，一会儿出现对莫斯科的回忆，他又急忙睁开眼睛，在眼面前看见了他骑的马的脑袋和耳朵，当他离开骠骑兵六步远时，看见了他们黑色的身影，而在远方看到的还是雾蒙蒙的一片黑暗。"为什么不会呢？"罗斯托夫想，"很可能皇上见到我，给我一个任务，像对任何军官那样对我说：'你去了解一下那里的情况。'人们讲过很多，说他完全偶然地认识某某军官，把他当作亲信。如果他宠信我，那该多好啊！我就会尽心尽力保卫他，我就会对他完全说真话，我就会揭露欺骗他的人！"于是罗斯托夫为了生动地想象出他对皇上的爱戴和忠诚，便设想有这样一个敌人或德国骗子，他不仅将欣然把此人杀死，而且将当着皇上的面揍他的嘴巴。突然远处的一声喊叫把罗斯托夫惊醒。他哆嗦了一下，睁开了眼睛。

"我在哪里？是的，在散兵线上；口令和暗号是辕杆和奥尔米茨。真倒霉，明天我们连是预备队……"他想道，"我要请求参加战斗。这也许是见到皇上的唯一机会。是的，现在快到换班的时间了。我再巡逻一次，回去后就去找将军，向他提出请求。"他在马鞍上坐好了，催动坐骑再去巡视自己的骠骑兵。他觉得天亮了一些。在左边可以看见被照亮的慢坡和对面似乎像墙一样陡的丘岗。在这个丘岗上有一个罗斯托夫怎么也弄不清的白点：这是月光照耀下的林中空地和残留的雪呢，还是白色的房屋？他甚至觉得在这白色斑点上有什么东西在移动。"这个斑点想必是雪；一个斑点，法语是 une tache。"罗斯托夫想，"原来这不是**塔什**①……"

"这是娜塔莎，妹妹，黑眼睛。娜……塔什卡……（当我告诉她我见到了皇上时，她会惊讶的！）娜塔什卡……拿着皮囊②……"当睡意蒙眬的罗斯托夫从一个骠骑兵身旁经过时，那骠骑兵说："靠右一点，大人，这里有灌木丛。"罗斯托夫突然抬起已垂到马鬃上的头，在骠骑兵身旁停住了。他年轻，像孩子一样克制不住自己，昏昏欲睡。"我想什么来着？可别忘记。我将怎么跟皇上说话？不，不是那么回事——那是明天的事。是的，是的！

---

① "塔什"是法语"斑点"（tache）的音译。罗斯托夫由塔什联想到娜塔什卡。
② 俄语"皮囊"（ташка）与娜塔什卡这一名字的后半部分同音。

朝皮囊上，踩过去……使我们变钝——使谁变钝？① 骠骑兵。而骠骑兵和胡子……这个留胡子的骠骑兵骑着马在特维尔大街上走，在古里耶夫家的房子对面，我还想过他……古里耶夫老头……嗨，杰尼索夫是一个好小伙子！不错，这一切都是小事。现在主要的是皇上在这里。他是怎样地看着我，我想对他说点什么，可是他不敢……不，是我不敢。这都是小事，主要的是不要忘记，我想到了需要做的事，是这样。朝——皮囊上，踩——过去，是的，是的。这很好。"他又把脑袋垂到马脖子上。突然他觉得有人向他射击。"怎么？怎么？怎么！……杀！怎么？……"罗斯托夫醒过来说。在他睁开眼睛的刹那间，罗斯托夫听到自己前面，在敌人那边有上千个声音在呐喊。他和他身旁的骠骑兵的马听见这声音，竖起了耳朵。在传来喊声的地方亮起了一个火光，转眼间熄灭了，又亮起一个，接着山上法军全线亮起了火光，喊声愈来愈大了。罗斯托夫听见说法国话的声音，但是听不清楚在说什么。大声说话的人太多了。只听见在喊：啊啊啊啊！哇啦哇啦！

"这是什么声音？你怎么认为？"罗斯托夫问站在他旁边的骠骑兵，"这是敌人那里发出的吧？"

骠骑兵什么也没有回答。

"怎么啦，你难道没有听见吗？"罗斯托夫等了好久，没有听见他说话，又问。

---

① 俄语词"наступить"（踩）的后半部分"тупить"有"使……变钝"的意思。罗斯托夫把"наступить"一词分开，分成"нас тупить"，分开后的意思就成了"使我们变钝"了。这一段话写罗斯托夫在昏昏欲睡时意识的流动，显得混乱且不合逻辑。

"谁知道呢，大人。"骠骑兵不乐意地回答道。

"从地点来看，大概是敌人吧？"罗斯托夫又说。

"也许是敌人，也许就那么回事，"骠骑兵说，"夜里天黑。喂！别淘气！"他朝胯下躁动起来的马吆喝道。

罗斯托夫的马也着慌起来，它用蹄子敲打着冰冻的土地，谛听着发出的声音和细看着火光。喊声愈来愈大，汇合成一片只有几千人的军队才能发出的轰鸣声。火光愈来愈蔓延开来，大概法军营地全线都点燃起来了。罗斯托夫已没有睡意了。敌军快活的和得意洋洋的喊声使他兴奋起来。现在罗斯托夫已清楚地听到在喊"皇帝万岁！皇帝万岁！"。

"离这里不远，想必在小溪的那一边。"他对站在身旁的骠骑兵说。

骠骑兵只叹了一口气，什么也没有回答，生气地咳嗽了几声。从骠骑兵的散兵线上传来了骑马奔跑的马蹄声，夜雾中突然出现了一个像巨象似的骠骑兵士官的身影。

"大人，将军们来了！"士官到罗斯托夫跟前说。

罗斯托夫和士官一起去迎接几个骑着马沿散兵线过来的人，同时继续观察着火光和发出喊声的地方。有一个人骑着白马。这是巴格拉季翁公爵与多尔戈鲁科夫公爵和副官们一起前来观看敌军点起火和发出喊声的奇怪现象。罗斯托夫到了巴格拉季翁跟前，向他做了报告，然后加入了副官们行列，倾听着将军们说什么。

"请您相信，"多尔戈鲁科夫公爵对巴格拉季翁公爵说，"这无非是一种诡计：他撤退了，吩咐后卫部队点起火和发出喊声，以便迷惑我们。"

"未必是这样,"巴格拉季翁说,"从傍晚起我就看见他们在那个丘岗上;如果撤退了,那么也得从那里撤走。军官先生,"巴格拉季翁公爵对罗斯托夫说,"他们的侧防哨兵还在那里吗?"

"傍晚还在那里。现在就不知道了,公爵大人。请您下令,让我带骠骑兵去看看。"罗斯托夫说。

巴格拉季翁停住了,他没有回答,竭力想在雾中看清罗斯托夫的脸。

"好吧,去一趟吧!"他沉默了一会儿后说。

"是。"

罗斯托夫刺了刺马,叫来士官费琴科和两名骠骑兵,命令他们跟自己走,然后下山朝还在继续叫喊的地方驰去。他一个人带着三个骠骑兵到在他之前谁也没有去过的、神秘而危险的雾蒙蒙的远方去,心里感到既可怕又高兴。巴格拉季翁从山上朝罗斯托夫大声呼喊,叫他不要过小溪,但是罗斯托夫做出没有听见他的话的样子,不停地往前走,不断地看错东西,把灌木看成大树,把沟壑看作人,同时不断地知道自己弄错了。快步下山后,他既看不到我方的,也看不到敌方的火光,但是觉得法国人的喊声更大了,更清楚了。在谷地里,他看到面前好像有一条河,但是当他到那里时,发现是一条踩出来的路。到路上后,他勒住马,有些犹豫不决,不知是沿这条路走好,还是穿过它,沿着漆黑的田野上山。走这条在雾中变得清晰起来的道路要安全些,因为能比较容易地看清人。"跟我来。"他说,催马穿过道路,朝山上从傍晚起就布有法军步哨的地方跑去。

"大人,有敌人!"后面的一个骠骑兵说。

罗斯托夫还没有看清雾中突然出现的发黑的东西，就看见闪出一个火花，听见一声枪响，一颗子弹发出像诉怨一样的声音，在雾蒙蒙的高空飞过，呼啸声马上消失了。另一支火枪没有打响，但是药池里的火花闪了一下。罗斯托夫拨转马头，快步往回走。随后那边又时间间隔不等地放了四枪，雾中的某些地方响起了子弹飞过时发出的不同声音。罗斯托夫勒住他的那匹也像他那样听见枪声变得快活起来的马，改为慢步走。"好，再放吧，好，再放吧！"一个快乐的声音在他心里说道。但是没有再听见枪声。

直到快要到巴格拉季翁那里时，罗斯托夫才又策马奔跑起来，把手举在帽檐上，跑到他跟前。

多尔戈鲁科夫仍然坚持自己的意见，认为法国人已经撤退了，只是为了迷惑我们，才点起火来。

"这证明什么呢？"他在罗斯托夫到他们跟前时说，"他们可能退却，同时又留下了哨兵。"

"显然并不是全部撤走了，公爵，"巴格拉季翁说，"等到明天早晨再说，明天就什么都知道了。"

"山上有步哨，公爵大人，仍在傍晚那个地方。"罗斯托夫报告说，他身子朝前弯，手举在帽檐上，克制不住快乐的微笑，这次侦察，尤其子弹的呼啸声使他感到非常高兴。

"好，好，"巴格拉季翁说，"谢谢您，军官先生。"

"公爵大人，"罗斯托夫说，"我对您有一个请求。"

"什么事？"

"明天我们连将留作预备队；请您把我调到第一连去。"

"您姓什么？"

"罗斯托夫伯爵。"

"啊,很好。留在我这里当传令官吧。"

"是伊里亚·安德烈依奇的儿子吗?"多尔戈鲁科夫问。

但是罗斯托夫没有回答他。

"好,我将盼望着,公爵大人。"

"我这就下命令。"

"明天很有可能派我给皇上送什么命令。"他想道,"谢天谢地!"

敌军中发出喊声和亮起火光,是因为这时各个部队正在宣读拿破仑的命令,而拿破仑本人正骑着马巡视各个营地。士兵们看见皇帝来了,便燃起一把把稻草,喊着"皇帝万岁!"跟着他跑。拿破仑的命令如下:

> 士兵们!俄国军队正在进攻你们,要为奥地利军队在乌尔姆的覆没报仇。这就是你们在霍拉布伦击溃的、从那时起一直追到这里的那些部队。我们的阵地坚不可摧,如果他们要对我进行右翼迂回的话,他们就会向我暴露其侧翼!士兵们!我将亲自指挥你们的部队。如果你们发扬自己平常的勇敢精神,打乱敌人的队伍,使其陷于惊慌的话,那么我将待在远离火线的地方;但是如果哪怕有一分钟对取胜没有把握,你们就会看到你们的皇帝率先去冒敌人炮火的首次轰击,因为对胜利不能有任何的动摇,尤其是在事关法国步兵的荣誉的今天,这荣誉对保持全民族的荣誉来说是必不可少的。
>
> 不要借口运走伤员而搅乱队伍!人人都必须抱着这样的

想法：打败这些对我民族怀有深仇大恨的英国雇佣军。这次胜利将结束我们的远征，我们可以回到我们的冬季营地，在那里新组建的法国部队将与我们相见；到那时我将缔结无愧于我的人民、无愧于你们和我的和约。

拿破仑

十 四

早晨五点，天还完全是黑的。中央的部队、预备队和巴格拉季翁的右翼尚静止不动，但是在左翼，需要首先从高地上下来以便攻打法军右翼并按照作战部署将其驱往波希米亚山区的步兵、骑兵和炮兵纵队已经动起来了，开始从宿营地出发了。人们把所有多余的东西扔进火堆里，冒出的烟刺激着眼睛。天又冷又黑。军官们匆匆忙忙地喝茶和吃早饭，士兵们咀嚼着面包干，跺着脚取暖，他们聚集到篝火前，把拆棚子剩下的东西、椅子、桌子、轮子、小木桶和一切带不走的多余东西都当作木柴扔进去。各纵队的奥地利向导在俄国部队之间走来走去，充当了出发的预报者。只要一个奥地利军官在团长停留的地方一出现，团队就活动起来；士兵们跑离篝火，把烟斗插在靴筒里，把行囊放到马车上，拿起枪来站队。军官们扣好扣子，佩好剑和带上背囊，喊叫着巡视队伍；辎重兵和勤务兵套上马，往车上装东西并把它捆结实。副官、营长和团长们骑上马，画着十字，给留下来的辎重兵下最后的命令、指示和布置任务，然后响起了上千只脚单调的走动声。各纵队行进着，不知上哪里去，同时由于周围都是人，加上烟尘滚滚和雾愈来愈浓，既看不清他们出发的地方，也看不清他们要去的地方。

一个行军作战的士兵总是处于自己团队的包围之中，受它的限制和被它拉着走，如同一个水手受他的军舰包围、限制和被它拉着走一样。不管走得多远，不管进入多么奇怪的、神秘的和危险的地带，他也像水手随时随地只看到自己军舰同样的甲板、桅杆和缆索一样，随时随地看到的总是那些同伴，那些队伍，那个司务长伊万·米特里奇，连里的那只小狗茹奇卡，那些长官。士兵很少想要知道他的整个团队在什么地方；但是在交战的那天，天知道是怎么回事，在军队的精神世界里出现了一种人人都有的严肃的心情，这种心情随着某种决定性的和庄严的事情的临近而表现出来，引起他们不常有的好奇心。士兵们在战斗的日子里情绪激昂，竭力想要关心自己的团队以外的事情，用心地听着和看着，贪婪地打听着他们周围的情况。

雾变得那么浓，虽然天已经亮了，还看不清面前十步以外的东西。灌木看起来好像是大树，平地好像是悬岩和斜坡。无论什么地方都可能在十步内碰上看不见的敌人。但是各纵队仍在浓雾中走了很久，下山又上山，经过花园和围墙，在生疏的、弄不清方向的地方走着，哪里也没有碰上敌人。相反，士兵们都看出，前面和后面，四面八方都有我们俄国的纵队在朝同一方向行进。每个士兵心里很高兴，因为他知道还有很多很多自己人朝他走的方向走，也就是说，也都在不知走到哪里去。

"你瞧，库尔斯克团也过去了。"队伍里有人说。

"老兄,我们的部队来得真多!昨晚我看了看,到处都生起火,一眼望不到边。一句话,莫斯科①全来了!"

各纵队的指挥官们没有到队伍跟前来,也没有跟士兵们谈话(如同我们在军事会议上看到的那样,各纵队的指挥官情绪不高,对现在进行的战斗不满意,因此只是执行命令,而不关心鼓舞士气),尽管如此,士兵们像平常参加战斗,特别是参加进攻战时一样,心情是快活的。但是一直在浓雾中走了大约一个小时后,大部分部队不得不停下来,这时一种觉得事情进行得无条理和杂乱无章的不愉快感觉在队伍里扩散开来。这种感觉是如何传播开来的,很难确定;但是毫无疑问,它传播得一点也不走样,并且像水向谷地流一样,传得很快,同时不知不觉而又不可阻止。如果俄国军队单独行动,没有盟军的话,那么也许还要经过很长时间大家才会对这种杂乱无章深信不疑;但是现在大家都特别高兴地和自然而然地把杂乱无章的原因归结为德国人的糊涂,便都相信这有害的混乱都是那些卖香肠的家伙②造成的。

"怎么停住了?是不是被堵住了?还是碰上了法国人?"

"不,没有听见。不然会打起枪来的。"

"一个劲儿地催着出发,出发了,又莫名其妙地停在野地里——全是可恨的德国佬搞乱的。这些糊涂的鬼东西!"

"我真想把他们放到前面去。不然他们就挤在后头。现在让我

---

① 作者曾在《一八五五年八月的塞瓦斯托波尔》中说,在许多部队里军官们常常把士兵叫作"莫斯科"。这里"莫斯科"一词除表示士兵外,还有全国人民、全俄国的意思。

② 卖香肠的家伙是对德国人的蔑称。

们饿着肚子停在这里。"

"怎么，那里快了吧？听说骑兵堵住了道路。"一个军官说。

"唉，可恨的德国人，自己的地方都不认得！"另一个军官接着说。

"你们是哪个师的？"一个骑马过来的副官喊道。

"十八师的。"

"那么你们干吗停在这里？你们早就应该到前面了，现在到晚上也走不到了。真是愚蠢的命令；自己也不知道在做些什么。"这个副官说着骑马走了。

接着来了一个将军，他生气地喊叫着什么，用的不是俄语。

"叽里呱啦，唠叨些什么，一点也不懂。"一个士兵学着已走开的将军的话，说道，"我真想毙了他们这些坏蛋！"

"命令我们八点多到达目的地，而我们走了不到一半。这叫什么命令！"四面八方有人不断这样说。

部队出发投入战斗时的那股劲头开始变成懊丧，变成对糊里糊涂的命令和对德国人的怨恨。

造成混乱的原因在于，奥地利骑兵在左翼行进时，最高指挥部发现我们的中央离右翼过远，便命令全部骑兵转移到右面。几千名骑兵在步兵的前面通过，于是步兵只好等着。

前面奥地利纵队向导与俄国将军发生了冲突。俄国将军喊叫着，要骑兵停下来；奥地利向导则解释说，这样做不能怪他，而应怪最高指挥部。与此同时部队停在那里，感到无聊，情绪低落。在耽搁了一个小时后，部队终于继续前进了，开始朝山下走去。山上雾正在消散，而在部队去的山下却变得更浓了。在前面，在雾中响起了一两枪，开头枪声不均匀，间隔不一样：嗒啦嗒……嗒，接着愈来愈均匀和愈来愈密，就这样霍尔德巴赫小河上的战斗打响了。

俄国人没有料到会在下面的河上遇到敌人，可是却在雾中无意中碰上了，他们没有听见高级指挥官们的一句激励的话，思想上有一种各部队普遍都有的迟到的感觉，而主要的，在浓雾中看不见前面和自己周围的任何东西，因此他们动作迟缓，慢悠悠地与敌人对射了一阵，由于没有及时接到指挥官和副官们的命令，向前走了一段路后又停下来，而那些指挥官和副官在这生疏的地方迷了路，找不到自己的部队。到了山下的第一、第二和第三纵队就是这样开始战斗的。库图佐夫本人所在的第四纵队则驻扎在普拉岑高地上。

在战斗已开始的洼地里，雾还很浓，而在上面已散开了，但是前面发生的事仍然一点也看不见。敌人的全部兵力是否像我们预计的那样，在离我们十俄里以外，还是就在这里，人们在这片大雾中在八点多钟以前谁也不知道。

已经到了九点钟。下面迷漫的大雾像茫茫大海，但是在施拉帕尼茨村附近，在拿破仑和他的元帅们所在的高地上，已完全亮开了。在他头顶上的是明朗的蓝天，巨大的太阳像一个空心的红色的大浮球，在奶白色的雾海上飘荡。不仅是全部法国军队，而且拿破仑本人和他的司令部都不在索科尔尼茨村和施拉帕尼茨村的小溪和洼地的那一边，而我们曾打算在那里占据阵地和发动进攻；他们都在这一边，离我们的部队非常近，拿破仑用肉眼就能分清我军的骑兵和步兵。拿破仑骑着一匹灰色的阿拉伯小马，身穿他在意大利作战时穿过的蓝色军大衣，在比元帅们稍靠前的地方站着。他默默地细看着好像从雾海中浮出来的一个个小山丘和远远地在山丘上移动的俄国军队,细听着谷地里的枪声。在他的那张当时还很瘦削的脸上连一块肌肉也不动一动;他的那双闪闪发亮的眼睛盯住一个地方。他的预计证明是正确的。俄国军队的一部分已下到谷地的池塘和湖边,一部分正在离开他认为是要害并打算攻打的普拉岑高地。他看到在雾中,在普拉茨村附近的两座山之间的凹处,各个俄国纵队仍然在朝着谷地的方向移动,刺刀闪闪发亮,然后一个纵队接着一个纵队消失在雾海中。根据他在傍晚收到的情报,根据前哨上夜里听到的车轮滚动声和脚步声,根据俄国纵队行进中杂乱无章的样子,根据所有的推测,他清楚地看出,俄奥联军认为他在他们前面很远的地方,在普拉岑附近移动的纵队是俄军的中央部位,这个部位的力量已大为削弱,很难向他顺利发起进攻。但是他仍然没有下开始战斗的命令。

今天对他来说是一个喜庆的日子——加冕一周年。天亮前他假寐了几个小时,觉得浑身舒坦,心情愉快,精力充沛,有一种什么都能办到、什么都能成功的幸福感觉,他骑上马,到了战场上。他一动不动地站着,望着从雾中露出来的高地,他的冷冰冰的脸上流露出一种自信能得到和应该得到幸福的特殊神情,一个堕入情网的幸福少年常常有这样的神情。元帅们站在他后面,不敢分散他的注意力。他一会儿看看普拉岑高地,一会儿又看看从雾中浮出来的太阳。

当太阳完全从雾里出来,它的耀眼的光芒喷射到原野和浓雾上时(似乎他就在等待这开战的时刻),他脱下漂亮的皮肤白净的手上的手套,向元帅们做了个手势,下了开始战斗的命令。元帅们由副官陪同着，驰向各个方面，几分钟后，法军的主力很快朝普拉岑高地推进，而这时愈来愈多的俄国军队正在离开那里，往左朝下面的谷地走去。

十　五

八点钟，库图佐夫骑着马走在米洛拉多维奇的第四纵队的前面，朝普拉茨进发，这个纵队是来接替已下山的普尔热贝舍夫斯基和朗热隆的纵队的防务的。库图佐夫向先头团的官兵们问好，下了前进的命令，以此表明他将亲自率领这个纵队。到了普拉茨村，他停了下来。作为总司令的一大帮随从之一的安德烈公爵站在他的后面。安德烈公爵激动而又兴奋，同时竭力保持镇静，一般人在他早就想望的时刻到来时往往是这样。他坚信今天是他的土伦或他夺阿尔科拉桥①的日子。他不知道这事将如何发生，但是他坚信这事一定会发生。我们军队的地形和位置他是了解的，而且了解得像我军任何一个人一样。实行他自己制订的战略计划一事显然连想都不用想了，他自己也把它忘了。现在安德烈公爵已深入到魏罗特的计划里去，考虑着可能发生的偶然情况，做一些新的设想，这里可能用得着他思维的敏捷和处事的果断。

在左下方，在雾中，听得见那些看不清的军队之间相互射击的声音。安德烈公爵觉得那里将是战斗的中心，那里将遇到障碍，

---

① 见本卷第一部第四章注，第三十一页。

"我将被派到那里去,"他想,"带着一个旅或一个师去,那里我将举着军旗向前冲,摧毁阻挡我的一切。"

安德烈公爵不能无动于衷地看着眼前过去的各个营的军旗。他望着一面军旗,心里就想:这也许就是我要举着它冲在队伍前面的那面旗子。

在高地上夜雾到早晨只留下一片正在融化成露水的白霜,而在谷地里大雾迷漫,还像乳白色的大海一样。从这个谷地的左边,从我们的部队下去的地方传来了枪声,那里什么也看不见。在高地上方是灰暗的晴朗的天空,而在右边则悬挂着一轮巨大的红日。在前面很远的地方,在雾海的彼岸,露出布满树林的山丘,那上面想必有敌人的军队,隐隐约约地可以看见某些东西。在右面,近卫军正在进入雾中,响起了马蹄声和车轮的滚动声,有时也可见到刺刀的闪光;在左面,在村庄的后面,过来了大队的骑兵,他们也消失在雾海里。前面和后面都有步兵在行进。总司令在村子的出口处停住,让部队在他面前通过。库图佐夫这天早晨显得疲惫和爱生气。在他面前经过的步兵没有得到命令就停了下来,显然是因为前面受阻了。

"您就干脆告诉他们,叫他们排成营纵队,绕着村子走。"库图佐夫生气地对一个到他跟前的将军说,"您怎么不明白,我的将军大人,在迎击敌人时,是不能拉长队伍在狭窄的农村街道上行走的。"

"我曾打算到村外整队,大人。"将军回答道。

库图佐夫冷笑起来。

"您可真行,在敌人眼面前展开队形,真是好样的!"

"敌人还远着呢,大人。根据作战部署……"

"什么作战部署!"库图佐夫恼怒地喊了一声,"这是谁给您说的?……请您按照命令去做。"

"是!"

"您瞧,亲爱的,"涅斯维茨基小声对安德烈公爵说,"老头子情绪很恶劣。"

一个帽上带绿羽饰、穿着白制服的奥地利军官骑马跑到库图佐夫跟前,代表皇帝询问第四纵队投入战斗了没有。

库图佐夫没有理他,转过身去,目光无意中落到站在他旁边的安德烈公爵身上。库图佐夫一看见鲍尔康斯基,凶狠的和讥刺的眼神变得柔和起来,仿佛意识到发生这样的事不能怪自己的副官。于是他没有回答奥地利副官的话,却对鲍尔康斯基说:

"亲爱的,您去看一看,第三师过了村子没有。叫它停下来,等待我的命令。"

安德烈公爵刚要走,他又叫住他。

"再问一下,尖兵布置了没有。"他补充说。"这干的是什么呀,这干的是什么呀!"他自言自语说,仍然不回答那个奥地利人。

安德烈公爵骑马执行任务去了。

他赶过走在前面的各个营,叫第三师停下来,得知我们的纵队前面确实没有布置散兵线。走在前面的那个团的团长听到向他传达的总司令关于布置散兵线的命令非常惊讶。他完全相信在他的团前面还有部队,敌人不可能在十俄里以内。确实,前面除了一片朝前倾斜被浓雾遮住的空地外,什么也看不见。安德烈公爵代表总司令命令采取补救措施后,便往回走。库图佐夫仍在原地,身体肥胖的他老态龙钟地坐在马鞍上，闭上眼睛，吃力地打着哈欠。部队已不往前走了，放下枪站着。

"很好，很好。"他对安德烈公爵说，接着朝一个将军转过身来，这个将军手里拿着表说，现在该往前走了，因为左翼的所有纵队都下来了。

"还来得及，大人。"库图佐夫打着哈欠说。"来得及！"他又说了一句。

这时，在库图佐夫背后的远处响起了各个团队的欢呼声，这声音沿着前进中拉成一线的俄国纵队的整个行列迅速传过来。可以看出，受到欢呼的人跑得很快。当库图佐夫听到他面前的那个团的士兵高喊起来时，他闪到一旁，皱起眉头，回头看了一下。在从普拉岑出来的路上，仿佛有一个由穿不同颜色服装的骑手组成的骑兵连在奔跑。其中两人并排快步跑在其余的人前面。一个身穿黑色制服，头戴白缨帽，骑着一匹剪短尾巴的枣红马，另一个身穿白色制服，骑着一匹黑马。这是两位皇帝和他们的侍从。库图佐夫摆出一副队列里的老军人的姿态，向部队发出"立正"的口令，行着军礼，到了皇帝跟前。他的整个体态和举止顿时变了。他做出一副听从指挥和不进行争辩的样子。他在敬着礼骑马到皇帝跟前时装出来的恭敬的样子，显然使亚历山大皇帝感到不快。

这种不愉快的印象只不过像晴朗的天空里残留的雾，在皇帝的年轻幸福的脸上掠过，很快消失了。这一天病后的他要比在奥尔米茨阅兵场上安德烈公爵在国外第一次见到他时稍稍瘦一些；但是他那美丽的灰眼睛里庄严和温和的神情令人赞叹地结合在一起，而在薄薄的嘴唇上同样可能出现各种不同的表情，而主要是温厚和天真无邪的年轻人的表情。

在奥尔米茨检阅时他显得庄严些,而在这里则显得更加快乐和精力更加充沛些。他骑马奔驰了这三俄里后,脸色有点发红,这时勒住马,舒了一口气,回头看了看他的侍从们的一张张像他一样年轻和兴奋的脸。恰尔托里日斯基和诺沃西尔采夫、沃尔康斯基公爵①和斯特罗加诺夫②等人,全是一些快乐的年轻人,他们穿着都很华丽,骑在精心喂养的、又漂亮又精神的、微微冒汗的骏马上,相互交谈着和微笑着,停在皇上的后面。年纪很轻、长着一张红色长脸的弗兰茨皇帝笔直地坐在一匹漂亮的黑马上,忧心忡忡但又不慌不忙地环视着自己的周围。他叫来他的一个穿白制服的侍从武官,问了一句什么话。"大概是问他是几点钟出发的。"安德烈公爵看着他的这个老熟人,回想起自己的那次觐见,忍不住露出了微笑。在两位皇帝的侍从中有一些俄国的和奥地利的精悍的传令官,他们是从近卫军和普通军队里挑选出来的。在他们之间,驯马师牵着盖着绣花马被的漂亮的备用御马。

好像田野的新鲜空气通过敞开的窗户进入闷热的房间一样,这些出色的青年的到来,也给库图佐夫的沉闷的司令部带来了青春活力和对胜利的信心。

"您怎么还不开始,米哈依尔·伊拉里翁诺维奇?"亚历山大皇帝急忙问库图佐夫,同时又彬彬有礼地看了弗兰茨皇帝一眼。

"我在等待,陛下。"库图佐夫回答道,他恭敬地朝前俯下

---

① 沃尔康斯基(一七七六至一八五二年),俄国将军。
② 斯特罗加诺夫(一七七四至一八一七年),俄国将军,他与恰尔托里日斯基、诺沃西尔采夫等是亚历山大一世的"年轻朋友"。

身去。

皇帝侧着耳朵,微微皱起眉头,表示他没有听清楚。

"我在等待,陛下。"库图佐夫又说了一遍(安德烈公爵发现,库图佐夫在说"我在等待"时,他的上嘴唇不自然地哆嗦了一下),"并不是所有纵队都到了,陛下。"

皇上听清楚了,但是他听了这个回答显然不大高兴;他耸了耸微微有点拱的肩膀,看了站在旁边的诺沃西尔采夫一眼,这目光仿佛是在埋怨库图佐夫。

"可是我们不是在女皇草场上,米哈依尔·伊拉里翁诺维奇,在那里团队不到齐就不能开始阅兵。"皇上说,又看了弗兰茨皇帝一眼,仿佛在对他说,即使他不参与谈话,那么也得听一听说的是什么;但是弗兰茨皇帝继续东张西望,没有听他。

"我之所以不开始,皇上,"库图佐夫声音洪亮地说,似乎是为了使他的话能够完全听清,他脸上的什么地方哆嗦了一下,"我之所以不开始,皇上,是因为我们不是在阅兵,也不是在女皇草场。"他说得又清楚又明确。

皇上的侍从们立刻相互使了个眼色,在所有人的脸上表现出了不满和责备。他们脸上的表情似乎这样说:"不管他年纪多么大,他不应该,无论如何不应该这样说话。"

皇上注意地和聚精会神地看了库图佐夫一眼,等他是否还要说些什么。但是库图佐夫恭敬地低下头,看来也在等着。沉默延续了大约一分钟。

"不过,陛下,如果您下命令。"库图佐夫说,他抬起头,重新把说话的语调变为原来的愚钝的、不进行争辩的、顺从命令的将军的语调。

他催马向前,叫来了纵队指挥官米洛拉多维奇,向他传达了进攻的命令。

部队又动起来了,诺夫哥罗德团的两个营和阿普歇伦团的一个营在皇上面前走过。

在阿普歇伦团的这个营经过时,红脸的米洛拉多维奇没有穿军大衣,只穿制服,挂着勋章,歪戴着大缨帽,步伐整齐地朝前走,豪放地敬着礼,到皇上面前勒住马。

"上帝保佑,将军。"皇上对他说。

"陛下,我们一定做到所能做到的一切,陛下!"他高兴地回答道,不过他的蹩脚的法国话使得皇上的侍从先生们露出了讥讽的微笑。

米洛拉多维奇急剧地拨转马头,站到皇上稍稍靠后的地方。阿普歇伦团的官兵们受皇上驾临的鼓舞,迈开雄壮而又轻快的步伐,在两位皇帝和他们的侍从们面前通过。

"弟兄们!"米洛拉多维奇自信而又快乐地大声喊道,看来射击的声音、对战斗的期待以及在两位皇帝面前通过的阿普歇伦团的健儿们和苏沃洛夫时代的同事们的英姿使他非常兴奋,以至于忘记了皇帝在场,"弟兄们,你们可不是第一次去攻占一个村子!"他大声说。

"甘愿效劳!"士兵们喊道。

皇上的马听见突如其来的喊声惊得闪到一边。这匹曾在俄国国内检阅时驮过皇上的马,如今在奥斯特利茨原野上仍驮着他,忍受着他的左脚漫不经心的踢蹬,像在战神广场上一样,听见枪声就竖起耳朵,既不明白这些听到的枪声是怎么回事,也不明白为什么同弗兰茨皇帝的黑马在一起,更不明白今天骑着它的人说的、想的和感觉到的一切。

皇上面带微笑朝他的一个近臣转过身来,指着阿普歇伦团的健儿们,对他说了一句什么话。

十 六

库图佐夫在副官们的陪同下,在枪骑兵后面慢步前进。

他在纵队末尾走了大约半俄里后,便在一座孤零零的废弃的房屋(大概以前是一个小酒馆)旁停下,这座房屋在岔路口。两条路都通向山下,两条路都有部队在行进。

雾开始散了,在对面大约两俄里外的高地上,已模模糊糊地能看见敌人的部队。左下方的射击声变得更清楚了。库图佐夫停下来后,与一位奥地利将军交谈着。安德烈公爵站在稍稍靠后的地方,注视着他们,他想要向一个副官借用一下望远镜,便朝他转过身来。

"您看,您看。"那个副官说,他没有看远处的军队,而是朝自己面前的山下看,"这是法国人!"

两个将军和副官们开始相互争夺着拿起望远镜。所有人的脸色突然变了,脸上露出恐惧的神情。本来以为法国人在离我们两俄里的地方,现在他们突然出现在我们面前。

"这是敌人吗?……不!……是的,您瞧,他们……大概……

这是什么？"人们七嘴八舌地说。

安德烈公爵用肉眼看见了右下方迎着阿普歇伦团上来的一个密集的法国纵队，它离库图佐夫站的地方不超过五百步。

"瞧，决定性的时刻到了！是我大干一场的时候了。"安德烈公爵想道，他催马来到库图佐夫跟前。

"应当让阿普歇伦团停止前进，"他喊叫起来，"总司令大人！"

但是在这一瞬间一切被烟雾遮住了，近处响起了枪声，在离安德烈公爵两步远的地方一个人幼稚而又惊恐地喊叫起来："弟兄们，完蛋了！"这一声叫喊好像口令一样。大家一听到它，立即就跑。

各种人混杂在一起的、变得愈来愈大的人群往后撤，跑向五分钟前部队从两位皇帝面前经过的地方。不仅很难阻挡住这个人群，而且自身也无法不随着这个人群后退。鲍尔康斯基只是努力紧跟着库图佐夫，他不时向四面看看，感到困惑不解，无法理解他面前发生的事。涅斯维茨基带着凶狠的表情，满脸通红，样子全变了，对库图佐夫嚷嚷，说他不马上就走，准会被俘。库图佐夫还站在那个地方，没有回答，掏出一块手绢。血从他的面颊往下流。安德烈公爵挤到他身边。

"您受伤了？"他使劲忍住，不让下巴颏哆嗦起来，问道。

"伤不在这里，而是在那里！"库图佐夫用手绢摁住受伤的面颊，指着逃跑的人说。

"把他们阻止住！"他喊了一声，同时大概知道无法把他们阻止住，便催马往右面跑去。

又拥过来一群逃跑的人，他们裹着他往后退。

逃跑的军队挤得密密匝匝的，一旦到了人群中间，就很难挣脱出来。有人在喊："走啊，为什么磨磨蹭蹭的？"有人马上转过身来，朝空中放枪；有人抽打着库图佐夫骑的马。库图佐夫费了很大的劲才从人流中出来到了左边，带着人数减了一半多的随从，朝近处响起炮声的地方跑去。从逃跑的人群中出来的安德烈公爵努力紧跟着库图佐夫，看见山坡上，在烟雾中一个俄国炮兵连还在射击，法国人正朝它逼近。在它上方，俄国步兵停在那里，他们既不前去支援炮兵，也不和逃跑的人一起朝一个方向后退。一个将军离开步兵的队伍，到了库图佐夫跟前。库图佐夫的随从只剩下了四个人。大家都脸色苍白，默默地面面相觑。

"阻止这些混蛋！"库图佐夫指着逃跑的人，喘着气对团长说；但是就在这一瞬间，仿佛要惩罚一下说这话的人似的，子弹像一群小鸟呼啸着从团队和库图佐夫的随从那里飞过。

法国人向炮兵连发起攻击，他们看到库图佐夫后，就朝他射击。随着这次齐射，团长抱住了自己的一条腿；几个士兵倒了下去，手里拿着军旗站着的下级准尉松开了手；军旗摇晃起来，在站在旁边的士兵的枪上刮了一下后，倒下了。士兵不等命令就开始射击。

"啊——呀！"库图佐夫带着绝望的表情含糊不清地喊了一声，回头看了一眼。"鲍尔康斯基！"他意识到自己年老无力，用颤抖着的声音低声说。"鲍尔康斯基，"他指着一个乱成一团的营，又指指敌人低声说，"这是怎么回事？"

这时一种蒙受耻辱和愤恨的感觉涌上安德烈公爵的心头，他不等库图佐夫说完这句话，就已跳下马来，朝军旗跑去。

"弟兄们,前进!"他用孩子般的尖叫声喊道。

"这就是我该干的事!"安德烈公爵想道,他拿起旗杆,听到显然是朝他射来的子弹的呼啸声心里很高兴。几个士兵倒下了。

"乌拉!"安德烈公爵吃力地举着沉重的军旗大声喊道,他向前跑去,深信整个营会跟上来。

果然,他单独一个人只跑了几步。很快一个又一个士兵动了起来,接着全营高呼"乌拉"跑向前去,赶到他的前头。营的一个士官跑过来接过安德烈公爵手中由于太重而摇晃的军旗,但是马上被打死了。安德烈公爵又拿起军旗,拖着旗杆和全营一起跑。他在自己面前看见了我们的炮兵,其中一些人在搏斗,另一些人扔掉了大炮,迎着他跑过来;他也看见法国步兵,他们抓住拉炮车的马,正在把大炮掉转头来。安德烈公爵和全营官兵已到了离大炮二十步的地方。他听到自己头顶上不停地呼啸着的子弹,在他左边和右边不断有士兵惊叫着倒下去。但是他没有去看他们;他只注视着他面前在炮兵连那里发生的事。他清楚地看到一个红头发炮兵,军帽歪到一边,抓住洗膛杆的一头,而一个法国兵抓住另一头在往自己身边拉。安德烈公爵已经能看清这两个人的面部表情,显然他们并不明白他们在干什么。

"他们在干什么呢?"安德烈公爵看着他们想道,"那个红头发炮兵已没有武器,为什么不跑?法国人为什么不捅他?他还没有跑到,法国人就会想起自己的枪,把他捅死。"

果然,另一个法国人端着枪跑到两个正在搏斗的人跟前,看来那个得意地夺过洗膛杆、还不知道等待他的是什么的红头发炮兵的命运就要决定了。但是安德烈公爵没有看到事情的结局。他觉得离他很近的士兵当中好像有人抡起一根坚硬的木棍猛击他的脑袋似的。这有点痛，主要的是使人不快，因为这疼痛分散了他的注意力，使他看不见他正在看的东西。

"这是怎么回事？我要倒了？我的两腿发软。"他想到这里仰面跌倒了。他睁大眼睛，希望看到法国人和炮兵们搏斗的结果，想要知道那个红头发炮兵有没有被打死，大炮是被夺走了，还是救下来了。但是他什么也没有看见。在他的上边已什么也没有了，只有天空——这天空很高，虽不明朗，但看上去仍然无比高远，上面缓缓地飘浮着灰色的云朵。"多么沉寂、宁静和肃穆，完全不像我那样奔跑，"安德烈公爵想道，"完全不像我们那样奔跑、叫喊和搏斗，完全不像那个法国人和那个炮兵那样脸上带着恼怒和恐惧的表情争夺洗膛杆，——在无限高远的天空中的云彩也不是那样飘浮的。我怎么以前没有看见这个高高的天空？现在终于见到了，我是多么幸福啊。是的，除了这无限的天空外，一切都是空的，一切都是骗人的。除它之外，什么，什么也没有。而且除了寂静和安详外，就连天空也没有。谢天谢地！……"

十七

在巴格拉季翁的右翼，九点钟战斗还没有开始。巴格拉季翁公爵不愿照多尔戈鲁科夫提出的开始战斗的要求去做，同时想要使自己不承担责任，便建议多尔戈鲁科夫派人去向总司令请示。巴格拉季翁知道，两翼之间相距几乎十俄里，即使被派去的人不被打死（这是很可能的），即使他甚至找到了总司令（这是很难做到的），他在傍晚之前也回不来。

巴格拉季翁用他毫无表情的、还带着几分睡意的大眼睛环视自己的随从们，罗斯托夫的那张由于激动和充满期待不由自主地发呆的孩子气的脸首先引起了他的注意。他便派罗斯托夫去。

"公爵大人，如果我在遇到总司令前遇到皇帝陛下，那该怎么办？"罗斯托夫敬着礼问道。

"可以呈请陛下圣断。"多尔戈鲁科夫急忙打断巴格拉季翁的话抢着说。

罗斯托夫从散兵线上换下来后，天亮前睡了几个钟头，心里很快活，感到自己勇敢而又坚强。他动作平稳而有力，对自己的幸福充满信心，觉得一切都是轻而易举的、愉快的和能够做到的。

在这天早晨他的所有愿望都实现了：决战开始了，他成为参加者；他当上了最勇敢的将军的传令官；并且他要到库图佐夫那里去执行任务，也许能见到皇上本人。早晨天气晴朗，他的坐骑是一匹好马。他心里充满欢乐和幸福。他接到命令后，便催马沿着战线驰去。开头他沿着还没有投入战斗、留在原地不动的巴格拉季翁部队的防线走；然后他进入了乌瓦罗夫①的骑兵防守的地带，这里就已可看到部队的调动和准备战斗的迹象；过了乌瓦罗夫骑兵的阵地后，他已经清楚地听到前面的枪炮声。枪炮声愈来愈大。

在早晨的新鲜空气中，已不像原先那样只听到时间间隔不等

---

① 乌瓦罗夫（一七七三至一八二四年），俄国将军。

的两声、三声枪响以及一声、两声炮击，现在从普拉岑高地前的山坡上传来高一阵低一阵的枪声，中间夹着密集的炮声，有时几声炮响彼此已不再分开，连成一片总的轰鸣声。

可以看到，火枪射击时发出的一缕缕烟雾在山坡上飘动着，好像在相互追逐，大炮的硝烟一团团升起，扩散开来，又彼此合成一体。从烟雾中刺刀的闪光可以看出大群步兵以及排成狭长队形的带着绿色弹药箱的炮兵正在移动。

罗斯托夫在一个小丘上勒住马，停了一会儿，以便看清发生的情况；但是不管他如何集中注意力，怎么也弄不明白和搞不清楚发生的事，他看见烟雾中有一些人在移动，前前后后也有一些军队在行进，但是为了什么？是什么人？到哪里去？——无法理解。不过这种景象和这些声音不仅没有使他感到沮丧或胆怯，相反，却给他增添了力量和决心。

"好吧，再起劲一点吧！"他冲着那些声音心里说，又沿着防线奔驰起来，愈来愈深入到了已投入战斗的部队之中。

"我不知道那里的情况如何，然而一切都会很好！"罗斯托夫想道。

他在驰过了一些奥地利军队后发现，下一个地段的部队（这是近卫军）已投入战斗。

"这就更好！我要就近看一看。"他想道。

他几乎顺着前沿走着。几个骑兵朝他奔驰过来。这是我们的禁卫枪骑兵，他们队形混乱，是从进攻中撤回来的。罗斯托夫从他们身旁经过，无意中发现其中一人满身是血，他没有停留继续往前跑。

"这与我无关！"他想道。在这之后他还没有跑几百步，整个旷野上出现了一大队骑兵，他们身穿白色耀眼的制服，骑着黑马从左面横穿过来，径直朝他跑来。罗斯托夫催马全速奔跑起来，以便从路上下来，让骑兵过去；如果他们保持原来的步伐的话，他也就让开了，但是他们愈来愈加快速度，结果几匹马已在飞奔了。罗斯托夫愈来愈清楚地听到马蹄声和他们的武器的碰撞声，愈来愈清楚地看到他们的马，他们的身形，甚至他们的脸。这是我们的近卫重骑兵，他们前去迎战朝他逼过来的法国骑兵。

近卫重骑兵奔跑着，但是还没有完全撒开缰绳。罗斯托夫已经看见他们的脸和听见那个放开自己的骏马的军官喊出的"冲啊，冲啊！"的喊声。罗斯托夫担心自己被撞倒或被卷进向法国人发动的冲锋里去，便策马竭尽全力地顺着前沿奔跑，然而仍没有能避开他们。

靠边的近卫重骑兵是一个麻脸的大个子，他看见面前就要和他相撞的罗斯托夫，恼怒地皱起眉头。如果罗斯托夫没有想到朝这个近卫重骑兵的马的眼前晃了一下鞭子，那么他和他的贝都因准会被那人撞倒（罗斯托夫觉得自己与那些大汉和高头大马相比是那么的微小和软弱无力）。那匹有两俄尺五俄寸[①]高的大黑马捩起耳朵，蹿到一边；但麻脸的近卫重骑兵用巨大的马刺猛刺马的腹部，于是它翘起尾巴，伸直脖子，跑得更快了。近卫重骑兵刚从罗斯托夫身旁过去，他就听见他们高呼"乌拉！"的喊声；他朝四面一看，看见他们靠前的人马已与戴红肩章的外国骑兵，大

[①] 一俄寸合四点四厘米。

概是法国骑兵混在一起了。接着就什么也看不见了,因为在这之后不知从何处开始炮击,一切都被硝烟遮住了。

在近卫重骑兵从他身旁经过消失在硝烟里时,罗斯托夫犹豫起来,他想:他是跟着他们冲上去呢,还是到他应该去的地方去。这是近卫重骑兵的一次非常出色的冲锋,就连法国人也为之感到惊讶。后来罗斯托夫惊恐地听说,在他身旁经过的所有这些骑着价值千金的骏马的出色的富家子弟、年轻的小伙子、军官和士官生,在冲锋后只剩下十八个人。

"我干吗要羡慕呢,该我得到的跑不了,也许我马上就会见到皇上!"罗斯托夫想道,他继续朝前跑去。

他在到了近卫步兵旁边时,发现炮弹从他们头上和近旁飞过,这主要不是因为他听到了炮弹的声音,而是因为他在士兵的脸上看到了惊惶不安,在军官脸上看到了故作威严的表情。

他在经过近卫步兵团的一条防线时,听见有人喊他的名字。

"罗斯托夫!"

"什么?"他答应道,没有认出鲍里斯。

"怎么样,我们都到第一线了!我们团打过冲锋了!"鲍里斯说,他脸上露出幸福的微笑,一般第一次上过火线的年轻人常常都有这样的笑容。

罗斯托夫停了下来。

"原来如此!"他说,"怎么样?"

"打退了!"话变得多起来的鲍里斯兴奋地说,"你能想象得到吗?"

于是鲍里斯开始讲近卫军到了指定地点后,看见面前有军队,误认为是奥地利人,突然根据这些军队发射的炮弹发现自己已到了第一线,应该投入战斗。罗斯托夫没有听完鲍里斯的话,刺了刺自己的马。

"你上哪里去?"鲍里斯问。

"奉命去见陛下。"

"他就在这里!"鲍里斯说,他把罗斯托夫说要见"陛下"听成了要见"殿下"。

他给罗斯托夫指了指亲王,这时亲王在离他们百步远的地方,他头戴盔形帽,身穿近卫重骑兵制服,耸着双肩,皱起眉头,正在朝一个穿白色军服、脸色苍白的奥地利军官嚷嚷什么。

"不过这是亲王,而我要见总司令或皇上。"罗斯托夫说,催马要走。

"伯爵,伯爵!"贝格喊道,他像鲍里斯一样兴奋,从另一边跑过来,"伯爵,我右手受了伤(说着他伸出用手绢裹着的血迹斑斑的手),没有下火线。伯爵,我这就用左手握剑,在我们贝格家族里,伯爵,人人都是骑士。"

贝格还说了些什么,但是罗斯托夫没有听完他的话就继续往前走了。

罗斯托夫驰过了近卫军和一片空地后,为了不像刚才裹入骑兵的冲锋那样再次闯到第一线去,他便沿着预备队的防线走,远远地绕过响起最激烈的枪炮声的地方。突然他在自己前面和我们的部队后面,在他怎么也没有想到会有敌人的地方,听到了很近的枪声。

"这可能会是什么呢?"罗斯托夫想,"敌人到了我军的后方？不可能。"他又想道，于是突然为自己和为整个战役的结局而感到惊恐万分，"然而不管怎么样——现在已不必绕着走了。我应在这里寻找总司令，假如一切都完了，那么我的事也跟着大家一起完了。"

罗斯托夫突然产生的不祥的预感，随着他深入到普拉茨村后的那片被各种不同的部队占据的开阔地而愈来愈得到证实。

"这是怎么回事？这是怎么回事？在朝谁射击？谁在射击？"罗斯托夫赶上混成一团横穿道路逃跑的俄奥士兵问道。

"鬼才知道他们！全都被打垮了！全都完了！"逃跑的人用俄语、德语、捷克语回答他，也都像他一样，并不确切知道这里发生的事。

"揍法国人！"一个人喊道。

"让他们见鬼去吧，这些叛徒！"

"让俄国人见鬼去吧①！……"一个德国人嘟囔着。

几个伤员在路上走。咒骂、叫喊、呻吟汇成一片嘈杂声。枪声停了，后来罗斯托夫才知道，刚才是俄国人和奥地利人在相互射击。

"我的上帝！这是怎么回事？"罗斯托夫想道，"在这里，在皇上每时每刻都可能看见他的地方居然还这样！……不过这大概只是几个混蛋干的。这会过去的，这是不应该的，这是不能允许的。"他想，"但愿快点，快点离开他们！"

罗斯托夫不可能产生失败和逃跑的想法。虽然他奉命到普拉

---

① 原文为德文。

岑山去找总司令时看见那里有法国人的大炮和军队，他还是不能和不愿意相信这一点。

十　八

罗斯托夫奉命在普拉茨村附近寻找总司令和皇上。但是这里不仅找不到他们，而且找不到一个长官，这里只有不同种类的军队混杂在一起的乱哄哄的人群。他催赶着已经疲惫的马，想快点赶过这些人群，但是他愈往前走，人群变得愈乱。他上了一条大路，那里拥挤着各种各样的马车，还有俄国和奥地利的各个兵种的士兵，其中有受伤的和没有受伤的。所有这些人在架设在普拉岑高地的法国大炮发射的炮弹阴沉的呼啸声中发出嗡嗡的声音，杂乱地移动着。

"皇上在哪里？库图佐夫在哪里？"罗斯托夫问每一个他能够拦住的人，但是无论从谁那里也得不到回答。

最后他终于抓住一个士兵的领子，强迫他回答他的话。

"哎，老弟！所有的人早就到那里了，往前跑了！"那个士兵对罗斯托夫说，不知为什么笑着，想要挣脱开。

罗斯托夫放开这个显然喝醉了酒的士兵，拦住一个大人物的勤务兵或驯马师的马，向他打听起来。勤务兵对罗斯托夫说，大约在一个钟头前就沿着这条道路用马车飞快地把皇上送走了，皇上受了重伤。

"这不可能，"罗斯托夫说，"受伤的一定是另一个人。"

"我亲眼看见的。"勤务兵带着自信的冷笑说,"我也该认得皇上了,过去在彼得堡我就这样见过几次。现在他坐在马车里,脸色非常非常苍白。四匹黑马刚一起跑,我的老天爷,马车就隆隆地从我们身旁驶过:我似乎也该认得御马和伊里亚·伊万内奇了;车夫伊里亚除了给皇上效劳外,似乎是不给别的人赶车的。"

罗斯托夫松开缰绳,想继续往前走。从他身旁过去的一个受伤的军官朝他转过身来。

"您要找谁?"那军官问,"找总司令?被炮弹打死了,是在我们团里被炮弹击中胸部的。"

"没有被打死,受伤了。"另一个军官纠正他说。

"说的是谁?库图佐夫?"罗斯托夫问。

"不是库图佐夫,至于他叫什么,反正全都一样,活下来的人不多。您就朝那里走,朝那个村子走,所有长官都在那里。"这个军官指着霍斯蒂拉迪克村说,说完就走了。

罗斯托夫慢步往前走,不知道他现在去干什么和去找谁。皇上受了伤,仗打输了。现在已不能不相信这一点了。他朝着人家给他指的方向走,那里远远地可以看见塔楼和教堂。他急急忙忙地去哪里呢?即使皇上和库图佐夫还活着而且没有受伤,他现在又有什么可对他们说的呢?

"大人,您就沿着这条路走,走那边准会被打死的。"一个士兵朝他喊道,"那边准会被打死的!"

"噢!你说的什么!"另一个士兵说,"他要上哪里去?走那条路近一些。"

罗斯托夫想了想,然后朝着人们告诉他一定会被打死的方向走去。

"现在一切都无所谓了!既然皇上都受了伤,难道我还要爱护自己?"他想。他进入了那个从普拉岑跑过来的人死得最多的地方。这个地方法国人还没有占领,而还活着的或受伤的俄国人早就把它放弃了。在田野上,像丰收的庄稼地堆着麦捆似的,每俄亩①的地上躺着十个到十五个伤亡的人。伤员三三两两爬到一起,发出了难听的、罗斯托夫觉得有时是假装的喊叫声和呻吟声。罗斯托夫让马快跑,以免看到所有这些受苦的人,他开始觉得可怕。他担心的不是自己的生命,他怕失去他所需要的勇气,他知道看到这些不幸的人后很难保持它。

法国人本来已对这块躺满死伤的人的土地停止射击,因为那里看起来已经没有一个活人,但是当他们看到一个副官骑着马在它上面走时,便用大炮对准他,发射了几发炮弹。听到炮弹的可怕的呼啸声,看到周围成堆的死人,这些听到和看到的东西合起来给罗斯托夫留下了恐怖的印象,使他怜惜起自己来。他想起了母亲最近的来信。"假如她看到我此刻在这里,在这个田野上,看到大炮正朝我瞄准,那么她会有什么感觉呢?"他想。

在霍斯蒂拉迪克村,从战场上下来的俄国军队虽然还混杂在一起,但是秩序已经好多了。法国人的大炮已打不到这里,射击声听起来觉得很远了。在这里,已可清楚地看到仗打败了,并且人们已在这样谈论。罗斯托夫不管问什么人,谁也说不出皇上和库图佐夫在哪里。有的人说,关于皇上受伤的传说是真的,另一

---

① 一俄亩合一点零九公顷。

些人则说不是，并且解释说，这个谣言之所以流传开来，是因为皇上的马车确实从战场上往后方急驰，可是里面坐的是与别的侍从一起陪同皇帝上战场后吓得面无人色的总管宫廷事务的大臣托尔斯泰伯爵。一个军官对罗斯托夫说，他在村后的左面看见过最高指挥部的某某人，于是罗斯托夫便奔向那里，不过已不抱找到任何人的希望，他去只是为了做到问心无愧。走了大约三俄里，经过了最后一批俄国部队，罗斯托夫在一个周围挖了一条沟的菜园附近看见两个骑马的人对着沟站着。一个戴着白缨帽，罗斯托夫不知为什么觉得眼熟；另一个陌生的骑手骑着一匹枣红色骏马（罗斯托夫觉得见过这匹马）到了沟边，刺了一下马，松开缰绳，轻松地越过了菜园边的沟。只有沟沿上的泥土被马的后蹄踩得落了下来。他猛然拨转马头，又从沟上跳了回去，并彬彬有礼地对戴白缨帽的骑手说起来，显然是建议他也这样做。那个罗斯托夫觉得眼熟的骑手不知为什么吸引了他的注意力，这时摇摇头和摆摆手做了一个否定的动作，根据这个动作罗斯托夫立刻认出这正是他痛惜的和崇拜的皇上。

"但是这不可能是他，不可能一个人在这荒野里。"罗斯托夫想道。这时亚历山大转过头来，于是罗斯托夫看见了栩栩如生地铭刻在自己记忆中的亲爱的面容。皇上脸色苍白，双颊下陷，眼睛也凹了进去；但是这使得他的容貌更有魅力，更加和蔼。罗斯托夫这时深信关于皇上受伤的消息不实，感到非常幸福。他也为见到皇上而欣喜万分。他知道，他可以甚至应当直接去见皇上，把多尔戈鲁科夫要他报告的事报告皇上。

但是常有这样的现象，一个堕入情网的少年，当盼望的时刻已经到来,他同她单独在一起的时候,却浑身发抖,站在那里发呆,不敢说出他多少个不眠之夜一直希望说的话,惊恐地环顾四周,寻求帮助或找个延期的借口和逃跑的机会,现在罗斯托夫也是这样,他在他最大的愿望实现后,不知道怎么去见皇上,他产生了几千种想法,总觉得这不合适,那不礼貌,不能这样做。

"这怎么行!我好像很想利用他独自一人正在苦恼的机会似的。在这悲伤的时刻,他见到一个陌生人可能会感到不快和难过,再说,只要他看我一眼,我的心脏就会停止跳动,我的嘴里就会发干,我又能对他说什么呢?"他在自己脑子里想好的要对皇上说的千言万语,现在连一句也想不起来了。那些话大部分是为别的场合准备的,多半应在胜利和庆祝的时刻讲,主要应该在他受伤后即将死去、皇上表彰他的英勇行为时说,他在临死前要向皇上说明他已用实际行动证明他对皇上的热爱。

"再说,现在还是下午三点多钟,仗已经打输了,我怎么还能请皇上给右翼下命令呢?不,我决不应该到他跟前去,不应打断他的沉思。宁可死一千次,也不要遭到他的白眼,给他留下坏印象。"罗斯托夫拿定了主意,他心里非常悲伤和失望地离开了,同时不断回头看看还一直站在那里的犹豫不决的皇上。

罗斯托夫这样想着,悲伤地离开了皇上,这时冯·托尔大尉[①]偶然地到了这个地方,看见皇上后,就径直到了皇上跟前,表示愿意为他效劳,帮着他跨过了那条沟。皇上觉得身体不舒服,想

---

① 冯·托尔(一七七七至一八四二年),俄国军官,曾随苏沃洛夫远征,后成为著名的军需官。

要休息一下,便在一棵苹果树下坐下来,托尔在他身边站住。罗斯托夫远远地看到,冯·托尔热烈地对皇上说了很长时间的话,看样子皇上哭了起来,用手捂住眼睛,握了握托尔的手,看到这些,他感到又羡慕,又后悔。

"我本来也可以像他那样做!"罗斯托夫心里想,他勉强忍住同情皇上遭遇的眼泪,怀着完全失望的心情往前走,不知道现在上哪里去和干什么去。

他感觉到他自身的软弱是造成他的痛苦的原因,就更加灰心丧气了。

他本来可以……不仅可以,而且应当到皇上跟前去。这是向皇上表示忠心的唯一机会。而他没有利用这个机会……"我干的是什么啊?"他想。想到这里他拨转马头往回走,朝刚才看见皇帝的地方跑去;但是沟那边已没有什么人了。只有一些马车在那里走。罗斯托夫从一个带篷大车的车夫那里得知,库图佐夫的司令部在不远的村子里,车队正往那里去。罗斯托夫便跟着车队走了。

在他的前面走着库图佐夫的驯马师,这驯马师牵着几匹披着马被的马。跟在他后面的是一辆马车,马车后面走着一个头戴便帽、身穿短皮袄的罗圈腿的老家奴。

"季特,怎么样,季特!"驯马师说。

"什么?"老头心不在焉地回答。

"季特!打谷去。"

"呸,傻瓜!"老头生气地啐了一口说。默默地走了一段路后,驯马师又一次开起了同样的玩笑。

到傍晚四点多钟,各处都打了败仗。一百多门大炮已落到了法国人手里。

普尔热贝舍夫斯基和他的军团放下了武器。其他的纵队损失了将近一半的人员,溃不成军,仓皇后撤。

朗热隆和多赫图罗夫部队的残部混杂在一起,挤在奥格斯特村附近的池塘边和堤坝上。

五点多钟,只有在奥格斯特的堤坝旁还能听到法国人猛烈的炮击声,法国人在普拉岑高地的斜坡上架设了许多门大炮,轰击我们撤退的部队。

在后卫部队里,多赫图罗夫和别的人集合了几个营的兵力,对追击我军的法国骑兵进行了回击。这时天色开始变黑了。在这狭窄的奥格斯特堤坝上,多少年来头戴尖顶帽的老磨坊主一直悠然自得地在这里垂钓,同时他的孙子卷起衬衣袖子挑拣着在网兜里活蹦乱跳的银白色的鱼;多少年来头戴毛茸茸的皮帽、身穿蓝色上衣的摩拉维亚人赶着满载小麦的双驾大车从这堤坝上经过,然后满身沾满面粉,赶着装着白面的大车沿着同一条堤坝回去,——如今在这条狭窄的堤坝上,在大车和大炮之间,在马蹄下和车轮之间,聚集着被死亡的恐惧吓得不像人样的人,他们你踩我,我踩你,从濒死的人身上跨过去,相互残杀,目的只是为了走出几步后同样被打死。

每十秒钟就有一颗炮弹划开空气飞过来落到这个稠密的人群中间,或有一颗榴弹爆炸,杀伤一些人,把鲜血溅到近旁的人身上。多洛霍夫一只手臂负了伤,他带着本连的十名士兵(他已是军官了)徒步走着,他的团长骑着马,全团只剩下他们这些人了。他们被卷进人群里,挤到了堤坝的入口处,被四面围住,只好停下来，因为前面一匹马倒在大炮下面，人们正在把它拖出来。一颗炮弹打死了他们后面的一些人，另一颗则在前面爆炸，血溅到了多洛霍夫身上。人群拼命向前压过去，挤得紧紧的，移动了几步，又停住了。

"过了这一百步，大概就得救了；再停两分钟，必死无疑。"每个人都这样想。

站在人群中间的多洛霍夫冲到堤坝边上，撞倒了两个士兵，他跑到了池塘光滑的冰面上。

"拐到这里来！"他喊叫起来，一蹦一跳地在冰上走，弄得脚下的冰咔嚓咔嚓响，"拐到这里来！"他冲着大炮喊，"禁得住！……"

冰禁住了他，但是凹陷下去，发出咔嚓咔嚓的声音，很明显，它不仅承受不住大炮或人群的重量，而且他一个人在上面走，冰马上也会破裂。人们看着他，挤在岸边，不敢到冰上去。骑马停在入口处的团长举起一只手，张开嘴要对多洛霍夫说话。突然一颗炮弹很低地朝人群飞来，大家都弯下了腰。好像有什么东西落到潮湿的地方，将军从马背上摔下来栽倒在血泊中。谁也没有看将军一眼，更没有人想到要把他扶起来。

"到冰上去！从冰上走！走呀！下去！难道没有听见吗！走呀！"在炮弹打中将军后，许多人喊叫起来，他们自己也不知道喊的是什么和为什么要喊。

后面上了堤坝的一门大炮拐到了冰上。一群群士兵开始从堤坝上跑到结冰的池塘里来。冰在前面的一个士兵脚下破裂了，他的一条腿落到水里；他想要站起来，却陷入了齐腰深的水里。离得最近的士兵犹豫起来，炮车的驭手勒住了马，但是从后面仍然有人在喊叫着："到冰上去，怎么停住了，走呀！走呀！"人群中传来了恐惧的喊声。大炮周围的士兵朝马挥着手，打它们，要它们拐弯和往前走。马从岸上下来了。原来禁得住步兵的冰裂了一大块，于是在冰上的大约四十个人，有的朝前，有的往后，相互推推搡搡地掉进了水里。

炮弹仍然不紧不慢地呼啸着，落到冰上，掉进水中，而多数落到堤坝上、池塘里和岸上的人群里。

十 九

安德烈公爵躺在普拉岑山上刚才他手里拿着旗杆倒下的地方，流着血，像孩子诉苦似的低声呻吟着，他自己也不知道在呻吟。

快到傍晚时，他停止呻吟，完全安静下来了。他不知道自己昏迷了多久。突然他又感觉到自己还活着，脑袋痛得难以忍受，像要裂开似的。

"那个高高的天空在哪里？那个我过去不知道的、今天才看到的天空在哪里？"这是他醒过来后的第一个想法。"这种痛苦我也没有经受过，"他想道，"是的，在这之前我什么，什么也不知道。可是我现在是在什么地方呢？"

他开始细听，听见逐渐靠近的马蹄声和讲法语的声音。他睁大了眼睛。在他上面又是那高高的天空，飘浮的云升得更高了，浮云中露出一片无限高远的蓝天。根据马蹄声和说话声可以听出，有人到了他跟前停住了,他没有转动脑袋,因此没有看见他们。

骑马到了他跟前的是拿破仑和两个陪同他的侍从武官。波拿巴巡视着战场,发布关于增加炮队轰击奥格斯特堤坝的最后命令,查看留在战场上的伤亡人员。

"出色的男子汉!"拿破仑看着一个被打死的俄国掷弹兵说,死者俯卧着,脸埋进土里,后脑勺发黑,远远地伸出一只僵硬的手臂。

"炮弹打光了,陛下!"这时从轰击奥格斯特的炮队那里来了一个副官说。

"叫他们从预备队里运来。"拿破仑说,他走了几步,在仰面躺在扔掉的旗杆(军旗已作为战利品被法国人拿走了)旁的安德烈公爵面前停了下来。

"这个人死得漂亮。"拿破仑望着鲍尔康斯基说。

安德烈公爵明白这说的是他,说这话的是拿破仑。他听见有人称说这话的人"陛下"。但是他听见这些话像听见苍蝇嗡嗡叫一样。他不仅对它不感兴趣,而且没有加以注意,马上就忘掉了。他的头痛得火辣辣的;他觉得他的血快要流完了,他只看见他上面高远的、永恒的天空。他知道这是拿破仑,他心目中的英雄,但是在这个时刻他觉得拿破仑与此时在他的心灵和这个飘着云朵的无限高的天空之间发生的一切比起来,是那么的渺小和微不足道。在这个时刻,无论是谁站在他面前和无论说他什么,他都觉得完全无所谓;他感到高兴的只是有人在他身旁停住了,他只希望这些人帮助他恢复他觉得非常美好的生命,因为现在他对生命有了不同的理解。他集中全部力量,想动一动,发出一点声音。

他轻轻地动了动一只脚，发出了引起他自己本人的怜悯的、微弱的、痛苦的呻吟。

"啊！他活着。"拿破仑说，"把这个年轻人（ce jeune homme）送到包扎站去！"

说了这句话后，拿破仑朝拉纳元帅驰去，这时拉纳元帅脱下帽子，面带微笑，说着祝贺胜利的话，正在往皇帝跟前来。

安德烈公爵不记得后来的事了，因为他被抬上担架时的挪动，一路上的颠簸，以及后来在包扎站上进行的伤口处理，都使他痛得失去了知觉。直到白天结束，他和其他负伤的和被俘的军官一起被送往医院时，才苏醒过来。在这次转移途中，他觉得自己精神好了些，已能够朝四周看看，甚至能够说话了。

他苏醒过来后听到的第一句话，是押送的法国军官说的，这个军官急急忙忙地说：

"需要在这里停下：皇帝马上就要过来了；他看到这些被俘的先生们一定会很高兴。"

"今天被俘的人这么多，几乎整个俄国军队都当了俘虏，他大概已经看腻了。"另一个军官说。

"哪里会有这样的事！据说这是亚历山大皇帝整个近卫军的指挥官。"第一个军官指着一个身穿白色近卫重骑兵制服的负伤的俄国军官说。

鲍尔康斯基认出了列普宁公爵[①]，他曾在彼得堡社交场所见过

[①] 列普宁（一七七八至一八四五年），俄军上校，在奥斯特利茨战役中指挥近卫重骑兵团的一个连。

他。和他并排的是一个十九岁的孩子，这也是一个负伤的近卫重骑兵军官。

波拿巴骑马疾驰到跟前后，勒住了马。

"谁的军衔最高？"他见到俘虏后问道。

人们说出了上校列普宁公爵的名字。

"您是亚历山大皇帝近卫重骑兵团团长吗？"拿破仑问。

"我指挥一个连。"列普宁回答道。

"你们团忠实地履行了自己的职责。"拿破仑说。

"伟大统帅的称赞是对一个士兵的最高奖赏。"列普宁说。

"我很高兴给您这个奖赏。"拿破仑说，"您身旁的这个年轻人是谁？"

列普宁公爵说了苏赫特伦中尉①的名字。

拿破仑看了看他微笑着说：

"他来和我们打仗还太年轻。"

"年轻并不妨碍成为勇士。"苏赫特伦用断断续续的声音说。

"回答得很好，"拿破仑说，"年轻人，您前程远大！"

法国人为了展示所有的被俘人员，也把安德烈公爵放在前面皇帝看得见的地方，这不能不引起他的注意。显然拿破仑想起自己曾在战场上见过这个人，和他说话时也称他为年轻人（jeune homme），这是鲍尔康斯基第一次印入这位皇帝的记忆时的称呼。

"Et vous, jeune homme？是您，年轻人？"他对鲍尔康斯基说，"您的身体怎么样，我的勇士？"

---

① 苏赫特伦（一七八八至一八三三年），俄国军官，后升为将军。

尽管在这之前五分钟安德烈公爵已能对抬他的士兵说几句话，但是他现在只是直瞪瞪地望着拿破仑，一言不发……这时他觉得，同他看到的和理解的那个高高的、公正的和慈善的天空比较起来，拿破仑所关心的一切是多么的微不足道，他心目中的这位英雄及其庸俗的虚荣心和胜利的喜悦是多么的渺小，因此他不能回答他的话。

安德烈公爵流血过多，体力非常衰弱，经受着痛苦的折磨和濒临死亡，他的思想变得严肃和庄重起来，在他看来一切是那样的徒劳无益和毫无意义。他直视着拿破仑，想着伟大是多么的渺小，想着谁也弄不清其意义的生命是多么的渺小，想着活人当中谁也弄不清和解释不了其意义的死亡更是多么的渺小。

拿破仑没有等到他回答，便转过身去，离开时对一个指挥官说："叫他们关心一下这些先生们，把他们送到我的宿营地去；让我的拉雷大夫检查一下他们的伤口。再见，列普宁公爵。"说完他催马继续向前奔驰。

他脸上闪现出得意和幸福的神情。

抬安德烈公爵的士兵们本来已摘下了玛丽亚公爵小姐给他挂上的金质小圣像[①]，这时看见皇帝对待俘虏们很亲切，便急忙把圣像还给了他。

安德烈公爵没有看见是谁和怎样给他重新挂上的，但是这个用一条细银链系着的小圣像突然重新出现在他胸前的制服上。

[①] 这个说法与第一部第二十五章不符。根据那里的叙述，玛丽亚公爵小姐送给哥哥的是一个脸已发黑、穿着银袍的古色古香的小圣像。

"如果一切都像玛丽亚公爵小姐所想的那样清楚和简单,那就好了,"安德烈公爵朝妹妹怀着深情和敬意给他挂上的这个小圣像看了一眼,想道,"要是能知道在活着的时候到哪里去寻求帮助,死后在阴间可期待什么,那就好了!我将会多么幸福和安宁,如果我现在能说一声:上帝,保佑我吧!……但是我对谁说这话呢?是对那种捉摸不定和无法理解的力量,那种我不仅不能求它,而且也说不出它伟大或是渺小的力量说呢,"他自言自语说,"还是对玛丽亚公爵小姐缝在我身上的护身香囊里的神说呢?除了我能理解的一切的渺小以及我不理解、但是非常重要的东西的伟大外,没有什么真实可靠的东西!"

担架抬起来走了。每一次颠簸,都使他感到无法忍受的疼痛;发冷发热的状态加剧了,他开始说胡话。对父亲、妻子、妹妹和未来的儿子的想念,他在交战前夜体验到的柔情,矮小的、微不足道的拿破仑的身形以及在这一切之上的高高的天空——这一切构成了他在发高烧时的种种杂乱的想法的主要基础。

在他的想象中出现了童山的平静的生活和舒适幸福的家庭。当他正在享受这种幸福的时候,突然出现了身材矮小、目光冷酷和短浅、幸灾乐祸的拿破仑,于是开始产生怀疑、痛苦,只有天空能给人以安慰。快到早晨时,所有的杂乱的想法都融合成一片不省人事和失去知觉的混乱和黑暗,根据拿破仑的医生拉雷的意见,这一切的结果很可能是死亡,而不是康复。

"这个人神经质,肝火旺,"拉雷说,"他不会恢复健康。"

安德烈公爵和其他没有痊愈希望的伤员一起,被交给当地居民照料了。